陳福成、潘玉鳳 著

文學叢刊

那些年，我們是這樣談戀愛的

文史哲出版社 印行

國家圖書館出版品預行編目資料

那些年，我們是這樣談戀愛的 / 陳福成、潘玉鳳著. --
初版 -- 臺北市：
文史哲, 民 104.01
頁； 公分（文學叢刊；344）
ISBN 978-986-314-243-0（平裝）

856.186 104001379

文學叢刊 344

那些年，我們是這樣談戀愛的

著者：陳福成、潘玉鳳
出版者：文史哲出版社
http:// www.lapen.com.tw
e-mail：lapen@ms74.hinet.net
登記證字號：行政院新聞局版臺業字五三三七號
發行人：彭正雄
發行所：文史哲出版社
印刷者：文史哲出版社
臺北市羅斯福路一段七十二巷四號
郵政劃撥帳號：一六一八〇一七五
電話886-2-23511028・傳真886-2-23965656

定價新臺幣四八〇元

中華民國一〇四年（2015）一月初版

ISBN 978-986-314-243-0 09344

那些年，我們這樣談情說愛（出版動機並序）

這些情書，是我和愛妻潘玉鳳女士，保管了一輩子而不忍亦不能去丟棄的「寶物」。當我們都年過六十，經營了三十多年的家，儼然是一個「大庫房」，一屋子新舊東西，光是書籍就有幾萬本。我花了許多時間進行大清理，能送人的送人、能回收的回收，無用者只好當垃圾處理，僅是送圖書館的書最少兩萬本以上。

唯獨，這批情書不忍丟棄，也不能送人（誰要），但有圖書館和收藏家要，只是我暫時不能割愛，必待正式出版後，把書和原稿件贈送圖書館，因爲這批是我和妻的個人「寶物」。我們要使寶物有個典藏處，這或許是居於個人的感情因素。

除個人感情因素，最重要的出版意義，還在文化和社會價值的保存。第一是現代人（年青輩）已寫不出像我們這樣的情書，現在年青人傳情只是一個「簡訊」，沒有結構、邏輯，不成文章；第二我們是能用手提筆寫情書的「最後一代」，也就是「末代書寫者」，現在的孩子寫不出像本書這種「長文巨構」的情書。

居於這些理由，我決心把我和愛妻一輩子的情書，正式出版，書和原稿全部贈送圖書館，典藏一份感情和文化。（台北公館蟾蜍山萬盛草堂主人　陳福成　二〇一三年冬。）

那些年，我們是這樣談戀愛的

目次

第 一 部
那些年，我是這樣寫情書的

潘潘，

讀妳六月十七日晚上1130的信，信上第一句說：「生病也差不多了，睡也睡飽了。」這一句很叫我安不下心。

今年我單位上沒有做粽子，因為派人到台灣買的粽子來不及了。但是其他連上倒是有許多拿來送我的，所以我都吃不完，還有餘下拿來送給別人吃。我的胃口也並不佳，夏天吃不下，另外我對吃原本吃不多妳知道的。

我這次休假的一延再延，很令人生氣。從大處來講軍醫就是「國軍制度未上軌道」，人事制度也不健全。我們下屬幹部常說「如果某些制度能健全起來，例如人事、休假等，一定更能把有才能的人留在軍中效命，可惜……」。苦了潘潘，以我也很煩惱。半年多實在非常的長。

我想潘潘很了解我現在要走的方向，至少妳知道我軍人再幹也不過五年吧！五年後我和另二位把兄都要換一飯碗吃吃，這是最適合的見解。
老潘結婚，要做人家了，我也在心中的這一邊
送晚泰賀新喜，希望他們本着良心，好
好培育民族幼苗。
今天好熱，島上一點風都沒有，太陽好像
火球頂在頭上，連樹葉都不動了。實在熱。
上星期寄給妳的兩本書，當妳收到此信
時一定也收到了。昨天再寄給妳一些東西，
也是書，不過主要不是書，而是書中夾
的東西。看一看久未曾一見的男孩，半

年風塵，可是成熟了些呢？
分離組成了人生的一首詩，相思離別是
詩中的精神，品賞一下吧！那是苦的，酸的，
但也只有品味過這道小菜的人，才能深深
地更悟出何謂人生。最了解人生的人往往
不是大門不邁的公主或最有錢的人，而是
飽經離愁相思流浪孤寂的人。中國女
詞人李清照有首詞：「古道、西風、瘦馬；
小橋、流水、人家；斷腸人，在天涯」。她與先
生趙明誠的不平凡愛情，實為佳話。

今天突有所感，也許必定相思又犯了吧！說了這許多話，滿滿不會覺的空洞吧！當一個人的思想向右轉會走不通時，他一定會轉向，尋找一些有利的途徑或有意義的內容，才足以平衡自己內心的衝動。

端午節我過的很快樂，正好收到陳銘鋒寄來的一大堆食品，還有我為大夥們製作的紀念品，也是不亦樂乎。這些日子他會去找妳，一方面拿photo，他也有個小東西要給妳，代我給妳。還有去看看妳，如果他有空，他會和他女友同去，妳不用客氣，他和我不是外人，想說什麼，想看什麼，只管告訴他，他會盡力替妳辦到。他是我的朋友，妳是我未來的太太有何客氣的。如果妳覺不好意思我回去請他就是。小生就此告別。

祝

萬事 OK

誠成 上

69.6.23

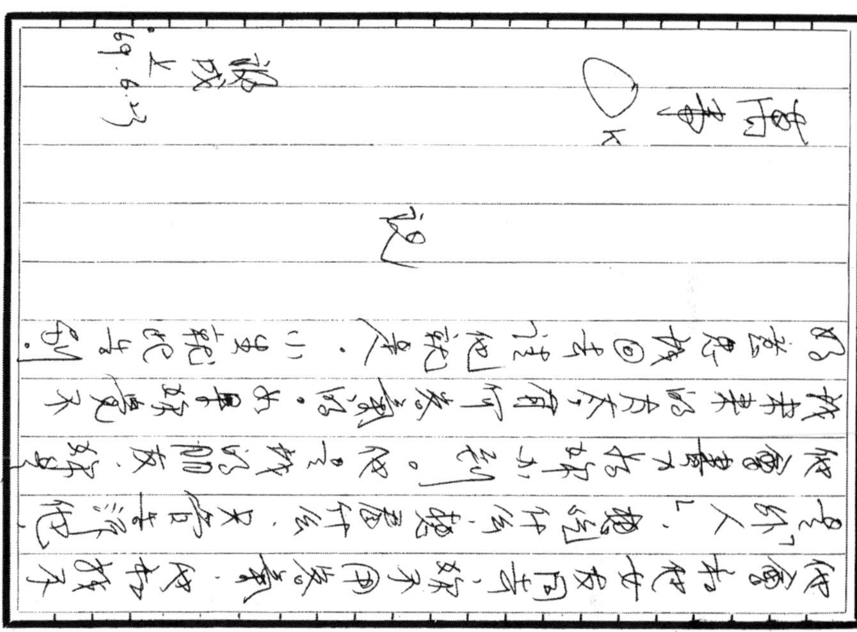

潘潘吾愛：

天氣突然熱起來了。上午還好，十点多鐘開始就不但熱而且悶。到了晚上最是不好受，睡都睡不着，躺在床上搧扇子，天氣一熱，讀書也懶的看，所以已經有很久沒有好好看書了。總覺面目可憎了。

我生日時人家送了一個鐵力士不鏽鋼錶，玩弄了好久還不清楚要如何使用它。我以前一向喜欢机械錶而未用过电子錶，前者雖準確度較差，但耐用；後者雖很準，但易坏。從我會用錶至今都是用机械表，正好我自己这個原有的自動錶坏了，也不願在馬祖修理，想假期回台再修，故有幾週手上空空如也，可能人家看連長怎沒錶，正逢生日，才去買個錶送我。

我以前未曾做过生日，這是第二次做生日，一次是去年也在高登，那時陳銘銓還在，他來我不知時招集一批人馬大办特办，今年沒想到办得比去年還「隆重」，覺得有些不自在，我媽媽說年青人不要做什么生日不生日的。

明天該有妳的信。又是一個期待多日的日子，一個叫人興奮的日子，期待明日的船兒來！

妳的考試早已報名，現在可能已經開始考試了吧！讓我遠遠地祝福妳，考試順利。好好考，这也是一個鍛鍊的机會。

國　軍

潘潘吾愛：

天氣实在熱起来了。上午還好，十点多鐘開始就不但熱而且悶。到了晚上最是不好受，睡都睡不着，躺在床上猛搧扇子，天氣一熱，讀書也懶的看，所以已经有很久没有好好看書了。總覺面目可憎。

我生日時人家送了一個鐵力士石英电子錶，玩弄了好久還不清楚要如何使用它。我以前一向喜欢机械錶而未用过电子錶，前者雖準確度較差，但耐用；後者雖很準，但易壞。從我會用錶至今都是用机械表，正好我自己这個原有的自動錶壞了，也不願在馬祖修理，想假期回台再修，故有幾週手上空空如也，可能人家看連長怎没錶，正逢生日，才去買個錶送我。

我以前未曾做过生日，這是第二次做生日，一次是去年也在高登，那時陳銘鈺還在，他來我不知時招集一批人馬大办特办，今年没想到办得比去年還「隆重」，覺得有些不自在，我媽媽說年青人不要做什么生日不生日的。

明天該有妳的信。又是一個期待多日的日子，一個叫人興奮的日子，期待明日的船兒來！

妳的考試早已報名，現在可能已經開始考試了吧！讓我遙遙地說祝妳，考試順利。好好考，这也是一個鍛鍊的机會。

寄了兩本書給妳，妳應已收到！那本「我愛上一個女孩」，
會看的入迷，看的不想吃飯不想睡覺，它除文句優美、
情節動人，內容也很實際的人。許多觀點可作咱們反
省 時下青年參考，我以為是很有思想性、趣味性、社會性
現實和道德兼顧的一本可讀性很高的書。
台北熱嗎？要小心，不要感冒了。小小女孩感冒了有傷身
體，傷身體了，尤其是35歲以前的woman最是病不得，why？、Do you know？
沒什麼其他，就此擱筆
祝
順利

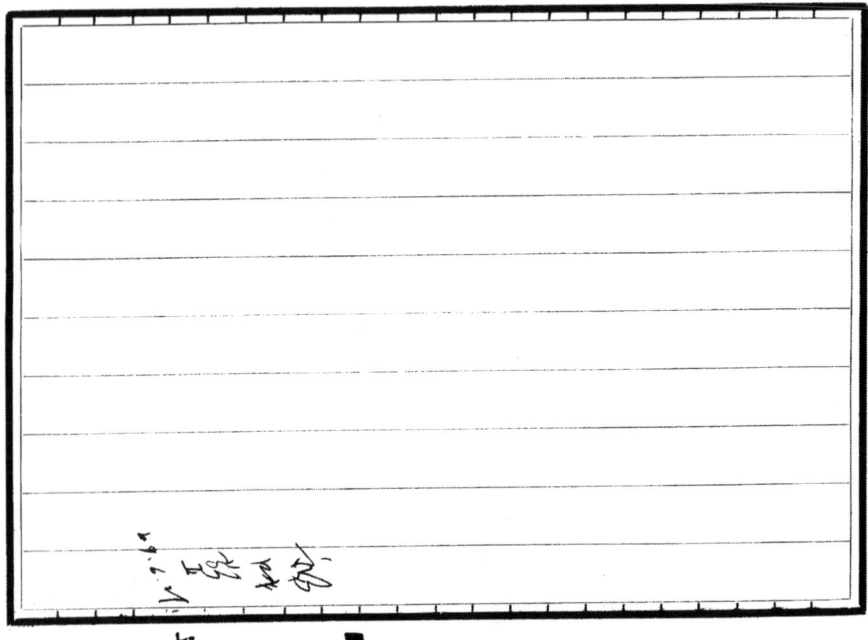

濤濤，

今天接到妳的三封信，六月十六、十八、十九。不用說這是千等待萬等待才等來的，即使只有一張也很以人興奮。信是妳。妳便是信。

這漫長的半年，說真的，使我們很苦，上自唐朝，下自元年代，可能我倆最相思，也是我倆最深深品賞了相思之苦。另一方面我很覺得是蒼如，信中我們真的讀了許多彼此之間的觀念、思想，包括個人喜好、心境、心態、理想、好惡、還有本身的個性等多方面，不論得意的、不得意的，高興的和不高興的，常在信中的深入而表白出來。對我們之間的了解多少有些幫助。

哲學中有個理論影响及全世界，因此一理論而造成今日世界的局勢。這就是德國哲學家黑格爾的正反合

正＋反＝合。

這是很深的一門東西，舉個簡單的例子，張三說某人很好，李四說不好，於是張三就會去思考，最後再得一結論：某人的某些地方不錯，某些地方不好等。這是簡單的例子，用之來解釋人類進化、歷史演變、政治經濟等，就是個大問題了。

看妳六月十五的信，顯然身体不佳，感冒了。十五日上午妳還去看妳的小朋友，妳真是最好的老師。該生運氣好能投入妳的教席。妳還是要注意自己身体，必要時上課停止，教學生也停止。身体重要，把身体弄垮了，學生也教不成了，鋼琴也要停啟，豈不好哉！

妳七月二十二日休假，這助我的運氣太差，每次要休假總有許多事，非得主官留下。可惡！可痛。唯一可喜的是我再幹主官也沒多久了，回了台灣休假比較正常，每月四天，年節日休假。多少好些。

國軍

如果我在七月中以前未休，就等於在外島被關沒希望休假了。再等九月回了台灣再說。而且九月以前有一個多月的「通信管制期」，那才苦了。我在金門時碰过一次，一個多月音訊不通，一切都不通，直到回了台灣才解除。

我現正爭取休假中，有時為爭個休假總和上司爭的臉紅頸子粗，我會盡力，但妳要做正反兩面假設，以免失望太大，痛苦太大。

就此祝

健康快樂

功成 上

69.6.廿

看妳六月十五的信，顯然身体不佳，感冒了。十五日
上午妳還去看妳的小朋友，妳真是最好的老師。
該生運氣好能投入妳的教室。妳還是要注
意自己身体，必要時上課停止，教學也停止。
身体重要，把身体弄垮了，學生也教不成了，鋼琴
也要停教。豈不好哉！
妳七月二十二日休假，這回我的運氣太差，每次要休
假總有許多事，非得主官留下。可惡！可痛。唯一可
喜的是我再幹主官也沒多久了，回台灣休假比
較正常，每月四天，每期的休假。多少好些。

好早我在七月中以前來休，就等於在外島掉閒沒
希望休假了。再等九月回了台灣再說。而且
九月以前有一個多月的「通信管制期」，那才苦了。
我在金門時碰過一次，一個多月音訊不通，一切
都不通，直到回了台灣才解除。
我現正爭取休假中，有時為爭個休假總和上司弄
的臉紅脖子粗，我會努力，但妳要做正、反兩面
假設，以免失望太大，痛苦太大。

就此祝

健康快樂

政成上
69.6.

潘潘吾愛：

看妳又生病了，大概是相思病。

我也有這種經驗，可以睡好久，有吃有喝，還有人來安慰半天，又不要開會之類的煩事。所以有時我很喜歡生病，老作家柏楊最會生這種病。

潘潘一定是真的感冒了，會叫我心痛。潘潘身體本不知我之健，怎能生病呢？妳生病的日期是六月五日前後，現是六月十五日，應該是好了吧！不知潘潘目前如何，但願已像一位活潑可愛的小姑娘

健康的身體平時就要注意，要有正常的活動，一定時間的鍛鍊，注意飲食衛生，才有健康的身體。潘說是不是呢？我的身體算來正常，小病常有，中病、大病沒有。有時我也想生個病，睡兩天，不要幹了。

我試已經考完，很滿意，成績不錯。但我不會再爭那些成績分數。

妳病體初好，要多保養身體，女人的身體最不能受病的糾纏。注意飲食，但不可一次吃太多東西，也不可同一時間裝了一肚子肉或補品。妳該知道吧！各項營養要平均吸收，不可偏廢。妳生病時不能在妳身邊，以我很難過。

這邊我吃的用的都有，妳不必寄給我，正是妳目前

國　軍

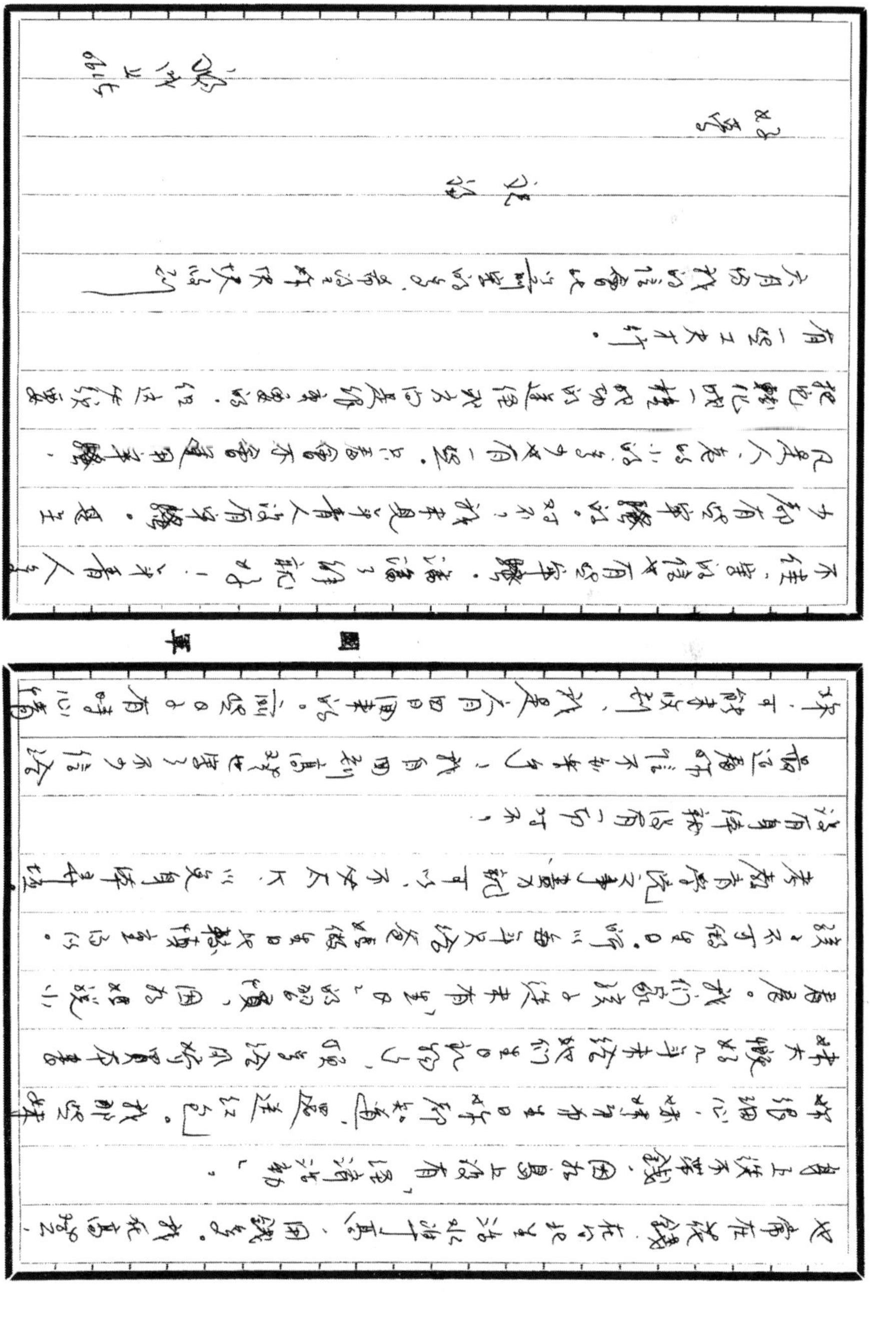

潘潘吾愛：

昨天一航次收到妳的四封信，實在不好意思，昨兒自己也不敢懶，一有空想到潘潘就提筆。其實自己從前半年考試回來就寫得蠻勤的，潘發現了沒？當我不想寫，當我沒有心情寫，我就不寫。因為靈感是勉強不來的。

但是我對潘潘的靈感如湧泉，很少有不想寫的時機。

潘潘要我不抽煙，尤其在妳身體旁邊時。我會牢記在心。在妳旁邊，我沒法不抽煙。我在潘潘身旁，或潘潘在我身旁時，我並無抽煙的慾望，因為我對煙沒有癮，三、二個月不抽也不會想它。但是這三、兩個月的心情必須是好的，潘潘也

國軍

能在身邊，那一定不會抽。

一般抽煙人的心理是①寂寞單調時②心情不佳時③生活沒有得到相當平隱和安慰。而用來交際和上癮者例外。

例如我戍在高登有如下時機才抽煙：

①參加別單位的文會時，交際性地抽一兩支。

②心情實在不佳時，抽一支，從白霧中解脫自己。

③給潘潘寫信時我也喜歡上煙。

其實抽煙有許多情調和哲學。不過我會站在潘潘的立場和健康立場，盡量少抽，尤其在妳旁邊也不抽煙，婚前如此，婚後如此。而更進一步則是不論時空完全不抽，這要妳的

幫助，若到了有一天不論任何場合我都可以不抽煙，則潘
潘就是大功臣，我要封她一品夫人了。
對潘潘寫的信，我很滿意，潘潘的勤於給我來信，我也
很感動。如果從去年六月我們就每人每天一封，現在就有
700封信了，可以裝一木箱子。以後在我倆寢室裡訂個書架，
除了書以外，專陳列我倆的信，有事沒事我們就抽封下來
重溫當年的感情，你說這豈不不亦快哉！
高雄熱。我每天必洗澡，不洗很難受，一身臭汗。冬天最長
曾達13天洗一次澡，那是冬天，現在不同。晚上我大多只穿一
套熱天睡裝，其他沒有。佈衣蓋上一件自己買的被單，很涼

國　軍

快地睡着了。這裡沒有電扇，外島很少有這東西，晚上九点多
就沒電了。有時晚睡還要点上一個多小時油灯，不过我現在
不想多用那一個多小時而損壞我的靈魂之窗。除非不得已。
實在睡不着例外。
現在雖熱，但到七月、八月更熱，九月、十月、十一月最是高雄地區熱
的顛峰。那時所有的樹木和草都因熱而乾掉了所有的葉子，
沒有那几棵樹有青葉。很少人在外走動，因熱，風中夾有塩份
和細砂，使人的皮膚枯黃，和南洋差不多熱。改日再聊

祝

端節快樂，勿忘那位寫詩人

夫 郁成 上
69.6.15.

潘潘吾愛

我個人到此只買東西，也買信紙。結果買錯了，買成這種信紙女孩子用的，我不太喜歡，只好姑且用之。

這航次的船期相隔好久，寄了又寄，未見妳來音，好悶！

今天好熱，吹的風中帶有細砂，還熱熱的，像"狂風沙"中的沙。海風陣陣，也是熱熱的，夏天易使人沉悶，難怪人家說夏天不是讀書天，潘潘現在一定未在讀書，哈哈！！此時是午後三點，可能和周老伯伯聊天是也不是？

夏天易使人虛，飯吃不下，睡不著，精力透支，所以潘潘要利用時間多休息，不要把身體弄瘦了。不知妳目前幾公斤？可否來信告知？

我的體重夏天常在56左右，冬天常在58左右，而且全部扣除衣服的淨重。我看潘潘淨重可能只有40公斤。對不起，今天老是在談女孩子不愛的"體重"問題。

今天有人從島外給我帶了兩個桃子回來，很不錯，大約有半年不知水果為何物，更不知其味。比孔老夫子可憐，他老人家不過三月不知肉味，就我有多年不知果子味！

端午即到，不能回家吃媽媽包的粽子，我媽包的很好吃。今年清明也沒回家，好多年未親自去看爸爸的墓，不知他老人家地下有知能否原諒。身在軍中，心不由己。二十年來（用整數）滄海桑田，人事浮沉，往事不堪回首，也曾西窗明月……不談也罷！

且談桃子，味道還不錯。惜潘潘遠在台北，否則妳一口，我一口，豈不妙哉！

近來晚上太熱，睡不著，體重會輕些，沒關係。

我已考完試，比較輕鬆些，現在輪到姊夫去考，夠他忙一陣。

前几天說有本書叫「我愛上一個女孩」，結果被人先一步買走了，馬祖沒有存貨，只好等回台灣再買給潘潘。放眼一觀，許多好的東西都想給潘潘買一份，奈何荷包裡有限（留薪五仟，存款兩仟，身邊本有一萬多休假要用，還想給妳買衣服、鞋子，結果沒假休而給陳錦銓拿去），萬一過些日子上級突然高興，叫我休假去，到了台北才說要走路回台中了！！男人把錢給女人用是光榮，也是責任，但是從女人手中把錢拿回來卻是一種羞恥，尤其是太太。我很不習慣！

末了，祝福妳

如右下角的花那般美

妳的男人
福成上
69.6.10 高登

潘潘愛妻"

我記得這是第二封信如此稱呼妳，今天終於又心不由己的呼起了愛妻。妳說明誠熱情不？潘自言很熱情，但明誠卻比潘潘熱情好又有十倍。潘說的不錯，男孩子要主動，將近一年來，潘一路思考，明誠也自覺即熱情又主動；但女孩也非絕對含蓄，某些地方也有「以退為進」「似潘似明」的迎合和看似被動其實主動的勇氣

以上所提，不可自囿於sex方面的見解，應廣大其我倆的生活領域內之種種。

以潘的個性和須要，妳以為明誠的熱情夠嗎？有加深否？要收斂？對潘，僅有二字：我滿意。若僅有sex方面，這是必須在自然須要下，多鍛鍊。

不強求，配合心理和生理，加上時間二人自然會磨練出天衣無縫的默契。潘潘自謙在sex方面尚未成熟，但是吾等之芳齡卻不可不成熟，所以非熟不可。提出共勉，相互研究。

此信又要寄回成功，等妳收到已是兩周後的事，真長。從美國寄回台北也不過一周。

今天天氣又不好了，氣溫降到年前那天之冷：海浪也大起來，靜不到兩天，它真多變。海明威描述海洋：「仁慈的、美麗的，但也可以變得很殘酷；不過假使海做出野蠻邪惡的事，那是因為它無法控制自己。海是多變的，而且是說變就變。」高雄附近海域便是如此，多變而無情。海明威

先生一定是個寬宏大量的人，惡人都能原諒。近月以來報導的做酒和多氯聯苯事情，這些幹傷天害理的惡人若我便不可原諒。最佳良方是：殺、殺、殺。否則愧對一千七百萬善良同胞，我想上帝也不會原諒他們的，不知道先生如何？

也來了。晚上有電視，但我只看新聞報導和音樂節目，其他不看。

潘，那本甚麼統計學不知妳買了沒？教育的書已看完。因為看出味道，所以我又買了一些來審判。

拜拜 親親

妳愛的 [illegible]

69.2.24

潘潘：

晴空萬里，心田白雲輕飄。海面平靜似鏡，山林如洗，有內心如空之感。

我住的較高些，偶尔鳥瞰底下，下面是個小村。但却是北竿第一大城，住有百姓數十人，叫做塘岐街，新舊建築雜然並陳，軍民共处。某个小角度看有些似台灣某城市的一部，已経有了"現代"的足跡，衣着、少女、道路、食品……都有現代色彩。

妳常到海边看海吗？常走名山大川吗？

前一陣子讀弘一大师傳，有句他的銘心刻骨的話猶在心頭回響不止：年青人有時走路比讀書來的重要。

深思之，恰似警世之言擊在年青人心扉上。走路是重要，古人叫我们要「行萬里路」。有的會走的，走出将相名利；有不會走的，平淡爭奇。咱們走了将近廿個春秋，可走出什麼味道嗎？孔夫子先生道：三十而立。不必自大，也不必自貶。至少是合乎了聖人的要求。可能是孔子在二十年前就知道現在台灣人口爆炸。

洪玲好的住址和阿好久沒見，寄給妳了。如何？找她了嗎？好久未見那兩位寶貝兄弟，我們三人的友情很珍貴，在世間不多也不易求。　末了，拜拜。

一要妳健康的身体
二要妳快樂的身心
三願妳萬事如意

妳身邊的
拓成
筆
八五.9.十二

潘潘吾愛：

人已到了北竿，休息一天，明天報到。住在同學处，閒来無事，給潘潘寫封信。

北竿依然是平靜的天地，今天天氣很好，大太陽。海面如鏡如銀之亮，山中有几條馬路，加上遠处傳来的汽車声、輪声，和高登有異樣的不同。昨晚有長官請吃飯，王鎮國的丈夫一我學長也在坐，就隨性的談了些，敬一杯酒，晚上七点多散會回房。

今早一覺起来已是七点多鐘了，过年的天氣少有如此之好。現在是最輕鬆的時刻，無官一身輕，这是受訓的好处，當主官一天24小時內心都有压力，帶領百来大兵，誰何人有三長兩短，都和自己有切身之責。自己除了長官，也身兼父母責，對國家的交員一切責任，这担子真不小。除了休假是一等樂事，天掉下来也不須去望一望。受訓也不錯，就是不能那自己地運用時間。

信。昨天已經回到高登，而我却正好出港了，所以也未收到，看要等明天才有人送出来給我。我昨天就在想着，潘潘今天會寫几封信来，信中會說些什麼呢？

我不在高登，高登由陳銘銓全权处理，他做事我一向很放心。他是成熟的25歲人。

很久沒接到潘的信，真是想念之極。也不知道潘現在工作可如意不？也不知道妳現English還補不？

許多話要說，却不知道如何說。昨夜是睡，一覺天亮了。潘現在身体好沒？过年前的聽妳說感冒，而且著累隻身在外，有時也惦念。盼能自我追尋生活情調，妳在大家心目中就是快樂的天使一本来就是。

祝福妳　快樂＋滿足

妳親哥
福成　69.3.9.
北竿

潘潘吾愛：

好久未接妳的來信，想念之切真是不可名狀。上航次只有妳一封信，使我不知妳的近況。不久之前每航次總有妳四、五封信，最近三、四次不是零便是一。忙嗎？煩嗎？潘潘，生為一個現代人，不論身處何方都要能調節自己的生活方式，使之平衡。

收到我前十封信嗎？生氣了？

今天有信。但沒有妳信。現正上課中，很忙。午收，有些睡不著。躺在床上給寫封簡書。

祝好

祝潘潘

永誠　67.3.14 中午

[illegible]

潘：吾愛：

這回受訓還稍能有些時間來寫信，比上次好多了。學生的生活比較正常，而且伙食好。每日三餐都經細心設計才成，早晨有蛋、油條、小菜、包子、豆漿；中晚兩餐五菜一湯，所以下回休假妳見到我，我也許要胖些，妳喜歡我胖些；有時男人結婚會瘦。我喜歡自己維持原樣。一個人的體重還是正常較好，忽重忽輕最不好。潘妳體重呢？

也未有妳的信，不知妳現在台北生活可好？讀書？練英文？工作？彈琴？伙食？電影？生活？……人關心別人時，總連她的生活起居也要關心。潘，我煩嗎？

今早起床暫停5000公尺跑步，學生們都到海邊看景。晨之海。平波千里。微微花伏動。內心有寧靜而偉大之感。沙灘上一層白沙，有腳印在上，疏疏幾個。大海、孤舟、遠山、平沙、點上萬物之美的景色——一幅安詳恬靜之氣氛。忘卻戰地緊張。

人。就不能如海之靜如平原萬古；如海之動如千軍萬馬，變化無窮，仁慈而殘忍。

人，必竟是人。早上到了，止筆

寫於早晨看海後

[illegible]

0317

潘潘吾愛：

在高登住了一年多，對它也會發生感情。島上的一草一木，島上的風土人情，島四週的海，島上的天空……，都好像很親切，特別不同的格調。

島上有座廟，唯一的，每個重要的節日都是由主官率領各級幹部去拜拜，可以安定軍心。諒神也是，許多高登小天精神生活的寄託，我這一年多來也去參拜過不下四次。記得有時對夫率領，有時我率領。所謂生活文明，大概是如此吧式累積所得。

我們都有精神信仰，如果要用個「學術名詞」來說明，我自己的信仰，只有用「多神教」來形容較為恰當。只要是一種善良的、純真的、美化醜惡的，使人走向一個「善」的境界。我想咱們都要去信仰、支持。這種的講至少是本身的一種安慰，或看更高的生活目標。

多年的軍旅生涯，以人有些生厭，一直未能接受更完美的宗教生活。只用一些宗教上的訓練去美化這些厭煩的軍旅生活，但這是不夠的。

就像好了，一艘航行很久的船，總想靠港，尤其是我們男孩的時才有時較強，而談戀愛較看的問題，否則真不知如何過了。

裕依然很快樂

吻

萬事如意

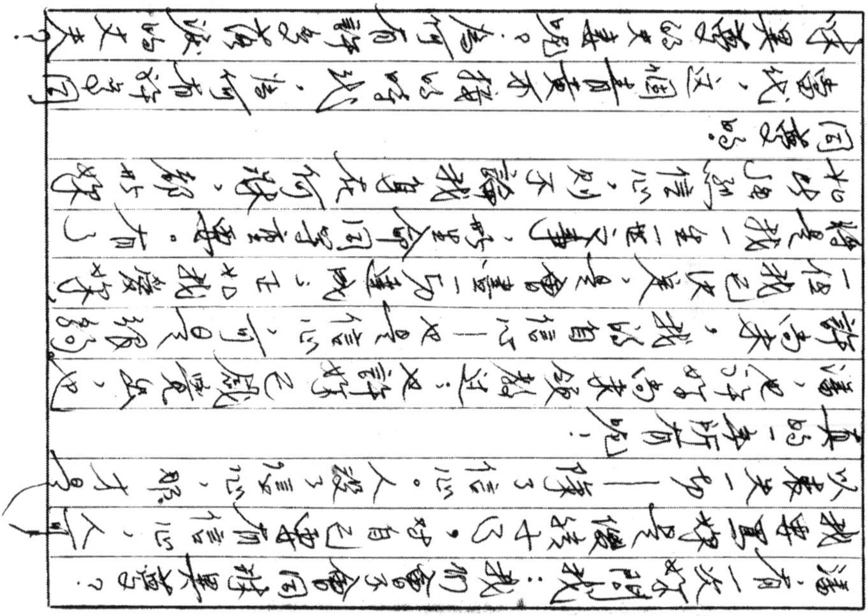

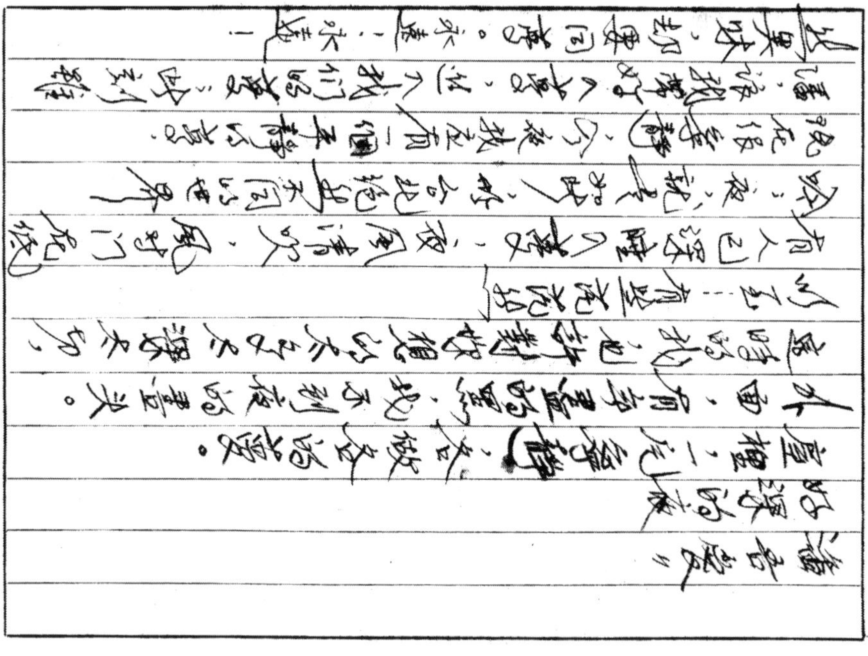

[illegible]

潘潘吾愛：

妳現在一定也在當學生吧！如果學生可以不負一切責任，是有許多人都想一輩子做學生。現在我又是學生了，我的同學有和我同年同代的，也有比我們大二十多歲的上一代老長官。看來人隨時都可當學生，也隨時都可當老師。孔子三人行則必有我師也。換言之，其他二人必是學生，故人之生，當學生機會多也。潘潘有多久是詡城之師的。人本不必自誇，相互學習，無人能知曉一切，也無人一無所知，對不？

這兩天都是整天課，一坐便是八小時，晚上還有兩小時，真忙。很久沒這樣忙了。

為何有許多得不到幸福的人妻呢？？？？……

他們沒有共渡一生的信心，自己沒有建立信心

他們都在計較着對方所發生的錯誤

從不去大事化小，小事化無

他們不認得互諒、互愛、互諒、互讓的內涵，還有……。總之，人先自輕而後人輕之，人先自毀而後人才毀之。

已經十點多了。明日有課。我深有所感，提筆急書，唯願心是相通。為妳打氣。也為我加油。

今夜夢中的夢

祝
PAN PAN
追尋快樂

妳的未　高成
69.3.16 夜思

昨天郵來了，但是我的信卻回了高雄，我人已不在高雄，明天有人送出來給我。晚了好多天。真是忘死人也！人須要物質做糧食也須要精神做糧食。誠如妳言：愛情和精神同等重要，如此比較實際，而且比較於中庸的觀念。自古以來君有情人偏向其中之一端，就會走火入魔。

走向精神極端：太過遙遠而不可達，非凡人所能為。走向物質極端則變成專道，物慾肉慾都足以使人喪心病狂，迷失本性。

我的信都收到沒？也許尚有信在妳離南後才到家吧

祝

生活快樂

妳的 政郎 69.3.15.

瀟瀟吾愛"

外面夜黑風高 細雨濛濛 淒淒冷冷

這就是今夜 是一個孤寂，想念而不入夢的夜

以鉛筆給親愛的瀟瀟寫几個字吧！正如在這孤寂的夜裡 向自己心上人表達一些心聲。我最愛看妳的信，在妳高興或不如意時 妳不妨動筆寫信。寫完妳會愉快些

今天下午考試 不太如意 沒關係 小事情。像一粒米那麼大的小事 真的 妳請

監察官是誰——王鎮國的丈夫——我長官。

其單職、姓名屬保密，故不可寫出來。

西語"It is a small World."翻中文：人生何處不相逢。宇宙譯譯：世界太小了。以通訊發達，使世界愈來愈小。台灣大嗎？中國大嗎？世界大嗎？太陽系大嗎？宇宙大嗎？故大小在心境、觀念上之別而以。

潘潘想念我說謝謝。讓Pan想念是我之光榮和安慰。每個夜裡每個可以想念的時刻，所有腦海有空時，妳知否？讓我時以每時每刻不在想念潘潘。此時使我們想念，使我們接近，使時間更短。

今夜草此，69年二月十二日就寢前二十分鐘

草書於被窩上

親愛的潘潘 可愛的潘潘！

有一種老年人談之变色的動物妳見過嗎？尤其大多數女人——當然，男人也有——都想和牠賽跑，甚至要戰勝牠結果呢？都失敗了——有的敗的好慘哦！

聰明的人，理智的人，卻不和牠賽跑跟牠跑，引導牠跑，慢跑，甚或不与之跑

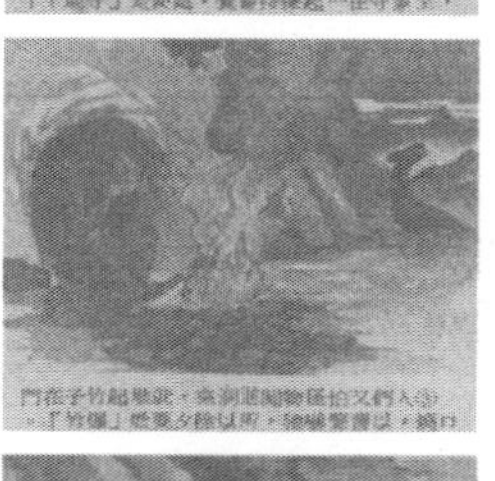

自個兒跑 自由自在的跑

每年牠總是騰雲駕霧地和大家共跑

我們是否懂得牠的個性？

我們是否知道如何与牠共跑？

我們是否知道自然界造「年」的意義？

遠古至今多少「年」？而今而後多少「年」？細思細量好何过这一年？

[illegible] 68年2月24隨筆高雄

潘潘吾愛：

好忙的一天。

忙，總叫人搞時間忘記；所以人皆曰：時間是最佳解藥劑。忙，忙得人什麼都不想了。

有時一早起忙到晚，就像今天，人也不覺累；有時人閒了一天，却覺得好累。人—這部機器好怪，好多人不知如何運用，甚至機器的主人也不知如何用！好！好！

話，有過如此的感覺嗎？

現在事已過了，該看的看了，該訓的訓了，該忙的也已忙完；此刻正是最閒的時候。家居生活最是清閒，睡覺，直到日上三竿。看小說，散文，寫心得，做日記，欣賞，打乒乓球，網毛球，晚上再送部好片子看，真是樂不思蜀上了。偶爾幫媽做些家常菜，看那母親的聰明和能幹，其樂融融也。

讓我想々，此刻妳正看何書？對了！上回來信，正看京華煙雲，也許已經看完，現在正看「大[illegible]」即會小說。忙，忙完了，看看澎湃的大海，注視深藍的天空；再想々遠方的妳，何時對我好好的[illegible]，何時叫妳[illegible]在我懷抱裡，總覺每件事都很遙遠，很須要耐力克服，總須要等待。要等且慢々期待吧！該來的總要來。

今天下雨了。祝妳家居生活愉快，看書如意，好夢[illegible]的天天晚上

酒妳也收到了。謝小姐乳妳也收到了。一串串的事都
是潘潘為我做了，讓我呈上萬分感謝，讓我奉上萬分祝福，
讓我現在在此說一聲：謝謝妳！愛妳。

潘的迪斯可想來是跳的不錯，以後我不必請老師，呀
教我dance，我教妳play吉他。妳說生活如此美不？生活的美化不全
在井上。也是「充實生命」，自己本身的追求才是，不要
條件」；呀！好久未聽妳play鋼琴，音樂時我就是夏日花
草的雨水。從之我很喜歡。我們應知，人生生活如果全部
基於sex的話是，則會「走火入魔」，其他有很多值得我們
去培養和追求的東西太多了。在我們已知和未知領域中，
有太多太多的美的事情，只是自己去發覺而已。以咱們
之人情之品賞，追求。

最近几天老是一直下雨，毛毛細雨；本來細雨也很美
但是太冷，Pam也不在，所以就不美了，也不喜歡了。待在
房裡看小說，讀書，寫信。只感有了，便給Pam寫首新詩。
所謂「新詩」，絕無韻律、章調的。只講就自然語句表達
事物的自然而以，加上外在形式「的藝術」，組成形式美。
所以那是我之於心的流視，有時用些「新射」。我只是美
感爽到，寫到好玩。也算於寫信，讓自覺幸運，不是搞弄。
祝我想妳，晚上注意，不要着涼。

想念妳的

02.25

潘潘吾愛：

收到潘的一封信，這一航次唯一的；但是，有收到就叫我很高興。玉美那張信也收了，我向她寫了一封信。等她收到信，妳已北上，年也要過去了。真是歲月如梭。

知妳田裏很痛快，前几天卻很累，幫忙做事。洗呀！抹呀的，還把手洗粗了，真叫哥哥又憐又痛。憐的是妳的能幹，痛的是由於妳；也由於是愛的深，希望妳不要把身体累到了，体力不佳。要常保持身体的健康。就是在日常生活中，保持工作適度，休息適度、飲食起居適度。否則体力時常過份透支，容易生病。

聽到妳一連工作了六，我心裡真恨不得能飛到妳身邊為妳分擔，可惜那只是夢。

我又看到潘潘過了年天天要寫信給我，我看我高興，不過我想等收到一串八、九封信再高興也來得及。萬一我高興過度，而下航次只有一封信，豈不好哉！也許潘要黃牛了。哈哈！哈哈哈！消遣一下，妳可當真，覺不睡、三更半夜寫信，那可不得了。所以說咯妳只管不要起筆。

最近有六、七封信我都寫到成功，算算日子再過五天妳就要北上，時間寶貴。善自利用，看妳喜愛的書。

台中的家妳也去看了。寄回去的[illegible]妳也代收了。

濤濤吾愛：

收到濤的一封信，這一航次唯一的；但是，有收到就叫我很高興。玉美那張信也收了，我向她要了一封信。等她收到信，妳已北上，年也要過去了。真是歲月如梭。

知妳回家很痛快，而九天卻很累，幫忙做事。說明：據明的，還把手洗粗了，真叫哥哥又敬又痛。敬的是妳的能幹，痛的是由衷妳；也由於是愛的深，希望妳不要把身體累到了，體力不佳，要常保持精神，保持妳的健康。就是在常生活中，保持工作適度，休息適度，飲食起居適度。否則體力時常過份透支，容易生病。

聽到妳一連工作了六，我心裡真恨不得能飛到妳身邊為妳分擔，可惜那只是夢。

我又看到濤濤說了每天天要寫信給我，我看我高興，不過我想等收到一串八九封信再高興又來得及。萬一我高興過度，而下航次又只有一封信，豈不妳哉！也許濤要黃牛了。哈哈！哈哈哈！消遣一下，妳可當真，覺不睡，三更半夜寫信，那可不得了。所以沒空妳只管不要提筆。

最近有六、七封信我都寄到成功。算算日子再過五天妳就要北上，時間寶貴。善自利用，看妳喜愛的書。

台中的家妳也去看了。要回去的要讓爸爸妳也代做了。

潘潘吾愛，

我從高雄出來時帶了十張信封，每個信封中放一張信紙。打算十天的受訓中能有空給妳寫十封信。即使下課，即使就寢前十分鐘，即使信紙上只有一個字。

受訓雖累，但很有趣。所有三十左右的男孩在一起，變得一個比一個年青，一個比一個活潑而有朝氣，我的感受也不例外。祝妳和以後在一起，自成一種特有的生活情調。

好晚了。受訓一星期過團體生活，還有10分鐘要熄燈了，一覺到天亮，明天又是一個新的一天。對每個要來臨的一天，我都促自己去迎接，而不要嘆氣。潘潘妳呢！願我們都能善自運用自己的這一天。夜安　吻妳

為妳祝福：

青春，快樂；

美麗，健康

妳的　詠明　63.3.12

潘潘吾愛：這是一個寧靜的上午，今天上午不上課，所以比較清閒給妳寫信。本來冬天似乎已經過去，這兩天忽地又冷起來，這種多變的天氣最易感冒，雖非大不了，卻是「百病之源」，所以要注意。潘潘身體本就不怎麼健康，一旦感冒將使體力大減，精神不振，影響生活之正常。馬祖冷，但潘潘的衣服則不但暖在身體，也暖在我心上。潘！此時我只感覺很幸福。世上有一個潘潘在愛我、關心我、體貼我，我「夫復何求」呢？

潘潘上台北了，弟弟妹妹也上學了，爸爸也要上班吧！家只有媽媽一人。唉！天下父母，咱們以後也要為人父母。我常在想，上一代除了把兒女養大外，真是「一無所有」；他們所有的就是幾個兒女，這一代的我們是要奮鬥出有一些東西才行，就像現在的我倆，是不是也是「一無所有」呢？如何謂之有呢？如何謂之無呢？潘潘，這是由時間加智慧加努力加苦心加愛心加與其加……才能解出來的答案。漫長的路在我們面前，許多人都不願去走，但不得不走。在我的感覺是：後面是一條死巷，則不如就奮力向前走。妳呢？潘潘，總算妳了解我在愛妳，而且愛的很深。一個人很怕別人不了解他，這是男人；但叔本華有句話：女人這動物只要愛她，而不要想去了解她。這位哲學大師所言也許因為女人不易了解，轉而用愛去代替了解。

我對我們男人雖談不上「徹底了解」，但可謂很清楚；潘潘身為女兒家，對女人應有幾分知曉。何不道來一二，好叫我做丈夫的認識、了解潘潘。

潘潘吾愛，

歲月如梭之飛逝，今以到現在已是三月六日了。元宵過了好嗎？台北的佳節一向熱鬧，而且有許多奇奇怪怪的節日出現。難怪潘一直希望住台北，要看什麼便有什麼，學東西也方便。明天已經是妳們的日子，婦女節，全世界的人都在歌頌母親，卻未歌頌男人和女人。記得女人和母親有何差別？哲學家說：女人只有當她成為母親時才顯得偉大。

潘說得對！母親的忍耐才最偉大，只有貢獻她們的生命，從未想要收回。潘，說有一天妳也是母親，而我卻沒有妳那麼偉大。所以耶穌說：我做丈夫的要愛他的妻子。更何況，我們要愛潘潘一輩子。

潘，明天是偉大的女性的節日！我此一手所有，又沒有人回台灣，所以也沒辦法給妳送個東西。就以一封信的祝福，永恆不變的愛情，來表達我內心之一切。

明天我又要去受訓了，後訓說是很忙的

不論在高雄如處也好，好我又在要離開前
提筆寫信。很久未收到妳信，確實很想
念妳，我所有寫到台北的信妳應已沒收到
才對。

上上回我寫到台南有一封信，要還這買一
本基礎統計學寄給我，如今未見著落。
那二封信還把我們理究便又未提書，是否回
台北才要去找呢？盼能來信。

今天下午一直忙打包，以出外旅行還境，帶
了一大堆東西，真是……

明天應有妳的信，但我出港了，收不到。
有人會送到此字給我。現在我真怕看一些
妳們理人的信，不述妳的心事我很皆聽，人
漸漸平靜，想的又多些。我只希望妳的生活
能樂觀，自尋情調。夜已深深，窗外雨聲
似訴，似訴著節節曲曲，有如意的，有不如
意的。夜安。想妳，盼妳力舊。

想妳

萬事如意

妳當的
[illegible] 6?.3.7

潘潘：

我又成了學生。當學生最好是沒有精神壓力，所以算是愉快，只是要學一大堆東西，亂煩的。

現在正是下課，也不能坐校外椅子，就拿出談笑的信箋書寫。也許妳現在正和我一樣在當學生哩！當官當久了，當當學生也不錯。妳的信今天才來收到，不知為何！也不知到了高雄沒。算一算，還漫長的日子要咱們去等。潘潘，咱們等吧！默以好好的信。

祝

快樂

[illegible]的 成

69.4.10 第二節下課。

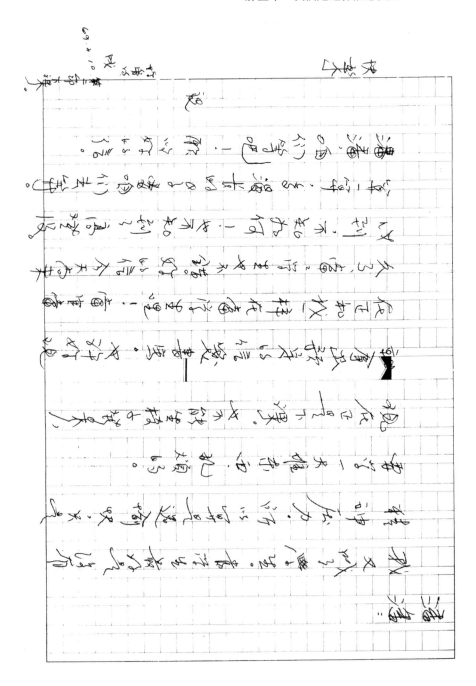

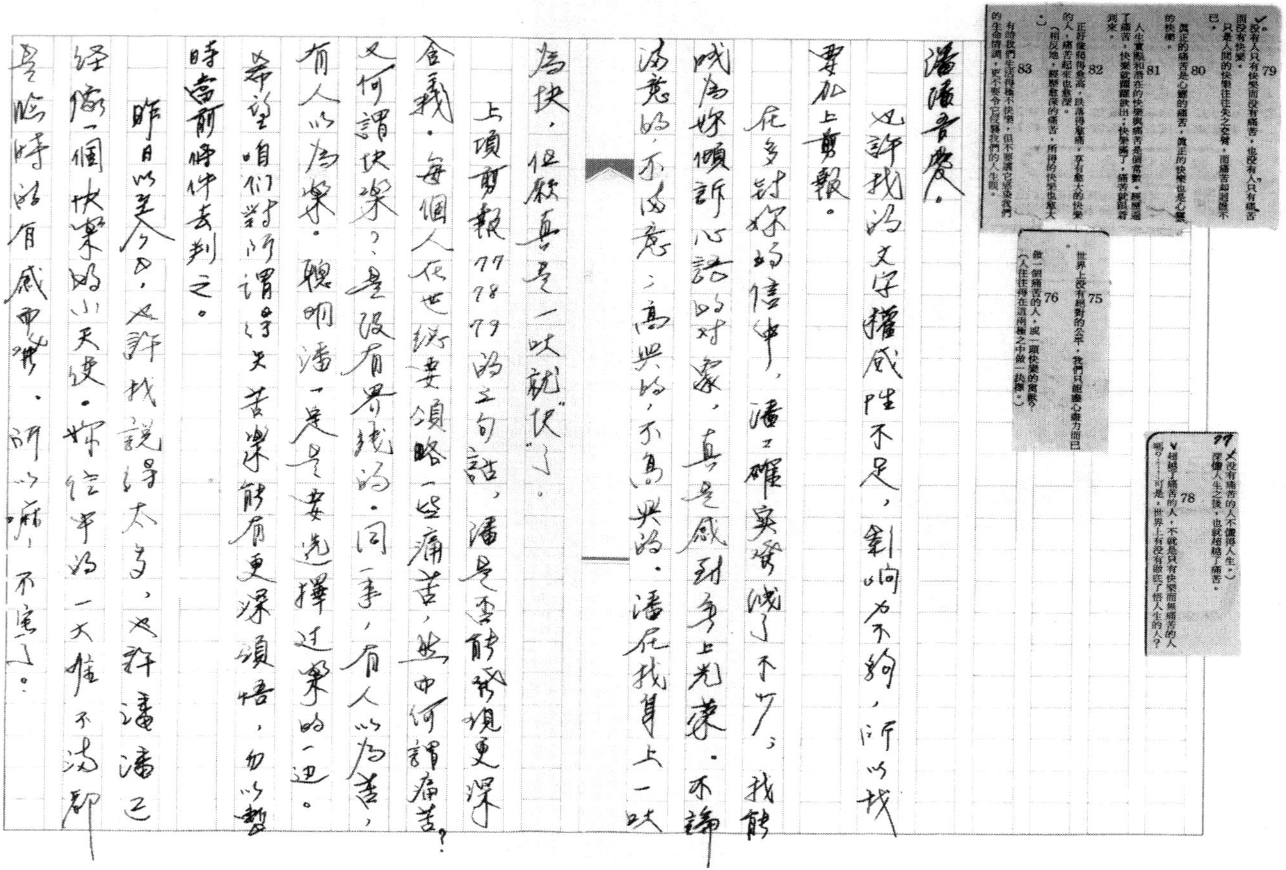

潘潘吾愛：

也許我的文字權威性不足，影响力不夠，所以我要加上剪報。

在多封妳的信中，潘潘確實發覺了不少，我能成為妳傾訴心語的對象，真是感到無上光榮。不論悲傷的、不如意的、高興的、不高興的，潘在我身上一吐為快，但願真是一吐就快了。

上項剪報77 78 79的三句話，潘是否能領略更深含義。每個人在世總要領略一些痛苦，然而何謂痛苦？又何謂快樂？是沒有界線的。同一事，有人以為苦，有人以為樂。聰明潘一定是要選擇過樂的一邊。希望咱們對所謂得失苦樂能有更深領悟，加以斟酌當前時件去判之。

昨日以至今日，也許我說得太多，也許潘潘已經像一個快樂的小天使。妳信中的一大堆不快都是臨時的有感而發，所以嘛，不寫了。

79 沒有人只有快樂而沒有痛苦，也沒有人只有痛苦而沒有快樂。只是人間的快樂往往失之交臂，而痛苦卻揮之不已。

80 真正的痛苦是心靈的痛苦，真正的快樂也是心靈的快樂。

81 人生實際和潛在的快樂與痛苦是個常數，輾轉過了痛苦，快樂就躍躍欲出，快樂滿了，痛苦就跟著到來。

82 正好像爬得愈高，跌落得愈痛，享有愈大的快樂的人，痛苦起來也愈深。（相反地，經驗愈深的痛苦，所得的快樂也愈大。）

83 有時我們生活得極不快樂，但不要讓它感染我們的生命情調，更不要令它侵擾我們的人生觀。

75 世界上沒有絕對的公平，我們只能盡心盡力而已。

76 做一個痛苦的人，或一頭快樂的畜牲？（人往往得在這兩極之中做一抉擇。）

77 沒有痛苦的人不懂得人生。）深懂人生之後，也就超越了痛苦。

78 超越了痛苦的人，不就是只有快樂而無痛苦的人嗎？……可是，世界上有沒有徹底了悟人生的人？

下了好多天的雨，心裡一直很煩。這航次妳只能收到我大約一、二封信，我有些難過，不過前幾天真是兩眼金星，每天嗚呼大睡。昨天10:30起床，今早8:30起床，人差不多好起來了。好了之後，便開始想妳了，不知濤濤現在可是工作正常沒有。濤現在工作已很順了，所以妳的畫畫可能休息一段時間。不要老想看書賺錢，那是男人該擔心的問題。做一個女人似乎可以不必「先天下之憂而憂」，而要「先天下之樂而樂」，家庭才能幸福快樂。對不？

八哥，還有兩天，就是的天，我就去受訓，只有十二天而以。我當然希望每隔幾天能有空給妳寫信，這一兩航次信必定少，特先告知。免得掛念。王媽媽給妳家妳那去過嗎？一般家庭目前尚有這身家份。成功的工作如何？想換嗎？又不知另有工作否？我做其他打算。我回家伴著媽媽再過幾個月間要好好的生活又不請所！妳以為呢？

晚安

萬事如意。

妳愛的 朗朗 69.3.6

瀟瀟"

殘冬已去，今天的北竿真是艷陽高照。顯的有些潤，人也有些無力的。也許寒冬太久，突然轉暖，有些適應不過來。

早已聽說北台灣的女孩已開始展露她們玲瓏而富有美感的身材。春夏天的女人服飾實在十分美麗，以男人看來不僅花花世界引誘的感覺；秋冬女人服飾顯得高貴華麗，也是各出花招。唉！真是女人之世界。好像舞台上的舞者都是女人，而男人成了台下的觀衆。有時男人也因他們所帶的女人而驕傲。我也逃不過做為男人的本質，因為我又的有了妳做為太太而驕傲。

這是一個中午。午睡自然很喜歡，但是每到午睡我總要找些事做，我的午睡成了習慣，的確非睡不可，豈不不妙。

算一算。明天該有妳的信了。這麼一想，人很安心。現在說，學了一堆我不喜歡的東西，所以容之笑味。只有一項計算機使用較實際。

親親妹：入我夢來

誌於北竿中午隨筆

遙遙吾愛，

我離開了它已整十天，高登和北竿之比我更喜愛高登。不是因她有花那裡，我喜愛那裡遠離塵世，花高登那幅人人無爭的面孔，那幅世外桃園的氣息，那裡四週皆充滿的場面。雖說環境困素也有，總叫人很爽快。

北竿。是個小鄉村，每日有台灣所沒有的布佳景；也有了臉上那麼競爭、價值、忙煩、不耐奈的幽容。所以亞里斯多得早就說過：人之罪惡源於理性。洽以宗教說：夏娃和亞當的禁果是人之原罪。從那時起人都有罪，潘潘，我們真的有罪嗎？

現在又是一個中午。很靜。大地入夢。還有五天結訓，我又希望盡快End，回到純樸自然的高登。好快！現已經三月十八日。是我們訂婚二個月零兩天，歲月如梭。今晚大概有妳的信，明才高登來Tel，信已送來。該有几封是潘潘的。我會分秒慢慢等的。

祝福妳

以此生個我們至愛的BABY

夫 福成 書
69.3.18 中午 [illegible]

一個女孩叫pan pan

夜了。讓我給她寫封信

隔著好遠，好大的海洋，水天多遠呢！

但我知此刻她在做啥！

也知她心理正在想些什麼

若不知？？？？？

何以我要寫信給她？何以我會每夜想起她

何以……

所以，此刻，↓未來↓永遠↓

我總要寫信給她，總要想著她

夜了。讓我寫封信給她，寫封有100 page的信

內容都已印在她心中

正是和我寫的一樣；她也寫了一封

和我寫的一樣，印在我心中了

印在我心中的，正是pan pan這個女孩

夜了：我要睡了！她則睡在我心中

我們做的夢也一樣，

所以我也不必道晚安了

就讓咱們攜手入夢吧

鄉下人 于69.2.23寢前

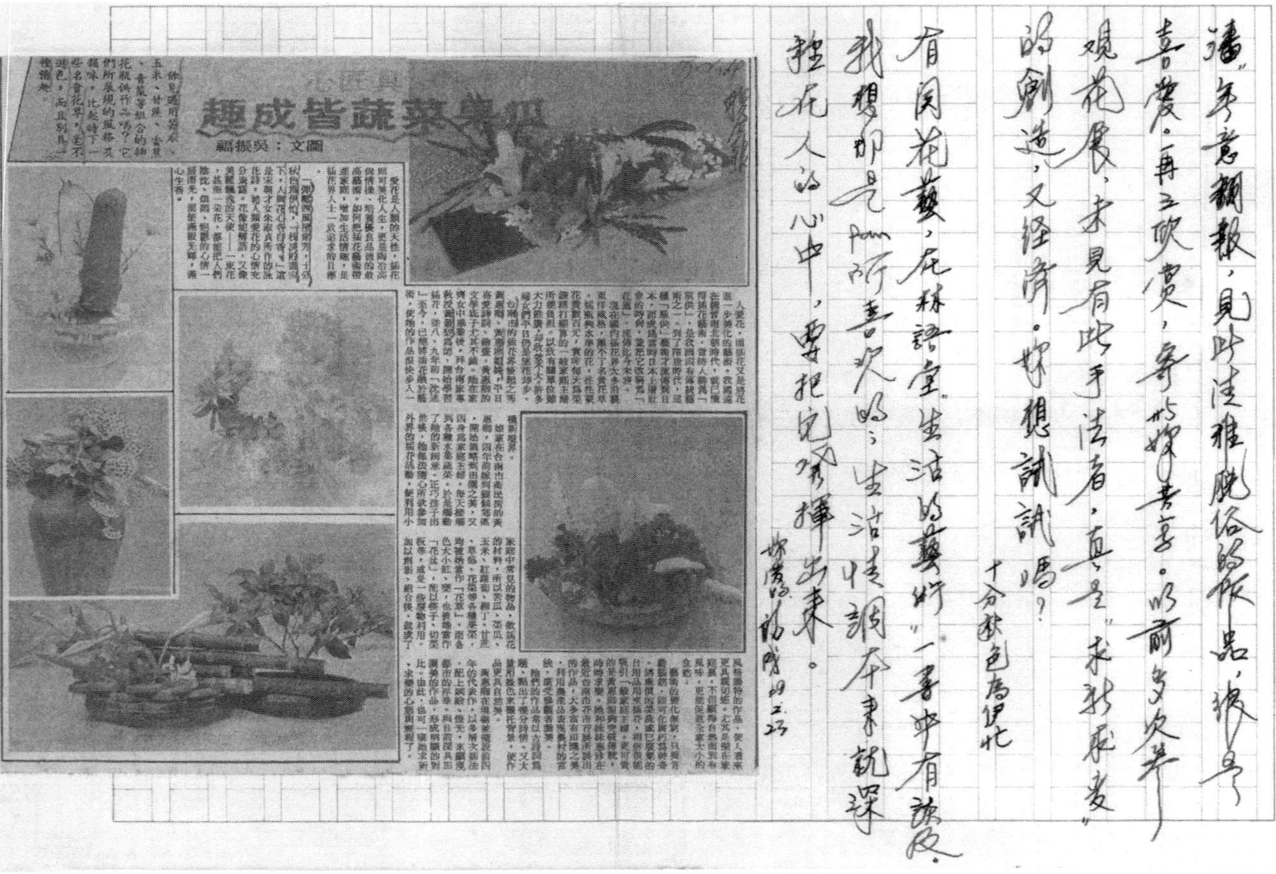

瓜果菜蔬皆成趣

圖文：吳振福

隨手意翻報，見此清雅脫俗的作品，很是喜愛，再三欣賞，寄於妳看看。以前多次參觀花展，未見有此手法者，真是"求新求變"的創造，又經濟。妳想試試嗎？

十分欣賞為伊忙

有関花藝，在林語堂"生活的藝術"一書中有談及。我想那是Pam所喜歡的，生活情調本來就深植花人的心中，要把它發揮出來。

妳虔誠的 [illegible] 64.5.23

濤濤吾愛：

自從六月十八日收到妳的信，六月二十日給妳寫一封簡單的信；我感到萬分痛苦，左思右想，坐立難安，人有些支持不住，睡了兩天，吃了兩包藥。身體終於恢復，但是體力很差，今年5000公尺沒有跑完，半途退下。事後我才了解這是我「心」的煎熬，不過三天的心磨便吃不消；我以前有過六天六夜未睡，未必見得如何。如今我已信人會一夜之間白了頭髮。

我想男女在動感情上有許多相同，我對妳正如妳對我，我已把一分感情付出給妳，一樣不可承受太大的打擊。男人要比女人能忍耐是不錯，但那是有界限度的。

我未對妳說真話，責任是我之錯，但我對妳要說的故事並未說完，濤濤便開始聯想，構成，更如其來如火山爆發。如果我們以更理性的方式處理問題，應該更好。我當然知道濤濤心情也不好，我更知道一個在外流浪七年多的女孩，她對人際的人生已經開始有些不滿。此時我的挑動妳的情緒，我便成濤濤傾瀉如江海的對象，專把不滿發洩在我身上，我未與言。但妳竟這是我第一次當「夫」，而且只一半，所以我有些对女人受不了。

蓮，社會生活太久，使妳開始对人生厭倦，对男人不滿。我不知道要如何來啟發妳：快樂的思想，但是我要說一句：人生確實很苦，若我们不想些快樂的事，專想些苦惱事，則苦中加苦，人生將如何過呢？

妳應該還記得咱们國父孫先生的名言，又是一句老生常談的話：人生不如意之事有十之八九。讓我再問個哲學家常提的問題：小孩為何出生便哭？由物理或生理學上看是科學問題，哲學上則更有一層含義，妳願意冷靜思之嗎？果如，妳一定想去追求一個快樂的人生旅程。

蓮，夫妻所爭者，非他以前女友如何？亦非她往日男友如何？更非双方家勢如何？家境如何？身世如何等等？

蓮，夫妻要爭如何才能互愛互敬互諒。

要爭今日以至未來如何才能共創美滿的家庭生活？

要爭共同的幸福，至少要爭這一代的幸福。

否則，這是一部悲劇電影，是未完成的故事。

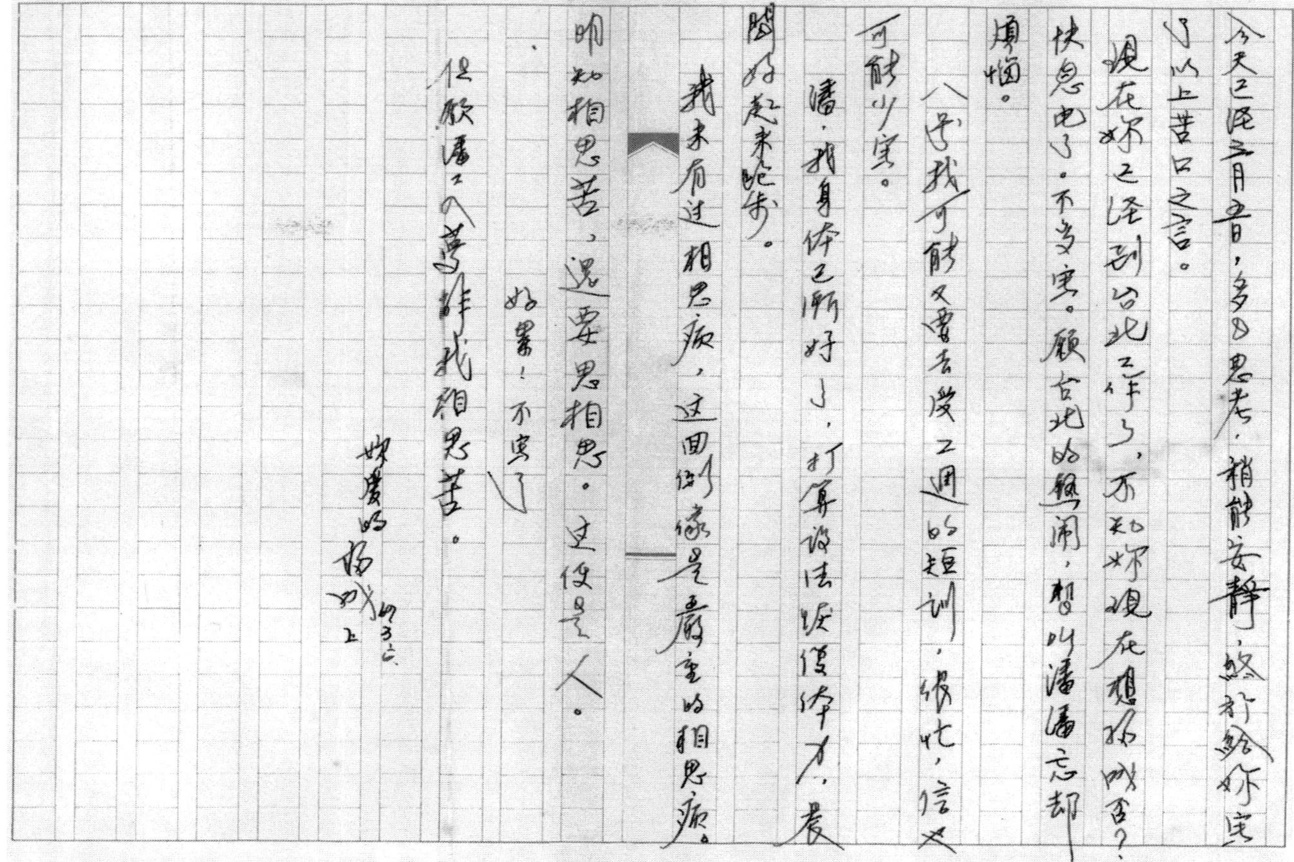
今天已經三月十三，多日思考，稍能安靜，終於給妳寫
了以上苦口之言。
現在妳已經到台北工作了，不知妳現在想好了否？
快息也了。不安寶。願台北的熱鬧，都以淡淡忘卻
煩惱。
〈以〉我可能又要去受二週的短訓，很忙，信也
可能少寫。
請，我身體已漸好了，打算設法促使它早點長
腿好起來跑步。
我未有過相思病，這回倒像是嚴重的相思病。
明知相思苦，還要再相思。這便是人。
好累！不寫了
但願屢次的夢解我相思苦。
妳愛的
[illegible] 上
69.3.6

濤濤之愛：

二月二十九日接到妳22、24、26三天寄出的三封信，有甜，兩天我心裡始終靜不下來，我在思考，如何說；但是我提筆提了四五次，沒有寫成一封信。現在是收到"言"的第三天，我終於寫成信了。

妳的心情我知道，妳的"修"理，我全接受，歷經三天痛苦的思考，在文筆問我想不出說的太多。辯解多餘：

一、在某方面我不夠想像，是我錯。

二、但是，我讓自己的故事，只講到五歲。妳才聽到一100，我希望妳有耐性聽完。

三、對妳的愛"如金如石，妳應能自知。

三封信說中我的心酸，道中我的痛處。我打算過兩天再寫信。給妳的信（二月二十八日），都寄到台北，收到了嗎：

祝

萬事如意

妳愛的

[illegible]

03.03

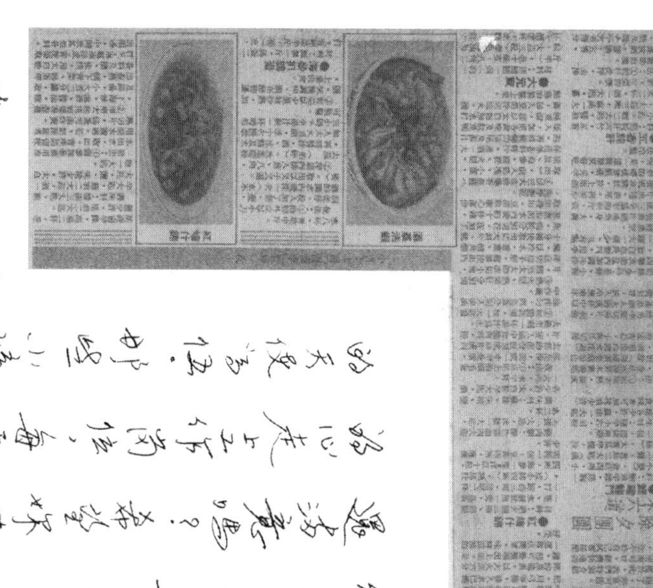

教妳做年菜（一）

除夕團圓菜十六道

親愛的潘潘：

偶然又發現這幾道好菜，只可惜此時此地「畫」餅充飢「不是辦法」：畫面動人，奈何此種秀色並不可餐。寄了給妳，哪天潘潘有机會表現一手，我們豈不有口福嗎？

我只看到這四份，也許還有。今天是28號，明天潘潘將北上。或許妳已經回到了台北。二十天的休息一下，真正的休息大約十五天，還滿意嗎？希望妳帶著快樂的心走上工作崗位，每天將快樂的天使寫信。那些小孩子們活潑可愛，從他們臉上我們又找到

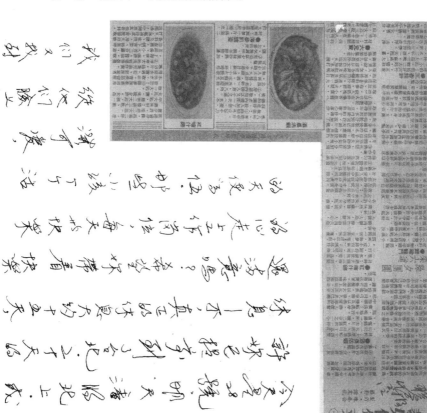

3

咱們童年的掠影；社會雖現實，從他們善意的微笑，我們也可肯定人間多少還有一份純潔的愛。难怪赤子之心，那麼可貴，潘潘久居「兒童樂園」，可稱得上「孩子國王」。小孩一見pam就喜欢，也是理所當然的。願咱們永保赤子之心。

妳的身体現在應是健康多了！天氣不定，容易生病，妳可

聯合報 69.2.14
教妳做年菜(三)
大年初二4道菜
製作·陳春香 攝影·謝震乾

69.2.13
教妳做年菜(二)
大年初一 菜六道
製作·陳春香 攝影·謝震乾

教妳做年菜（四）

製作：陳壽香 攝影：謝蘭乾

年初二，菜六道

要多小心。在家有媽媽當特別護士，有時生個小病
反而是享福呢……到了社會便求快，但一切又要靠
自己，因為朋友，帮上忙的有几位。所以到了台北還是
多少小心些。二月已去，三月又快到。三月中旬我
又要參加一個短期集訓，要忙一陣。但到任何
地方我都不忘給妳寫書。訓畢，三月底四月初大
概要休假了，如果不算它，歲月很快。
待這回休假，我們結婚事宜就要做個初步擬訂。
因為軍中要提
前兩個月呈報，
我們又有事要準
備了。

祝妳
康樂：
工作順利
学業進步
身體健康
是我三願。

妳愛的
根誠 69.2.28.

潘潘吾愛：

外面下着不大不小的雨，一片雨濛濛白茫茫。雨景，我一向很喜欢，總把它看成和李白一样脫俗的高人。下了一陣，樹木花草便也欣欣向榮；尤其現在天氣不太冷，山坡上已经有了春的氣息，綠油油加上雨水沐浴形成一片晶晶亮亮的視覺。是初春或晚冬吧！

台南的天氣一向不錯，該不會也下梅雨；如果有雨真不好哉；妳我家门口的衣兒一定唇好；閨中少女總愛在雨景凝視窗外，凝視她所達不到的世界，把她的嚮往從視覺中收回。現在少女該沒有所謂「閨中怨」了！女孩要不想到外面闖闖，是已無「閨」；家庭開心，是已無「怨」！有的是「思君怨」。

這雨下不知何時才停也！如果來個傾盆大

雨，豈不更爽快。再过二十天便是一片春的景象。年復一年，春復一春；想去年此時，大概才聽到妳大花「放風声」，那知世上有個濤濤!!!如此風声越放越美妙，再过一個多月是兩個我們開始書信往返。如今一夢已成真。相见嘆晚，恕月老把咱們一時弄忘，事隔數年，他老人家終於又把咱們想起，这也不怪他，老人家較易忘。待數十年後，我倆回憶起當年兩地相思，苦等信箋；再憶起那男女總在台南車站相見如故，妳说这是何等樂的呢!青春不再，人生不復再。我即為妳夫，就是要做得最好，盡最大力來做；深又要有耐心濤更親呢？更可愛呢？

有覺了。電視也有，但到此我尚未看过电視，一方面多此雜事，畫面也不清，可謂「白茫茫的閃光」。

最好的是晚上有四小時電，看書寫信已足用。但每晚我大約11:30就寢，所以最少一小時還要用油燈。還好只有一小時，方便多了；天冷時我便躺在床上看書，在床上做小桌子，再是放在腿下，暖暖的。

今天是27號，妳在三天就要北上，重新再走入一個較新現實的社會的地方。成功如果不喜歡，妳是否可以找個滿意的工作，說以自己方便，喜愛好了。

妳也想讀書的話不了，所以必要考慮有無讀本環境。此時的我真是一無用途了，連繁瑣搬東西都不能。好在台北妳有許多親戚。弟弟。副輩。若干長輩。俗云：在家靠父母，外出靠朋友。即是也！

今天有件鮮事！自己說以為鮮！有一個連的[illegible]廳落成，該連長要我畫了「蘭竹」一幅以示慶賀。我只不過學畫三個月，又無人指導。所以硬著頭皮拿了一幅去。還吃了一頓。快哉！

難忘妳的初吻。再飛吻一個

Kiss you Miss you Love you's

福成 望27

親愛的潘潘：

於十六日收到妳的信，下回收信時間要一星期。

這種美的苦等，很以入望穿台灣海峽。

也想不相思，可免相思苦

幾次細思量，情願相思苦

我知道潘潘很忙，相信這樣的生活很充實。潘的英文學的有心得，真叫人高興和驚訝。妳說不錯，最重要是要學到東西，不論為工作而讀，為讀書而讀，相信我們現在就人生旅程而言，都還在學習當中，深信我們都會向着更高的

屢次邁進，哲學家羅素有言在先：「生命是在開拓未知的領域。」

妳說親友很少讚同妳的考試，他們所持的論点不能說錯，因為他們是從女孩的婚姻年齡來判別此事。妳能堅持原則不變，表示潘潘是一個「自我肯定」很強的人，求學不能放棄，婚姻也很重要。所謂求學不在以文憑來量取，而是求知，學得某些有用之東西，不論婚前、婚後，乃至五代同堂的祖母，都不該失掉求知的慾望，是故，求學和婚姻不在發生衝突。但為達某一目的或工作的讀書就

另當別論了。例如我，為明年參加考試，必須讀些不很喜歡而枯燥的書。這是人生為達成某一小目標而取的方法。

以我的性格而言，我一輩子要談成潘潘讀書嗎？所以所有人都反對，但還有一人讚成——做成。即使結了婚再讀書，我們也應同甘共苦達到妳求知的慾望。是故，妳只管放心的讀，因為妳找到和妳一樣喜歡讀書的男人。

不知妳畫出來了？我真是急也。妳去年起步，我現在尚未起步，妳又比我聰明，如何比呢？

明年定輸了。等我收到書會立刻給妳回信。潘現怕寫了信，我不喜歡看。真是活見Ghost。妳次寫四封，我會吃得到一句還寫與。只怕妳Lazy。來到高雄一年了。未出什麼重大違記事故，據上級記大功一個。內心深感安慰。公文今天收到。妳說這算是"大"的好消息嗎？

妳夫可能快要休假了，我請他代為致我無上的關懷。中秋節給妳寄上一個小小禮物。才一個月未見面，同事就說潘潘瘦了。江月看到妳也許潘只有24歲哩！

祝福

pampan 更 Beauty

妳賞的 成 上

69.9.30

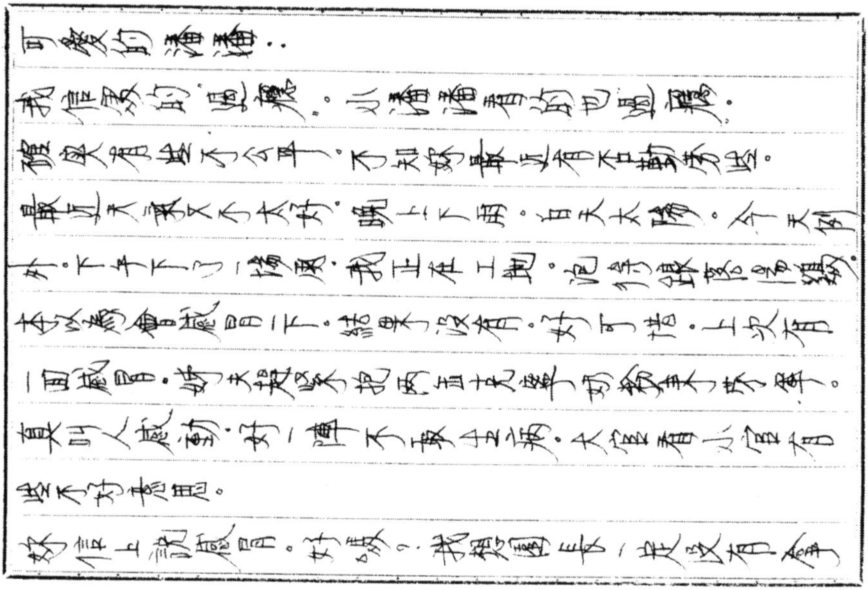

可愛的浦浦..

我佩服妳的"細膩"。小浦浦真的也細膩。

確定星期五不公開。不知妳最近和小韻有否連絡。

最近天氣又不太好，晴上下雨。白天太陽。今天例

外。下午下了1陣雨，我正在工地。淋得跟落湯雞。

本以為會感冒1下。結果沒有。好可惜。上次有

1回感冒。妳[illegible]。

真叫人感動。妳1陣不舒服。大偏着心偏有

些不好意思。

好信上說感冒。好嗎?。我[illegible]，是沒有人會

手好照顧。所以不要感冒。如果我感冒不好。動

不動?.愛替的浦浦。好想在妳耳邊說愛、63。

記得。注意妳要保重身體。身體是1切的本錢。

若身體不佳。1切都沒有意義。

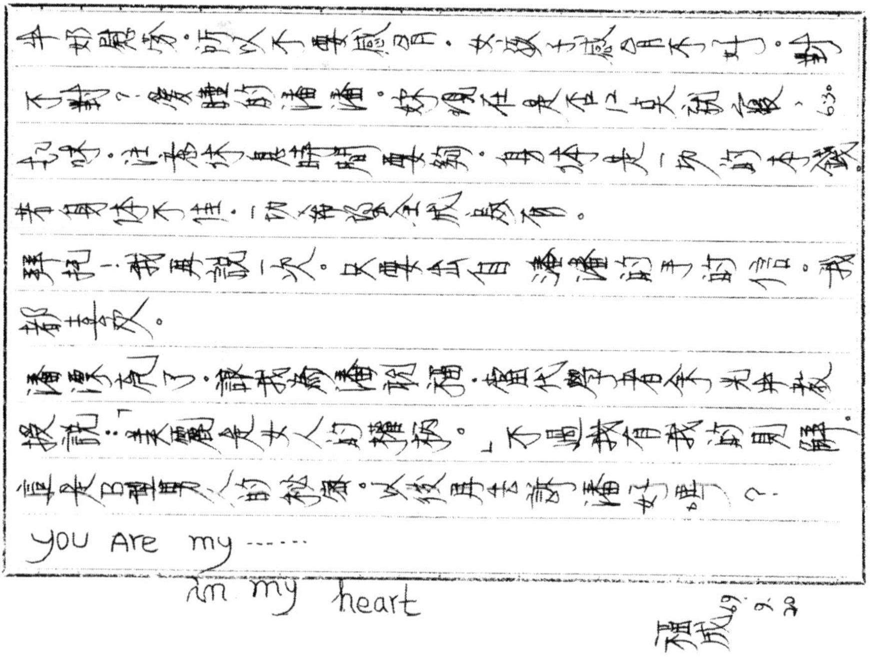

又重看1回浦浦的手寫信。我

都喜歡。

浦浦忘了。[illegible]

說:「我喜歡女人的嬌媚。」不要教壞我的眼睛。

這是日本男人的秘密。以後再告訴浦浦好嗎?..

you Are my ......

in my heart

頌成 69.9.8

潘潘吾愛：

先說一聲我於七月十五日下午三時安然到到我的崗位上。夫人可以放心，勿念。回到自己的單位，諸事有親切感，又是百事交集，要把半個多月以來的有關大事，先作全般了解。所以一回來就很忙。此信先報平安，我不多寫，也無時有寫。過不到兩三週妳可能更接到我信，汝知之乎？夫人多等幾天吧！

妳妹要回去讀書了，這是我回來才知道的事。我以我倆名義送她一套白金好筆1200元。可能太过大手筆了。七月的錢回來算清，我倒欠90元。所以不能寄了。八月開始，3000元准時寄。

今天到此

祝

快樂

愛妳的
[illegible]明 上
69.7.5.晚

瑞瀋吾愛：

那天別基隆，鬼鬼上船，一直在等，到晚上才走。因爲無法給妳打TEL，妳一定久等了。分手幾天了，心情平靜嗎？於十五日下午，我又回到住了近兩年的營區，絕然的另一種景色，另一種風味，也另一種生活。和我倆一起時完全不同，也許人一出生就有許多的命中註定，要過什麼生活，和心愛人共渡一生吧！

人一踏上高登，馬上要接下的重責大任，現在比我來休假前事更多，更忙。這幾天可能妳那裡也不易接到我的信，沒關係，練習把精神轉移好嗎？看看妳喜歡的書，應該看的書等。我有空的同事看個電影。人不要太累了，功課不要太多，總有方法推掉的。早晚做些運動，妳會身心快樂，健康第一，女人健康也是一種本錢，是不？

七月的錢我回來總結之後，還倒欠了一點，所以要人月才能寄給妳了。下次回台灣要開始省用節流了，把大部份的錢存下來，以備用在重要地方。妳能習從我存錢買屋 相信我們會更快，婚後就要注意房子，早買早好。因為世界性的通貨膨漲不會停止，買了对我們有利。

今天是回來第二天，白天忙真忙，到了晚上才有個時給妳寫封信，當主官太苦，所以想不來。可惜要等回台灣，天天忙的一些雜事，不大不小的事 自己想要做些事都是很难，沒意思！

晚上九点半沒电了，真麻煩要点油灯。住台灣这光明世界住了十五天，回來有些不適高樓的生活，只好再过些日子，再能恢復往日的正常。

人有些累了，昨晚一覺天亮，好舒服，明日再書。

祝

生活快樂

愛你的
[illegible] 上 七.十七.

潘潘吾愛：

妳的兩封信已全部收到，由於也沒辦法及時回信，現在是能迫不及待的，所以妳有空可來信，我卻不能「大大方方」給妳回信。

看了妳的信，一方面我很感動，感動妳對我的愛那麼純而真，也感嘆人生的許多境遇之不同，命運之弄人及安排，因之使我有「既愛及時愛」的勇氣。

本來一個人在社會中混上十年八年（不論何種社會），都有一定的經驗，尤其像我們（已包括妳我倆人）有許多牢騷、不滿，但是討人生、求索方面的結論是「人生和社會都有其光明面及黑暗面」。近五年來我更覺出人生之翻覆

積極的一面是實現奮鬥，追求一種事業；其內在則隱藏著如鏡中花水中月的虛無。

我們此生的結合，不知歷經前生前世的多少奮鬥，才得到今生活成連理。更不知受上帝多少回的安排，得以在今生今世成夫婦。是故，我們的愛何能不好好珍惜呢？

功般的九年生涯，潘潘本不必去考慮對詩正誰！妳只成功我成功只（妳）等等之言，其原因：

一、妳不是聖女，不可能有絕對的、完全的奉獻。

二、比較之下，天底下混的更凶的大有人在。妳已可打「甲」。

三、妳付出情分，我給妳的薪水不算多，這個交易公平極了。

[illegible]

潘潘吾愛：

昨天已經被人打了通電話到媽家，決定十七號結婚，日期不在改變。只是中壢的請客日期有些改了，這也是不得已的。

十二月十五號以後有重要任務（單校不談），持續有一個多月時間。我各級長官協調的結果，中壢這一方勢非在十四號晚上大宴請。妳只好請14號下午半天假了。那天妳在寢室等我，我會請假去帶妳來。準是大兩家來。

這個改變只好將就。14號請客完畢，我當晚送妳回台北，15號妳尚有半天課。我廿五號下午可以走了。

今文已洽妥下，風婷的帖子馬上寄來。我已下達令 12月到高雄，可是妳帶來的好運，使我很達順利

見面再談

詮

附件一： 不定代名詞 one 和 ones：沒有指定代表某人某事某物的代名詞，叫做不定代名詞

先知道一些有關 one 和 one's 的文法：

單數 one	複數 ones	所有格 one's	複合形 oneself

1. 用以避免重複：one = a + 單數普通名詞

例：
- Have you a knife ?
- Yes, I have one (= a knife).
- Yes, I have some sharp ones (= knives).

提示：one 不能代替不可數名詞

例：
- (誤)：If you want coffee, I can give you one.
- (對)：If you want coffee, I can give you that.

2. one 可用作"人"，"任何人"（不定用法）

例
- (正)：One should keep one's word.
- (錯)：one should keep his word. （人應守信）

- (正)：one must know oneself.
- (錯)：one must know himself. （人必須知道自己）

提示：one 如用以指「任何人」，並且表示人的義務或該做的事時，後面通常接 one's 或 oneself。

如果用做數詞以表示「～之一」，或前面有 each, every, some, any, no 等字修飾時，則後面要接 his 或 himself.

例：
- one must do one's best. (正).
- one must do his best (錯). 人須盡其力.

- (正)：Each one has his work to do.
- (錯)：Each one has one's work to do.

One of the boys dropped his handkerchief.

Everyone must know himself.

抄妹原文來說明：

one, one's 的用法，

(1), He sold an old TV.set and bought a new one.

(2), Are the green apples good to eat? No, bout the red ones are.

此字妳筆誤，应 but 才对。

說明：(1) 填 one，代表一部新的 TV.set。
和前面不發生衝突重複。是單數，故用 one.

(2). 填 ones，而非 one's。(此地注意，一个複數一个所有格)
代表紅色的 apples (複數)。正好接後面的複數
動詞 are.

簡單的說：one 表單數名詞
ones 表複數名詞

※前後的長方格内要記清楚。
以下都是參考。

參考 柯旗化 新英文法，
高雄第一出版社
69.9、增補改訂第28版。

Page 63～.

藹藹吾妻：

自從回到台灣，未曾有過淨心而知的時刻。每日都在現實環境中翻覆。三日未讀書，面目便可憎；我數月未曾淨心求學，係面目可憎外，也許文化程度更退了五年。更鄉下了。這陣子確是忙，尤其心不由己，更覺可悲！從現在到結婚我的假期只有兩天不到：如表列：我四五兩天就照此表行動，改不得也。所以5號下午妳幫忙請假。決定一些事情，及買東西。我先到台南、台中，然後台北，確定這些大事。

十二月十七上0800有自強號，台北南下有那些人？

喜帖，酒席則上我家裡去辦，因我們沒那個時間。妳（及妳家）有意見，5號下午告訴我。

決定妳北上時間、交通（這些妳也不必担心，我回台中研究，告訴妳）

照相已準備好，時到告訴妳。

台中新房我大哥負責。台北，見面做決定。

應送的東西見面做決定。是否可以父母為「重」，其他「次之」。

擇妳的新房，沒問題，我四阿姨負責。

及許多重要問題，都待咱們五號下午商討。

我4号到台南1111。現在我不能外出打DD，派個人打
有火乳節，所以是請潘潘打DD回台南說一声。
有什麼事要办，叫去美告訴我即可。
我訣訂五号12時到台北，直接去217室找妳。
我同學了要租五個房子，我已告訴他，要他
直接DD 9315812，連絡。
我們倆都是大學第一年大的人，雙方的家各居
一方，所以會有某事未能完全周詳是可料，
希望我們盡最大的心力好
擔心我們，我這次回台中就訂房子，請

息的我們，五号告知。

祝
快樂
事事OK

1101
1200

P.S：當我要封此信時，接上級更改假期指示，改為11月6日出
手到8日中午。DD聯絡變，我行程不變。
有什何改変，我會打DD給妳。

瑞瑞：

我的信你已收到，害的你鬼忙，要打時又接到通知時間改了。當主官也是如此，一切任務第一。還好！再一個多月，可望下來。

現在我的假可以確定如下，但更短了半天：

11月6號（週四）下午五點半才能休假，也才走得了，我計劃很緊，妳參考一下。

六點文分莒光號回台中，到家約九點（晚上）。

11月7日，乘11.54到台南已是下午13.52，到妳家約14.20

下午15.46對號回台北，已是19.58，到妳那217室可能晚上8.30。之後和妳共商一些事情，或買些東西，第二天星期六（11月8日）上午9.00以前要離開台北，12.00以前到部隊。下午有會要開。

△我行程如此，妳做參考。有意見或改正來信。

△如妳同意台南暫時不去，則我把大部時間用在台北。

△如果妳未來信，我就照此行程。

△七號晚上勢必在台北過夜，妳看何如？

△11月10中午到11月15中午，我完全沒有假。

平安

芳竹

讓成 11.03 晚上

親親寶貝：

今年之行還滿意嗎？雖然我不能陪你同行，但願妳

快樂。[illegible]的衣服已經[illegible]了嗎？[illegible]

準備的東西，也沒有多少東西要帶在身邊，不會太[illegible]

叮嚀在我心上，一切仍要[illegible]。

愛的寶貝，我會請大哥[illegible]。記得每日十點

時有機會我[illegible]回來[illegible]。[illegible]

很順利。我在十月[illegible]休假，有四天，十四日過後我

就可以走了（如果有特別任務也會有改變）。我會在十號的

天就沒有人打電話給你了。

我這十月份的十天假[illegible]，不知妳有何計劃。[illegible]

[illegible]，可以陪妳好好的玩。[illegible] 50 年[illegible] House，[illegible]

[illegible]一[illegible]回國去，反正不要。

[illegible]

[illegible]

[illegible]。

[illegible]

[illegible]

[illegible]

[illegible]

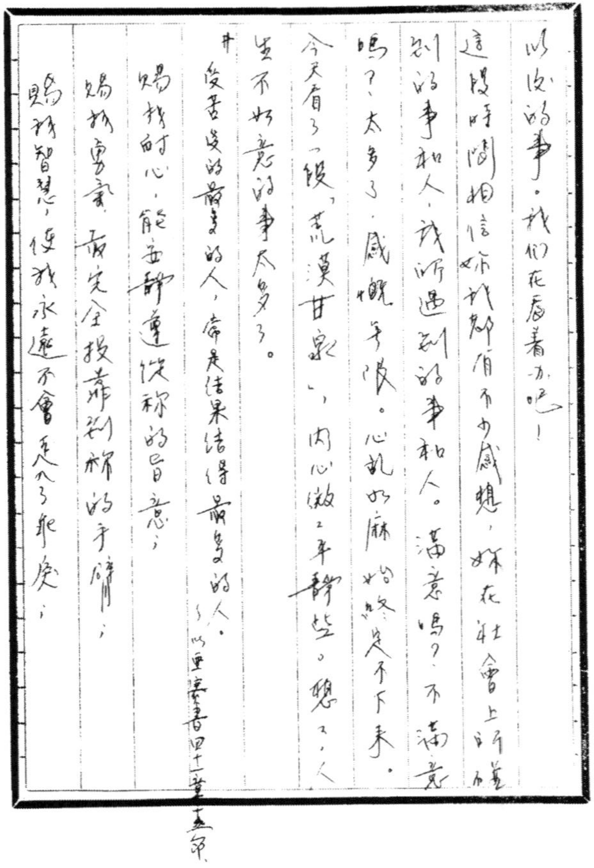
以後的事。我們在意著力吧！
這段時間相信妳我都有不少感想，妳在社會上所[illegible]
到的事和人，我所遇到的事和人。滿意嗎？不滿意
嗎？太多了，感慨無限。心亂如麻始終定不下來。
今天看了一段「荒漠甘泉」，內心漸漸平靜些。想想，人
生不如意的事太多了。
＃受苦受的最多的人，常是結果結得最多的人。
（以上是[illegible]書四十一章五節）
賜我耐心，能安靜等候祢的旨意；
賜我勇氣，敢完全投靠到祢的手裡；
賜我智慧，使我永遠不會走入了歧途；

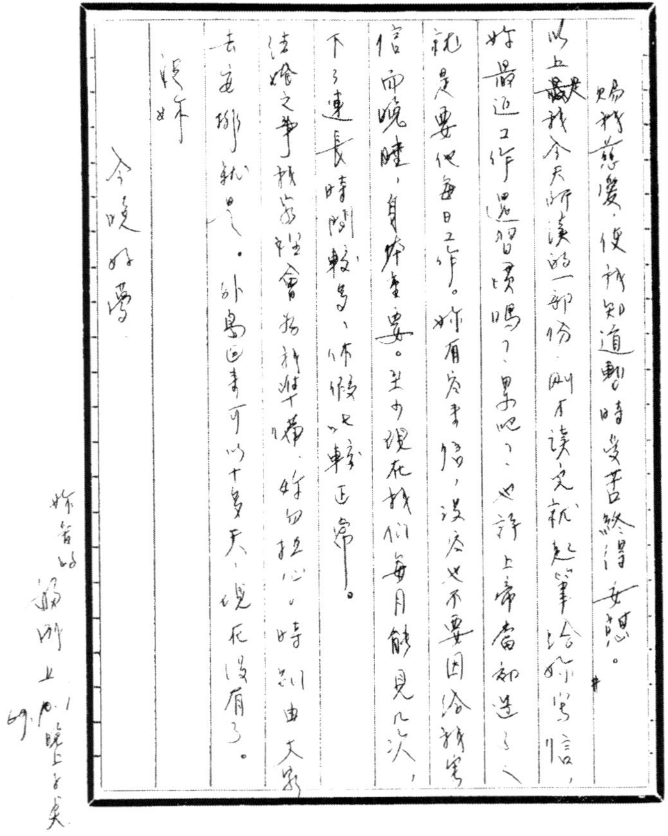
賜我慈愛，使我知道暫時受苦終得安慰。＃
以上是我今天所讀的一部份，剛才讀完就提筆給妳寫信，
妳最近工作還習慣嗎？累吧？也許上帝當初造了人，
就是要他每日工作。妳有空來信，沒空也不要因給我寫
信而晚睡，身体要緊。至少現在我們每月能見几次，
下了連長時間較多，休假也較正常。
結婚之事我家裡會替我們準備，妳勿掛心。時到由大家
去妳那兒。妳未回來可以十多天，現在沒有了。
緯妹
今晚好夢
妳的 [illegible]

潘潘：

回到我的座號，已是11点，洗個澡，開始寫信。

今天總算辦完了一件事，心裡放下一個大重担似的，愉快多了。至少跑了一天，有点成就感。

回來，剛看到一封信在我桌上——妳的。妳說這時是妳失意時，卻要我娶妳，有些不公平。看了這句話，真叫我「啼笑皆非」，試問世上有幾人能一生都得意，平步青雲直上呢？我也是如此。人生固然要奮鬥，但誰也不敢保證他一生都得意洋洋吧！

妳那句話沒道理，所以我今晚一到家立刻給妳回此簡單的信。夫妻本是同林鳥，有苦共嘗。好了！妳也暫時安下。「有總比沒有好」，所以我也暫時放一些心，除了咱們慢慢再找。

明晚我回台中看媽媽，另外加戶籍謄本。妳回去時我不能伴妳同去，只好委屈妳了。

我十月初有四天慰勞假（十月四－八），希望妳也有。

很 HAPPY

[illegible]
69.9.24. 晚上11:50

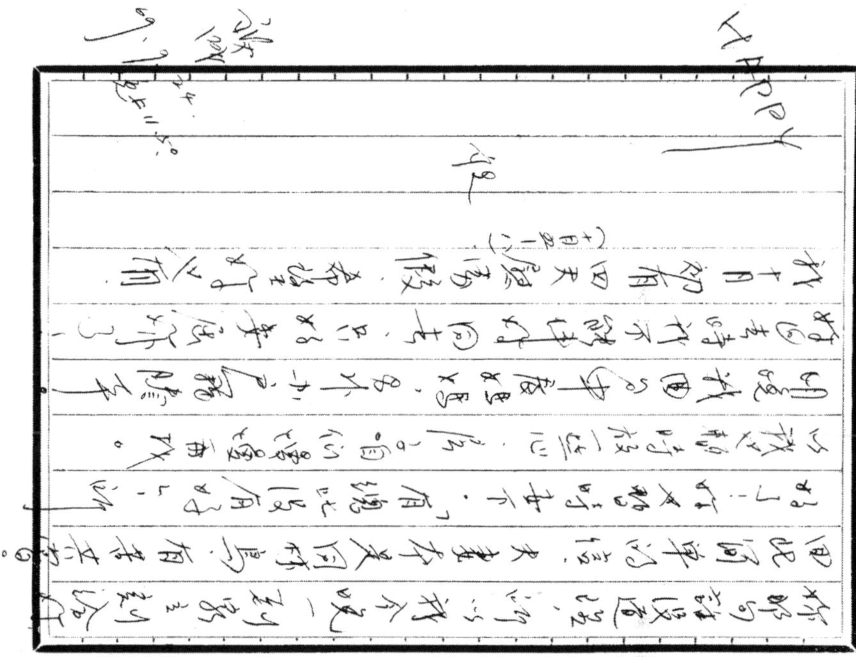

諾音愛：
今天是中秋夜，月很圓，但是不怎麼明。
妳問那句有錯覺的話，使妳不懂。那句話的內涵我
想我用文字是不好解釋，也須要用時間去體驗，
用更深入的智慧來觀察，早晚會懂的。
今晚有自己主办的晚會，小男孩們鬧到快十点才
結束，我回到房裡給妳寫了信，目前還是禁
期，能進不能出。
知道，妳已搬了家，至少先定下來，房子慢慢再找吧。
3.我要等九月二十五的晚上才有空，我想要先回山中

加戶籍謄本，和父母協商一些事情，二十七号中午12点
要趕回部隊，所以希望在這一天多的日子裡，我們
有碰頭的機會。
妳的體檢表及戶籍謄本如弄好可先用掛號寄來
便可。如果能在九月底報上去，十月份一定可以下來
就時間而言，11月12至12月或十月二十六至11月十日之
間都可以。原則上我們先办公證結婚，之後再請客，
不知王媽、爺媽他們如何？
凡事起頭難，咱們大概漸漸妳會知到了。
妳對錢的處理很恰當，我佩服妳的理財才能。

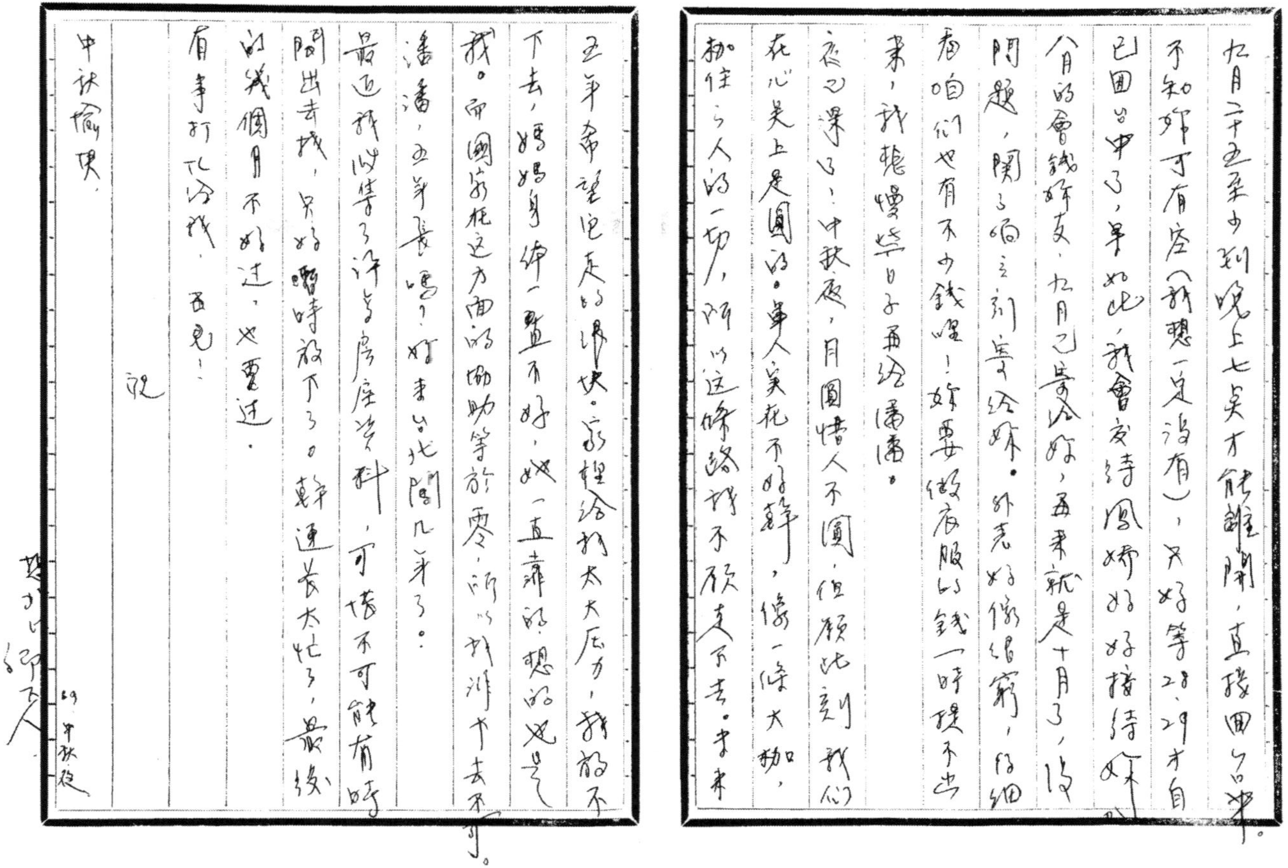

九月二十五至少到晚上七點才能離開，直接回台中。
不知妳可有空（我想一定沒有），只好等28、29才自
己回台中了，果如此，我會交待鳳姊好好接待妳。
八月的會錢好支，九月已寄給妳，再來就是十月了，沒
問題，開了個之到寄給妳。外表好像很窮，仔細
看咱們也有不少錢喔！妳要做衣服的錢一時提不出
來，我能慢些日子再給潘潘。
忘了說了：中秋夜，月圓情人不圓，但願此刻我們
在心底上是圓的。男人笑花不好聽，像一條大蜘蛛，
蜘住了人的一切，所以這條路我不願走下去。未來
五年希望過得很快。家裡給我太大壓力，我能不
下去，媽媽身體一直不好，她一直靠的想的就是
我。而國家在這方面的協助等於零，所以我非下去不可。
潘潘，五年長嗎？妳來台北開心了。
最近我收集了許多房屋資料，可惜不可能有時
間出去找，只好暫時放下了。轉運站太忙了，最後
的幾個月不好過，也要過。
有事打個電話。再見！
祝
中秋愉快
69 中秋夜
想妳的人

潘潘：

昨天我到台北壓了好久的馬路，因為這是一件很累的工作，天氣熱，路上車多，妳也不好請假，所以沒有通知妳。跑了一天沒有什麼結果。

我的地方大多在忠孝路一帶，本想到內湖去看，那些比較便宜，考慮到離妳工作太遠沒去，也沒時間去了。到下午快四點，在辭修新村二樓上找到一間，已在便條中說明。

昨晚鄰居有事，故不能等到妳回來，我把便條交給惠玲就回來了。台北的房子不好找，尤其在「人面」、「錢面」都不是下更難找，有機會妳也可看看行情。十月份我已無假。十月二十四日（兩天）可能休慰勞假。要買的東西妳畫好開單子給我，若休慰勞假我好帶妳去買。

婚姻表由上級送到妳家的警察局，如果沒人去打聲招呼，可能拖太久。妳可寫信給妳大哥或爸爸，請他們在星期天去看看。

王媽要幫咱們看的房子不知好嗎？真急死人也。要辦的事總要辦，要快設法辦，對不？有空打個給我。

祝
工作愉快

[illegible] 十月十四日晨

請。

八号晚上6點多回到營區，稍作整理，倒在床上大睡，一覺到天亮。

九号中午就要出公差出去，這一去可能三天頂忙的，沒有給妳寫信，所以在出發前的這上午，提筆給妳互通消息。

等妳收到此信的隔一天我就回到營區（也有可能延期），這關係一點都不大。利用時間想想，結婚要選的日子何者最佳，通知我，好做準備。忙了四天回來，身體有點累，腦筋也不大想事情，所以此信沒有了情至理之言，未來是多變的，危險的，要有心理上的準備，不可走一步算一步，對不對？對於「事業」的觀念，女人和男人有著太多差距的看法，也許有180°的不同。其中的溝通非筆墨所能為，要用慧眼，耐心去了解。以此共勉

好

安

P.S. 病好些沒？注意不可拖，要吃藥，雖不好，但總比生病好些。

如果休假一天是早晨六點才能走，第二
天晚上九點二十要回來報到，算算時
間，我回到台中，再轉台南，再折回中
部可能來不及。果如是，我只好拿了錢備
日回部隊，台南如不能去，希妳能諒解。因
11月初找一個休假的晚上帶妳買東西，因
為此後的幾個星期日我沒有假。要去找妳
的前一天我盡可能找個人打電話給玉媽。
不知玉媽媽他們何時搬家，因為我們也
要佈置一番，對不？蜜月旅行完畢，也

譜。
算算日子，妳應該回到台北，是嗎？
好好睡一覺，明晚可以接到此信。
我休假的時間現在還不確定，也許28、
29兩天，也許下月4、5兩天，也許7、8兩天。此
次休假的排定由於人多，休假多，所以推
遲出來。
原訂的11月6日結婚可能不易變動，軍隊
的休假往往很難排定，不然就是「動一毛
而推翻全部」。也只好將就。

這兩天太忙，加上心情也不太好，一直未提筆給妳寫信。我漸漸感覺到，我們漸漸走向現實的人生面，而遠離了所謂「理想」。這是我堅決不願意的，妳曾說我是「理想派」人物，我對人生追求的事，美好理想在未來現實的衝突之下，不知會如何。

我又告訴妳，這碗飯不想一直吃下去，其理由、動機、因素，更是我無能告知妳於萬一的，說不清，說不完，太複雜了。

要運一些東西來台北，要準備的東西太多了！結婚也真不簡單，事非經過不知難。我又身在軍中，心不由己。

我的感情已經好些了。自從回台後，兩個多月以來，任務的重少以人接不過來，有些吃不消，停了四天好了。

我希望運長任期的最後一個半月能過関。真是國事家事事事了得。

十二月去高級班，重溫學生時代生活。不過高級班的功課也緊，只是未假正常。

未來有太多事情須要我們去做，有許多困難、衝突、大事、小事、現象、理想，要我們共同去應付，但願我們能。

妹夫（趙）的家也挺好知道嗎？我想給她寫封信，告知妳來信。

寫了許多，就此擱筆，

晚

萬事OK

愛妳的
成
69.10.26.晚上8點

陸軍砲兵學校學員生（乙種）作業紙

課目　第　習題　班隊　學號　姓名

太太：

昨晚妳睡得好甜，我未加打擾，獨自走了。

我昨晚上車也睡的好甜，一覺醒來，已是新營。所以今天上課精神不錯。

本週六我會早些回去，至少下午以前回到台北。

妳身体不佳，應多休息。休息時間希妳要自己控制。

身体好的條件要由下列着手：

一、懂得養生之道，道家思想。

二、注意基本美容体操，瑜伽術思想。

三、注意營養觀念，西方的科學觀念。

四、懂得偷閒之道，繁忙工業生活的觀点。

五、要規劃出工作時間之外的休息時間。

勿以為我只說不做，應知我正實行此項生活規律多年了。

給妳參考。

（身体不適時，隨時請假回家休息一下，不必勉強）

夫 協明 上
70.3.23

妙

太太：

閒看沒事。給太太起筆作書乙封。

今日天氣不錯。太陽又溫暖。人又覺舒服爽快。

我許於本月十三日前下受訓（如果部隊無特別狀況）。正好元旦我也在台南，可以去車站接妳。真是太好的安排。

我們也好就緒。

不知道房子能不能在我去台南之前弄好。

如果房子在這之前要整理，可來電話或信。

我設法回去助一臂之力。

敬祝

身體健康

夫 福洲 上

59.12.3.

潘潘吾妻」

由於開會，現已快晚上12點了。簡單修書一封。

人非生而知之，所以我們許多事都一直學習中，不用急！急則欲速不達。」自然」是很重要的，感情要慢慢去培養，更不用急。

錢不夠用我會向妳拿，反正我每月"零用"之習慣。現在煙也戒了，酒的場合很少（除非有必要的交際），所以我用錢不多。或是說我一向如此，我不喜歡把錢無用途地花，有必要我才花用，謝謝太太的設想。

媽媽寄的藥已收到，有一星期的量。是漢藥配方。咳嗽已好多了。

我沒有甚麼感觸，因為夫妻相處本不必有「感觸」，彼此多為對方的一种「反應」去考慮其為什麼？許多氣自然消也。妳看我為何不生氣？

下下星期我會盡早回家，協助搬家。說真的我們的家也該好好整理一下。一些人想去，都在等待中。

祝

美夢一串

夫 [illegible]

84.10.夜

我們既由於機會又許不多，兩個人又須忙的，但是我們要能利用這些「寂寞的空閒時間」去做一些事情。不論讀書、練琴、學語文、工作……總比坐着空想要來的實際。

家庭已組成，有其重担在身，又有其樂趣在心。不論何事咱們要漸漸步入一個屬於咱們的計劃。

現在精神好多了，以前當達夜，体力、精力無限制長期透支，很傷身体，數月以來我有此感覺。希望利用一些時間來調養，使其恢復。

苦和忙並不會以人虛弱，唯「精神上的壓力」是人有的

嬙嬙：

已經報到就緒完畢了。從身上拿下一個特大綫的重担，輕鬆多了。這几餐每餐都吃兩碗飯，是長久以來所沒有的現象。真是不知為甚！

生活正常，相信身体也會逐漸正常了。對了！30年來未曾在紙上叫一個女人做「太太」，現在讓我叫妳一聲「太太」！辛苦啦！我星期六晚上可以回家，星期日下午3点要回部隊，因為特殊原因之故。

岳媽的房子未弄好，只好等等吧！

從此以後的不久，經濟上又許較緊，但咱們一樣很愉快。

給蜂寫此信。

明晚見！

祝

健康

夫 [illegible]明筆

69.11.28

種下場。今後又許還有苦要我吃吃（事業上的逆境），但

我決志：必許忙，但要忙的實際。這樣才許身体安

寧。男人無論從事何種工作，最怕精神壓力，精力透支。

我想女人亦然。這是我幹了二年連貫的經驗結論。

太太！這兩天身体好些沒？安心修養。房子整理好後，

要買些禮品回來用用，另外保持正常生活和運動必須

重要。這段時間咱們雖不能天天同住一起，相信我們

會是「異床同夢」。從另一面看也有好處，①比較有時間

讀書 ②不會縱慾 ③清心寡慾 ④易使起居正常。對於

今天太陽不錯，上午是艷陽天。靜靜利用工作之餘

潘潘：

快一個星期沒見妳了。現在功課多，作業也重。信也少寫。今晚沒事是看電視課，邊看邊練字給妳修書一封。近日吃的飽睡的着嗎？今日週三，明日週四。我週六乘中午一時對號快回去，六点到台北，七点以前到家。時間往後看總是很快。雖對目前未滿意，比下還餘呢！簡單

週六見，祝

好

夫上

潘潘吾愛：

等不及了！所以提筆給妳寫封信。從休完假後，回到營上，每天忙的不可名狀，晚上如果能在12點睡覺已算，最幸福的運氣了，加上一些軍事上的因素，不能書信。我叫人打了TL給妳，說明我目前的狀況，不知妳接到否？我怕妳不能諒必，誤會我，特付書一封給妳。一個月以內妳先不要給我寫信，我有機會會設法和妳聯絡，或叫人打TL給妳。但妳可以打TL給我，422105－轉總機408，即可。

妳考試如何？設法把消息轉給我，陳鵠給了能會書找我。屋裡蚊子至少有1000……隻，爬在蚊帳內。有空再書。

詠成 69.8.22.

潘：

目前教琴可以和妳同學商量暫停了。早些回家休息，搭車也很累的。

我星期六大約下午就回去了，房子可能不會去看，目前而言也不重要。待四月去屋時再看。到家如妳未歸，我自己吃個便當。妳身體不甚佳，最近又有出血現象，我在台中會先和媽討論一下。回台北星期一我們設法去看醫生。

妳寫的信我已收到。台中的事我在兩週前就已知道，本來不給妳知道，現在妳知道了，看開些。如何做我當然知道。以後我們移動時不要回台中，一時妳不能適應，不要回去乃上上之策。我會去說鳳嬌的。

星期天我們到陽明山去玩也好，到時再看看。

美麗

祥！

三月廿五

妻：

每週來去，歲月如流。

本週大禮拜，預定星期五下午先到田中內灣部隊看看我們的眷舍。同是單車位，有的五天可以完，有的六個月沒下落，有的半年才好。不必要等三年。預估自己多出幾百元。以上只是辦法。

田中查完，再乘火車北上，回到家大約

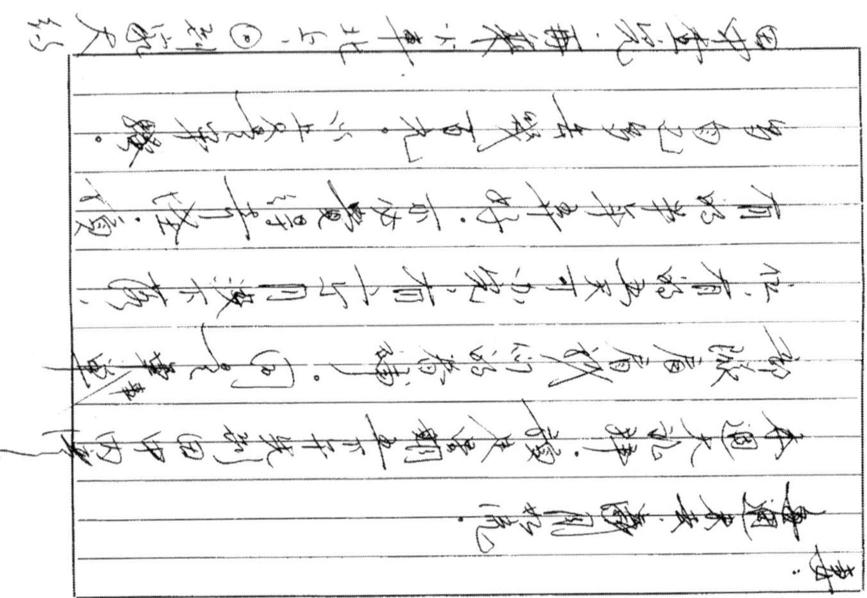

太太：

我安抵台南，一路大夢如春，好多風景，還做了一個好夢——中日大戰爆發，其中情節曲折，迂迴迷離，言之不盡。

大夢之始也如春，可能是太太為的好幕開序。

星期一精神好，中午翻閱妳一本書：兒童心理學。

最後的空頁上有妳的筆記：

①生命只有在苦難中付出了心血的代價，奮斗掙扎中得的，才能表現出生命的價值和存在的意義。

②詩：「勸君莫射春天鳥，兒在巢中待母歸」。

③法哲孟德斯鳩：「天下成功的人，十九像傻瓜，卻沒有一個不是聰明人」

④孔子說：「歲寒然後知松柏之後凋」。

以上是妳的扉頁筆記

第④和③是你最好的座右銘，一般而言，安樂中長大

九點多了。不用等我吃飯，由吉林的劉達、深、熙、由妹妹休息。星期六一早妳不要上班，

我可能有事要出去。

下午考試，不多寫。

快樂

夜

[illegible]

70.2.17 中午

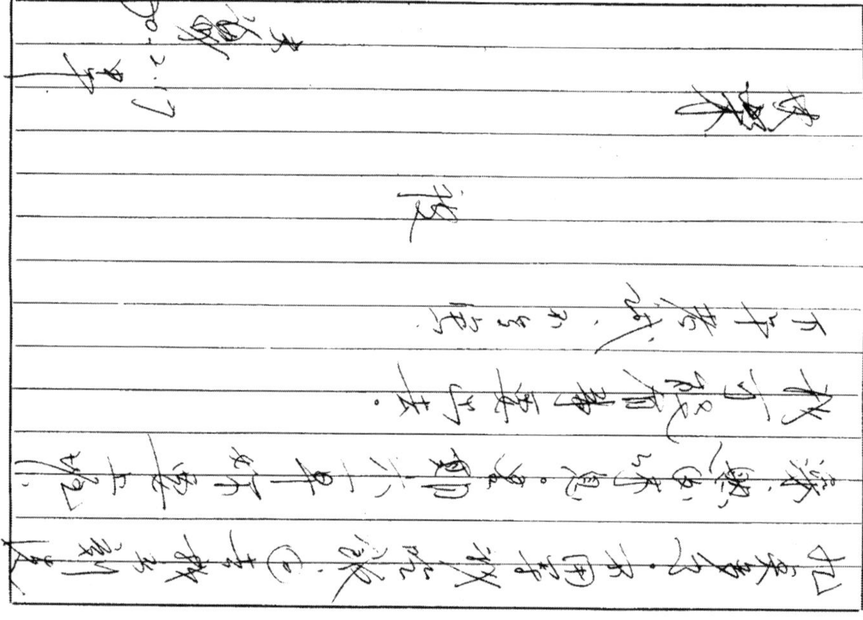

的孩子，比較不易洞察人生真義。你從小到大一直是平平靜靜、
順順利利，故無心對人與人之間，人性的內涵做更深入的洞察。
從今以後，妳又做個「篤實行業者」的妻子，對孩子，對先
生，對公婆……太多了，妳都是很重要的角色；而我，大部
的時間屬於事業和國家的，屬於妳的，雖是我心目中的全部
但是我的時間中真正屬於妳的，卻只有少數。
說來可悲又可憐，但也包容了許多偉大和收穫：因為
從此以後，妳開始有了有意義的人生，真正品嚐了人
生的酸甜苦辣。只有如此，妳才能肯定自己的人生價值
對人、對上、對下的真意何在？
潘潘，咱們如果是鄉巴佬，說這些是多餘的。可惜
咱們是「知識份子」，在妳台雄的一封信中（他給妳父母），
說：「知識份子本身就是一种責任，影響社會風氣的永
遠是知識份子。」

婚後妳的情緒一直非常不穩定，對週圍的事物有太多的不
滿，尤其對公婆的個人。就常情常理而言，這是可預知的。
如果妳願意以一個知識份子的態度，用「研究」的心情，對所有不
滿意的人、事、物之社會背景和心理狀態稍加注意，我敢保證
妳會過的比任何人快樂，也會是個漂亮的媳婦。
孔子的倫理思想到目前並未被當代的中國人丟掉，而且有更
被肯定的趨向；西洋的宗教並不能決解中國人的家庭
倫理，（只能協助一部份）。

寶的水壺要天天帶水，不可懶。早晚做些活動，加
上十次的深呼吸，有益身心健康。

祝好

金玉良言

朱[illegible]上 [illegible]

潘潘愛妻：

昨夜睡得可好？我一上火車就入夢，直到台南，已經天亮。一週週地過去，歲月如流，更訓已月餘，過年將到，盼望新年好找路。妳身體欠佳，應多找時休息，自己設法撥出時間，為人為己何須辛苦。週の考試，不多談了，保重

祝

好夢

太太：

半年的受訓已接近尾聲，一個多月之後，就回台北了。本週日我除了到妳家一趟外，也打算回台中，以免老人家說話——有了老婆，不要娘了。

如此妳和大家的衝突，我希望能逐漸消解，其實，人與人之間都因不了解而相互衝突，因忍讓和關心而愈融洽。人老而孤寂是世間最可憐的事——不管因何而造成，上帝造人本身便充滿了缺點和錯誤。是故，本週六晚在妳家過夜後，我次日回台中看媽媽，並給媽帶些她喜歡吃的——是妳、媳婦送的。這樣我也許累些，但是數十年來，我們每日都挑着許多責任和担負。很少說身上沒有負荷，天意吧！今天我也給鳳婷一封信，和她談了一些感慨。

对妳，我所能做的，只有愛妳。同時也希望妳能面对現實——愛情是超然的，然而，婚姻生活是現實的。我在寫這時常提此話，而且製成卡片贈妳。

人世間的苦難和不如意我品嘗了不少，都一笑置之了，都成了一種經驗和知識，我希望妳也能從我這裡得到一些些（对太太而言，並不誇大）。環境磨練我成：

看事情能較客观一点点

對別人能有多一点的忍讓和包容

意志力比較堅強一点点

對社會不幸的人，要多一点点的同情。

我也有不少缺点，但我以上的优点是我一些朋友想像的，我不知道能否影响及妳！

夜晚小筆——

Kiss you

晚安

[illegible]

喔！我一夜睡到天亮。星期一沒
有什麼讀書情緒，給妳和白雄各
寫一封信。現在好些沒？好在嘉蘭
她們可以幫妳許多忙，我放心些。
我打算前思考一下，還是沒有告訴
兩方的家裡。只撥◎◎中，問一下媽的
現況才做多談。我怕大家一驚之下
都衝向台北。妳好好好靜養，不想
睡了就到客廳散散步。想開些，
人生隨時都要迎接各種衝擊，請
任何人可以順利一生的，失敗的教訓
最可貴，也最是造成功之因素。
多吃一些，吃完了叫嘉蘭再買。

平安

[illegible]
4.20

太太：

星期一晚上到妳家，把事情給爸媽報告清楚。由于一些朋友都休假三天，所以我要到台北玩玩，本星期六晚上，坐車他們北上，到台北正好天亮。父母已決定成行，兒女只能表示歡迎。洗澡休息，星期日我在家，買菜、打菜，做飯我負責，妳只伴着爸媽談天即可。

分享的福子已以后能去了。

這几天妳多休息，有空出去走走，到父媽家坐坐，逛逛一下環境。如不能上班亦不要勉強，正好爸媽北上，妳可多休息几天

夫 孫成之 晚上

太太：

今天中午給妳寫封信。天氣熱了，過兩天又冷，要注意身体。妳的食欲不振，冷熱交流受些影响，以及其他因素。要多休息。衣箱的东西要动手，不要我回来還有一大堆。

單身生活和婚姻生活絶然不同，我们結婚有三个月了，希望能逐漸适應。雖然有些事未必叫人满意，世上那有完全叫人满意的事情，所以我们要不断磨練自己的品格，不論对人对事对物，那便是一个正路，在我们内心建立可能培養一顆善心愛心和同情心。品德的昇華是每个正確人生的基礎

中午有感。 夫 福成 上 七十、六、二六

太太：

看妳來信，知妳在家過好了，叫我安心。心情要放開，应知人生一生順風的。設法鍛鍊自己有開濶的心胸，應當愛人的情懷，才有比較快樂而喜流的人生。反正，生活的領域是多方面的，有感精神，也有感物質的。

今天是週三了，大后天就回去了。時间很快。吃的東西沒了，要請嘉蘭再買。

今天向婦來信，要我盡速把錢寄回去，我用限時信告訴妳，妳馬上請嘉蘭告訴王媽媽。我於週六回去就向王媽要，妳是會回去了，星期日一早就寄了。

祝

快樂

夫 [illegible]

4.22

親愛的太太：

來台南半年，又將結束這個階段，邁入另一階段。人之一生好像走完了一個階梯，邁向另一階段。

昨天完成最後一科的考試一五〇〇公尺。順利過關，不過好累，很久沒有跑五千，平時早晨只跑一千多而以。五千跑完全身沒一點力氣，這時好像一腳就倒了。

明日中午將到鳳山，六年沒到鳳山。除了演習外這次可能找時間去看看周哥哥，我欠他不少，以前常打擾他。他是官校的，三十九歲退伍，如今事業已有成。他剛退伍時真苦，不過他有了了不起的太太，同哥哥終於安渡了難關。

鳳山比台南涼爽，白天熱，清晨涼。十多年來，到處浪跡也習慣了。大概這兩天妳要去三總檢查，如有要自己小心，總之，妳應知道小心的程度。多休息，晚安收，在我們的陽台散步去了，看雲，看人群，把錄音機放在廚房，生活妳自己安排。

最重要的要設法使自己心平氣和，精神舒暢；對己，對朋友均有益。不多回信，

祝

平安

[illegible] 1.17

太太：

現在是八月十八日晚上了。才收到妳八月一日的信，是晚我一梯次走的同事轉寄馬祖給我的。看了信我頓時心裡放下一顆懸為沉重的憂心。我之所以要臨行才用信告知妳，怕妳在我休假三天中心情沉重，亦不開心。果然七月底我那三天假妳玩的開心，雖未到任何地方觀光旅行，家居生活可覺得出幸福美滿的味道。

七月底的休假中，對於我去到馬祖的事，其實也向王媽媽通報，也是辭行。還請王媽媽多多關照妳，家裡妳有妳不了的事不好一个人在哪兒打轉，多歡廣去請教王媽或長者，多能獲致結論的。所謂「遠親不如近鄰」，如今我是「遠親」，對妳及宏宏還照料不到，妳好還漸發現「敦親睦鄰」的重要了。

宏宏照顧的好，還是到小姐姐的人行，真是得行妳福山。她真是可愛極了，看了似就像看了妳一樣漂亮高興。俗言「有子萬事足」，如今吾等又「夫復何求呢？」，希望來一胎生个女娃，可好。

我來馬祖已半個月了，現在信件依然是能進不能出。至少要九月中以後才寄，如果一切順利我將於十月中或底有假回台休假；再見可愛的小宏和年輕的妳。我不希望家庭、小孩、職業使妳喘不過氣而倉促。希望妳永保一顆年輕(情)的心境，永保歡笑快樂。

晚安、好夢。

夫 于 81.8.18.於北竿

太太：

和妳不告而別已經一個多星期了，這是我們婚後第一次最久的分離，心裡實在有些難過。也只好如此了，那天臨走時，本想告訴妳我們的近況，奈何又未說出，只得把預先寫好的信丟入我們信箱中。

說得太多，想的太多反而增加感傷。

我會將近四個月左右才能回台北，不要亂想。

工作半天之外，好好帶小宏，閒時看看書，應是很清靜，妳原就喜愛清靜，晚上也沒人吵了！

妳可以好好讀書、唱歌、聽音樂、練練琴。

八月薪水已經給妳寄回，相信已收到了，九月和十月可能要一齊寄回，由於每個月留薪12000元，好好計劃妳的生活，時間會過得很快，當妳再來時，梅花已開，是另一季節了。

我走時在台中只有月娥知道，八月二日以後她才告訴媽媽，我真不敢想像媽媽會多傷心難過，但我無能為力，更無能減輕她的悲傷，只好如此。

媽媽很願意帶我們小宏，她說過「這麼可愛的孩子，怎忍心給人帶，別人是不會用心的。」

這是她心中話，我本告訴妳；只是她實在太缺錢用，子女所供給又是有限，所以七月底她回台中時就表示如果妳暫時沒有工作，她會到永和一個親戚家中煮飯，也好暫時減少子女負擔。

我這時也不知該如何表示，不知現如何？

我流浪了十四年，如今還未能收腳；媽媽流浪了四十年，現在芳蹤還飄浮著，家在那裡？

妳在台北闖了十年，如今家、先生、小孩、琴都有了，命安定，算來妳最辛苦。我在一篇文章中說：

命運是一粒骰子，把人跳弄的神魂顛倒。

人生有許多是不可思議的事，不能以常理思之，不能以人力左右之，這是「信心」和「人定勝天」以外一章了。

很久沒看到小宏，爸爸真想念他的快要成相思病了，不知道那小子知不知道？他最近好嗎？注意打預防針，電視報導小兒麻痺在台灣又出現，要求所有父母帶小孩去打針，不知妳知道否？其他預防針要按時去打才行。

現在還不能通信，我只要想到，動手寫在筆記簿上，能通信時馬上寄給妳。

祝妳如意
小宏平安

夫敏成 71.8.6于馬祖北竿

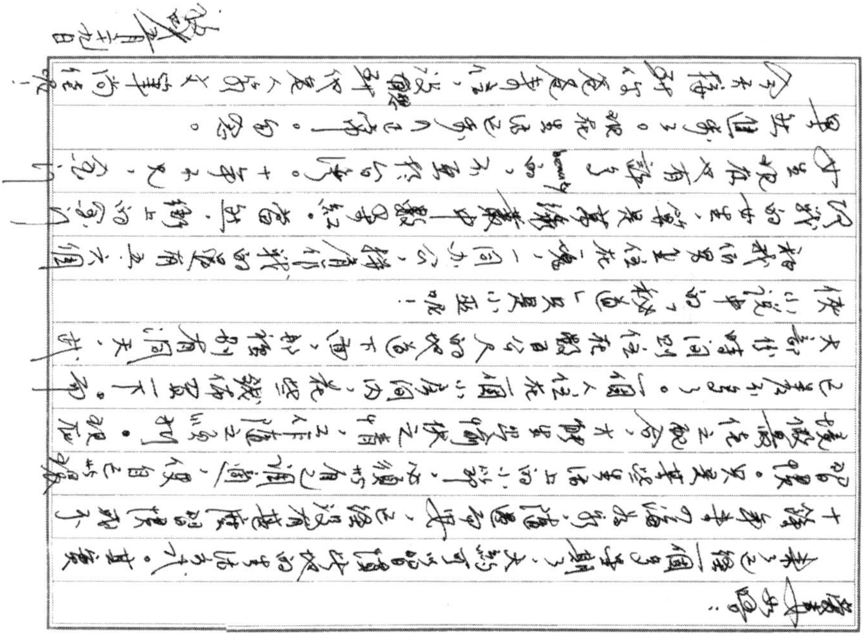

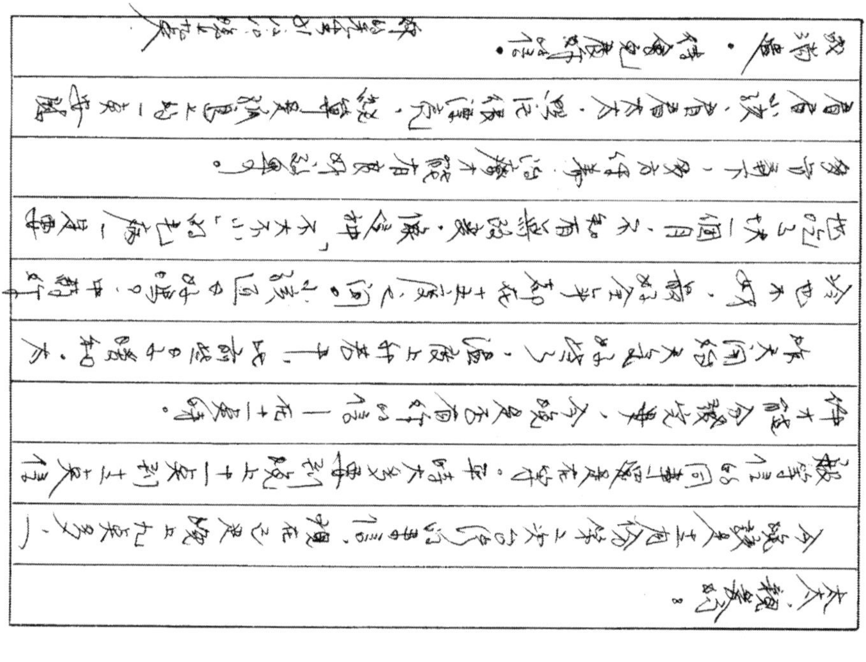

潘瑋愛妻：

最近船期很不定時，有時十來天，有時五六天。近來天氣也不很好。天氣漸漸冷了，要注意身體。

太太說我的信件比以前高登要少，當然。在高登時，不過上尉連長，而且地處馬祖之離島，管的人及督導的人都少，什麼事主官可以做主，單純多了，單純又時間多，內心也純，當然多的是時間動筆。現在，是少校文官，管的事多，上面管的人也多，有些凡事身不由己，比來比去的感覺。所以非對潘瑋的愛情減弱也。

我已經快三個月沒有抱小孩了，他一定很重了，抱起來必然吃力，等到他會跑時，再不好好就不能外出工作了。

我十一月初可以休假，不僅台南要回去，中壢也都必須走一趟才行。到家之後再好好研究好了。畢竟他們都是父母兄弟，久了不見是會想念。我想這一趟的旅費至少要三千元，先有個準備。

衣服、褲子等都不用寄來了，反正妳接到此信一周後我就回台了。連家宏都會為我們高興。他大概不知道爸爸要回家抱他。我初為人父，和以前有不同的心情。我覺得人當了父母，內心的感覺，甚至整個人生觀都會起變化。不知妳是否有此感覺，人是奇妙的動物。

外島飲食不很好，質量上都很難和台灣同一水平，所以同事們往往工作到晚上十點左右，煮個點心吃吃再上床。我幾乎每晚吃兩小碗麵才睡覺，其實不吃也行，因為平時沒這習慣。只是好久沒吃水果，尤其是新鮮水果，記得一個多月以前新官上任請了一個水梨，中秋節吃一個柚子。就什麼也沒有了。可算是「三月不知水果味」了。回台灣要好好吃些。

看着趴在床上哭的小宏，坐着的小宏，真是可愛。

外面風好大，浪也好大。島孤、人孤，這是外島的重要現象，白天還好，晚上所有人都進了坑道，外面看像個無人島。記得65年在金門住二年，67年又在高登住二年，現在又要兩年，至少也要一年，搞不好要兩年，未來的事很難說，人算不如天算。在生活方面提得起，放得下，看開些，還容易滿足、快樂的。

我們家在現台中的房子不知好嗎？反正妳現在也一籌莫展，回台中時我們兩人該去看一下。

晚了，親一下，好夢。

夫 上
71.10.23

[illegible]

[illegible]

[illegible]

[illegible]

[illegible]

[illegible]

[illegible]

[illegible]

[illegible]

[illegible]

說」。上封信寄出[illegible]

[illegible]

[illegible]

[illegible]

記得上封[illegible]十月七日[illegible]十八日[illegible]

[illegible]

十九日[illegible]

[illegible]

十月十八日[illegible]

請[illegible]

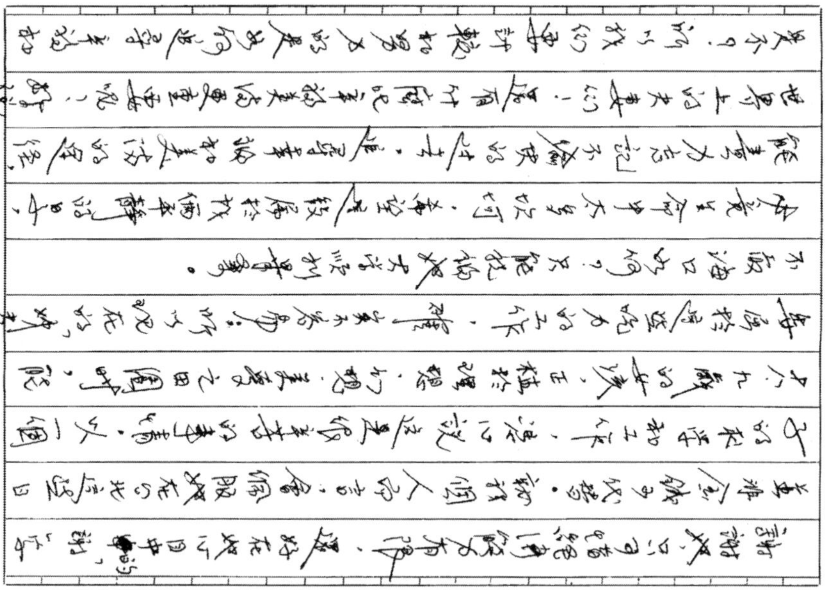

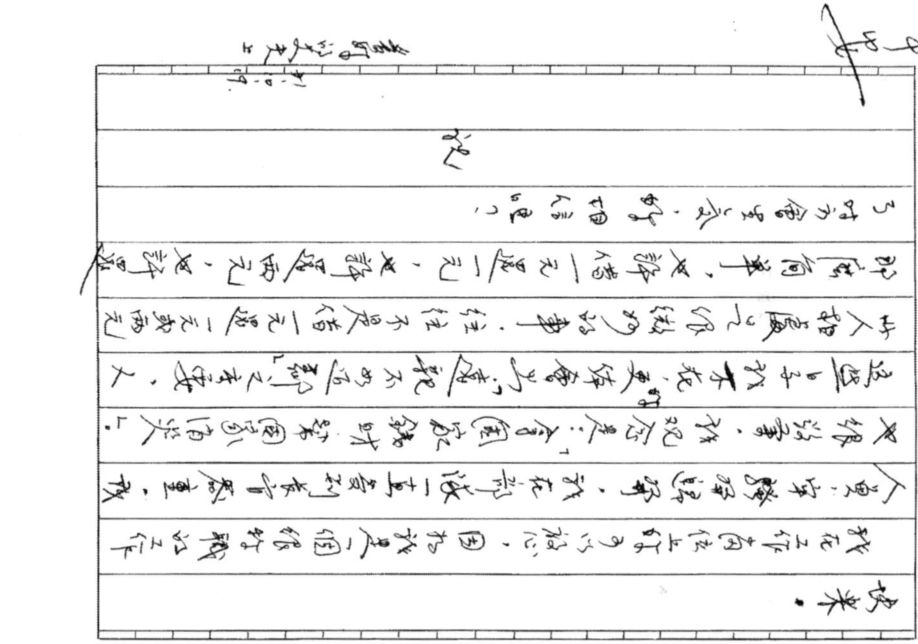

愛妻：

兩年多以前我還在高雄，那時詩興很濃，曾寫給妳一首短短的，玲瓏的現代詩，是這樣寫的：

我是地上放牛的頑童
妳是藍空下的小鳥
總想一妳可能會飛到我懷裡！

我是藍夜裡數星星的孩子
妳是亮空中的小星星
總想一妳可能會掉下來。

我是大海
妳是海中小島
思念，擁抱一永恆。

島之黃昏
島之朝陽
島之午夜
望穿，望穿那遙遠的海
望穿，望穿那碧綠的天。

上個月正閒着，拿出原稿稍加修飾寄給「自由青年月刊」，還被垂青了呢？最近公務太忙，一直沒有所謂的「靈感」。俗務一多，腦子裡就不純淨了，連動筆寫首給自己或太太欣賞的詩，都提不起勁。還好，妳並不是一個喜愛詩的女孩，否則我三更半夜也會爬起來寫詩寄回台灣給妳。

一個好的作家能把俗不可耐的雜務美化成唯美作品，只可惜我這「拿筆的」都不敢自居，希望能有第二次中獎機會，打打牙祭。

再過三天有船，不過這些天馬祖氣候不佳，海上風浪很大，怪叫人擔心的。十一月四日我休假，如船期或氣候等因素，叫人等上三、四天或一週也是常有之事。所以當妳有一天的三更半夜，或零晨几點，接到基隆下，那鐵定是妳心愛的同枕人回來啦！前人言：「小別勝新婚」，真是好不可好了。到了家如果可能我先休息兩天，再回台南二天，再到台中，回台北，如何？

我們的小乖乖已快半年多了，再媽媽的貴心可放下，一定長的活潑健康，將來不知有多少的姑娘追著呢？不必像老爸一樣，追的死去活來，才追到一個。哈哈！

祝福妳的母子

青春
健康

夫上
71.10.22 晚上

愛妻：

外面風好大，呼呼地吹，海浪也大，嘩啦嘩啦地拍打着岸邊。外島有時就是這樣吧，家裡一人，有時不免感到孤單寂寞。正是「所謂人在江湖，身不由己」，想一想，身為一個男人也很可憐，要忍受「五斗米」之辱，又要受別人家呼來喚去之氣，還有所謂「同流不同污」的論。做正當一個人真是可憐之極。我常在想，何時還我清白之身，完整自我之心。

「政治」一詞為全世界最髒之名詞也。

最近一向都忙，白天從早忙到晚，晚上回來洗個澡，吃個宵夜，睡到天亮。（我們一間寢室的七個同事，每月各交納40元，晚上煮麵等，所以我幾乎每晚都吃個宵夜），我本無吃宵夜的習慣，只是外島油脂少，工作量多，吃個宵夜正好。見面時我必然還是老樣子，体重不增，壓在妳上面也還剛好哩！

來信得知媽已回台中，我真是掛念着妳們三個女人，洽巧三個女人都不太能講話，必然難以相處。前一陣子真急死人了，我臨要走的前一個多月，記得還不錯。這回妳信中提到「小宏、我和媽處的還好」，我稍寬心，相處還是要時間的。

今夜風大，台北如何？注意冒寒，節儉有其程度，身体須要適度保養。

祝

我們

永浴愛河

夫 上

71.10.14

潘潘愛妻如晤：

一年一度的中秋節已過了，還好嗎？中秋之夜我們戰地的朋友賞月到晚上十二點才睡，月兒分外的明，格外地亮，又圓；只是遊子的心始終定不下來，睡在床上好久才入眠。

我的信都收到了嗎？如果妳有時間就多寫些信，如果實在忙就少寫些。我雖然工作頂忙忙，不過這些日子沒有書寫信的心情，除了工作、睡飽之外，我會希望給妳信。再過五天左右就有船，希望能收到妳的隻字片紙。台中、台南的家還好嗎？台南的家

我已經精書回去，台龍花，可以念給岳父母大人聽。妳現在和媽（我）如何？有些進步些嗎？其實每個人各有不同的身世，許多事情是無法理解，也不必理解的。比竟那些都是過去，過去的永遠不會再來，它只是一種經驗，要我們不要走前人錯誤的老路而已。

以上不過一時之感，我也很好，勿念。

10.4.

P.S. 收信後速將我的身份證用掛號寄來。

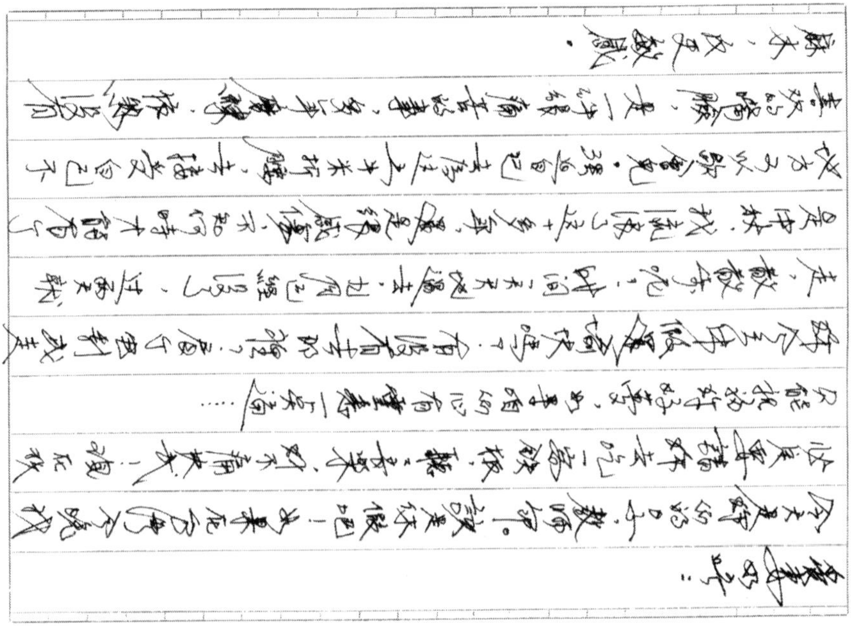

瀟瀟愛妻：

多天以來已經給妳寄了好多封信，現在不會有回信，在
十天之內能有妳的回音，那算可喜了。

天氣越來越冷，尤以早晚。此乃這裡接近大陸邊緣
就會首先感覺寒冷的事實，過了中秋最為明顯。

妳的近況好嗎？我想像是：上半天班，每週學琴兩小時
其他時間忙於家務，小孩。可能不會太忙，還有時間給我
寫封信嗎？

對了，眷補證要換了，把妳和宏宏的眷補證各影印一份，
（照片不用寄，我此已有）寄來給我。秋節快到了，妳那裡
準備的好嗎？今天下午我給妳寄回6000元（1000是國票，5000是別人
換去的國民有獎儲蓄卷），拿到郵局兌換即可，我想
這陣子財經可能緊吧！收到款立刻捎個信來。我這
裡本想向台中和台南的家表示一點中秋禮物，拿來一算，
至少要兩仟元以上，我身邊的錢剛好夠休假之用（回去要
買點東西），所以台中台南的秋禮只好由妳做主了。

祝 妳們母子倆
中秋愉快

夫 [illegible]
71.9.25.

代候叔叔、王媽，合府中秋愉快並祝平安。

太太：

最近電視又報導，新的颱風已在關島產生，颱風季開始了。上一次我們未做好防颱工作，致使天線受損，這回要注意了。先取下天線，買部電池半導體收音機，買蠟燭以備夜間停電用……。

離開台灣已快十天了，臨走時真是黯然神傷（在我內心，外表已偽裝成快樂天使，看起來要人知）。想一想再回台灣時，已是初冬，小孩一定長的又白又胖又可愛，而妳也更像「位母親或妻子」，就覺快意。我始終放不下心的是妳們「三人和睦」問題，這一怪、一張、一吳之間，正合中國一句古話：「三個和尚沒水喝」。其中影射的除了表面的水外，主要還是相處和睦與否。

我希望妳們在台灣能平安無事，否則對辛苦的「三軍將士」在前線的勞苦如何交待？（不可生氣）。

馬祖的生活設施比起兩年以前已大有改善，不過和台灣相比，約有二十年差距，不怪，比也是戰地。重遊舊地，不很寂寞，這裡有不少同事朋友，這些都不重要，看看書，寫寫東西，都是很好的消遣，壞處雖大，好處也不少。我那兩位拜把也不知道我要走的確定日期，沒有通知，他們好打電話，可代我說明並致歉。

不知妳學習英的事現在進行的如何了！盼知近況！媽媽近來身體如何？小孩伴著她在談好些，向她報告我的情形。

我偶爾會在給妳信中或另外寫封信給媽媽，煩請妳念給她聽，她可能會要妳代寫個信給我。

大哲 71.8.10 馬祖北竿

愛妻妳好：

窗外的風很大，好像颱風又要來了。人在屋裡看著窗有些寂寞，而且連書看書都看不下，只有把自己埋入工作堆裡面，人一忙就忘了很多很多失意

等了很久，終於在下週可以正式通信，先動筆寫一封。台灣的寂寞可以有繁華和親友來充填，而外島的孤寂卻是很難打發，婚前和婚後絕然不同。尤其前一陣子台灣又是颱風又是傳染病，那種日子實在不好過，我不知道現在如何了，以宏還好嗎？他一定不知道有個爸爸在遙遠的地方為他掛念著，當然也惦念著愛妻一樣。

現在媽媽是否住我們這兒，一切還好嗎？希望妳多諒解而少去計較，眼前之得未必是得；眼前之失亦非失。得失之間如何區別呢？前人已言：「要看開，不要看透」。我把八月初妳寄到新莊的照片放在玻璃板下，現在妳好像一個孩子的媽，也更像一個「熟的蘋果」。唉！說起「蘋果」，實在很想吃，久了沒吃很難受，以前可以熬得下來，現在要更費力了。宏宏要強卻很可愛，當父母的只願他的兒女平安，長大，健康。

祝妳們母子

平安

夫 誠 上

81.9.22

愛妻：

總算收到妳的來信。起初我們阿兵哥都站在山頂上遙望遠方的軍艦，像一個小黑點，大約四、五個小時進入內海，再過六、七個小時信才收到。要收這封信是頂不易的。和兩、三年前在高雄等妳的信是一樣的。

一般來說，父母長的尚可，兒女就可愛——如咱們小宏，媽媽長的不賴爸爸長的不差，他就越看越可愛了。該把他剪剪頭髮了。最近工作一向很忙，今天雙十節，上午先睡一個覺，打算中午、下午好好寫些信。爸、媽還有朋友等。冬服我身邊本帶有，加上戰地也發一部份，所以妳就不用寄了，謝謝太太的關心。四已知到，即本部收到了，前封信也提到，把我的「國民身份證」用掛號寄來，不知寄出否？

有件事上回要在信中提的，忘了。玉美的伙食費如果沒什麼影響，不必收了；弟妹來家吃飯要錢，總覺怪怪。不做工作，最大收穫就是清閒；有空我會留意吟研所的，只是很難。我們同學大多結婚，未婚的我一定要評審通過，

太太：

近日天氣又不好了，多注意身体，也注意小孩。以前妳一直咳，不知道目前如何？叫妳吃的那種中藥是否按時服用，已經快三個月，也該把那藥粉服用完畢，應是好多了。如乃未好，必須再吃，打電話給風嫂，叫她先拿藥寄上來，不可拖。妳知道，身体就是我們的一切，就是事業的本錢。

明天有颱，據今天一早要出去視導，所以在晚上執筆給妳寫一封信，窗外天氣不好，电視又報導小颱風又來了，妳須要好注意。颱風未前，先把菜買好，人不要隨意外出，以策安全。

十一月上旬可以休假，時間很快，日復一日，馬上到了。該是抱抱小宏，也抱抱妳的時候了。

來了個筆，

祝

平安．幸福．

[illegible]

71.10.13

潘潘：

這回還是叫人等封信回來。時間真快，分手後已經一個多月了，七月走的，現在已經九月，再過不久即將中秋。

最近台北似乎平靜多了，未聞有颱風之事，不過小兒麻痺還在流行，真叫人耽心。我在這裡對你那兒音信全無。近來我在工作很忙，有時覺得忙也好，不會胡思亂想。晚上深夜了人靜了就看英書在讀，也還可以。不知妳的工作目前如何了？早晚已有涼意，台北如何？一定還熱的要命，天熱盡量少跑，人多休息，伴着小孩彈琴也不錯。

我想你這陣子經濟一定不甚佳，小孩的一樣可以動用，這分太明顯反而沒有意義了，反正從此以後該讀書又是自己父母，台中房子每月要七千，台北的要千千多，真是一大負擔，早晚要設法解決才行，暫時無此能力。小孩近來好嗎？大一點了，更可愛了，改日再書，我此很好。

Kiss me

夫上 71.9.8.

太太：

一路奔波已到了他方，從這裡回台北也麻煩的很，這裡叫做新莊子，乘公車到豐原要20分鐘，轉金馬號回台北。公車晚上八點沒車，坐計程車的機會大了，真好！

軍人就是如此，希望妳能漸漸習慣，而且要習以為常，生活才會愉快，要借助逆境鍛鍊身心，在個人的修養上才會不斷進步。

我這裡目前尚未安定下來，所以沒有住址，妳也暫時不要來信，至少要再五天才會正常，這些日子也好讓妳安靜些，除上班外，好好看看書，觀查一些人際關係，體驗一下作者的心境人格，讀書不是走馬看花。

目前王媽不搬家，我們可以放一陣子心，不過還是要注意，也許那天又要搬了。住別人的房子總覺得不舒服，早晚還是要設法買房子。

我這裡也還好，當兵嘛！走到那吃到那！天涯海角都有朋友同學，至少不覺寂寞。我先給妳捎來一封簡訊，並祝妳健康快樂，勿念。

代問你們的小孩 小紅 小雲

夫 [illegible]
0304 中午

儂儂：

外面在下雨，下的人很煩。在高雄的信中我在心煩時是不寫信的。現在因為可能有20天以上不能回家，只好用信和妳聊一下，訴訴這些心情。妳常說我不誠實，其實婚後這二年多以來，屬於我們兩人之間的我是毫不保留，沒有秘密，我的缺是妳的，妳我之間几乎可用「等號」來連接。在「妳我」以外的事情，實在有許多不必要說的，也沒什麼好說的，所以就自然任其存在，妳不知道也落得一身輕快，我知道就讓我知道吧！我來承當、我來解決，反正是「男生」嘛！

實在男人的煩惱太多了，尤其是我，比別人多得多了，好在我這個人心胸還算大了一点，想得開些，否則早在二十年前就自殺了。所以我們全力重整屬於咱們自己的家園，相信光明將必來的。

因沒桌椅，所以字亂的很，仔細看。祝

明天是婦女節。回家時補給妳我們祝福回家。

好夢

夫　上

三、七.

於水林莊子

太太：

最近是否有一個人打電話給妳？是我交待的，他正要回去休假，我請他撥個電話報告我的平安到達。初到崗位還有些不慣伊伊的，大睡一覺就開始恢復正常工作了。

來的時候風浪太大，船上什麼東西也吃不下，人餓餓的睡了差不多20個小時。蘋果也只吃了一個，所以現在還留一個在桌上放着，難得捨不得吃，每天可以聞一聞香味。現在是冬天，天氣冷，水果可以多擺放幾天，放到不能放再來解決。

我不在家，許多大小事可以由妳一人承擔，着實也是累了些，鍛鍊一下也好。嗲嗲家請要注意身體，身上有了病要花

算算日子，明天有船了，該有妳的信。回台休假順便代我打電話給妳的同事也回來了，有人從台灣來必定有水果吃，這是「不成文規定」。有時不帶也不忍心，試想自己回台灣享福，別人卻在外島渴了多久，所以凡是回台的人，回去一定是大包小包的。回憶本九年間我從高登回來，每次回去至少帶2000元東西回去給弟兄們，那時（營主官）要的人也多；現在當參謀只要400元即可打發了。潘潘，外島種子可多呢！

台北冷是冷也是好天氣，如有空不妨把門關起來，去美和好你倆出去玩玩，公園走走。

祝 平安

詠明 12/6

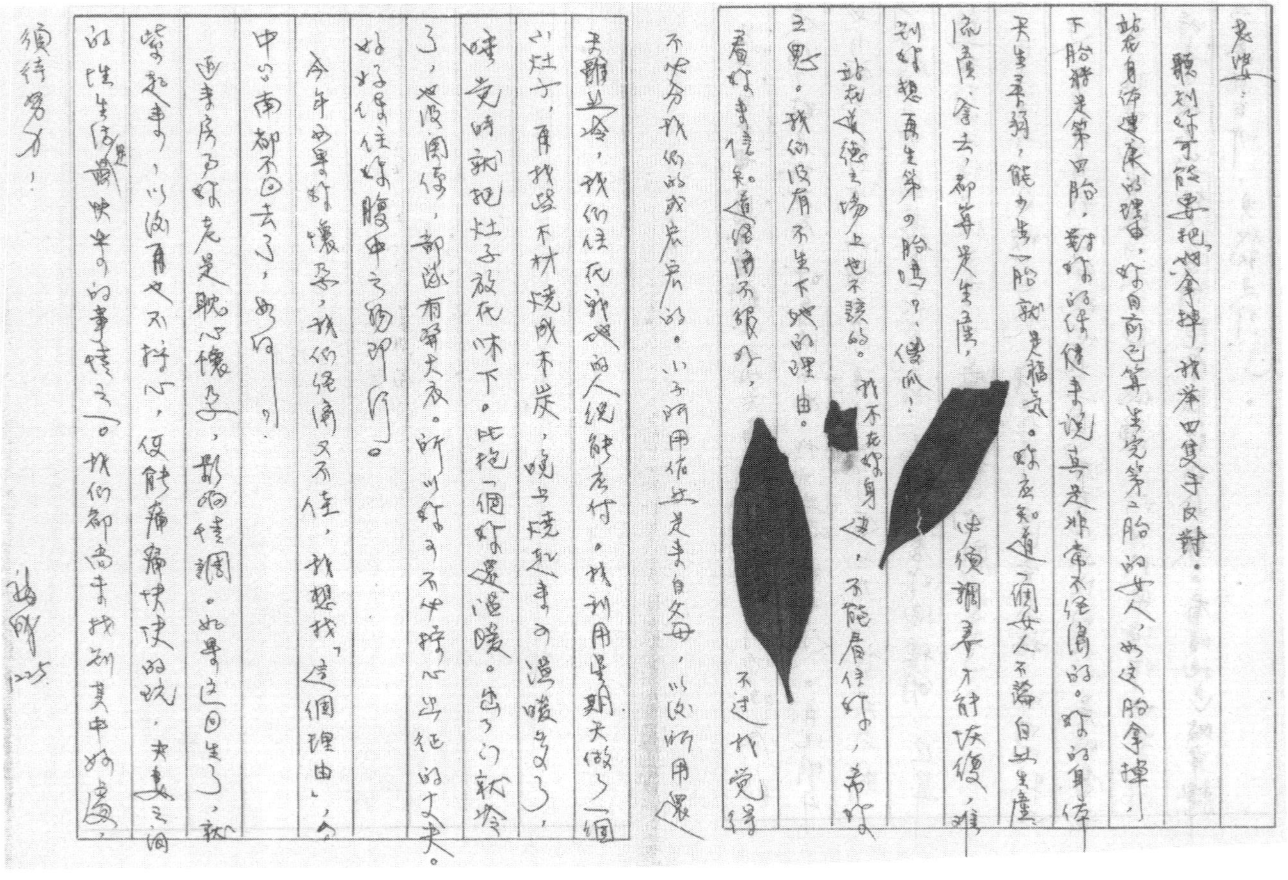
老婆：

聽到妳可能要把她拿掉，我舉四隻手反對。

站在自妳健康的理由，妳目前已算生完第二胎的女人，如果她拿掉，下胎將是第四胎，對妳的保健來說真是非常不保險的。妳的身體天生柔弱，能少生一胎就是福氣。妳應知道一個女人不論自然生產流產、拿去，都算是生產，必須調養才能恢復，難到妳想再生第四胎嗎？傻瓜！

站在道德立場上也不該的。我不在妳身邊，不能看住妳，希望妳三思。我們沒有不生下她的理由。

看妳來信知道經濟不很好，不過我覺得不必分我們的或房的。小子所用依然是來自父母，以後所用還要靠父母，我們住在鄉下的人總能應付。我利用星期天做了一個小灶子，用我們木材燒成木炭，晚上燒起來可溫暖多了，睡覺時就把灶子放在床下。比抱一個妳還溫暖。出了門就冷了，也沒關係，都沒有穿大衣。所以妳可不必擔心出征的丈夫。好好保住妳腹中之物即可。

今年如果妳懷孕，我們絕對不生，我想找「這個理由」，今中公南都不回去了，如何？

過來後妳老是耽心懷孕，影響情調。如果這回生了，就安定起來了，以後再也不擔心，但能痛痛快快的玩，夫妻之間的性生活也是最快樂的事情之一。我們都尚未找到其中的奧妙，須待努力！

強明
12.25

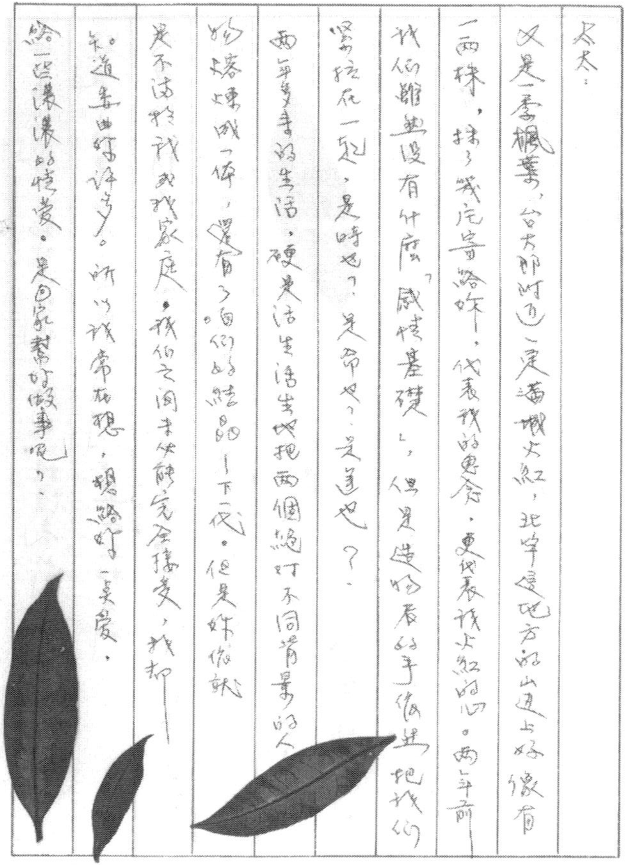

太太：

又是一季楓葉，台大那附近一定滿城火紅，北寧這地方的山邊上好像有一兩株，採了幾片寄給妳，代表我的思念，更代表我火紅的心。兩年前我們雖然沒有什麼「感情基礎」，但是造物者的手依然把我們緊接在一起，是時也？是命也？是運也？

兩年多來的生活，硬是活生生地把兩個絕對不同背景的人熔煉成一體，還有了咱們的結晶——下一代。但是妳依然是不適於我和我家庭。我們之間未必能完全搭配，我卻——知道妳付出許多。所以我常在想，想給妳一點愛。給一些濃濃的情愛。是回家幫妳做事吧。

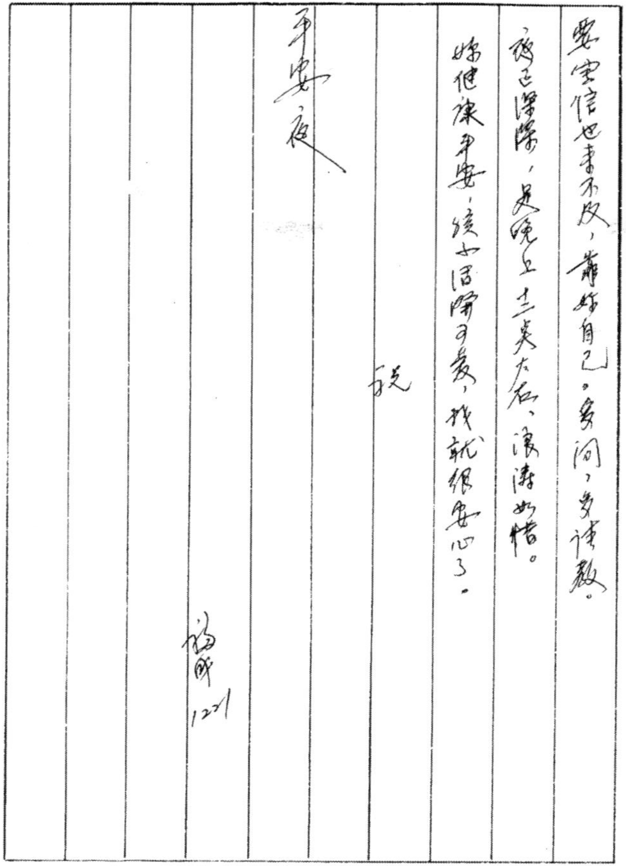

要寫信也來不及，靠妳自己。多問，多請教。

夜已深深，是晚上十一點左右，很濃的情。

妳健康平安，孩子活潑可愛，我就很安心了。

祝

平安，夜

[illegible] 1221

潘潘愛妻：

已再回到北平，一切如意。

今天是週末，下午沒事，寫了24封賀卡。本來想「勸
儉建國」的，想到其中都是很久未曾聯絡的親戚
朋友，沒有去函請安已是不對，連賀卡也省實過意
不去，故統計一下，差不多要寄30張。今天先寄24張。

常言道「光陰似箭，歲月如梭」，又是一年歲末，
我的廿七年即將展開。我們婚後也邁向第三年，時間
是不能往後看的，十年，二十年，都不過是雲烟般地散
了，過去了。從小我就珍惜時間，我一直覺得人之一生

再祝福你們大家聖誕快樂，未婚的玉美和劉女
姐、哈女姐等可多鼓勵她們參加外面的活動，不要天天
呆在家裡。

近來天氣較好，可多在外面走走。我們的寶貝好了？
他還要再胖些。你做時好象是耽心「有了」，現在怎
樣呢？我覺得兩個相距一至兩年都可以，反正早生晚生
都是生，早些做完這件功課了一件心事。兩個媽媽也
放心，是不？

親一個，拜拜．

祝

平安

福城 上 91.12.4.

太太：

前天寫的一封信和這封可能要十天妳方能收到，因為船期間隔了九天，待妳收到信已是中華民國七十二年了。看完前面一封信我真有些又好笑又好氣，懷孕乃是女人之大事，婚姻的喜事，該是很高興，為何鑽牛角尖，想拿掉將更加傷身，汝應知之，呆瓜！

近來天氣最不佳，冷熱不定，不過島上環境地形特殊，陽光照在海面上，山邊上卻依然明媚秀麗。如果一個人沒有希望、能力，沒有前進事業，完全歸還原始的純樸，住在這個小島實在是好地方。好了！這只是廢話了！

還有七個月妳的努力就付完了，所以吾家的經濟狀況還不算悲觀到要太太去打胎，此舉將難獲雙方父母親友之原諒，看妳雖在江湖上闖盪十年，奈何有些事還是看不開，固執己見，太太要三思而行。我此很好，冬衣無問題，不必為我寄東西來。妳只須帶好孩子、教好琴即可。有關房子之事，應按妳所見去理貸款，如有什麼問題可打仉問風嬌，她可以幫點忙。看須要何種証件，妳寄給她便行了。

好好帶著小孩過活，女人家操心太多，容易衰老，都是吹人老化的快；心情開朗，和氣笑，才是青春永駐的秘方，難道妳不想多保有若干年的嫵媚嗎？

平安

夫 上
71.12.24

太太：

十三天的假很快过了，再回到崗位上。昨天下午四點上船，到今天下午四點才下船，整整有二十四小時的船程，直到寫信时間，人還有些昏昏沉沉。

年終前沒會有不少事，我也較忙，我會盡力多寫信。信

還要多謝太太，每天都為我準備好吃的，這下子要等三个月才能再吃水果了。我在基隆上船前買了十斤orange和八樂，我自己這兩天尚能享用兩個。

多利用时间照料小孩們，他們未長大，一定也想頑皮，家裡的東西早晚要成為他們的玩具。

我不在家時除了照料小孩、看書外，只有心練琴。現代社會不論男人女人，除正常事業外，要有一些高雅娛樂，才能調合生活，所以我不在时好盡可多計劃時間。

這封信是我下船後才寫的，人還有暈。不多寫。

祝

快樂

夫 [illegible]成

七十、十一、廿、夜

此信是找人拿回來寫的，回信時告住址

太太：

辛苦了。

這陣時間確實辛苦妳了，一種生活的改變，一種新事物在學習，一段新里程在開始……都給人頭痛的。但是，希望我們有信心把事情做好，更好。人世間一切大小巨細之事物，人們都在追求一個「美、好」而以，但大部份都達不到這個目標（滿分），而只做到六分或七十分。假如我們把目標訂在60分，則結果可能只有三十或四十分。

我知道這些日子來妳總盡力要做到最接近100分的境地，這確是辛苦的很，相信妳我是在不同崗位上，要做好一些事情。

本週五或六晚上我開始休假，休五天。如果沒有改變，週六晚上6:30在台北有個同學小聚會，到時帶妳一起去，座的女孩出來見人，散散心。

小姐！妳現在大概像小姐了，穿起老師的衣裳，更像小姐，小姐是很辛苦的名詞。　祝妳永遠有一顆小姐的心情。

白天上班，晚上要照顧小孩，且要半夜要給小孩換尿布，累了妳了。希望妳能善加利用週四時間，爭取更多的休息時間，晚上早些睡，中午無論如何睡幾分鐘覺，下班的盡力早回，不必要的應酬，避免參加，盡量減少。

如外出購物，要計劃好，一個時間把要買的一起買好，這
無形中增加休息時間，可培養體力。你要絕不要
熬夜。
我們的宏宏近來好嗎？這方面應多請教媽媽，小孩
子有些小毛病不是學士或博士所能理解的，這是一種
經驗的成果。這三個月以來可以把妳母親、我母親、
王媽媽等人的育嬰觀念做個結論，相差極微，故絕
不可忽視經驗。
我今天則從台中回到新莊子，暫告一段落，改日即可休
假。如果有什麼事要我的，這幾天要充份利用。

週六晚上帶妳出去。

祝
[illegible]小姐
美麗[illegible]如[illegible]

[illegible]
71.5.25. 晚上10時

太太：

這兩天氣候又變得很冷，都只有三、四度左右。這次來馬似乎比前次來時還冷，不過妳放心，流浪多年的我倒能自我陶醉。

自十二月二十四日收到妳的信，妳說可能有了要拿掉，我立刻寫回信要妳三思。如果我的信妳得前已看，大概早已經拿了，要真如此豈不悲哀極了。妳自己多保重身体，多買些補品補回來，女人不比男人能受得起太多煎熬。

不必為我來處分錢，我在前一封信已經告訴妳，向別人借了大約四萬元左右，二月份回去把鋼琴款一次還清，免得每月多支三千多元，四萬元小數目，以後有錢才還，無所謂。反正青山尚在，何必為十多萬元拿掉一個小孩子？

今年過年我可能要年後才能回去，約二十號左右。許以再可能範圍內我今年不準備回中、南部（未定），加以妳身体不好，南來北往的跑，回去再研究好了。

台南的爸爸身体不好，只可惜我人在此地。如果我人在台灣一定會去看看，現在只靠妳了，多打電話回去了解狀況，並且要勝娟弟弟們多回家探視老父親，少在外面跑。另外寄一千元給爸爸補身体（不差這一千，可馬上回去）。

祝

平安、安好

大人

七二、一、九

太太：

我曾經給妳說過一个真實故事：

「四阿姨在若干年前生意失敗，欠下200萬債，她於先生過世後，淡然處之，现在也還完了」。看樣子妳道行尚差太遠，不过七、八萬元就急的熱鍋上螞蟻一樣。

如此：媽媽的每月1000元不要斷掉，我二月回去後設法把鋼琴款一次還清，已經於今天把借款信寄出，如果有人問妳欠多少，就告訴她欠40000元。這樣可以在七月之前每月少交將近4000元，妳可減輕不少，至於還錢如何還是以後的事，暫時不管。

這樣子暫時決定，妳不要在發愁了，錢不算多，反正我二月回去助妳還鋼琴款就是。

接到妳的信是元月六日，可能妳已把小孩拿了，如此信妳能接到，希望能聽君一言。

保重身體

夫

72.1.6

預防感冒

(一)注意營養，增加身體對疾病之抵抗力。(二)充份休息，勿使身體過於疲勞，早睡，並須多飲開水。(三)隨時注意氣候變化，勿受涼。(四)不隨地吐痰，咳嗽或噴嚏時應以手帕掩口鼻。(五)避免進入公共場所，以減少傳染機會。(六)患者應予隔離，盡量避免接觸患者，以免傳染。(七)染有患者鼻、喉分泌物之衛生紙應予焚燬。(八)如感身體不適，應速請醫官診治，切忌亂服成藥。(九)隨時以鹽水漱口，以求保持口腔清潔。(十)必要時關閉戲院，學校暫停上課。

夫人：

沒有人現在叫你夫人，我叫一聲，可以是否？現在是分手第一天的晚上，一個人坐在值星室悶的發慌，寫了一大堆信討信給寫信，給一些該寫的人寫，這一封是寫給你的。

孩子可好，你也好嗎？人有時安靜想些事情會很生氣、很悲哀、很憤怒，只是不想和自己過不去，只好把某些痛苦昇華成一種快樂。否則我可能早已一頭撞死或出家了。

夫人，我常想為你們帶來一些快樂安慰，不知帶來幾多？我也常想為你創造些成就感，但是沒有、成就那一朝一夕可就成的，我想該慢慢來，來日尚長。

前信你說要把腹中之物拿掉，幸好保住，萬萬不可。吾家尚未窮到這個地步。如生下這一胎再結紮，我舉四隻手同意，鋼琴也不可賣，太太喜愛之物怎能輕易言賣呢？忍耐半年時光會有好轉，不必急於此時。

窗外夜已深深，海浪嘩然，海風飄逸，只是屋裡一片寂寞。咱們相許兩年有餘，只能說稍稍了解一些。要達到理想中夫妻的「夫唱婦隨，合為一體」，還有一段距離。俗言：「夫妻是百世修來之果」，不知咱們前世誰欠誰的債沒還，今世一併還完。多注意心靈生活，保養身體，因為夫人，你是女人。

妳保存的男人 [illegible] 71.元.1

太太：

現在已可以確定新年不能回去，一方面我的時間到二月二十日才到期，另一方面是任務影響。所以我可能二月二十左右才能回去，只好叫妳多等一個星期了。

時間真快，今天已是元月十四日。近來還是很冷，在天對氣候的分配真不合乎，夏天熱死人，冬天冷死人，還是台灣天氣正常。我們在此這冷的時候，就燒起一把火，上個月我最自己做了一個灶子，到山上找了乾材，晚上在灶子裡燒火，燒成炭，取作暖的。

前些日子記得也寫了不少信，不知妳怎麼尚未收到，前些信中也說了不少問題，未知妳覺得如何？看小孩長的活潑可愛真令人高興，但仍希望他要比他爸強一點，我們也須好好栽培，父母未盡責，孩子以後會怨的。部隊裡近年除了任務外，也有不少節目，倒也不錯。我想須多晚一星期回去，所以，妳可以多叫哈帥月來陪妳，如她有很熟識的男友，一起來我們家小聚，對他們感情也有幫助。目前我這裡有的「男人」沒有適合的，我還是隨時給她留意，以她素質不能減少條件，沒辦法，時代潮流如此。大部份男人看到「胖的女人」都退了！

過年忠言

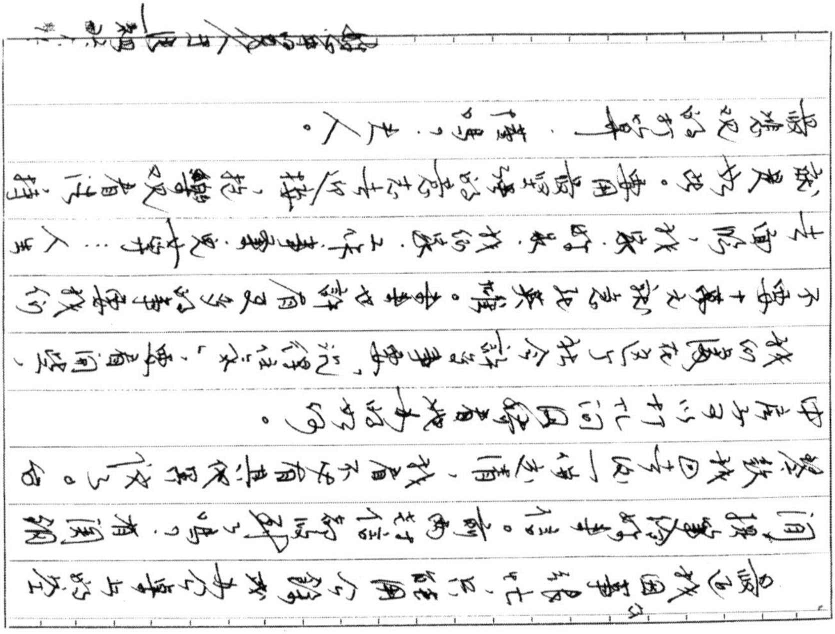

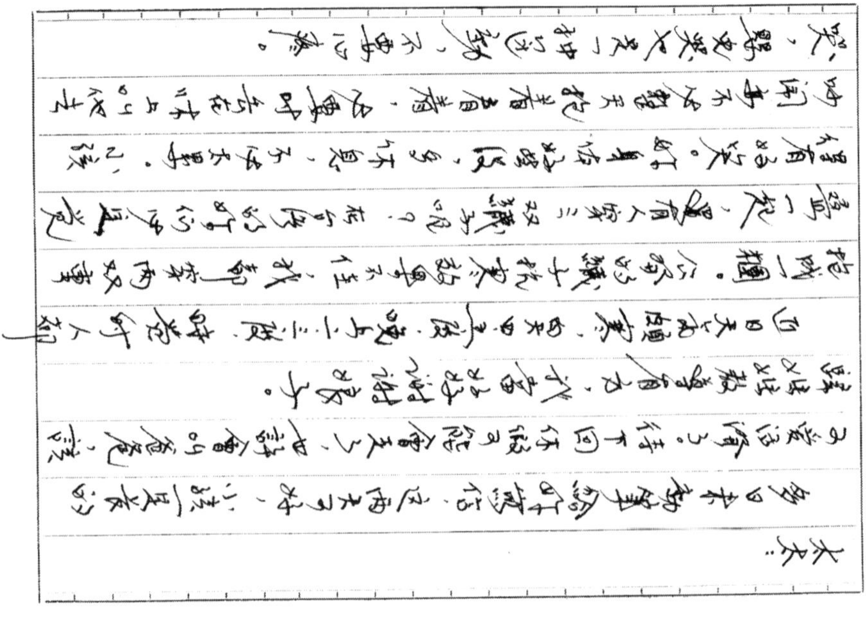

太太：

離別前夕，看到我們三年來從戀愛到結婚所創造出來的許多紀念品，令人感慨萬千。回想起來真是不容易的。但我們還是熬過來了，從相戀到正式成為夫妻，歷經十多年來的無數滄桑，一點一滴，我們只要好好珍惜下一代，便是我們的最大收穫。

[illegible]

因為我對你的[illegible]，[illegible]。[illegible]的人生過客。人生的路很長，其中「珍惜當下」是很重要的一部分，[illegible]。

[illegible]有限的生命，[illegible]「珍惜當下」，[illegible]

[illegible]，下輩子我來報答你。

祝好，再會了，保重了。

[illegible]

[illegible]

我已經向人借了3-4萬左右，二月份回去把鋼琴款一併交清，好不要在變更了計劃。有錢才買。

近來我大哥工作還不錯，他和人合買了一部貨車，做砂礦生意。阿娟的排擋生意好極，明旺要擴充工廠，各方面都好些。春節期間台中的幾位阿姨有北部之行，咱們家自然是其中一站，明星好和阿嬌打算可以先問個時間，免得和我們的中南部之行衝突。

寶豬肉一樣常在寫信，不知為何好像的怎麼少了。

好好有工作，帶小孩之事可以先和娘娘聯絡，雖然她目前給大哥帶小龍，但還是可以協調的，台中方面人多，小龍住那裡都可以。

記好，自己要有自己的「生活哲學」，在可能範圍內要穩住，不要被金錢、人事弄亂了情緒。天底下的事都會有解決的方法。共勉之。讀了，就一丁。

平安。

不知妳生完，第三胎以是否見效

夫
民79.1.12

婚姻問題，一年尚無著落，很令人煩惱，妳也要主動，就和當初那樣一樣。

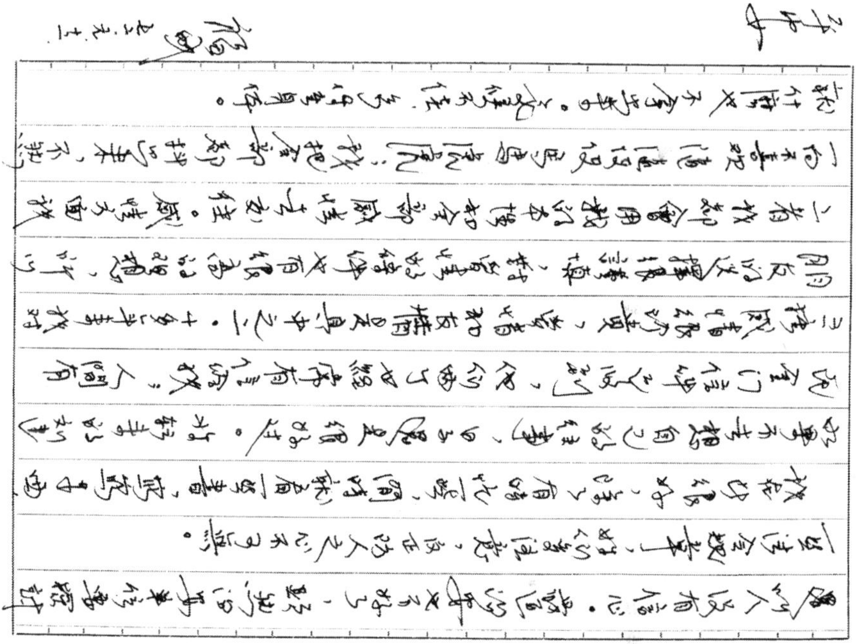

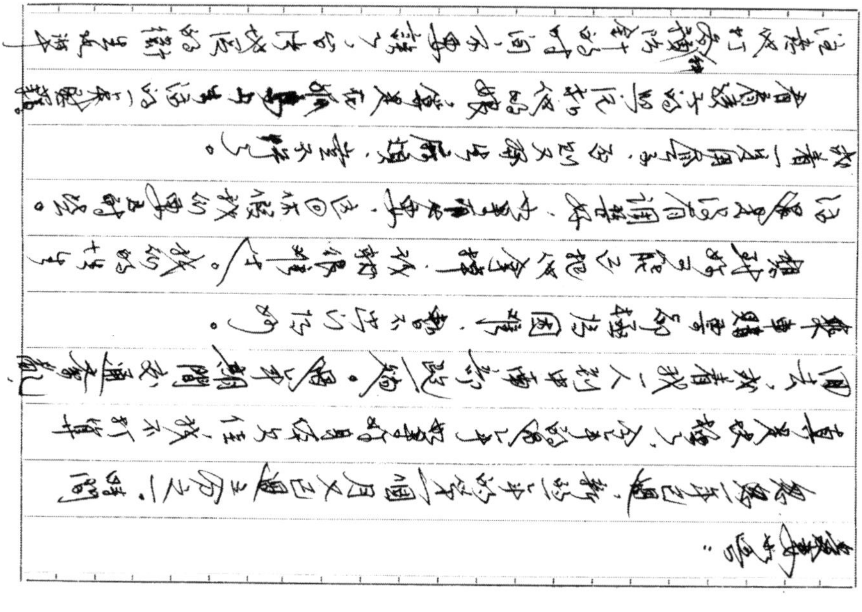

太太：

記得很久沒給妳寫信了，大約十天了吧！上一週是因為忙於一件公務，現在是正準備考試。我預定參加「政戰研究班」考試，所以現在每天真忙。早晨六點起床看書，上午八～十二點辦公事，中午要看兩書，晚上到十二點。每天大約只有六小時可睡。真是忙！這是一個很難得的機會，希望能錄取。我可以在台北當二年學生，好爽！妳也爽。

前天接到妳寄的信三封，還有妳託人帶來的牛肉乾，心裡無比溫暖。太太燒的開水是比別人沖的咖啡香醇。

這回考試初試在馬祖，複試在台灣。

想起寫信，太太仔細看，不笑我心不在焉。

金門的爸爸不知身體如何了，由我寫信給妳要妳寄1000元給金門的爸爸又不知寄了沒。不知出嫁的女兒不要太酸，以免……。我不想有什麼不好的印象。妳在家時爸爸寄了不少，現在她生病了，我們就得有所表示，懂不。人情世故就是如此，少了一些去妳家，沒錢我們都得借一下。妳同意。

現在距離我們夫妻「重合在一起」，已不到一個月了，高興嗎？吻妳一下。

抱

夫 上

1.24

愛妻如晤：

我拍的電報已經收到了，妳用信件就來不及。我沒有理由不歡迎阿月，她是個不錯很好的女孩。以後房裡也多一份熱鬧氣氛。

至於買房子的事，因為妳在信中最後一段又決定不買了，所以我也不必講什麼。

妳要我解釋的兩句話，只是我的一種嘆息而以，或許可以詮譯為「婚姻、家會枷鎖吧！」。妳不必多想它，套一句人家朋友用的話：「是朋友，不必解釋；不是朋友，解釋是多餘的。」

也許「我的愛情觀」太過完美了，我曾說過：愛情只有100分，沒有60分或80分的。所以我的愛妳也是100分的，何謂100分？就是夫妻間的愛要包含對方四週的人，愛妳，也愛及妳的家人朋友。而妳愛我，也必須愛及我的家人朋友。這就是我方所接受，我們也盡量不要強求對方一定達到我們的標準。只要努力去做，去愛，去諒解對方。

七月十六日中午

這些日子算妳輕鬆一些，好好運用，陪陪老媽媽老爸爸，兒女長大一个个飛的更遠，父母總是孤寂。能常到更好，一定很多笑，只是我不在妳身邊，相信媽爸必能諒解

請代問候他們好。

祝

平安

[illegible]

7/12 晚上

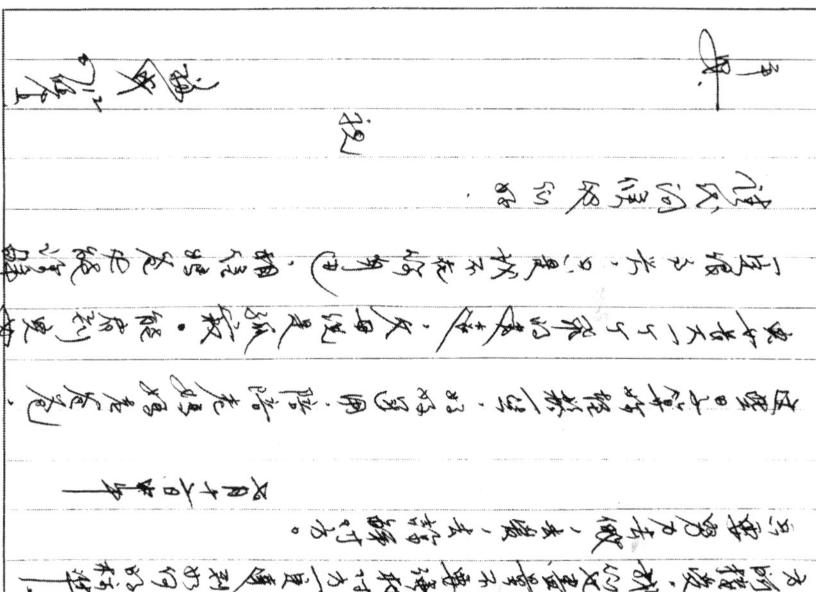

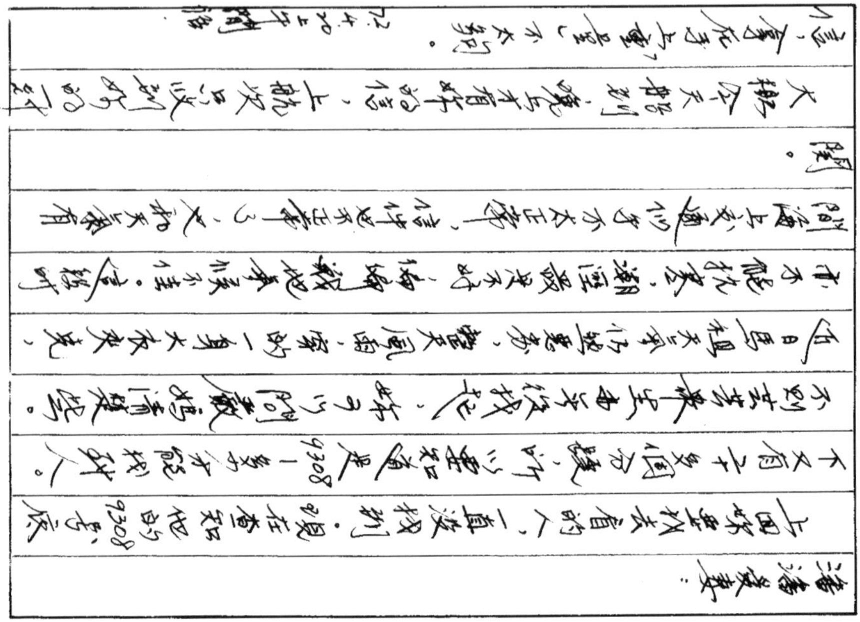

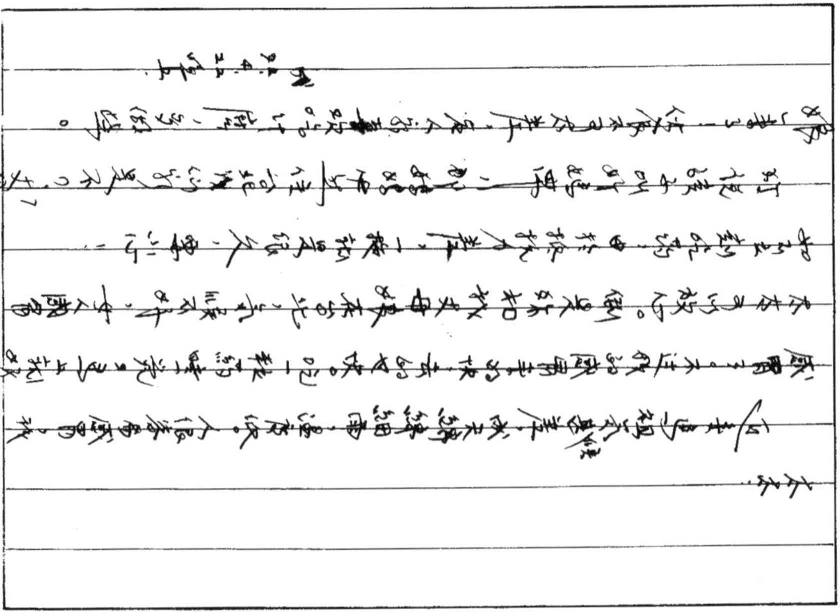

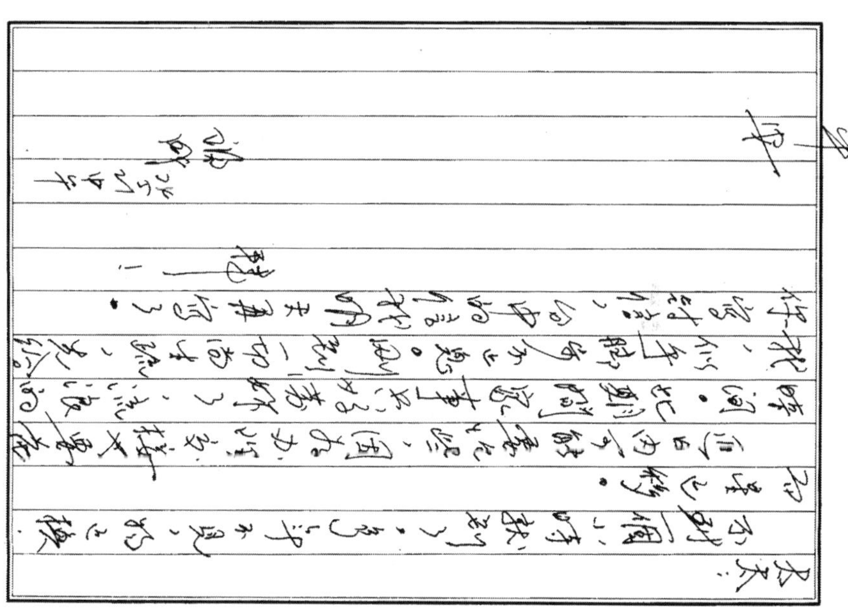

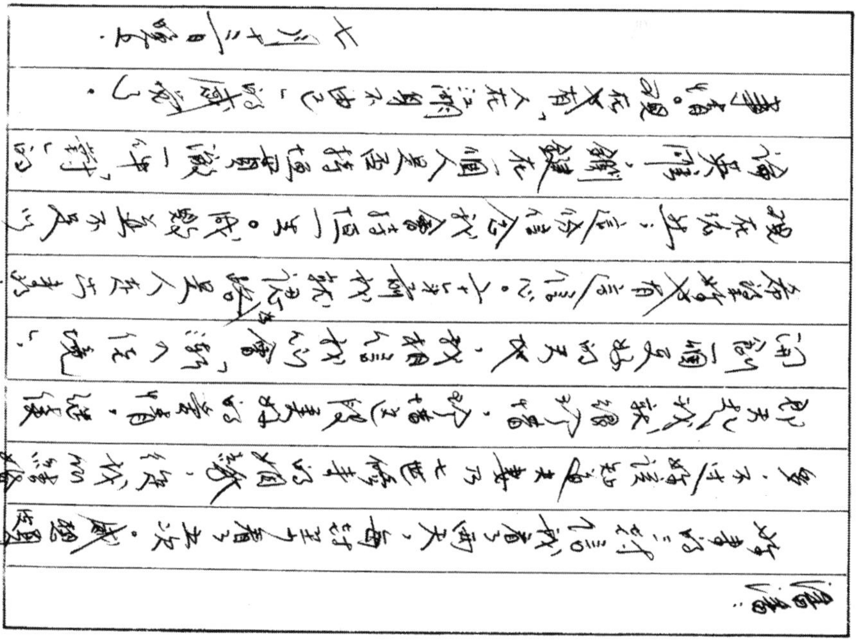

愛妻妳好：

最近天氣特別熱，台南想必更熱。妳家有城市的方便，有鄉村的情調，住起來該是不錯。我經常地在想如果能去鄉下住幾天，不知有多好，把一切城市的麻煩都遺忘；例如台南妳家、無嶺山上，日月潭、溪頭、墾丁公園等，但每次回去就身不由己了。九月或十月休假，如果可能咱們倆到郊外去住兩天——只准咱們倆去。然後再回中、南部看看即可。

婚後這麼久，都覺得相聚的少，別離多了，真的滋味不好受。難怪我們情緒經常不好，情緒不好其他方面如何會好。

十四、十五這兩天我的公務少，所以一直想給妳寫信，想到那裡寫到那裡。上週我在整理抽屜，去年九月到現在妳給我的信共有七封，加上這次三封，共計十封。而我所寫給妳的可能在八十封以上，有沒有。我們房間書放的太多，下次休假我想買個書櫃放客廳，把房裡的書全搬出來，也好讓房間擴展視線。等台北有了房子再把台中的書全拿出來。有些書放台中不方便。例如妳現在正看一本十八世紀的英國小說，用我現成手邊的英漢字典就不夠用，非要台中那本「國際英漢大字典」才行。屢次想順手帶出來，因太大太重而擱下。買房子的事想起總覺得是急迫的事，沒個家（固定自己），東西到處有，心也定不下來。

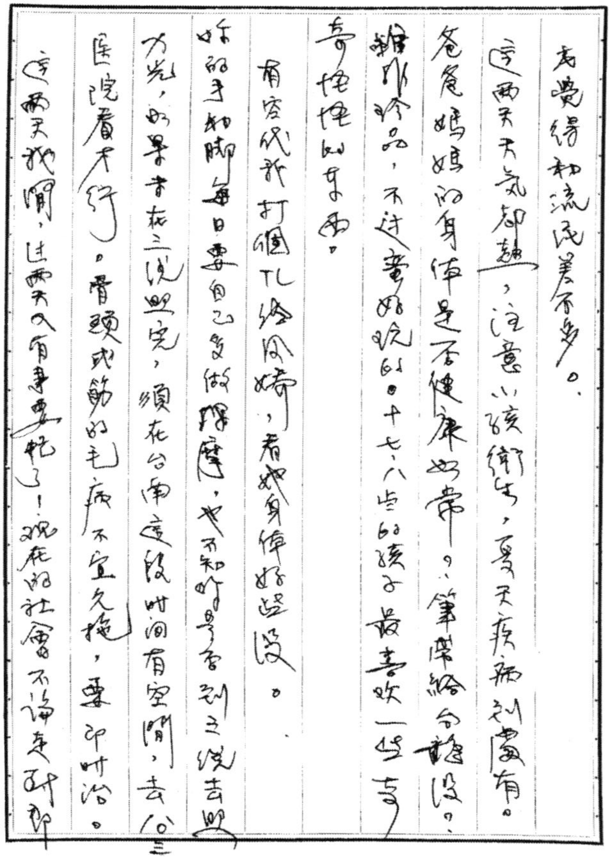

老覺得和流氓差不多。

這兩天天氣都熱，注意小孩衛生，夏天疾病到處有。

爸爸媽媽的身體是否健康如常？常常給令尊設辦那補品，不過要好的。十七、八歲的孩子最喜歡一些奇奇怪怪的東西。

有空代我打個TL給阿姨，看她身體好些沒。

妳的手和腳每日要自己多做按摩，也不知妳是否到三總去照X光，如果未在三總照完，須在台南這段時間有空閒，去公醫院看看才行。骨頭或筋的毛病不宜久拖，要即時治。

這兩天我們，這兩天又有事要忙了！現在的社會不論是那

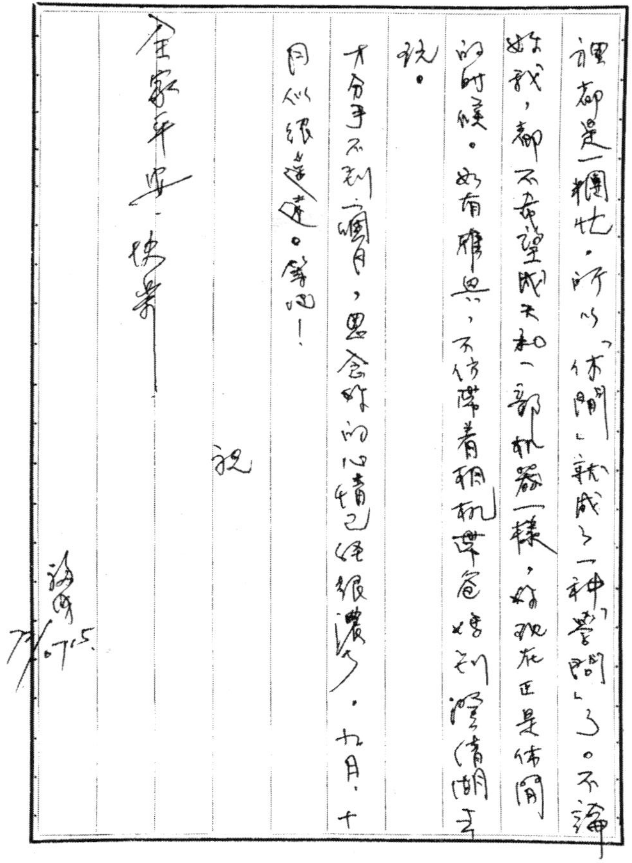

裡都是一團忙。所以「休閒」就成了一種「學問」了。不論妳或我，都不希望成天和一部機器一樣，好在現在正是休閒的時候。妳有機會，不妨帶着爸爸媽媽到澄清湖去玩。

才分手不到一個月，思念妳的心情已經很濃了。九月、十月似很遙遠。寫吧！

祝

全家平安、快樂

72.07.15

美美好：

我十四、十五、十六三天到南竿去，把正事办完了，人就閒下来。拿起行李袋中的信纸信封，给妳写了这封信。如果在北竿没写许多时间写信呢？

今天是五号的晚上，吃过晚饭就去叶时荣单位，他正值勤中。晚上九点多又约他到我办公室里谈了良久，他一直叫我「长官」，我叫他「阿哥哥」就好了，看他表面上稍不健康，个小、人瘦、面黄。在单位人缘是很好，也和他的主官谈过，颇能受到主官谅解和爱护。他的近况也是我的一个老弟。所以妳可以转告岳母妈妈，告知他家人，一切都可放心。在家靠父母，出外靠朋友。我会把他当自己弟弟一样看待。

明天十六日我将要乘下午的船回北竿，八月、九月我都很忙，只能尽量多给妳寫信，每次收到妳寫信，心里都感到很安慰，相信妳也相同。

现在已经很晚了，外面的山城和海洋有轻轻的呼噜，这片江湖已感不适，但不知要到何年何月何日才了！在我估计中，还不会超过两年。夜了，不谈

祝

健康快乐平安

丈夫叢爸爸敬上

八.十五

曾惠如：

收到妳的信說是看再看又看，如看西施，如看一首最美的詩詞。讀妳的信有「家書」「情書」兩層功用。晚上躺下了說再看一下才把燈熄掉。三十年前看妳的信是在油燈下，現在看妳的信是在電燈下。雖然內容有所不同，但是，希望我們一生不論貧富都能保有最純潔完美的感情——至少在我們之間。妳也許不覺得，人生已經夠苦了，沒有必要再搞一些苦果來吃。

妳書信問起有些事如何「瞞」好？其實不瞞，聽我表來：

一、妳先天生在一個美好、正常、小康的環境裡，對一切美好的事物能正常接受。反之，妳看到落迫、反常、黑暗、失敗，在妳心裡上立刻反映不適。

二、對於這些為生活不適的人和事，妳雖正在練習接受，但此刻要到「處之泰然」或同表關心的程度，妳所以這些不快的事物，就暫時由我一人承擔吧！

三、妳容易產生反感和生氣，而我們聚少離多，良宵苦短，何必使外界事物來破壞我們的情調，那些「缺」就放我心中，而在妳心中保持一個「圓」吧！

四、我們似乎有一種默契。「台中家的事我事，台南家的事妳事」。

五、告訴妳那些為人不快的事，於妳何益？於我何益？

居於這些原因，所以如有什麼不快的事，我說個人去跑。

對得起妳？如妳喜歡知道，以後我會「適度開放」。當然如果我們夫妻感情達到「無妳無我」的境地，而妳對外界不快事項的接納能達到圓滑純熟的社會化，我就沒有什麼可瞞了。

其實女人知道那麼多幹什麼？

有時我在想妳習慣於接受功成、正常、美滿的人物，如果我有一天敗了，窮了，落魄了，妳的態度不知如何？也許這是我太過敏感的「男人病」。其實在這茫茫滄海的際遇裡，人生變化莫測，聚散無常，人們笑貧不笑娼，息由不合的社會裡。雖然我有的是幹勁、勇氣、沉着、信心，但是誰也不能保証成功就是我的。到達也不能100%保証，處世之理不能100%保証。我們雖有桃園之誼，亦不能保証絕對功成名就。但我們都立志，保証好好幹，不使太太們灰心。妳放心吧。

今天是二十一日，妳已在台南完成大倫之業。我14、15所寫的四封信收到沒？以前我就回北部，一直在忙接事，到昨晚收讀妳的來信，今天下午索性躲起來給妳寫封信。台南的爸媽和弟妹們對我的關係想必「尚可」，代我問候大家。

祝

闔府平安

想念妳的 [illegible]
72.7.21

者十之八九也」。這是我們國父的金玉良言，多鼓勵或安慰哈小姐：凡事只須盡其在我，爸媽不必又必何？留得青山在不怕沒柴燒，留得獨立快活的身子在，努力追尋自己的幸福。女人當以幸福為第一，找個中意的男子嫁了，父母早晚也要叫聲：女婿。不也又好何？

哈妹月眉似閃得，該是頂得住大事，也許不要我們姊姊操心。小孩在台南我想好每隔2-3個月回去一次即可，來去也累，將得養上精神，因路擇了可以用掛號寄給論。平常在外少有回家機會，兒女的都是有之者有許多都沒做到，現在在父母身旁，應多盡一些兒女孝道。我每次回家中，總覺得自己虧欠父母太多，無以回報反哺之恩，只能在能力範圍以內，做一些讓父母寬心歡笑的事。我常在想，老娘淒泊數十年，何時才能安享清福。想著人事無常，總憾如我上一代者，心中不是滋味。哈妹月想女子走，老天捉弄人真是殘忍而不公平啊！

祝

好夢

82.7.22

渝渝愛妻：

母親節之前到海產店選購了數種海菜寄給台南的媽媽。總共花了550元，東西不多只能表示一下，和以前在高雄寄过的一次比較，是少了一些，但願老人家能感受到礼輕情重。另外凤娇車禍我寄500元，台中的媽媽我也寄500元，正好球鞋破了買了一双240元……五月份到現在已用掉2000多元。還好正領了一千元搞費貼補。

那位華研會最近找过，雖住在我熟悉的單位，奈何这單位在南竿，此我一衣帶水，要去看看並非自己所能。除非公差外出，我會先去信給他。如到南竿在前去看他。另外也可待黃文信（屬於他的單位），但也不容易，因黃和我住

華研會上次來說9316-7我已寄信去（因一水之隔）。此次寄信又改成9309-10，我查了一下，正是黃文信的單位（軍），而且是醫務單位，正好治自己的氣喘病。明後天有空我馬上拜訪黃文信，去看看，如他也不錯可行，知照媽媽大可放心。

凤娇處我會去函關問我寄數百元以表我的心意。

西裝與領帶收到了，算一下我不到一個月又要休假了。

好

夫 上
72.5.6

瀟瀟愛妻：

大家已經好，想必台北今天也是晴空萬里了。這些日子也在留意一些未婚男人，有一個同学初到單位還沒結婚，如我是在附的，四十年九月生，名王崇智，身高和我半斤八兩，高一点約165公分（59kg），外省人。此人當然不能和咱們配合，若有女孩子二十五～29歲均可以給他們牽牽線。至於咱，則暫時沒有。本來有一人，也是同学，身高体重均合咱的要求，只是人品，頗有可疑！我介紹的決定要比我好些才行，這是道義責任。

今天已是四月五日，想去年此時妳正大膽假假，外面不自在吧，而今孩子已能走路，歲月如梭，人生如過隙之駒當如是。這段時間沒考試，大多閒暇卻看其他書，每天約兩小時。我在此地每個月只等四個航次的船，明天又有船了，這一週她過去，我回來又有個月了。不知妳目前工作如何？前些時說事太多了，有流了一点血，希望妳多休息。要知「妳的健康是我的快樂，我的健康是妳的幸福」，我們之間息息相關，宜多注身体保重，但願我回去能看見一位健康的妻子，表現「三十如虎，四十如狼」的滋味。

祝

夫 子瑩

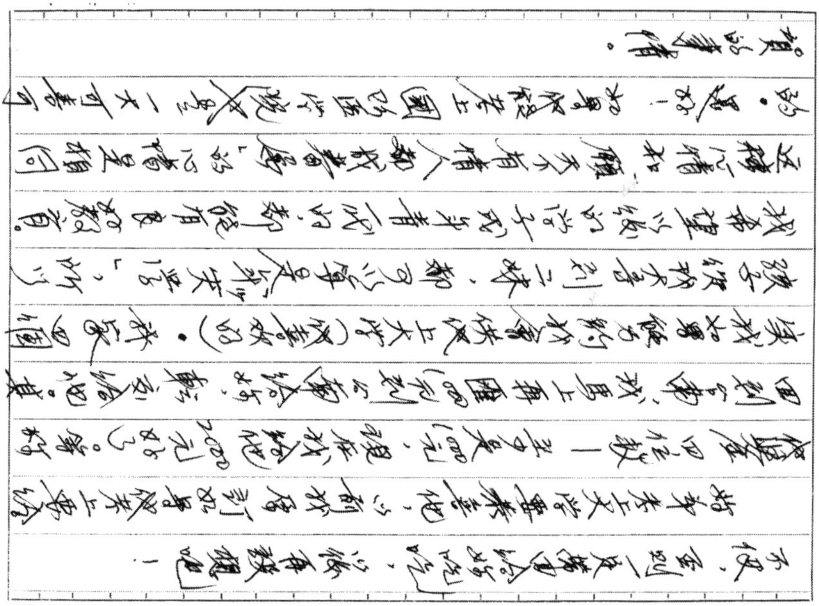

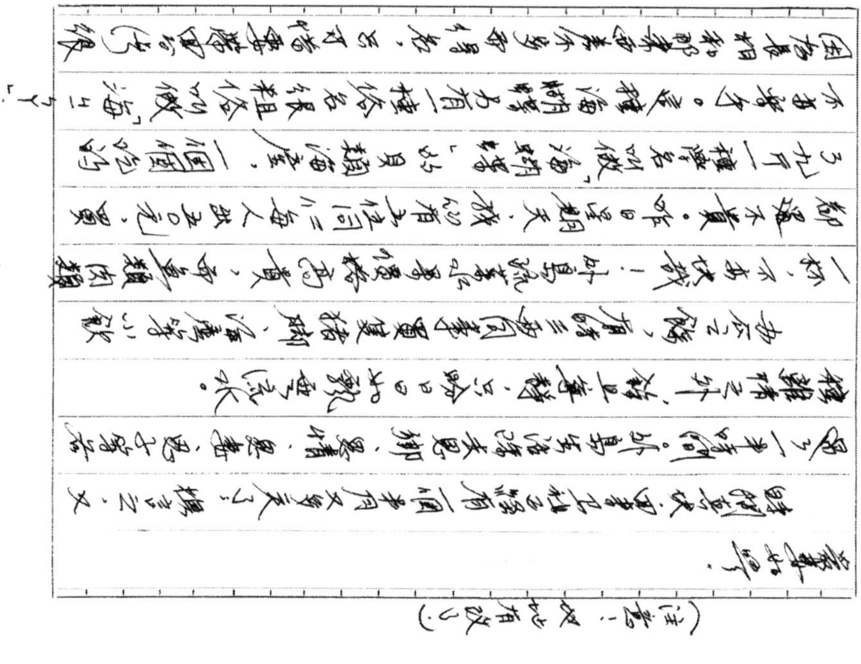

今天正是八月八日，兩個地方我都沒有寄東西或匯款回去，內心似乎不太對勁，好像有一件事未做。希望妳在台南已有安排，我就能安心。

想妳可能後天要回台北了，所以此信又寄到台北，希望能合米的行程。上星期也寄了一本日記給妳，正好妳又在台北收到。

我們的寶貝該是已經適習新環境了，不知她現在出的如何了？身高？多重？能跑？、能說？、惹人喜愛？、看著小孩成長是件很高興的事，相對的自己確是老了，去年無情，一年一年的過去了，兩個人的事業連田都沒換到。

看信封上的地址改了，是我換了一個新環境，我的個性說是有一點喜悅，希望和恐懼，但願各方面能得心應手。我在原單位整整兩年，各項表現頗得上級滿意，所以臨走時前任日長官同事的歡送使我一時很風光，昔官送了一對金筆，我要好好地用來，也可以送給妳做紀念，使我捨不得用這種上品好筆。

祝

好夢又事

福興　七一、八、八

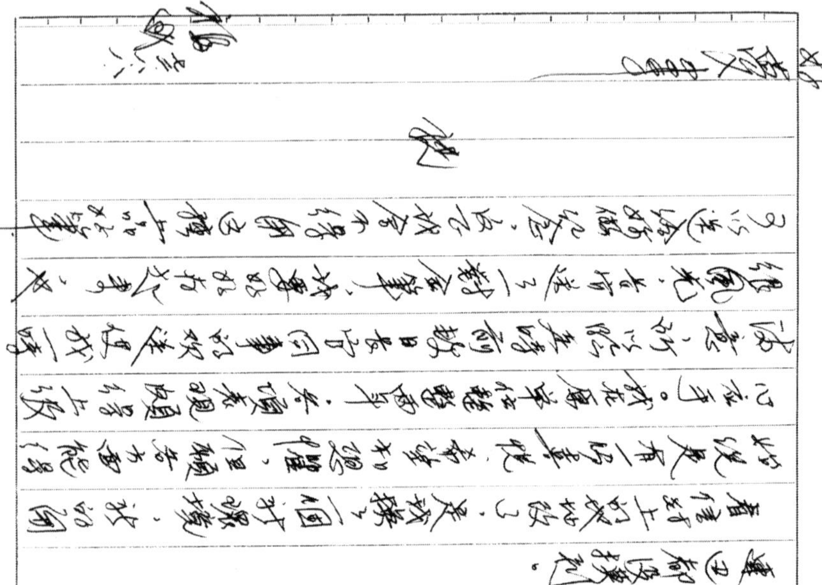

蕙蘭吾妻：

今天又熱又悶，是盛夏的好天氣，最是求好睡。

有時想想人的感情又是妙的很，妳和妳媽貼心的很，而我和我母親又是貼心的很，我想這是長期培養出來的，因長期而能瞭解。妳和我媽媽之所以不能貼心想必理所當然，如我於妳母親也！所以我和妳父母親短期內是不會「貼心」的，我所能做的，只是以我之誠之敬，妳和我母親則更不易達到貼心程度，但待之以禮，「禮」不須長期培養，即可做的很好。待之以禮則可以和諧的，我希望妳盡力而為之，不要說我「虛偽」，「不喜歡的人就是不喜歡」，如果妳如此說，我又如此說，豈不天下大亂！

未來若干時間內，咱們聚少離多，希望能多思維反省，如何把事情做好，不論妳和我都盡力而做。說衷心話，我不喜歡被這些雜七雜八的莫明小事佔用我寶貴的光陰，不論妳、我，如果在這些小事上花太多時間，就是青春太浪費。我們應該平時就做好它，而把時間做有益之使用。人生不論花精神面或物質面都要追尋「正常」，這就是中庸了，收之文我禍。共勉之！

[illegible]

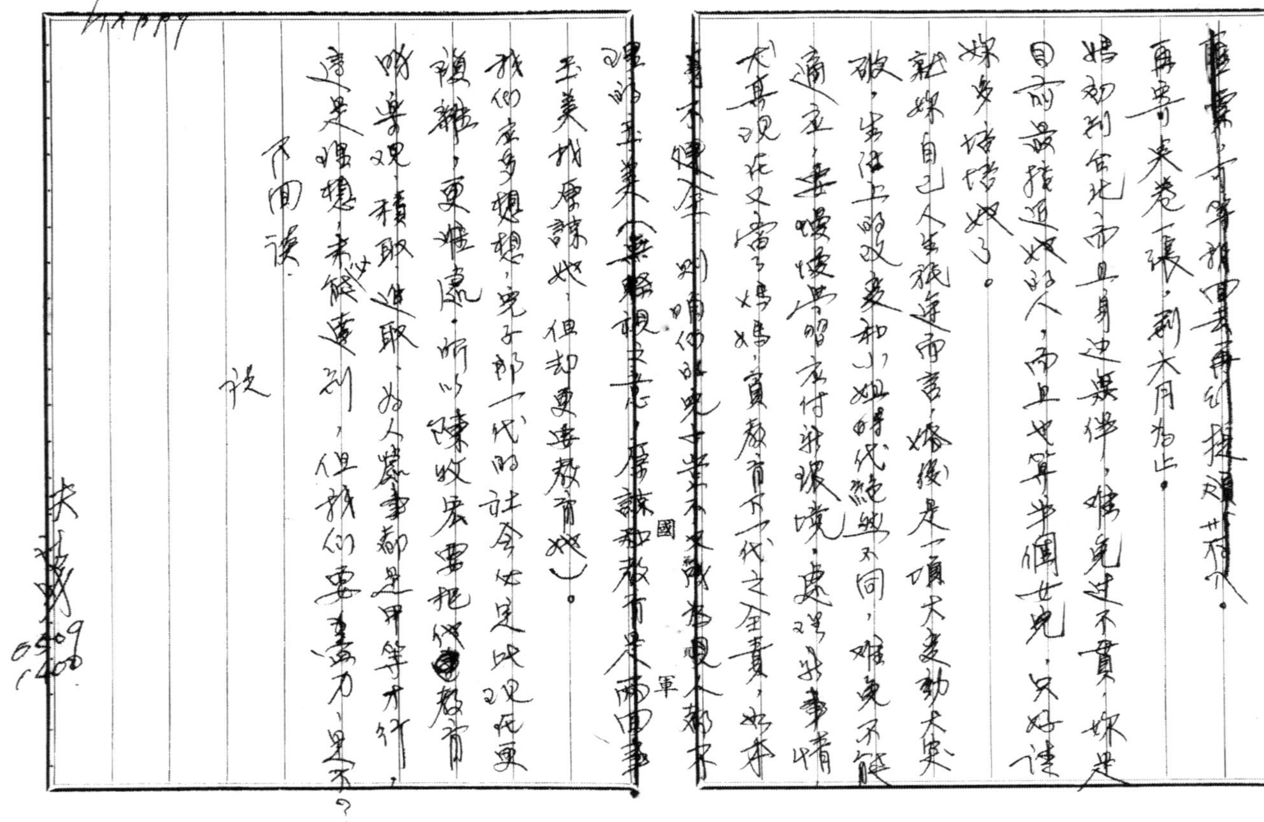

~~[illegible]~~

再寄來卷一張，到大月為止。

媽如到台北市且身心選擇，難免过不慣，妳是目前最接近妳的人，而且也算半個女兒，只好請妳多協助她了。

就妳自己人生旅途而言，婚後是一項大變動大突破，生活上的改變和小姐時代絕然不同，難免不能適應，要慢慢學習應付新環境。[illegible]事情尤其現在又當了媽媽，負教育下一代之全責，如本身不健全，則咱們的晚輩[illegible]

理的事業（照顧丈夫，管理家務和教育子女兩者兼[illegible]）[illegible]但卻更要教育她）。

我們要多想想，[illegible]一代的社會女足以現代更複雜，更難處，所以[illegible]要把[illegible]教育的[illegible]積極進取，為人處事都是[illegible]行，[illegible]理想未能達到，但我們要盡力，是不是？

不用說

[illegible]

此地的業務算來比中壢要重些，不過每天尚能有看書時間，此次外島時間我打算除了办公之外，就是讀書。讓整個生活單純而規律，這樣讀書可能較有效果。功課丟了十年，要重拾課目真是不容易，所以我打算第一年考不上，第二年(76年)勢必上榜。人生就是這樣矛盾，我堅持了十多年的信念，到最近才在現實压力下屈服，真的可悲可痛。

妳上封信提到吳麗月的事，我為她感到意外，只是愈來愈難。我上回出差花蓮，碰到單位裡的女職員，有個跟她們同年紀小姐時常錯失良機，後悔莫及，實在可惜。妳身為她的朋友，有必要勸她兩句話：天下所有男人(女人)都是有缺点的，世上並无完美的人，只要心態上沒有「大缺点」，有何不可呢！去欣賞男士們可愛的優點吧！假如我們只見人之短，未見人之長，則大多數的人可能早氣死了。為什麼要兩隻眼睛死盯着人家雞毛蒜皮的小缺点呢！

金門之晨真的安寧沉靜，有如空山，只聞「鳥鳴」，未聞其他任何聲音，无事，恰好起筆寫封信。昨晚看書到十一点半，凌晨四点多起來，大約每日均是如此，久了就習慣。

女兒還好嗎？她現在可能會翻身了。時間好流水，轉眼她要大。原訂我留薪13000元，因為金門外島少，所以決定留薪14000元。如有不足，休假回去用好的錢也一樣。

祝

平安

孫成 0530晨

太太：

自十三日回來到現在已快十天了，時間真快。近日天氣不好，天天吹大風，晚上更吹的山動地搖。這幾天我看下電視，或看看書，幾次想提筆寫封信，却又欲提又止，把筆擱開也許好些。在家時，翻暗你未婚前的書信，我開懷暢讀。現在是夫妻了，却覺得有些事不提也罷，寫在是件可笑的事情。

對不起，好費你寫出的信，還有日記簿被我撕下丟在紙簍裡。

我記得我八歲的時候就得洗衣煮飯（包含洗媽媽的月經內褲），過去的婦人們東問西問，我毫無愧色，也不在乎什麼的。現在却有些事情讓我在乎。

三個月不長，但如果懸念着妻子兒子就很長了。我倆都做些能 Kill Time 又能 Make money 的事。

晚安

平安

福成 72.7.1.

太太：

又回到部隊，一去又歸於忙碌。部隊都是忙的，所以使人很少思想到其他事情去。不過我依然掛念着台北，但我實在不想去想那些。台北只有你一人時我便不會去操這些心，耽心你會不會和媽處的很好，耽心媽實在又是寂寞無聊，而偏偏你在和這些不易相處的長輩相處時，在技巧上又是一無所知，鬧時未鬧，又耽心你妹妹⋯⋯。

有時我在家，尤其最近數次，難免要利用些時間陪陪媽媽，或甚至把人和精神都放在其她方面，但你身旁的時間也相對減少，以致使你打翻了醋罈子，有時又真是不得已也，希望年青的妹妹多自制些，對你借着別人，心裡依然想着你。而且我又知道我們之間有愛才有醋意不過暫時剋制而以。

我不在家，而最近家裡去的人又不少，應不會太打擾你有空盡可能多陪着媽媽，談事多談談，即打發時間也多了解老人心態，增加相處情趣。

改日續

祝

月子快樂

夫 駿駿 草

廿八日中午

P.S. 把媽的信念給她聽時，多傳達好的，

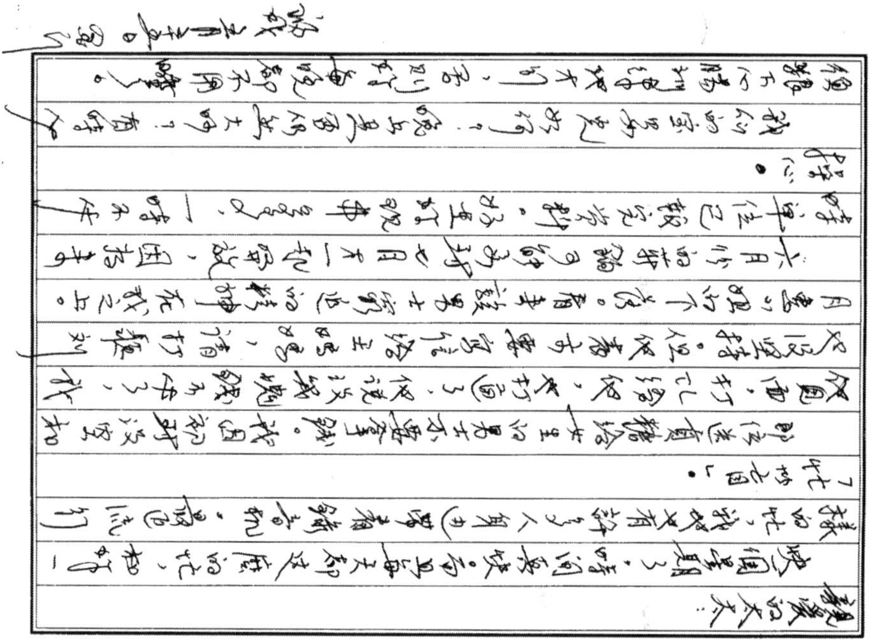

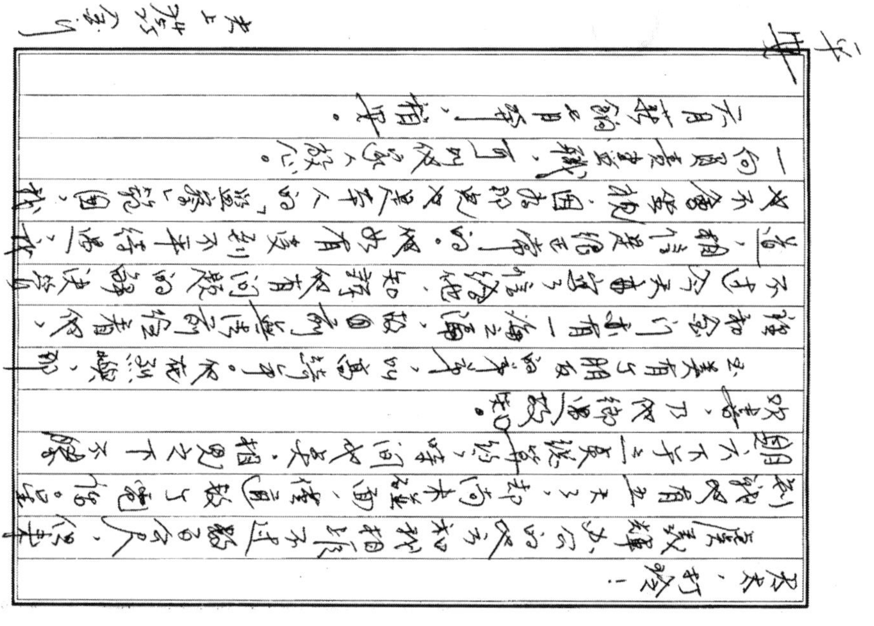

淑敏：

現在緊鑼密鼓加油準備中，也發現不少"敵手"打算六月上旬決鬥一決高下。我想了好久，如果今年考不上，打算下海，去幹營長，來年再考。此一決定說算可進可退，當營長是軍人旅程中很重要的經歷（若循軍事路線(途徑)）。

在現代社會裡要活得上「正常休閒」，確實不易，不論妳，我，似乎每日都有固定的事要做。雖說我休假回家，也好像忙的昏頭轉向，不知什麼好了出差！我們常念着，要到那裡去玩玩，去二度蜜月。却光說不做，從未真的因素阻誤。我們成了名實其符的大忙人。希望妳我兩人，各自在百忙中能注意休閒或休息，保持身心愉快非常重要」，凡事開朗些，計較，想得多會輕鬆些。我也發現一個問題，妳我兩人都偏重於工作，神經太緊了，而妳比我更嚴重。是妳我有必要檢討的地方。

好久沒有回台灣了，不知那些人都好不好。我嫂他們，我岳父、母大人啦！大哥弟妹們都可好！

上次回來記得房間中相出去，現在好的！面前我嘴上覺得，常在想一個很妙的事：甚麼是「愛」，怎樣才叫愛，如何表示！如何溝通！如果甲給乙十個愛，乙有時只收到七個或更少，是不是郵局卡了油。有空再聊。

平安

福明 75.6.25

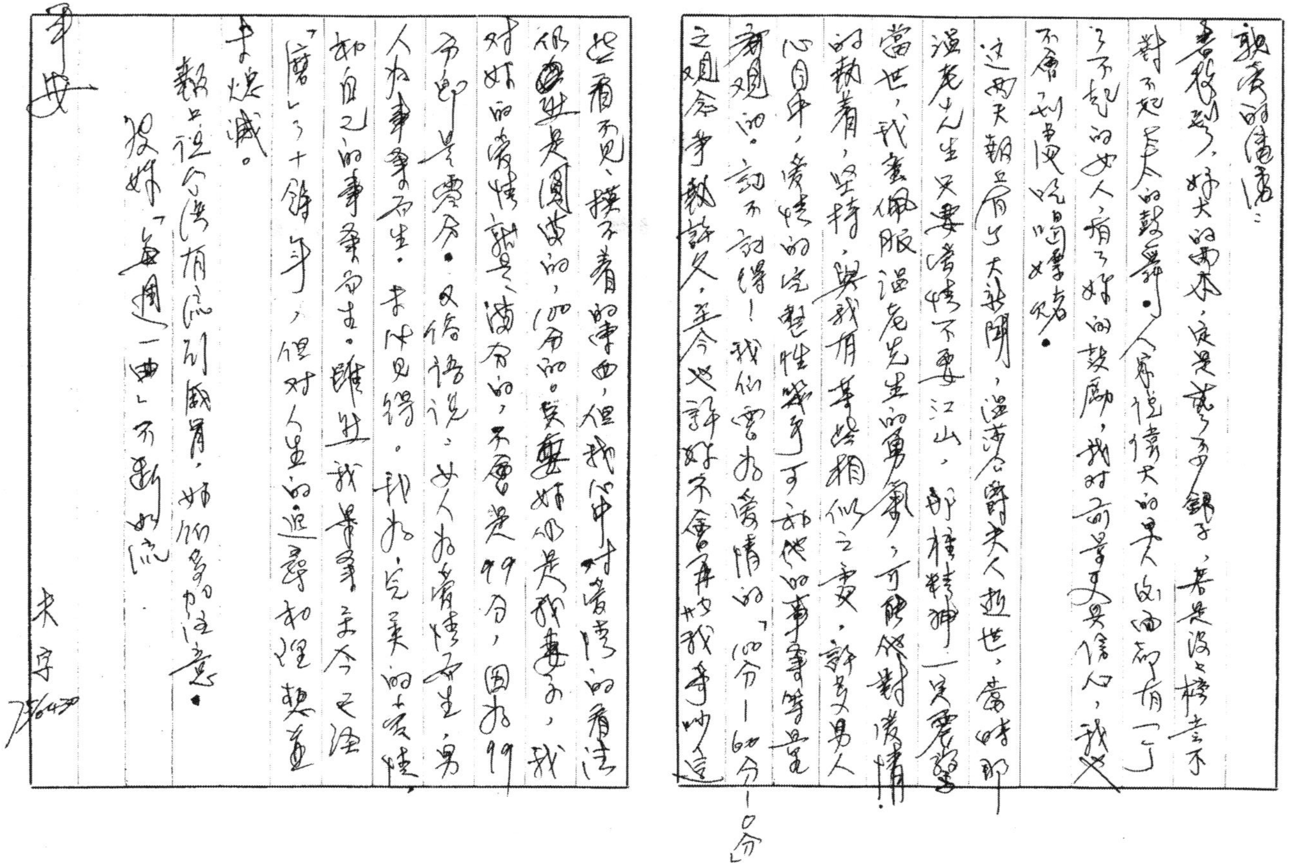
親愛的瀅瀅：

書收到了，好大的一本，定是費了些銀子，若是沒這樣去不對不起人的鼓舞。人家說偉大的男人的面前有一了了不起的女人，有了妳的鼓勵，我對前景更具信心，我又不會讓妳失望吧！

這兩天報上有了大新聞，溫莎公爵夫人逝世，當時那溫莎先生只要愛情不要江山，那種精神一定震驚當世，我蠻佩服溫莎先生的勇氣，可能他對愛情的執著，堅持，與我有幾分相似之處，許多男人心目中，愛情的完整性幾乎等於他的事業等量齊觀的。調不討得！我們需要愛情的「100分—60分—0分」之觀念，或許又，至今也許妳不會再去找我的事吵這些看不見、摸不着的東西，但我心中對愛情的看法仍然是圓滿的，100分的。只要妳也是我妻子，我對妳的愛情就是滿分的，不會是99分，因為99分即是零分。又俗語說：女人為愛情而生，男人為事業而生。未必見得。我為完美的愛情，和自己的事業而生。雖然我事業至今還「磨」了十餘年，但對人生的追尋和理想未熄滅。

報上說今後有感到厭倦，妳們多加注意。

祝妳「每週一曲」不斷如流

平安

宋宇 76.4.30

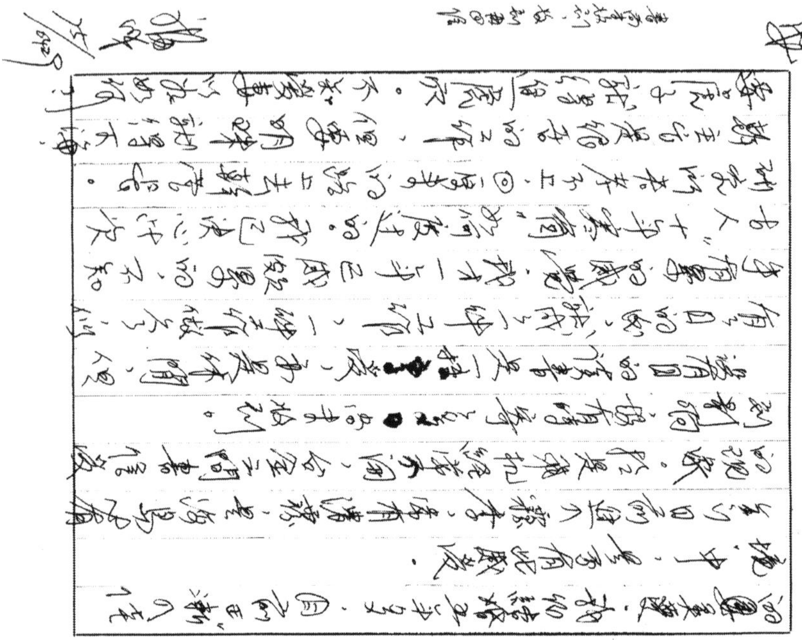

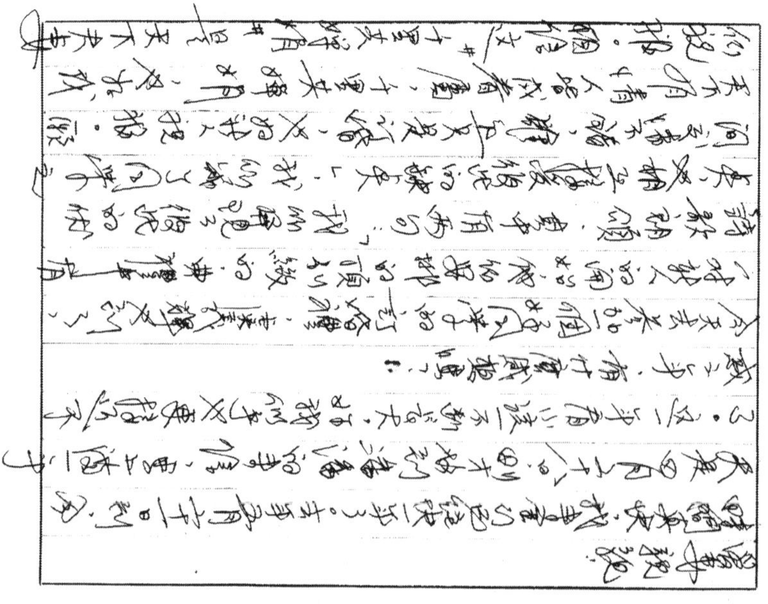

瑩妻：

近日天氣多變，聽說台灣流行感冒盛行，想必大家都有得吧！小心身體，要多喝開水休息，不要勉強上班。

五月份薪水已領到了，留薪水40000元，原打算多給太太留一點，但我留的1000多經一個月"實驗"花用，真是應付不過來，故改40000元，我留下2300多。

一年一度的母親節到了，兩個媽媽由妳負責代表送禮，我已為她們寄了賀卡，祝福她們身體健康、長命百歲，如若有餘款就多寄些，若無則少寄些，表達心意而已。

妳的生日也快到了，今年我想送妳一件禮物，

對不起，大概很久沒有和妳"談事"了，陣子想想，內心不安定，妳不會在意吧！總之二月二十四日至今已過一個半月了，四月底差一天被一個妞「吹」一下！放心，沒有發生。

近來除公務外，外面的活動仍然要繼續參加，安心讀書而已。此外訓導是指導妳好好聊聊。

平安

夫 [illegible]

愛事。
算一算，不到二十天就要過年趕老了。
近日天氣轉好，想小孩和妳的身體都好些吧！流
行感冒也快過了。今年天氣尚可（看今晨的報導），但
金門正好多霧季節，整天都是白白一片，茫茫的。
所以飛機已有幾天不開了，本來算好新年要在
當日讓她們收到，這下子人算不如天算，要節
後她們才收到，意義稍差
人難免會想起往事，我常想，我們結婚快六年了，
結婚前（會結婚時）男女雙方倒無太大阻力，算是也
很順利，好我適值兩年——結婚，沒有經過
大風大浪。可是婚後，卻有不少驚濤駭浪

一波未平又一波，好我們勇於應付，很幸
運的我們竟然還「好好的」——沒有離婚，
是很意外的。現在想起來，在每一次「大節目
上演時」，我們兩人都好像電影上的家庭倫理
劇場，男女主角使出渾身解數，離奇。
不知此種驚濤駭浪的大節目，以後是否還有，
當然婚姻上，還有其他，如事業等，因為
人生當中很少有平步青雲的，通常有些逆
境。如果有一天，我突然變成一文不值，突然
變成一個小工人，突然流落街頭，……那時
我還會好丈夫嗎？若是，我們又如何面對？
這似乎我在寫一篇空洞的小品文學論據吧！

愛妻：

近日天氣多變，聽說台灣流行感冒嚴重，想你大家都有防吧！小心身體，尤要懂得休息，不要勉強上班。

十月份薪水已收到了，留薪改16000元，原打算多給太太留一點，但我留的經一個月"實驗"花用，真是應付不過來，故改14000元，我留下2900多元。

一年一度的母親節到了，兩個媽媽由妹負責代表送禮，我已為她們寄卡賀卡，祝福她們身體健康，長命百歲，你看有餘款就多寄些，若無則少寄些，表達心意而已。

妹的生日也快到了，今年我想送妹一件禮物，對不起，大概很久沒有和妹"辦事"了，妳要想想，內心不安定，妹不會在意吧！從三月二十四日回來已過一個半月了，四月底差一點被一個妞「吹」一下！放心，沒有發生。

近來除公務外，外面的陪酒活動都必要絕不參加，安心讀書而已。此外都是提筆如此聊聊。

輝

平安

夫 字 75/6/5

一件上好的禮品——沒有体積、面積，也沒有重量和顏色，論價嘛！至少有上千、兩千、三千……吧！猜猜她是甚麼？但可能要晚些才寄上，因在75年(今年)以內應該可以兌現，我們期待吧！

剛才收到妳的信，果然不出我所料，妳們三個都感冒了。我也感冒了。我倒是無所謂，一人在外就是一人而已。妳帶了兩個小孩，又要上班，實在很累。這種情形在校宏出生時，我就體會到了，曾經企圖想要改善，或希望有一天能改善，但始終不成，妳一直如此辛苦，我明知也只好痛在心中。所以只有希望妳保重身體，若感冒一直不好，不要勉強工作，身體總是很好的要緊。

提及妳們同事爭執不快，本不必太過掛慮，世上真正知心的朋友本就極少，所以上不計較，順其自然、相互鼓勵都能維持「一般友誼」。事實上在一般社會上「人情如紙薄」是古今常理，只是現代社會比較嚴重而已。想一想，既在我把你三評的体無完膚時，此時，說不定是否也正把我評得体無完膚呢！如此一想，人世之間又有何計較呢！忘了那些，倒反而過的快活些，好不好！英贊之。

祝

惠女：

時間如梭，一下就過了，好的春節也將告結束，今年的

我對春節就不如十幾歲少年以前那般狂熱興奮了，這

是許多成年人都有的感受，現在只想如自己的太太一

個靜靜的夜晚，一個沒有吵雜的晚上，似乎這已勝於過年

了，過年的熱鬧、擠上路……真是興趣不大。也許我們

長大了，春節成了一個工作，這是一個頂艱難的工作。

留薪的15000總算已經到了，剩餘的5000大概也差不多了，我們

除了兩次燒香、一些爸爸和一些小孩外，其他所花不算

太大。今天去買了兩箱貢糖，一箱台中，一箱台南，每

箱各十盒，這是今年要買了，請大家吃糖，略表

寸心，包裹我要到初六、七左右我們才會收到。

我們家附近王媽等，我回去時會帶錢包，每家送

兩盒，未有升官請客。此次升官酒在金門大約花了3000左

右，尚不算多。

過年八成會回台中，好心理上也沒有太大壓力，我們

盡可能縮短在台中的時間，早點回台南。此刻，你應該

已經休假了，在家中清閒是不？我感覺假已請

在二月七日，所以最晚二月七日下午應能到家。若時

間許可，當日晚上到外面買衣服去，可好。

平安

欽傑 二．一．中

妻：

最近數日天氣很好，每日都有冬天裡的太陽，心情也很好，除公務外，就是讀書，別無他騖。生活中如果只盛下兩件事——即公務和讀書，生活便顯得「輕鬆、清潔、簡單、樸實」的戒律要求，太簡單了，有時覺得像由山中的僧人，每日所見不外山中月，林中鳥，在自己的寮室擺上兩盆花，便增生活情調。本想「三八節」時能像七年前在高雄一樣送花給妳的，但我不知可用的管道，只好免了。

三八節過的好嗎？你們在家休假大概也忙，忙着家事，小孩……，不要忘了調劑身心，看看游魚，賞賞花，蒔蒔花草，台中的蝴蝶蘭長的可好。

近日我有空便看書，五月份會有一個多月，有多少勝算，都還不敢說，反正盡力。好讓你和我加油。

祝

好夢連林

夫字

3/5

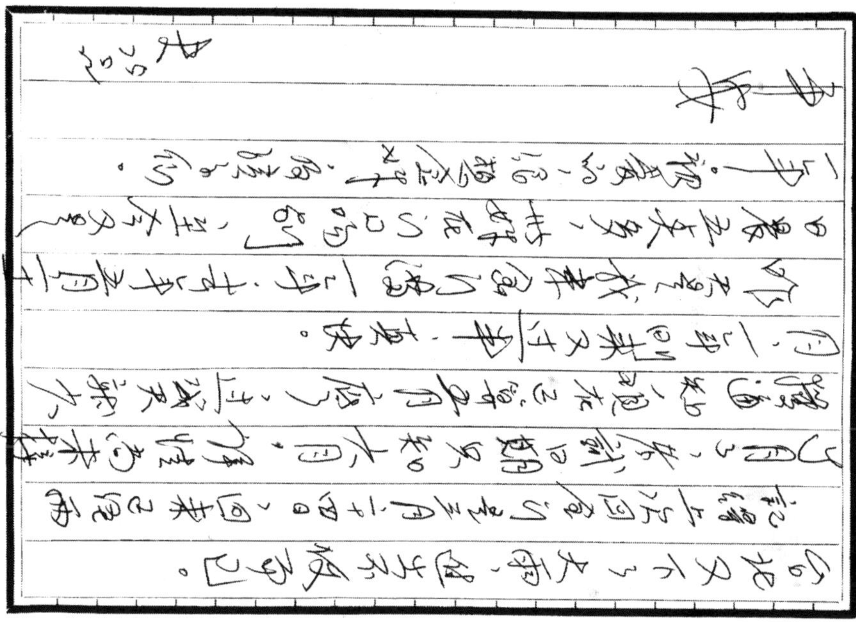

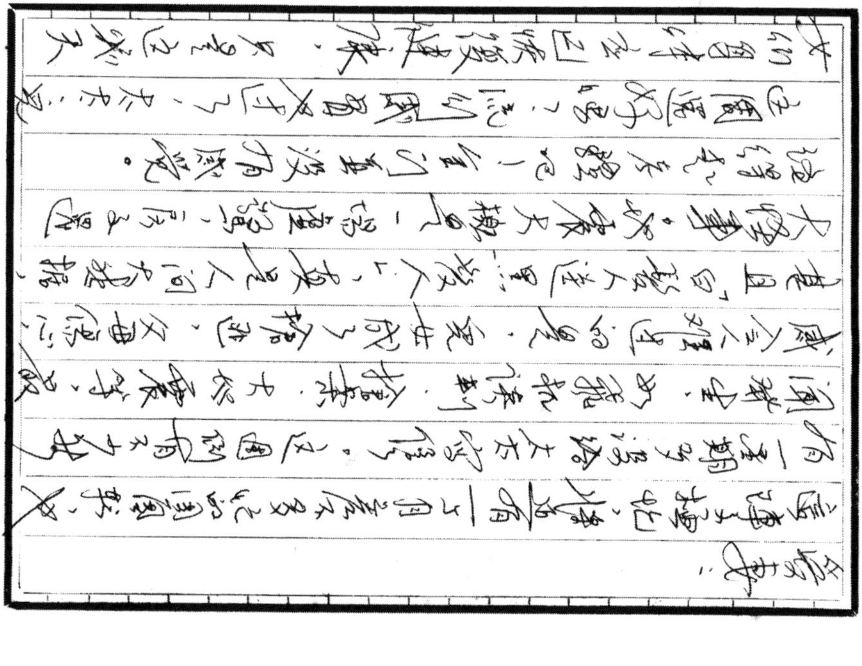

妻：

平安到達，勿念。

這次休假甚感愉快，不論台中、台南都還算可以，不知愛妻以為如何？願天下事永遠平安、寧靜、快樂、無爭。

六月十五日晚上的事，我什話不計較，事實上，五斗米如何時我說我跟她計較，跟她爭，惡意帶她？？但以下有幾件要說明，你我都有清楚了解的必要：

一、為了洗衣機沒蓋、瓦斯爐在外、蕃茄壞了、鬧鐘響（只響一次晚上六點，約二十秒不到）……這些任何人都不該拿來爭吵的事，卻莫明地拿來對我罵一頓，痛哭，我忍下不計較。但是，最擔憂的事是把這些事加以歪曲用心地，向娘家訴說，「謊言說上百次，也成真理」，到時我如何在你家立足進出，你家任何一人聽信之後妳夾在中間，怎麼辦？我很擔心台中的誤解將過，台南的誤解接踵而來？

二、為了吃飯的事也發生過不少次（我沒提）：當我休假而妳不在家時。我不忍讓丈母一人做飯洗碗，我會主動去做，她則說：你斯靜，都讓你表現好了。我若換成讓她做，她則說：大少爺，光等吃飯。口氣很為我難忍，我都一笑置之，沒想到這次為我吃麵的事，又弄到向台南訴說，很不值得。再經幾次「宣傳」，我成了什麼人？
再經人云亦云之後，我豈不成了電視上的大壞蛋，專欺小
女子。下回只好出去吃牛肉麵，好當着不知道好了。
三、她的心理心態「已嚴重失常」，我研究心理學多少知道一些，
若妳不信可打開「心理學」書本看看便知（書架上有）。
治療之道亦非三言兩語說完，書本上有說明。
以上三点，希望妳我能客觀、冷靜視之，不[illegible]了。
數十年來，我一向待人以誠，對父母兄妹、朋友，論心相
待，盡其在我，問心無愧，對得起神，亦對得起人，
昨日如此，今日如此，明日亦如此。倘有反省，有錯改之。

國 軍

玉美卻說我存心整她，此如筆中，天曉良心，不知從何
說起。祝妳順心 說

平安

誠 75.2.16 下午

PS

① 撥個電話給我媽，說我平安到達。(04) 2799656

② 酒和海苔收到後來信告知，若遺失須找運輸公司理賠。

③ 房屋之事妳加速與風城聯繫，可一次付清（或分期），有利於他日購屋貸款。

潘潘宏宏老师：

寒冬总算过了，这两天气温又上升了，只要注意身体以免的感冒了。

三月份已发薪了，留薪的15000收到没，另存款4000元，我自己留用1500元，这些日子花得少有其他用支，除非过年过节买物送礼外。

看好每天每女3/4家人生活还过得去，我又会有成就感，希望能改善的住境。有空閒多阅读报章杂志，多吸收国内外知识，否则会跟不上时代。至于牛顿杂志，只要妳有需要，或小孩喜欢（略看读懂），随时可订，不会等妇女杂志定单，所花不多。

或书报和便回去再带。我是二月十六日回金门的，今天已三月六日，这段日子很少写信。一来事情多忙，二来刚回来那段时间心情难安，无法平静。现在好了，就像我要和妳多谈我妈一样，我完全认识玉美，以后回去找妳不想和她说什么道理。虽然妳信中说我是她的老弟，只管讲她，但我一想到妳和她吵架时，她只是妳的亲姊妹，她却叫的声音比妳这老大姊大，

比妳還凶，妳的妳眼淚直流。我心中甚是
難过，妳是我的爱妻，妳流眼淚一定是
很傷心了（不论为何原因），我當然也心酸。
如此一些，「妳夫」又算老几？所以妳始終不用
日請她，责她。天有情，人非木頭，待任
何人我永遠是一片真诚，人与人之间要自
然些，不要計較。這些她遲早會了解，
我相信她遲早會学到。
吵架、衝突……都只是一时的，在学習的
过程中，慢慢体會、領悟、观察，刺激，
都會使人進步，使人相互了解，对不对
妳說丈夫说的可有道理。

祝

平安

國 軍

愛妻：

首先感謝妳把選擇過年的地方，讓我決定。現在

我們聽見又「時勢」變化，最後關頭才決定。

不論我們在哪過！都很簡單，不必有甚麼麻

煩才對！

其實我也不想回台中過年，但我心中想些什麼？

妳應該是最清楚了。

我常在想，如果我們靜靜、清清，毫不顧慮甚

麼地生活着，該有多快樂。我也常想，如

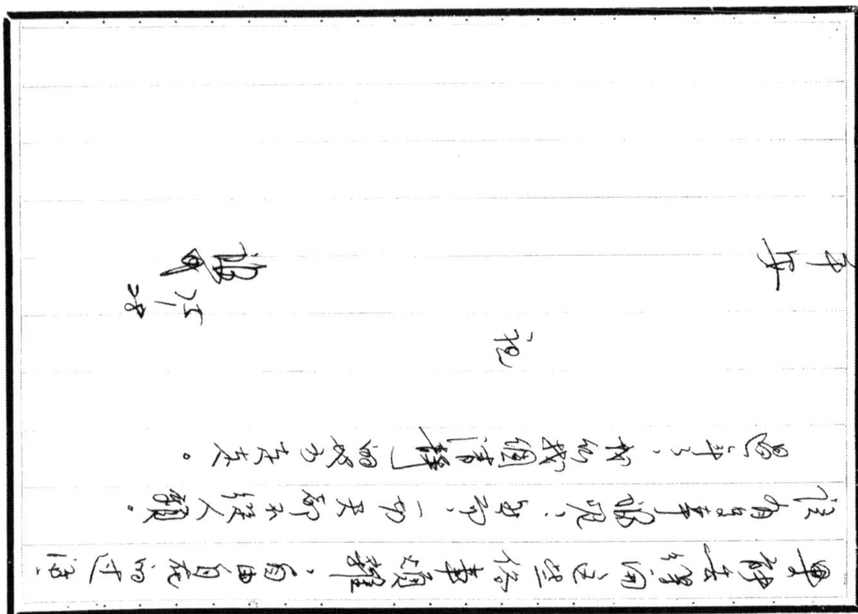

果能去掉這些俗事煩雜，自由自在的過活，

該有多幸福呢！無爭，一切只求不從人願。

過年了，我們找個清靜的地方走走。

祝

平安

75/1/28

太太：

到了。不很忙。勿念。

我的位置在高雄縣大樹鄉。距離高雄市、台南市尚遠。諸多不便。

郵政劃撥的章我未帶來，可能還放在書櫃原處你放的地方。稍有變動，或在壽山石盒子內，可找找看。距發薪尚有20天，不急。

身體可好。

平安

夫 孫[illegible]

7/11 大樹

我的電話：07-6512526，不好打，非有要事不用。

八月初有三天的假再回台北。

太太

來到台灣的最南端，好像去了外島，路途又長，打電話又貴。今天跑了一整天，到處「參觀」部隊，北自岡山、彌陀，南到林邊、枋寮。雖不在外島，分開也沒幾天，好似很遠很久。此次工作不多，正好可以看看書，看今年內能否入主復興崗博士班，又一次考驗。

在我們床頭我放了一本「夜宴」的書，幫我收好。另外在去台中玩用的旅行袋中 我放了一張報紙，也幫我收好。

這幾天還好吧！收容補課沒？若好那些都沒課，就外出走走。

拜2

[illegible]
7.13.

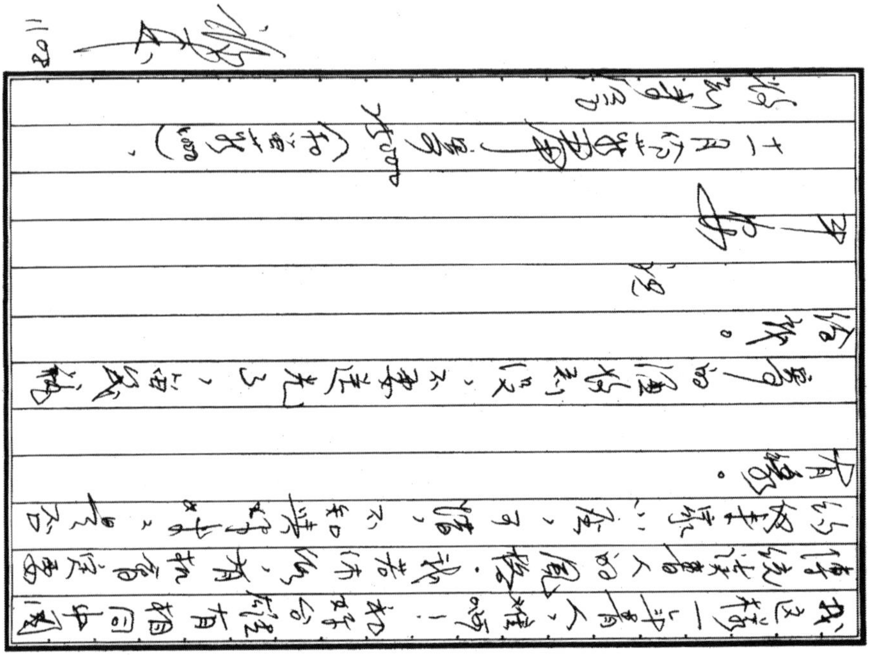

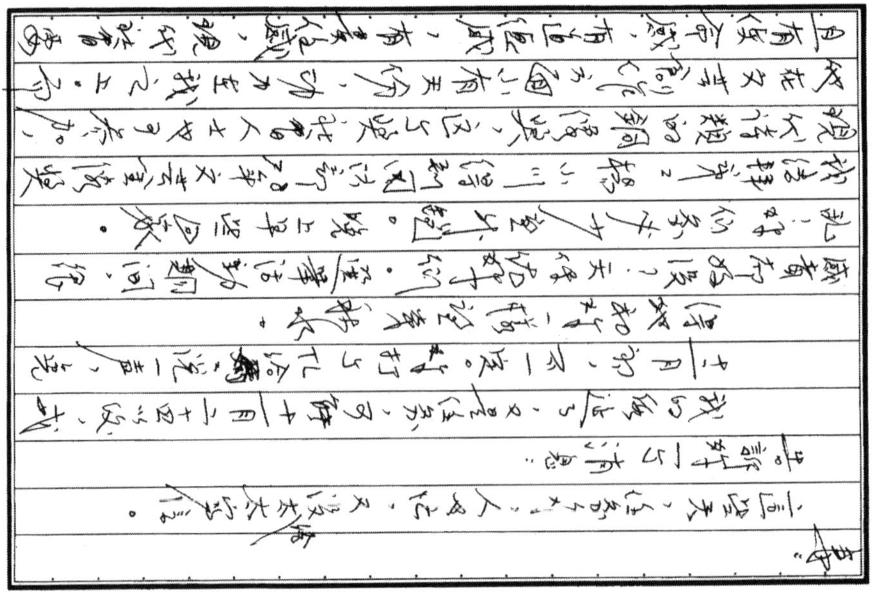

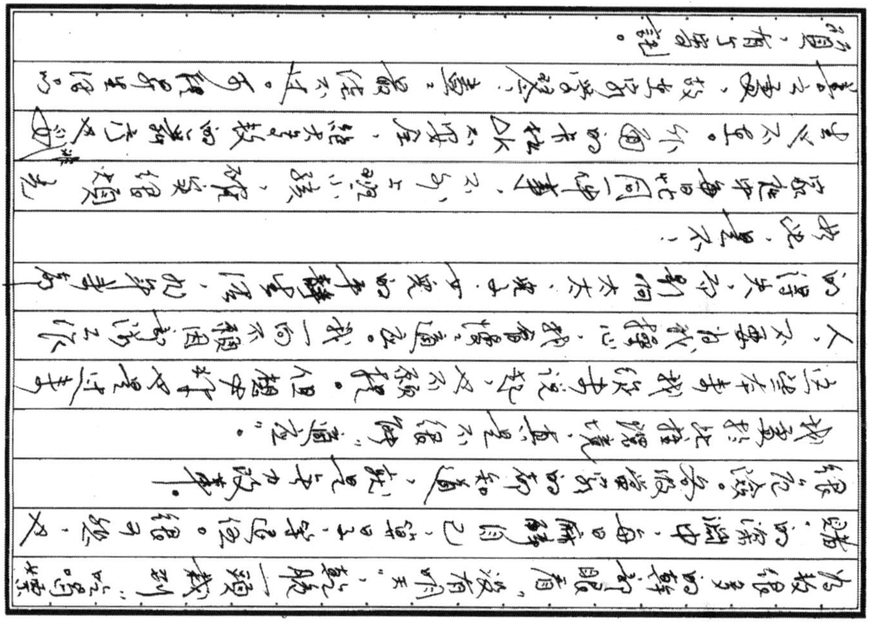

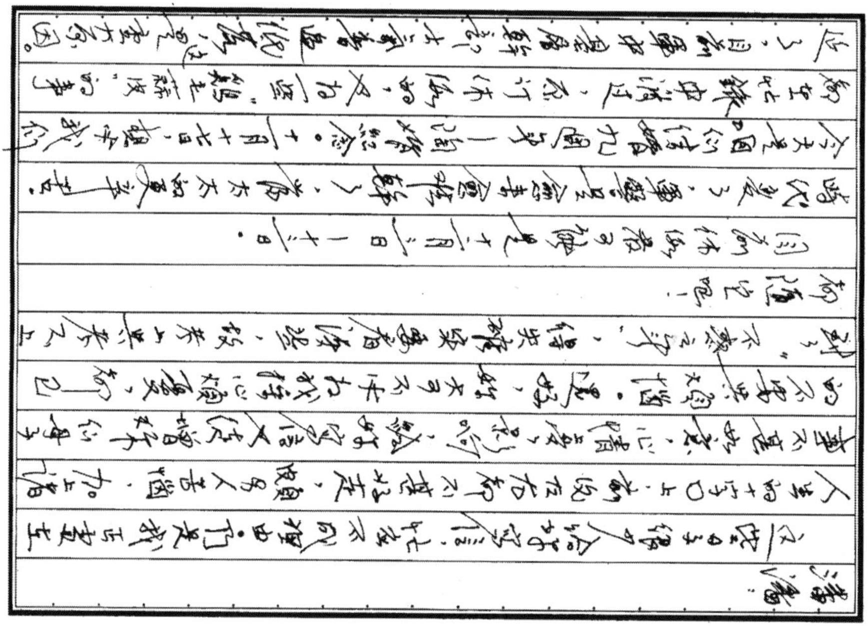

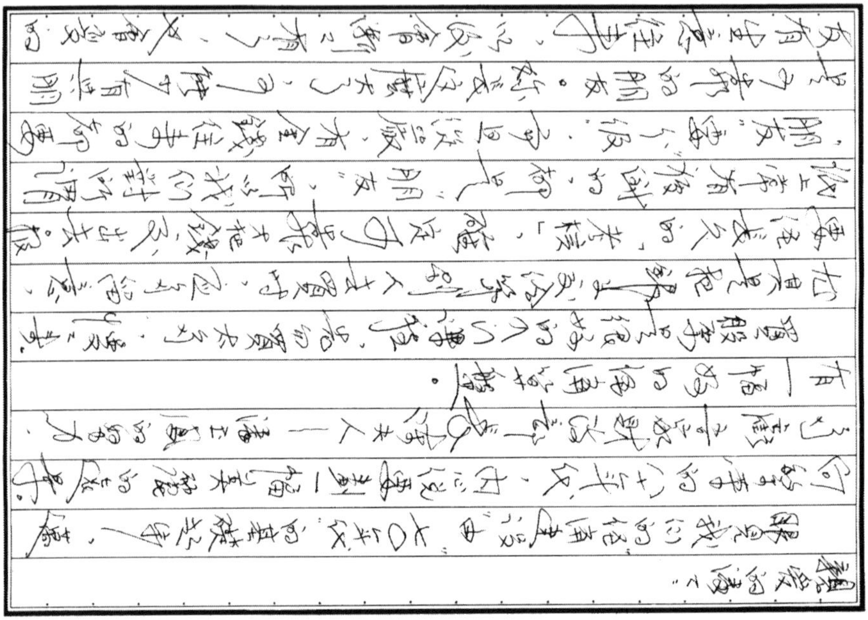

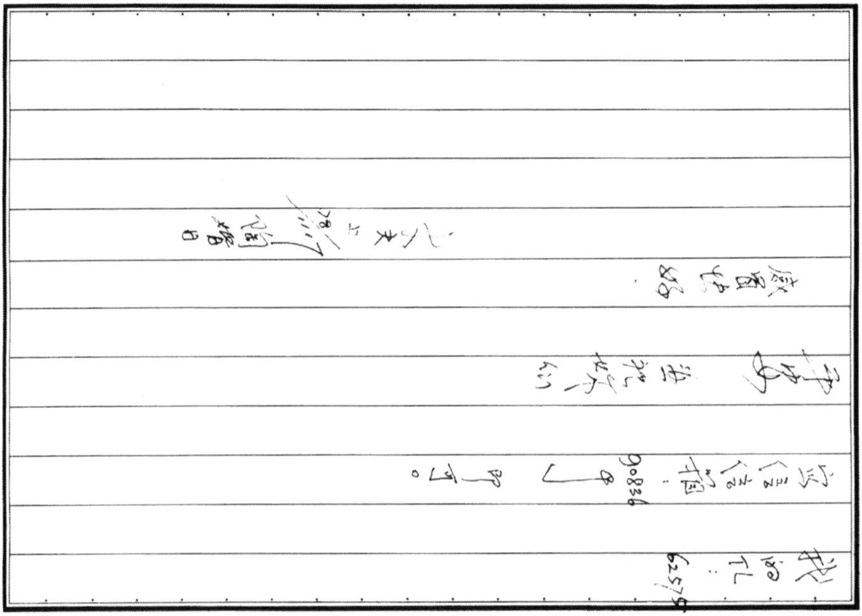

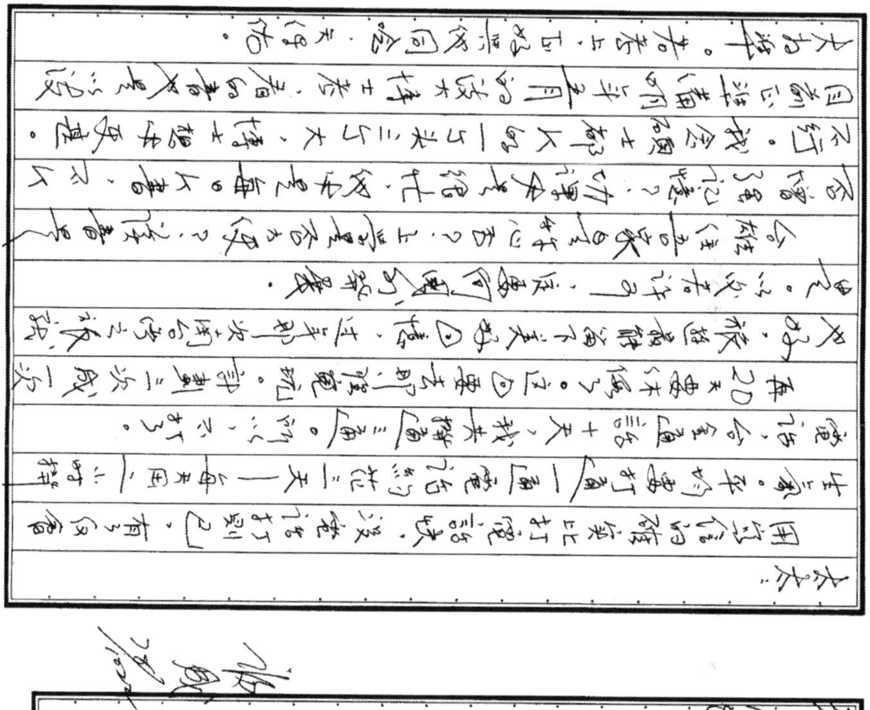

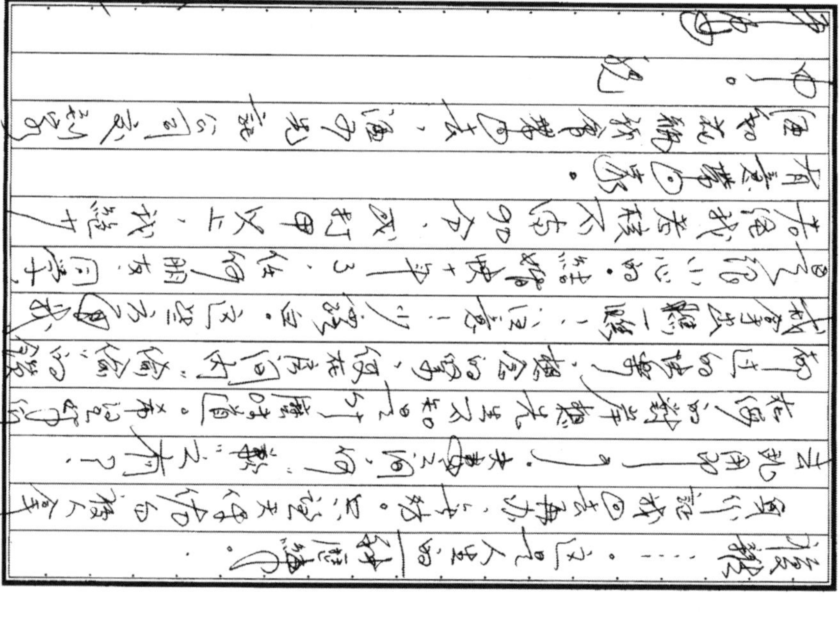

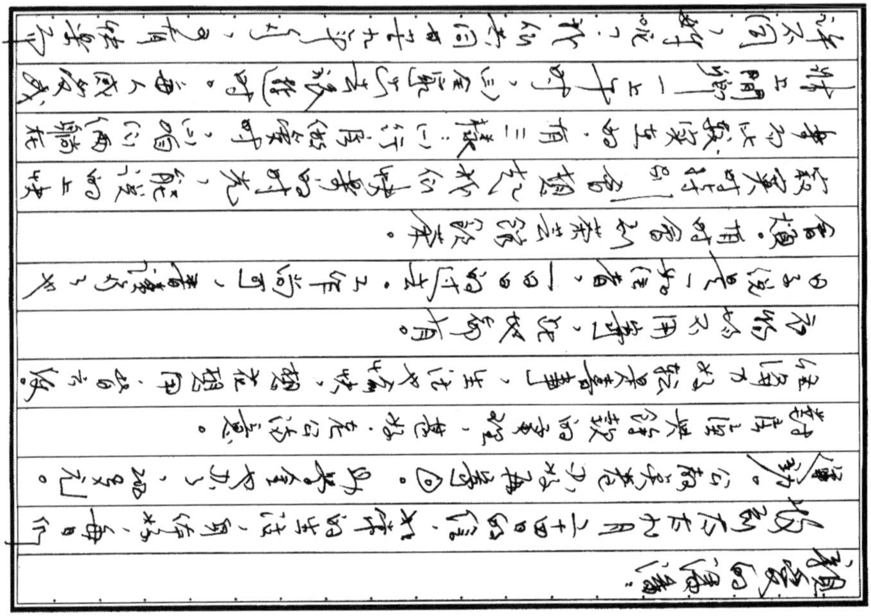

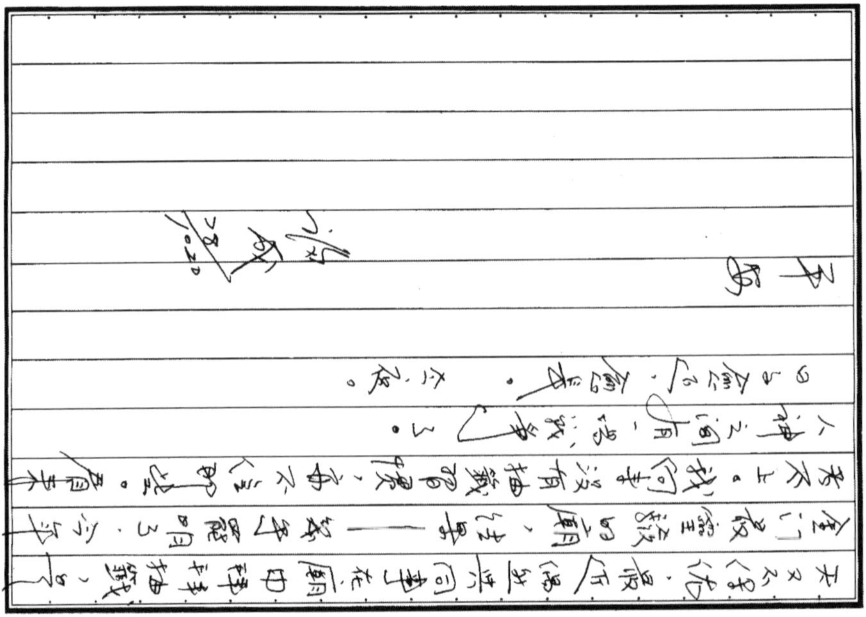

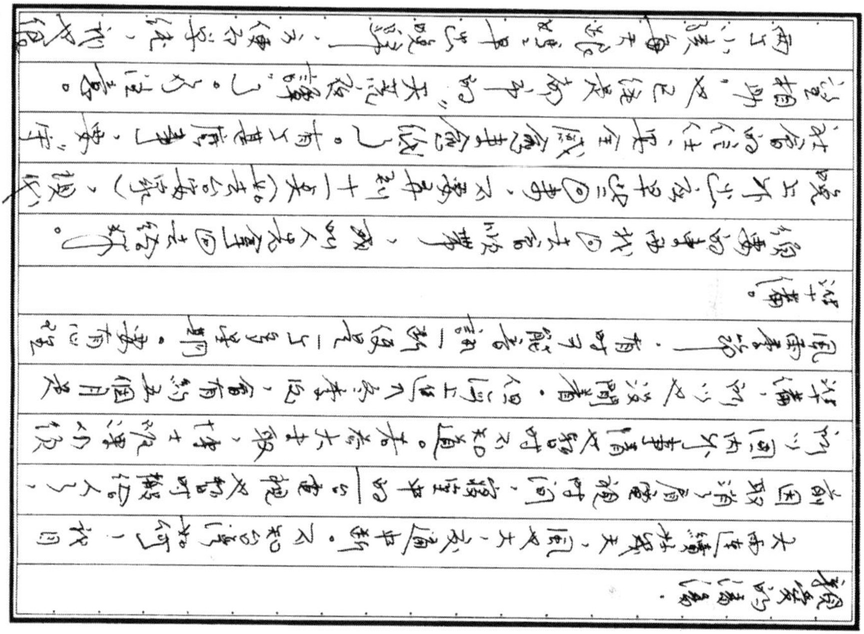

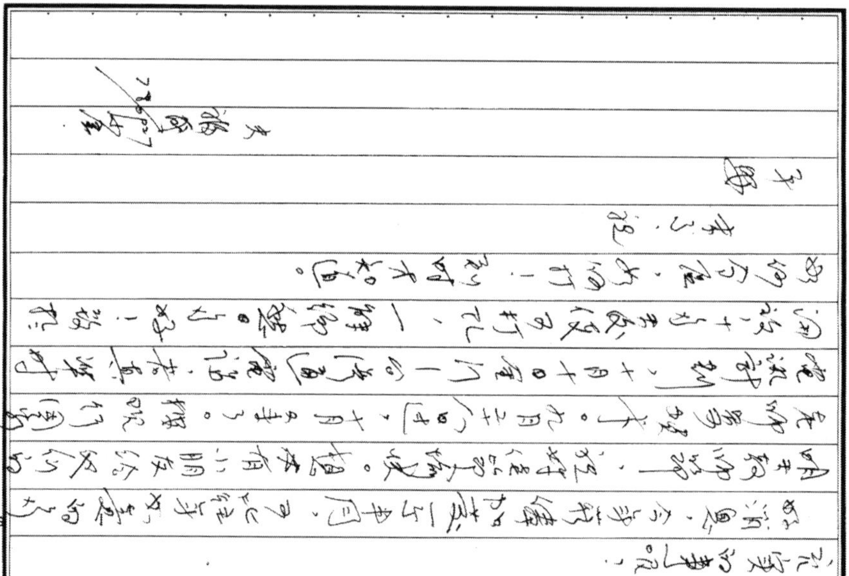

放心。對現代兒童的教育，除了應有知識的傳授，技能的
學習，一般訓練的培養外，盡量少做限制，使其生
活自由，自己發揮創意與個性。不知妳們學校的教育
的老師是否如此看法。每年也沒法全家出去旅遊一次，
大人的生活調節，小孩的思潮教育都很有用。
一個多月以前台龍以我提供分的那事，信也寫了，
電話也打了，我老早判斷不會有效果。於校紙有同
學，都是15年未見一面的，加上某事至今未在那裡任
職，人家不過表面上說說，一轉頭早忘了。所以，一方
面好代我向台龍道歉，事情沒辦好，說是姊夫力有
未逮。再者好也鼓勵他，一個人出去獨創天下，楚留
香不是說「千山我獨行，不必相送」嗎？好我記二十

年來，不都是「千山獨行，無人相送」。他是長大了。
妳們的生活應該是很充實，上下學，彈琴，每天夠忙的。
每日所見也熱鬧。我正好與妳們相反，與魯賓遜不相上下
了，是孤單過頭了。每日所見不過是那一片海，同一座山，
同樣那幾棵樹，那幾个兵。有時間，只得到書中去見古人，
見古人是熱鬧，在島上要見今人可難了。
所以有時也真是寂寞難熬。寂寞的解決，是一大問題。讀
書，跑步，運動，打羽球等，可解決一部份。還好。放心。

祝

平安

鴻

78.6.23

濃濃：

我的假要延到13-23號了，沒辦法，當主官，負全位一切成敗之責，祇好延了。之間只碰到一個星期天，看來要走遠的地方去玩是沒法了。只有"來日方長"足以安慰。至少結婚九週年是碰上了。正好小小慶祝一下。九年的基業也是因我們倆辛辛苦苦打下來，歷經好多風雨、挫折、誤會、不適、吵架，相互學習、諒解，才有今天的局面。誠屬不易。

小孩又生病了。他倆就是身体不好，小小年紀戴了眼鏡，不知如何說才好。我又老不在家，所以我常不忍一人長年累月在外，家中讓妳一人獨當。

今天的報紙，我看又有一小孩被撕票，我對我們的社會已快沒信心了。妳有錢也不要省，設法請佣。從某一角度看我們是不錯，"五子登科有其四"，但到了我們這一"階層"，這還只算60分而已，真正讓我們感到滿意、安全、驕傲，以及最感須要的，已經不止這些了。

妳的琴、畫學的如何了？回去要聽妳表演，來个家庭演奏會。或畫一幅"贈老公""萬壽無疆"甚麼的。

酒已寄出，這幾天應能收到。我回去就帶几个花瓶。

平安

福生
78/10/3 2140

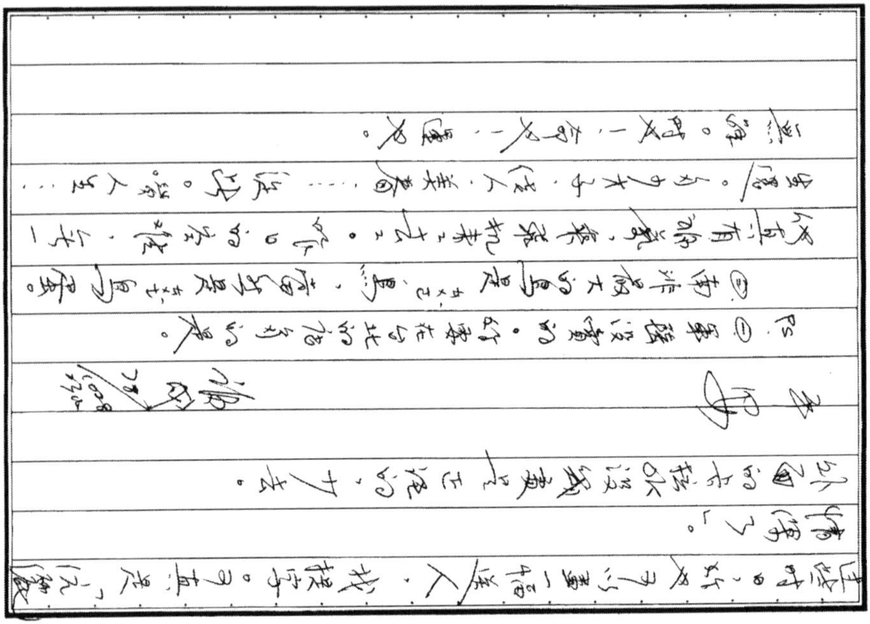

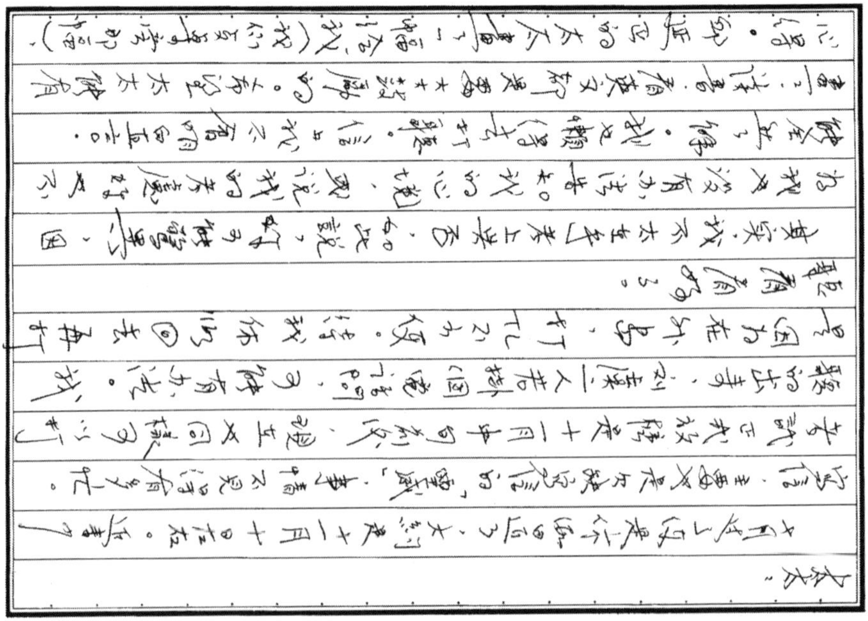

親愛的清清：
收到了。存4000，寄給你22000，此次回去要帶一些東西，好要的
花瓶、酒等。故少寄3000元給你也！
很心急，是吧！距離十週年還有一年呢。我們
是迷迷糊糊的就互託終身了，至今八年
是九週年。我原打算小小慶祝一下，待明
年再"擴大慶祝"一番，聽你說，人生幾何
。戒指你已先買，當然也就同我買。不過，
就是小氣了些。你買一顆，四顆也好
一克拉。不足萬元，我打算是在五萬左右才
比較好些。再者，這是否是"鑽"，是否是
25分？是不是一克拉？可能尚是了
？問題。所以你要多吸收有關類似
知識，自己先自己才懂一些。等我們十五週年
二十週年……或隨時均可，都能好好買好
的，要錢要好的。股票投資也一樣，自己先
了解一些，吸收相關知識。知識的吸收不
夠，可向內行人請教，口看書（相關書籍）的
書。
戒指鑽戒買了，我便不買。把錢用來
買些小孩念年過年的衣服。小孩子以
後長，進得去即可以了。你添幾件以上
大陸回的衣服是有必要的。十一月休假帶
你們上百貨公司，好先有數，到時候甚麼。

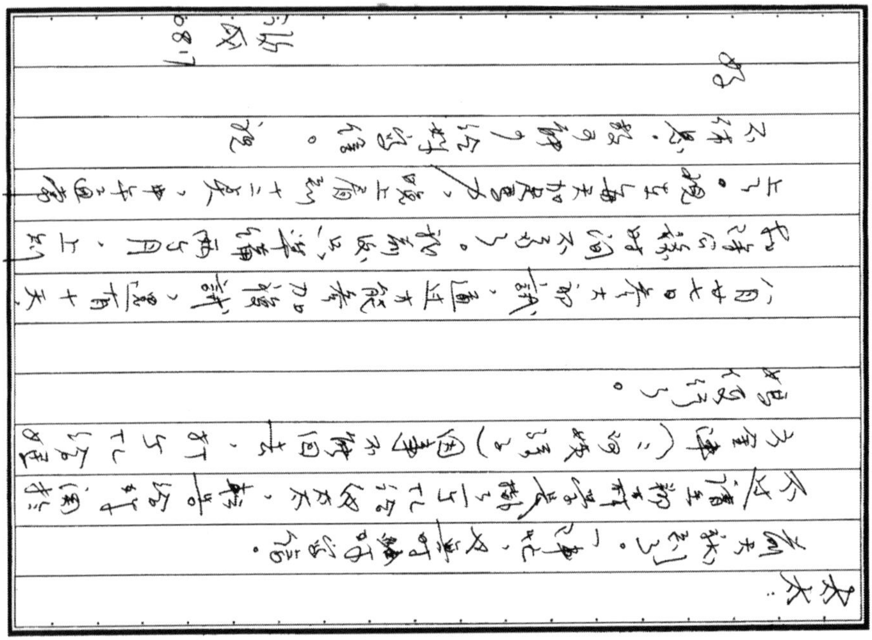

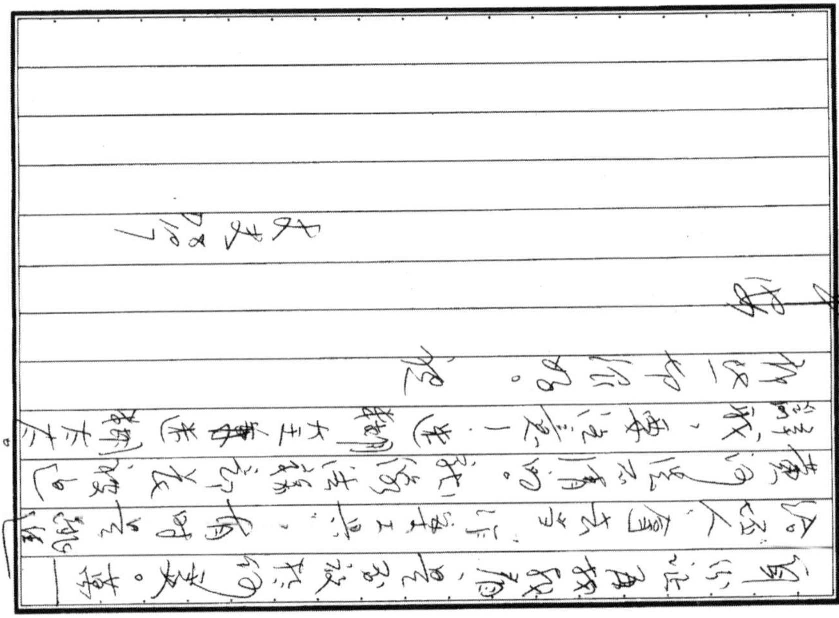

太太：

今天是六月三日，就收到你六月一日的信，有时很快，有时很慢，全看飛机開不開。

今天又发薪，存款4000元，給你劃撥2400元。有個的薪餉雖有問題，但「吃」掉的行政士必會交出，否則法律豈容他消遙，這是很遺憾的事，所謂「繡花的事沒人幹，砍頭的事有人幹」，這是現代青年很叫人担心的一面。相信那連的輔導長、新營長（黃明輝46期的，低我兩期，九年前接我的連長的，算來有緣）會好好處理。

身体不好，誰叫老公的我心疼。我遠在天边，千言萬語，不如自家珍重，希望你多休息、運動，減少內心壓力。有时不妨勉強上班。

我此，工作單純，每日看看公文，看看部隊，開會，應付一些視察檢查之類的事，其餘運動、讀書。日子過得安靜，沒有人、車喧囂，整天可能見不到10部車子，一眼望去，青山、綠水、原野、微風。民風純樸，無偷、無盜，路不拾遺，沒有社會案件，全世界可能只有金馬地區了。

好好保重

福成

78/6/03

愛妻：
辛苦了！丈夫在外"漂泊打拼"，太太一人主持家
務，教子又相夫，儼然像了"現代女強人"。
同時收到妳兩封沒有日期的信。外島雖事
少，有時也頂忙的，自去年0816接營長至今快十
個月了，真快。
看妳信中所提「是我料想中」一語終於料到。
不過尚可放心，兩萬多不多，和別筆法比，他
資會，吐出來了。這些小孩真是不知天高地厚，
犯法的事敢做。我也寫一封信給老李的輔導
長，儘可能小心好。錢送到了，寫封信給我。
致宏功課有進步，表示父母有輔導，尤其
時給一些小壓力是有用。教育的課程依我
都唸一些，才知道一些原則。有人指導和
無人指導對小孩影響有天壤之別，妳和我就
是從小無人指導，在黑暗中摸路，在錯誤中
學習。還好！自倆能在一起，雖非完美
的一對，也是難得的姻緣，我們現在不是很
好嗎！

錢，希望不要存的太緊張，該些好過活。
對不？前些日因公到大金門去，看過書慧，
他和我見面說起，也是一份緣，故拍一照留念。
這小孩不錯，當兵也知道利用時間念書（他告
訴我的），他媽者的心。我約每月都有

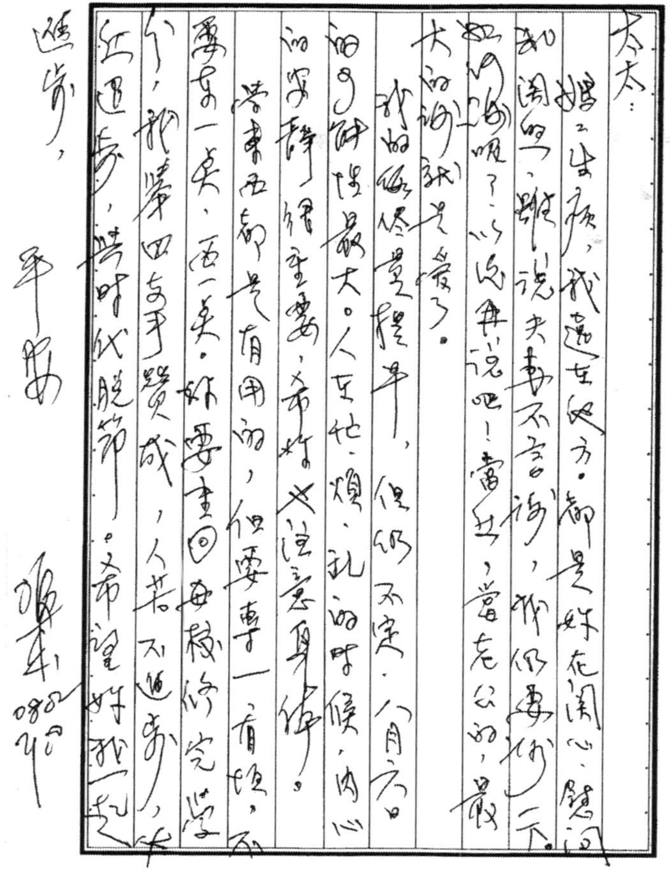

太太：

媽媽生病，我遠在他方。都是妳在關心、體貼、照顧的，雖說夫妻不言謝，我仍要謝你一下。如何謝？以後再說吧！當然，當老公的，最大的謝就是愛了。

我的休假是擇半，但仍不定，八月六日的可能性最大。人在忙、煩、亂的時候，內心的寧靜很重要，希妳注意身體。帶東西都是有用的，但要專一，有情，不要東一點、西一點。妳要重回母校修完學分，我舉四隻手贊成，人若不進步，就是退步，與時代脫節。希望妳我一起進步，

平安

張武 0802

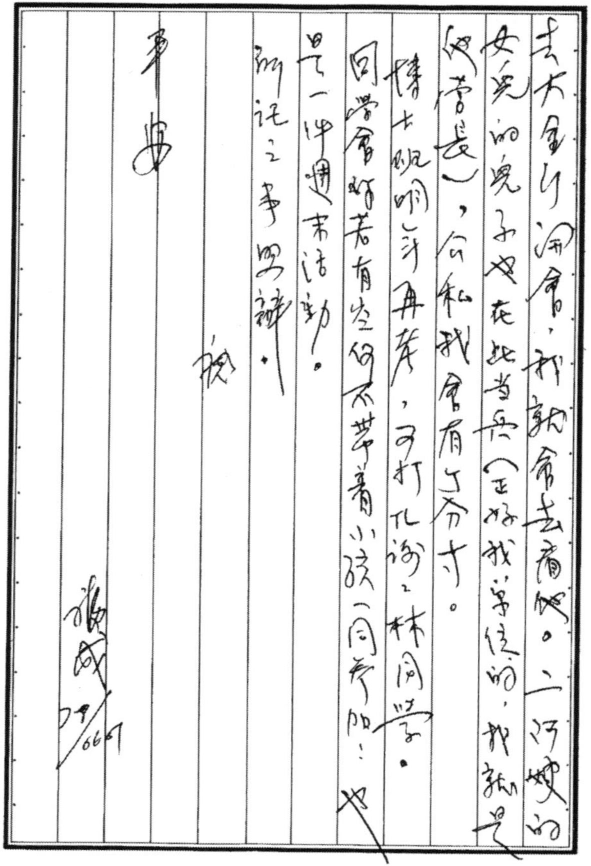

去大會行開會，我就會去看她。二阿姨的女兒的兒子也在此當兵（正好我當隊的，我就是他營長），公私我會有分寸。

博士班明年再考，可打電話給林同學。

同學會若有空，你不帶著小孩一同參加！也是一件週末活動。

所託之事照辦。

祝

平安

張武

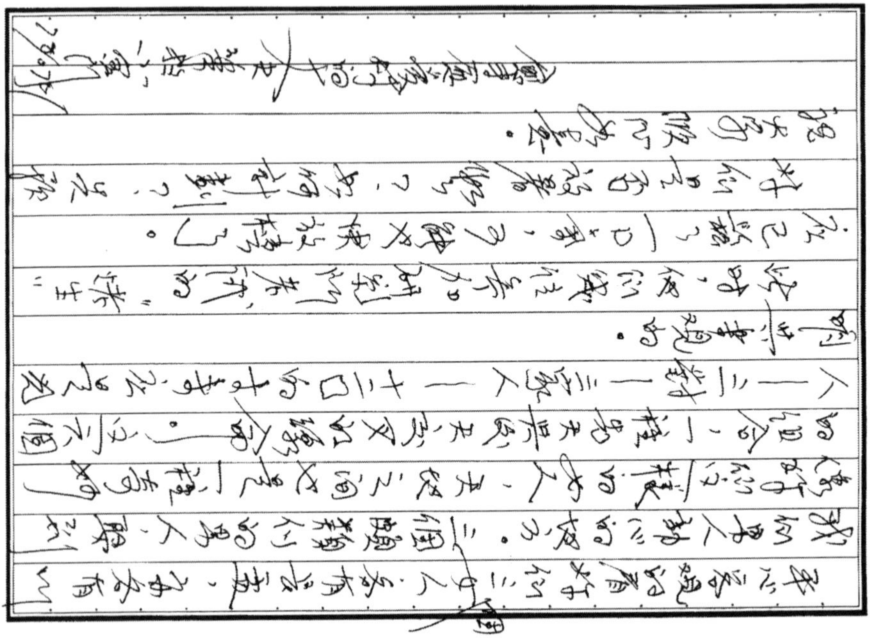

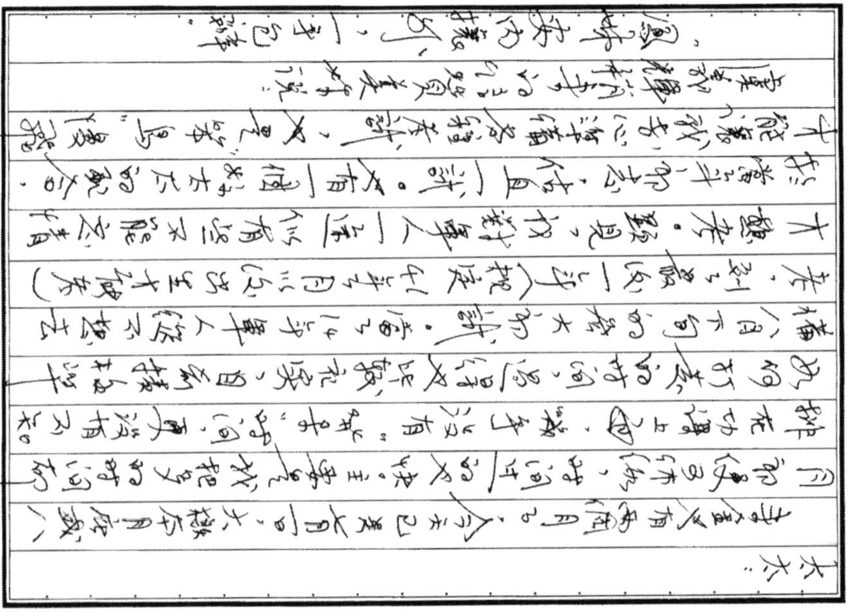

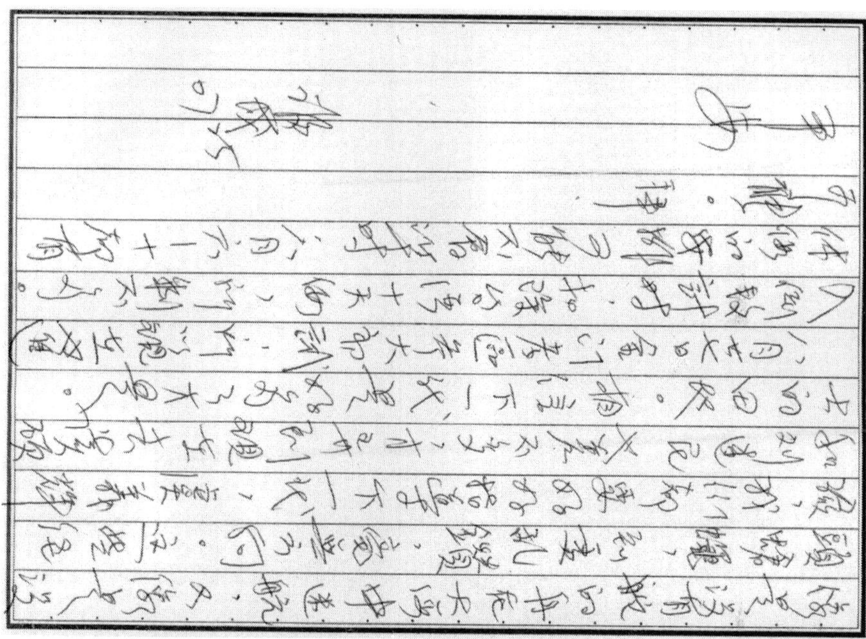

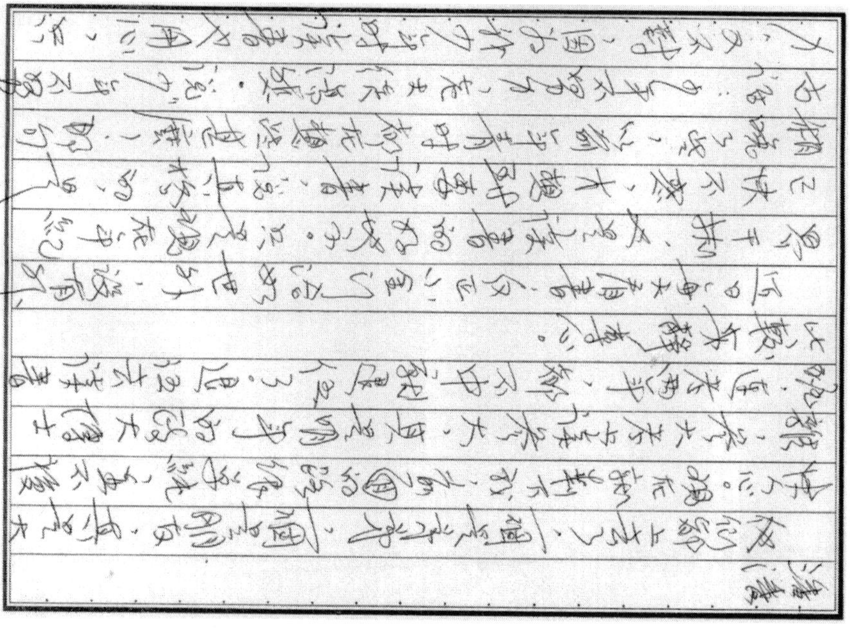

潔素：

好像忘了告訴妳，玉美在咱家住了不算短的日子，功勞苦勞皆有，現在她要走馬上任，便做兩件好的衣裳給她，沒錢歸沒錢，人情世故要守得住，人相處都有一份情。包括玉美、台雄、我那劉允升，我都會給他們準備一份紀念品，玉美的就是衣服，好了帶她去買，錢以2000為準。2000雖買不出甚麼上好衣服，但代表嬸嬸的一片誠心，是不是？她回台南不能讓她"兩袖清風"的回去，知道否？愛人！另兩人的我會買。至於錢給算在老公身上。

台雄也來了情士班，怎沒消息了：

現在沈家夫婦、吳家夫婦、劉家夫婦，這兩年後有四個碩士，這樣子行情有些長了。

我近日讀書用心，心無旁騖，故心中不想女人，也有提筆寫信，給妳的信少了些。書讀多了也有妙處，即心中會沒有女人。就像台雄，書讀多了女人也不想了。

祝同德筆耕，

鴻森
07/23/00

①房子賣了，不論多少，正好還給長輩。那房子放著是個孩累，要說起來，還是無期，又和鳳娟打個電話。當然，比35萬的售出更好。

②停了又解，首夜或今月初終了，詳情不知，因那婦久未去大金門。

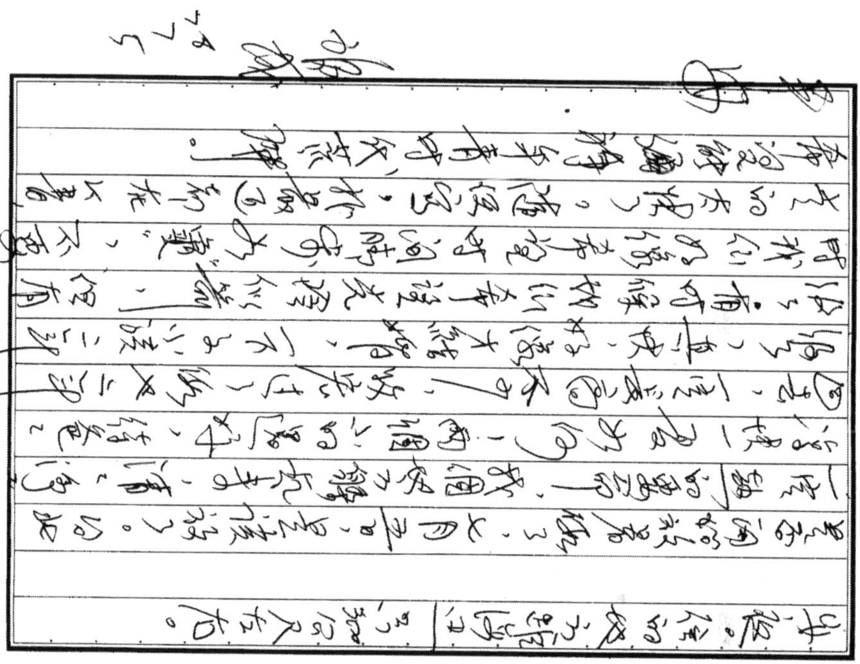

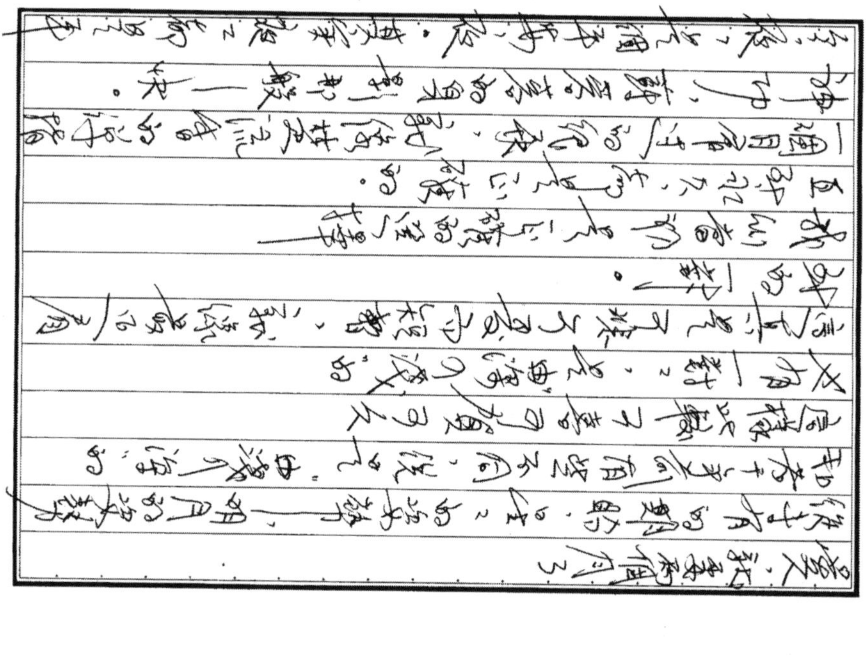

愛事
開銷了。和存款4000，寄給竹24000元。比上月約
多了3000元。其他的零頭留給我。
現在雖不算甚好，但過得去吧！照信
說的那好像才一万出頭些。不知這回好加了
沒。
前封信提起好在本洲，並不是一個頂好
的地方。我又曾提起甚不甚如意，不要光
為"五斗米"而受委屈的猜忌，不要時時
就休息個半年一年，相信過得下去，自
前我的薪水已過算於教年前咱們西貢之
初了（我是那般如此謀備去了）希望太太了
解我的心意，因為我又不是會為五斗米
折腰屈節的人。我知道那份薪水真的，降
低人的修養到很高的境界，左臉頰被
打了，再拖右臉頰送去打一打。真是
能順應一切環境橫逆的世上不多，何
況凡夫如我之輩。
使思佩很不平的嗎！只想她一下
吧！過一些她自由自在的生活。假若公生
意在是做的不錯，但小孩又小，何須那
麼辛苦。 祝
平安
夫
淑成
7?.7.6.

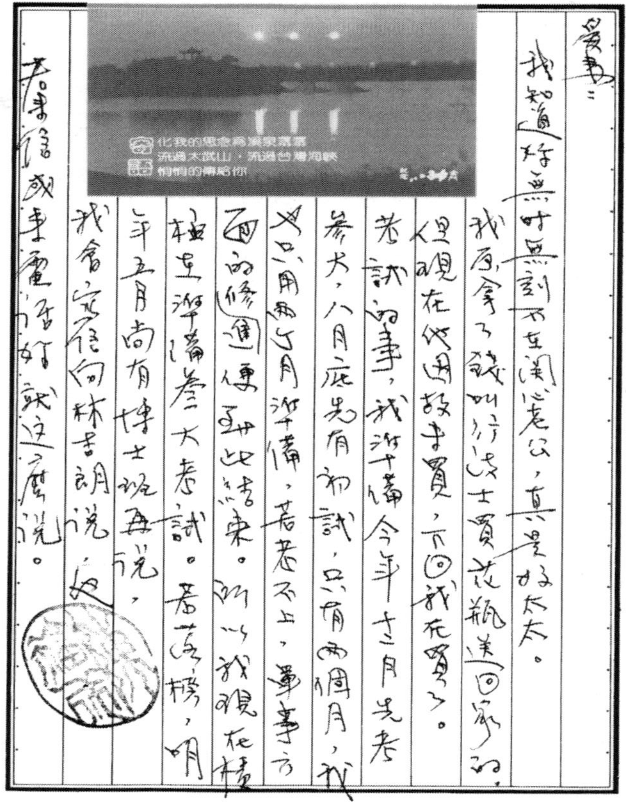

愛妻：
我知道妳無時無刻不在關心老公，真是好太太。
我原拿了錢叫衍汝士買花瓶送回家的，
但現在他因故未買，下回我再買了。
考試的事，我準備今年十二月先考
普大，八月底先有初試，只有兩個月，我
又只用兩個月準備，若考不上，無事，下
回的修週便到此結束。所以我現在積
極在準備普大考試。若落榜，明
年五月尚有博士班再說，
我會寫信向林吉朗說，如
考得成事還是好，就這麼說。

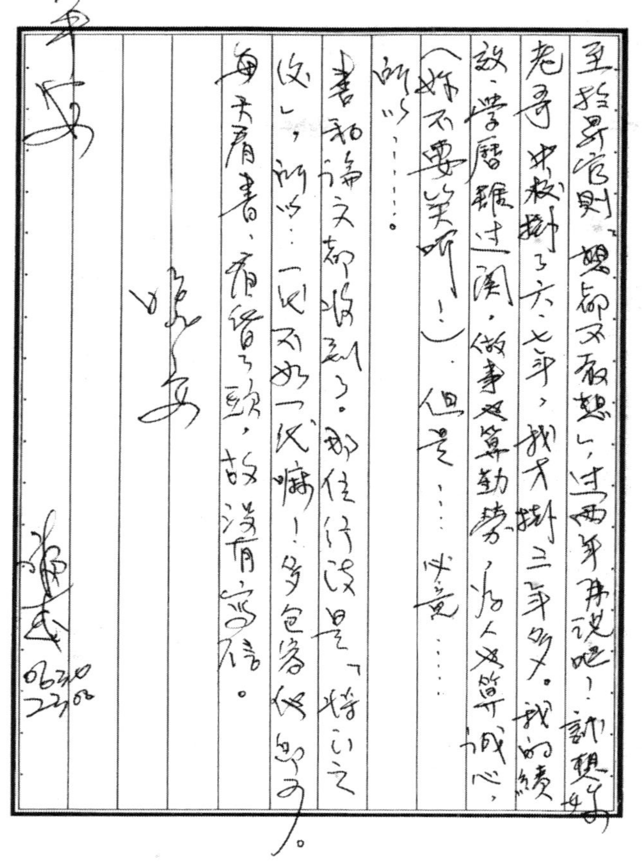

至於另外則「想卻又不敢想」，過兩年再說吧！說想好
老哥中校掛了六、七年，我才掛三年多。我的績
效、學歷經過測，做事又算勤勞，為人又算誠心，
所以……。
（妳不要笑哦！）。但是……必竟……
書和論文都沒到了。那位仔說是「將心之
心」，所以：一代不如一代嘛！多包容他好了。
每天看書，看昏了頭，故沒有寫信。

平安

[illegible]
06.20
22:08

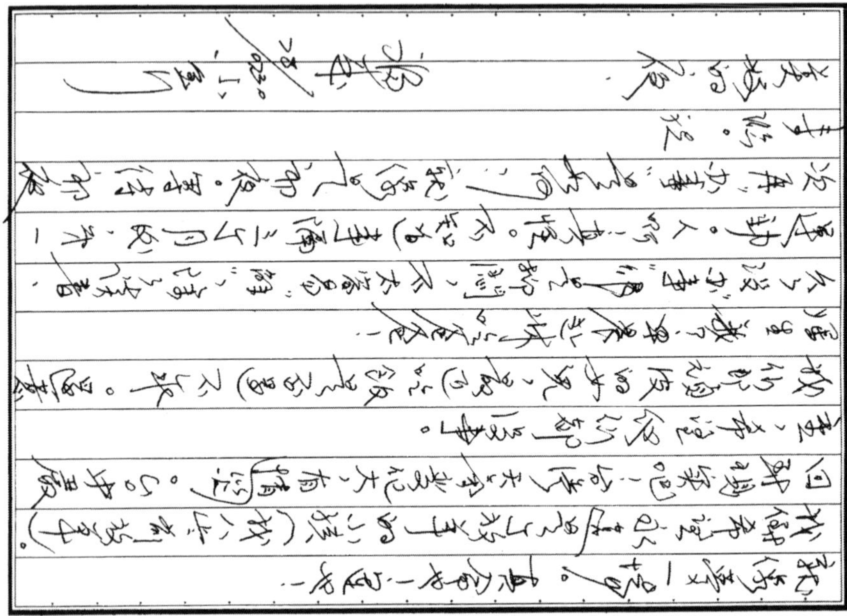

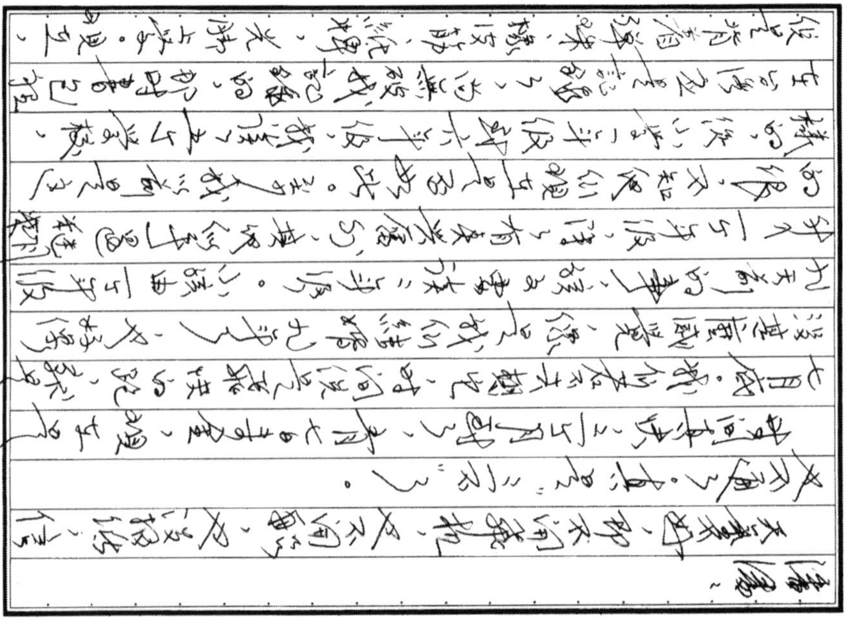

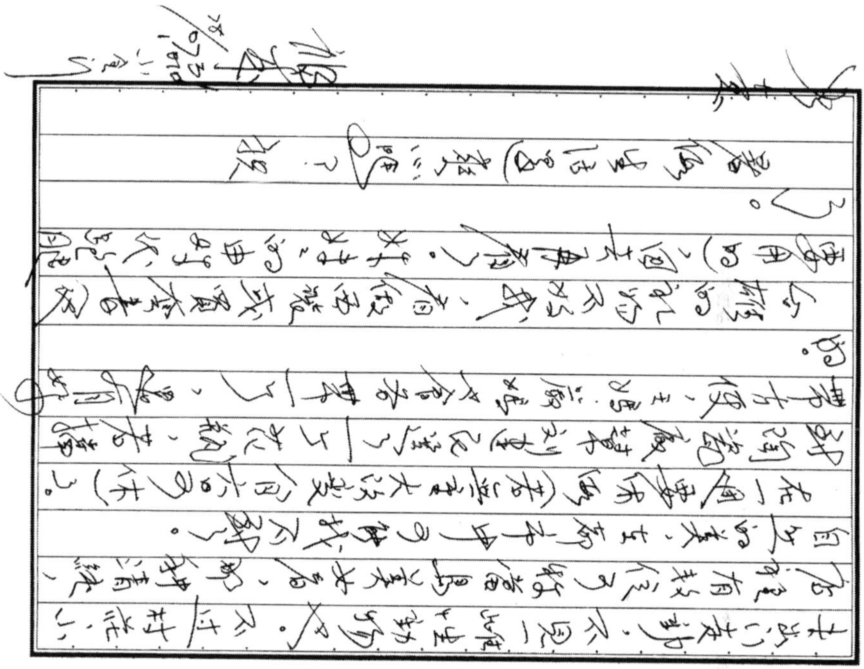

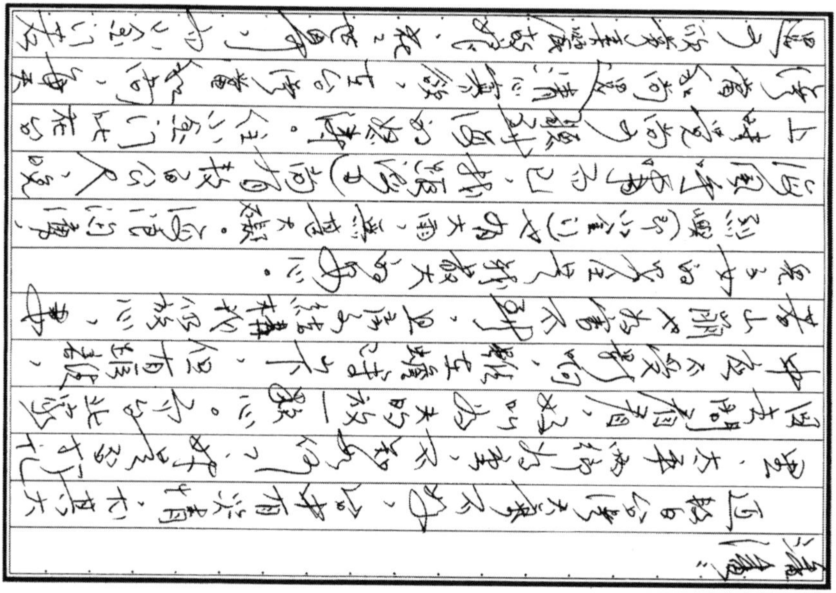

妻：

大前天已經收到劃撥24000大概收到了。略表大方，辛苦一个月的戰役，當然太太的辛苦非區區24000所可時賞的。所以說略表寸心而已。

近來台北很熱，我雖未身歷其境，但可以想像，外县也熱，但熱在青山綠水之间，我在外县幾乎不知有夏天，和台北城，平之間隔完全不同。

日子一天天的近了，現在已經七月十日了，想來有店也快到了。不知道你現在這時候，好是否在家，或在台南，或去玩，度假了。是否想好，是做要去那裡。

祝

手安

拓蕪 7.10

親愛的瀅：

休假的日子好嗎？娘家住了，婆家住了，或者朋友上課，好像是今年暑假要學游泳嗎？家對面就有師大分部在招生，可去泡泡。

旅館我會帶回去，或有人休假就叫他先帶回去，以免我自己扛的太多了。不知好要送給誰的禮物，不然我可以不敢燒字在上面，意義深遠。

一個是做不到，不過有好的紀念，好像整個是做都有事，真是辛苦。若能有整整二十個月是做得好，設法到台之學校去，現在私立學校是黃金時代，現已落榜了。

拓蕪

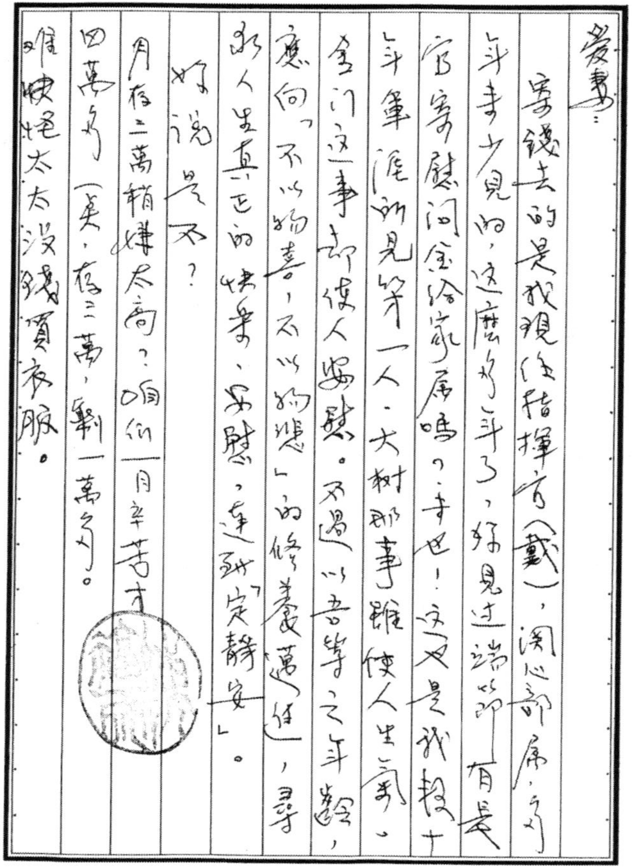
愛妻：
寄錢去的是我現任指揮官（戴），關心部屬，多
年未見的，這麼多年了，好見過端節有長
官寄慰問金給家屬嗎？才也！這又是我投十
年筆從所見第一人。大樹那事雖使人生氣，
今們這事卻使人安慰。不過以吾等之年齡，
應向「不以物喜，不以物悲」的修養邁進，尋
求人生真正的快樂、安慰，達到「定靜安」。
好說是不？
月存二萬稍嫌太高？咱們一月辛苦才
四萬多（美，存三萬，剩一萬多）。
唯快絕太太沒錢買衣服。

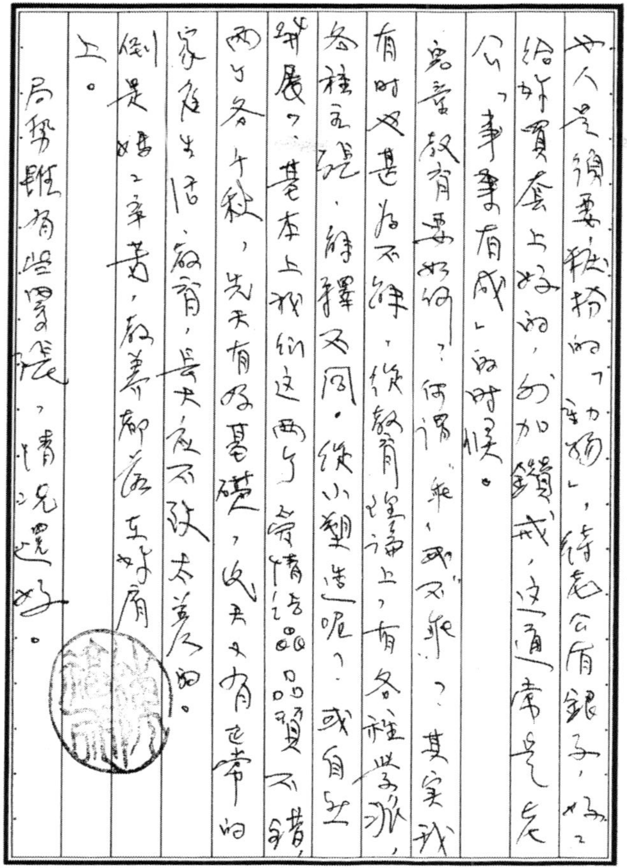
女人是須要裝扮的「動物」，待老公有銀子，好好
給妳買套上好的，多加鑽戒，這才是當老
公「事業有成」的時候。
兒童教育要如何？何謂「乖、或不乖」？其實我
有時也甚為不解，從教育理論上，有各種學派，
各種主張，解釋不同。從小塑造呢？或自然
發展？基本上我們這兩個「愛情結晶」品質不錯，
兩個各千秋，先天有好基礎，後天只有在常的
家庭生活、教育，長大應不致太差的。
倒是媽媽辛苦，教養都落在妳肩
上。
局勢雖有些緊張，情況還好。

「我是你們的一切」，你們亦是我的所有。互相珍惜，一生的相愛，真比一切都珍貴。比黃金還珍貴，我們常看到大富翁的丈夫，雖可供給太太一切花用，但未必快樂，反而感到人生之味無奈，痛苦。我們是可以想像的。好多年前（約七十四年）我們爭執一個問題，我堅持：夫妻感情只有100分和0分，0分是各奔前程，中間是不得已一忍耐—但欠缺真情，只有100分才是真正夫妻的感情。

祝甚好、穗到大哥、公華、公雄、公龍還有好妹妹，都問大家好。

平安

妻：

這兩天看大陸民主運動的報導，內心就很激動，眼眶都濕了，五十年的流浪困頓，我好像很堅強，看見這些場面，都變的軟弱了。

明天就是端午節了，我們在「三軍加強戒備」中過節，身為一營之長，難免要忙些，到各連去看看，設計過節方式等。薪餉已經劃撥出去了，大概妳已收到了。餓的時候餓扁了，飽的時候吃的肚兒圓圓——一下子收到兩個月薪餉，可好好用了。下個月是加薪，不知加多少了？想起了「粽子」，內心就重了，因為吃不到媽包的，也吃不到妹包的，盡管全吃了十多「金粽」，也不知其味。是否可以冷凍幾個，我七月底回去享用。綿 6.7

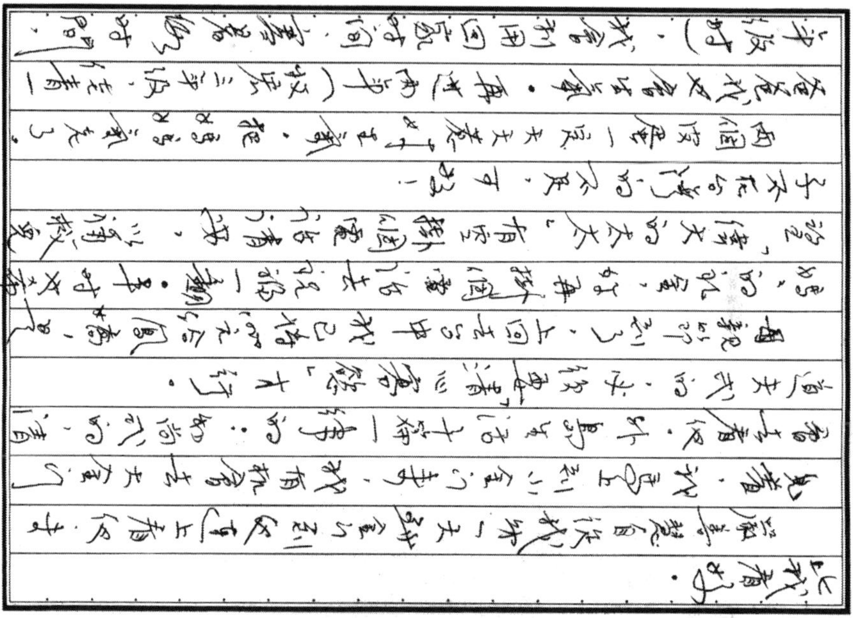

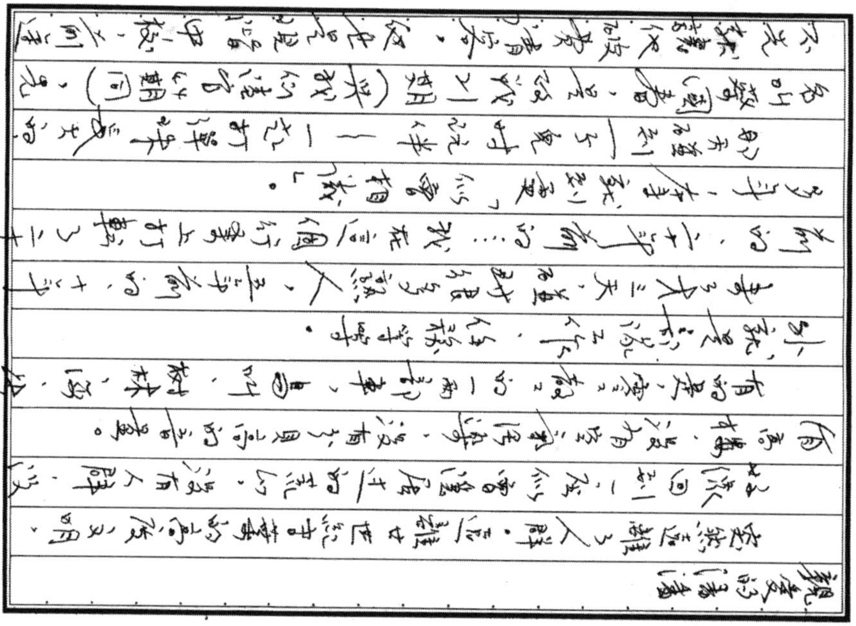

親自教他們讀四書，兩人一同進行，帥在小學五年級時全部念完。這段時間，好晚上抽問一下各科功課即可，各科均衡發展。加上星期六日，時間很充份。

必須保有我們星期去外出之，每兩個月我休假，好好設法在星期六請個假，就有兩天假，我們一道去附近風景區住一夜兩天。這樣的生活安排應是不錯，但看如何執行了。

鈞鈞兩人弟弟要考試，我們鼓勵他們加油。

小凱已是四天了，還習慣嗎？晚上想丈夫呀！想到那晚，夜夜夜春宵，現在又如此寂寞的和尚，人生的變化真大，真快！晚上好好要給自己安排一些「功課」，運動，練琴，看孩子功課，抽問……要不就樂地板去了。哈哈！

詩經小雅：「綿蠻黃鳥，止于丘隅」

拜拜

驕傲的丈夫

78/05/09

小金門

老伴：
時間真快，我們來金門快二十天了。而我們
結婚已經快九年了，孩子都這麼大了。我有
記憶之始，媽媽即常帶我們兄妹出去流
浪時，我的媽媽寬一般大。人去不到，目前
接到媽來信，看了使人有點酸酸。但是今年
老，老得身體不好，孩子小，自己身體不佳。
讓前途茫茫。無能安慰「生老病死乃自然
界美麗的輪迴，一切生命均如此，原本無事，
何須庸人自擾」。我們兄妹，能讀能聊
者，惟媽而已。只好家比起，真天堂與地
獄。彷若是人間一樂園。我的兄弟姊妹父母都
好嗎？祝 [illegible]

我最愛的兩個女生一個男生：
收到媽媽2/25的信，今天是29號，整整五天才收到。前
兩天金門天氣不好，飛機不開。
你們三個常生病，一方面北部天氣、空氣不好，二方面欠
運動。能改善終力改善，至於生活以終是爸爸的，亭純
則生活更舒適。今天是星期天不知你們要往何處去玩，
有空多走走。另外也不知寄什麼收，收到沒有，
調職時難免有所耽誤，收出來收到都未信告知，我
好通知原宿。
「媽媽偉大」，所以以後要「比我辛苦」了。古來都是
歌頌媽媽，未見有歌頌爸爸的，可見爸爸「不好」。是麼？
該的，這便當印了。有空也好好練習，回去
為老公表演或首好聽的。祝
好
愛你們的男生 [illegible] 於金門

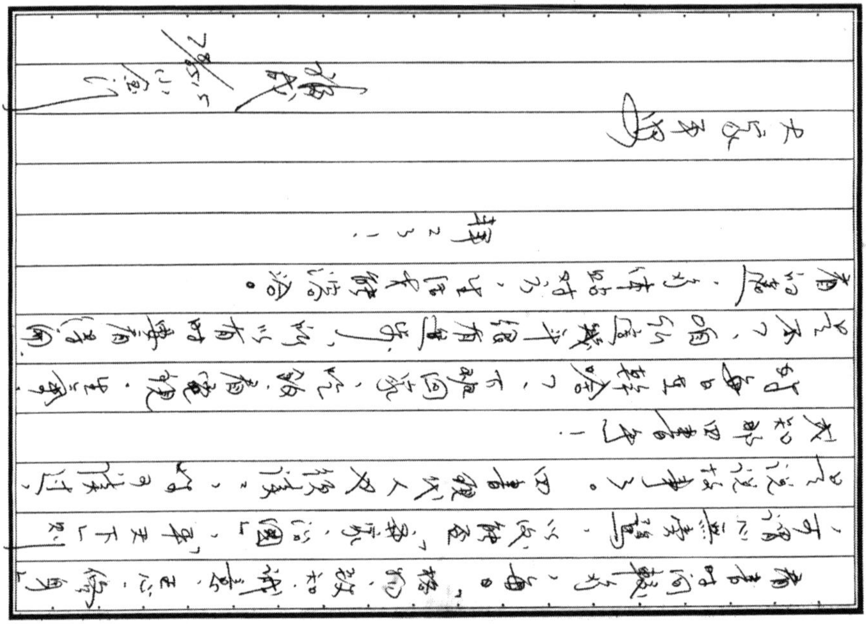

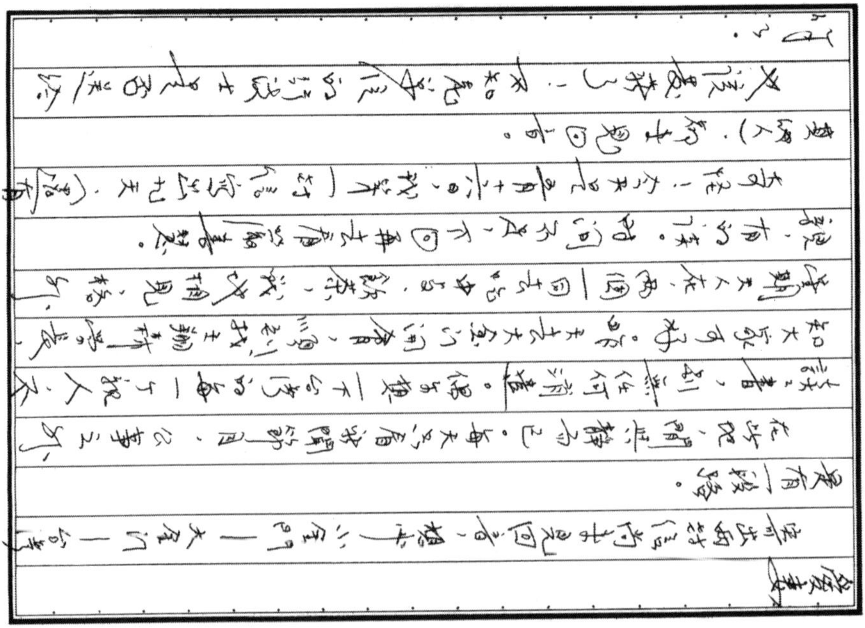

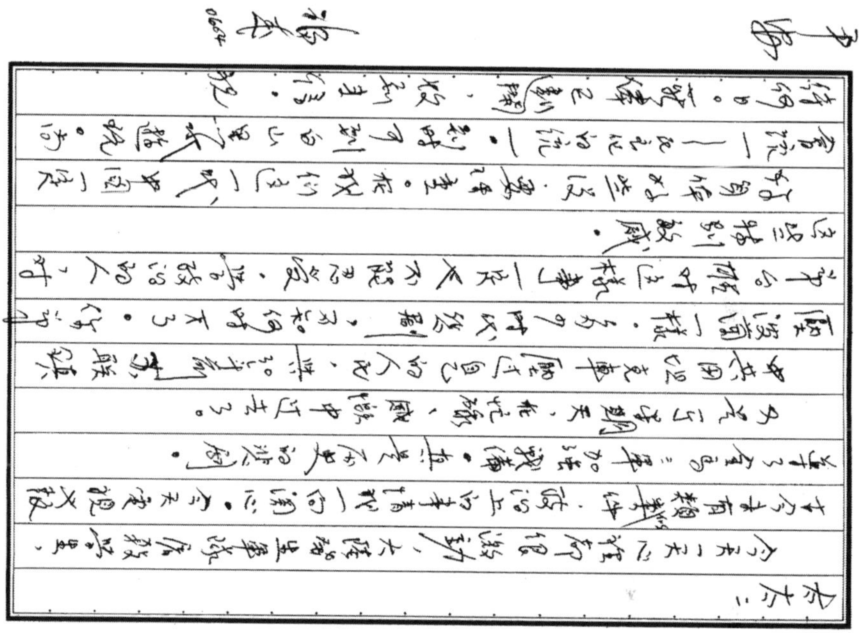

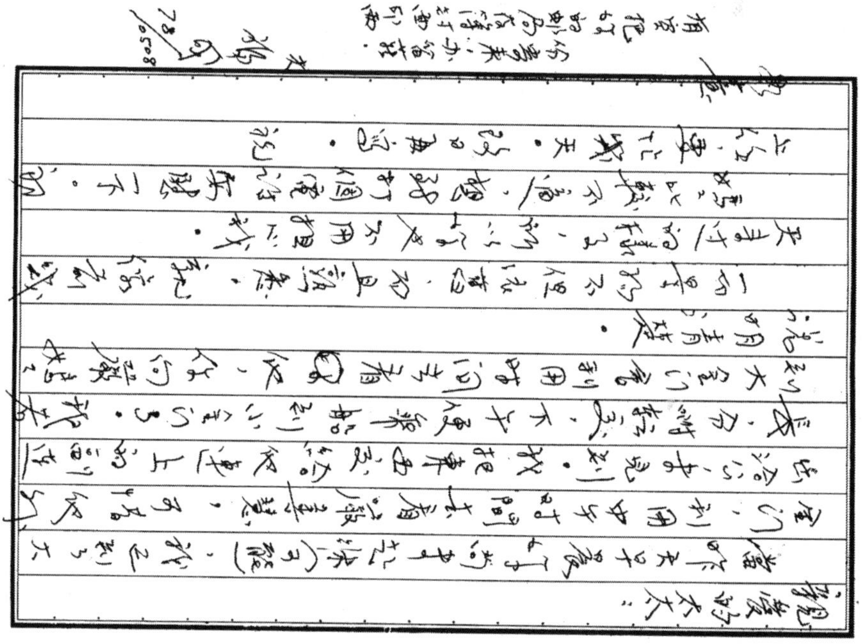

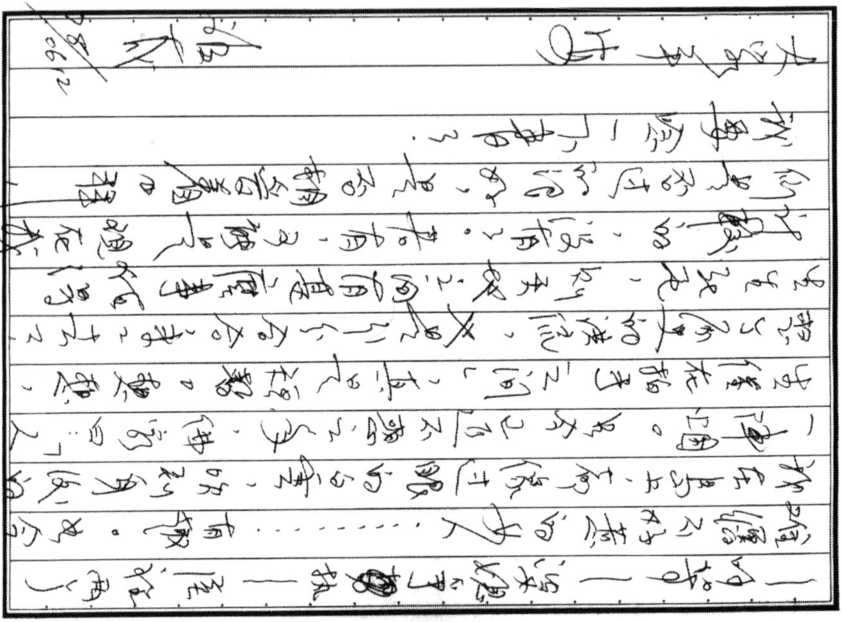

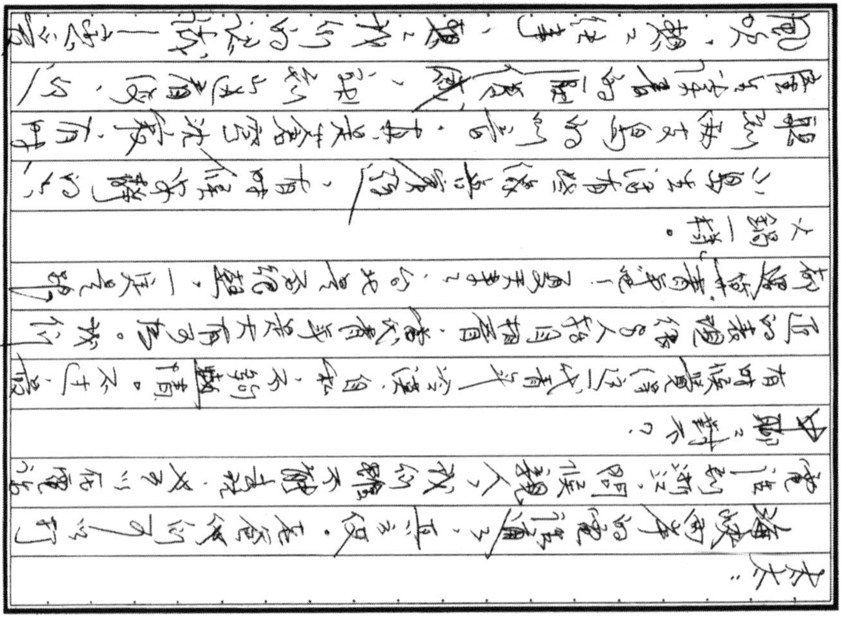

Pam
Pam

這個稱呼是67年底我為你取的。到現在有11年了。

「遙控戀愛」兩年，結婚快九年了（到今年11月17日）。

陶器之婚將如何！

在這現實的社會中要交個「完美無缺」的知音，已不可能了。所以，所謂「朋友」，看自己如何下定義，定義是否訂的很高？以及用什麼定義交朋友？

當今之世，論友交朋，大多以利以酒。能以文會友者，以友輔仁者，已是渺渺。如孟子與荀子，以學術良知相交，甚是難得。

再如莊子與惠子，各甚持不同主張、不同人生觀，而能相容相涵，切磋心得，更是渺渺中之渺渺。

故我論朋交友有幾個原則：

㈠相容相涵彼此的缺陷或過錯。如劉、虞二人，以他們論交20年了，有過爭執，看透彼此優缺，仍能相好，人生應不寂寞。

㈡平實平淡，毋須有所。如陳銘銓君，他固然有金山銀山，我毫不所動，不仰慕，亦無須自卑。他家有千萬元大別墅，但我們結婚時，我們台中住下的破房子，他也坐得下，如此朋友，可交。

㈢有「條件的誠心」：現代交友，想達對任何人都拿出「無限的誠心」，只有甚留才小得到。對一般朋友、同學等，就是如此。

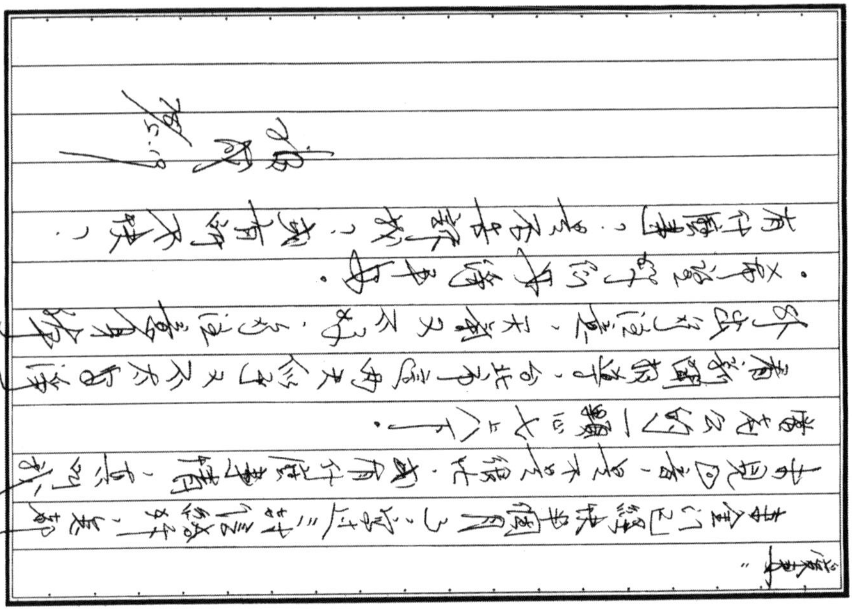

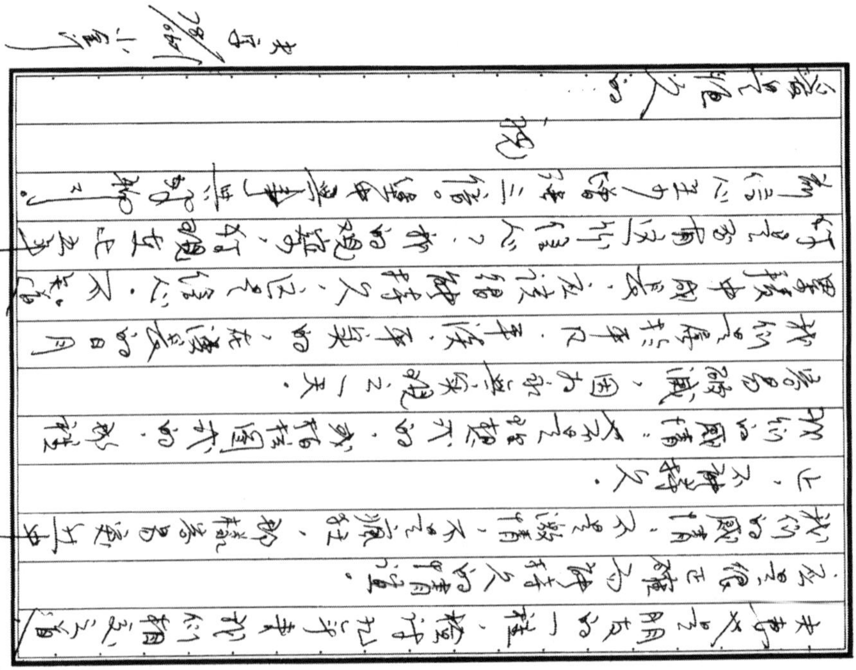

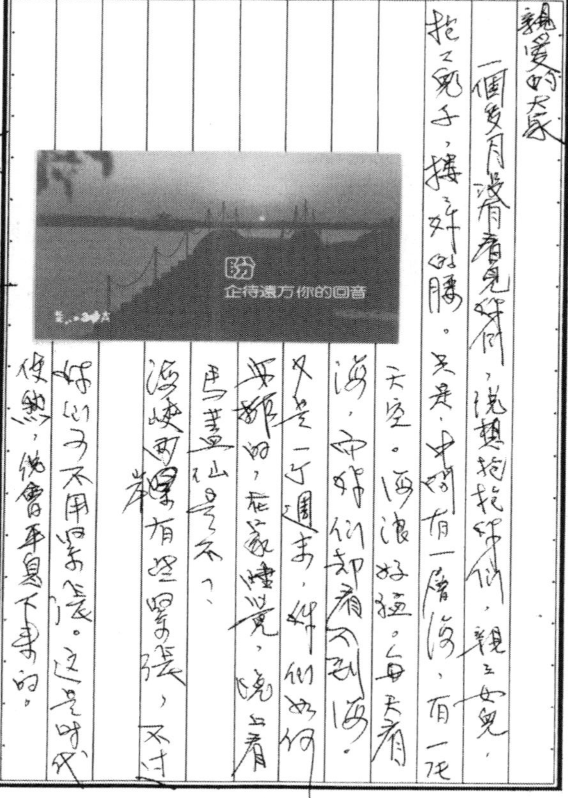

親愛的太太：

一個多月沒有看見你們，總想抱抱你們，親親女兒，抱抱兒子，摟摟你的腰。只是，中間有一層海，有一片天空。海浪好猛，每天看海，而你們卻看不到海。又是一個週末，你們如何安排的，在家睡覺，晚上看馬蓋仙是不？

海峽兩岸有些緊張，不過你們不用緊張。這是時代使然，總會平息下來的。

我在此地一切很好，勿念。

丈夫 筆 78/0610

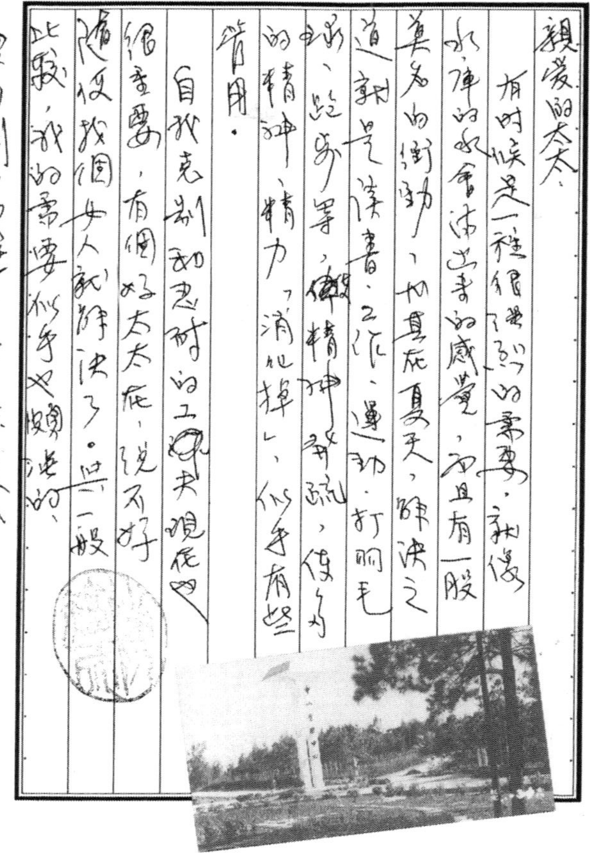

親愛的太太：

有時候是一種很難了解的需要，就像水庫的水會流出來的感覺，而且有一股莫名的衝動，尤其在夏天，解決之道，就是讀書、工作、運動，打羽毛球、跑步等，使精神鬆弛，使多的精神、精力「消化掉」，似乎有些管用。

自我克制和忍耐的工夫現在也很重要，有個好太太在，說不好隨便找個女人就解決了。但一般比較，我的需要似乎也頗強的，但自制力也強了。78.6.15 誌於

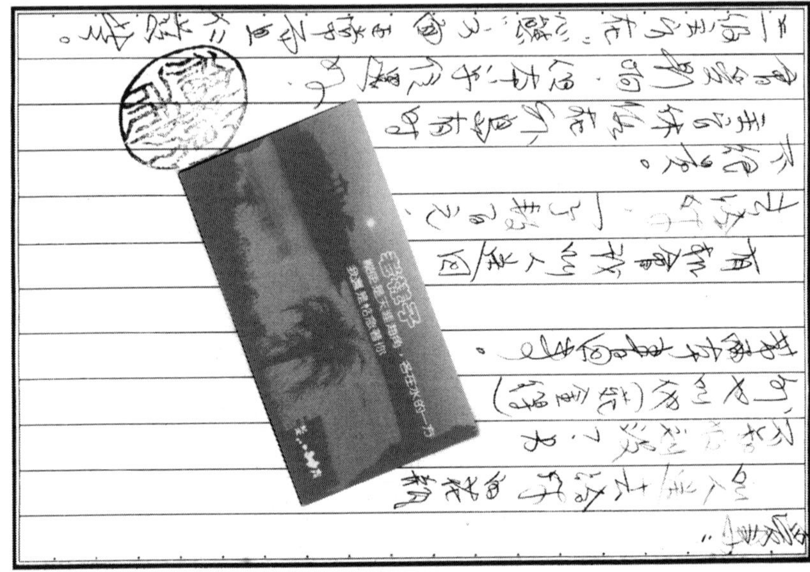

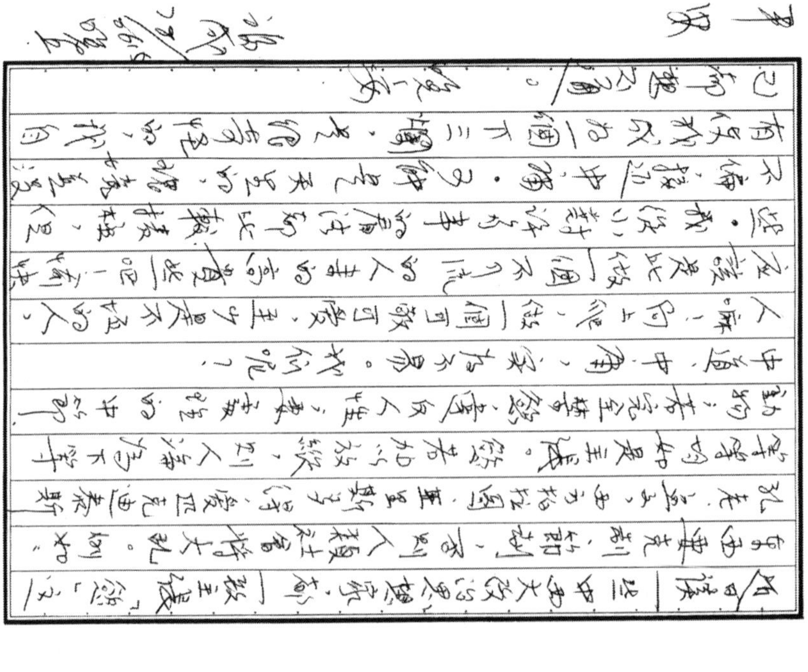

日月潭也是不錯的，好雖去過，但有些分擇著是不同的，是不？而且一路南下，正好。

花蓮台東也不錯，最大好處是那裡風景優美，空氣、水中多洗滌疲憊身心後感覺很好。我記得我去花蓮時差了，將身在一處深山溪流中玩水，雖有外人，有男有女，但無雜念頭。與都市中完全脫胎換骨。

〃他們〃要結婚了，你有一番掙扎吧（我相信你的眼光）。但願有情人都成眷屬。

希望台灣考上，能給我一些指導，若有人指導（先有一了考的），對我甚為有利。我大概算是〃準男博士〃吧！讀碩士七年了，博士不知何年何月呢？不過，我比較安心的是李遠輝先生快些才考的，什麼事業。我再晚些才去念博士，何妨？、

我常讀，以往的七年是在等待、虛度中度過了。劉、虞、陳三隻大笨鳥。太可惜沒有早些遇到林師華，而我沒有早些認識你的、咪！

運呀！命也！，亦是緣也、

泓成
78/10/25

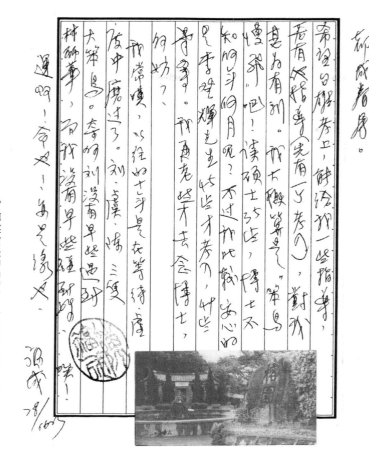

太太：

好多天沒有寫信，最近有些忙，大概年終(年度)的關係，各項督導檢查都要到了，五六月都忙著準備工作，有時是閒了些。說的比較一下，是比台灣閒多了。

我們那寶貝女兒出生後，又有好處，她真安不起來了。小子活潑，可愛，聰明，比好我——愣頭愣腦的，是有發展潛力，大概以後也是個「女強人」之類。

六月七日來，已經一半。不去想她，也快的很快。當家的孩子大概也要休假了，我很久沒去大金門，新年時去看他，前次去帶著一起去照相，以前我們胡鬧之後，她慈愛的母親見了一定高興新小。

台中的媽那有空常寫信請安，平時[illegible]好——親的太太——好媳婦，掛個電話問候，小示子女一點孝意。丈人的大恩大德，吾人將永誌在心——不要笑！真心的。

又是暑假到了，那你，應該找了安靜的地方，一者休息，再者休閒。或爬山，或玩水，不亦樂乎。但遠的我，雖[illegible]，也——樂趣無窮。

今年有幾位好友上試場，不知如何，[illegible]刻進民，好兩[illegible]，我也很關心，請他們從金榜題名。也不了[illegible]姊夫的要破費發文。

平安

[illegible]

潘潘：

妳家的人，我家的人，其實都是一家人，證券住的又何付房租，這是中國倫理道德的一部份，我十二歲時即讀完「孟子」一書，後來又讀完其他三種書（大學、中庸、論語），接受了這樣的思想，這樣的為人處事，原則也是生活中的一小部份（能做的到的，你也做）。所以妳實不必再誇我"心胸大"或"思顧……的苦味"等，令我晚上睡不著，或有第三封信來誇我"大公無私"……"仁慈博愛"……真消受不起也！娘子。

目前爭中有一棟房屋貸款，中秘的貸400萬元，利息3.5，全部已還只有12個名額。我立即申請了，申請下來可還土銀貸款，每月可省好幾千元。但

本、息一起，每月付5000元，20年付清。

能否中到，尚未可知。

台華結婚我原打算拍一封賀電給他倆，但想到台南家中不安，又不知拍往何處，還好，妳代我致賀也一樣。

合維來住，房租可免，算是妳夫給他在學費上的支助，讀書後經濟上只缺來源。再支3000房租是一大負擔，哄哄老人家則可，真收則免。

妳即要學琴，就要專心一意，不是去"玩玩"，知道嗎？春嬌。好我卻是早年失去向學機會，一把年紀才要得這學位，故要專心，才能搶回部份失去的東西。在學習這條路上，妳我大概同是天涯"失學人"。說好多搶回一些！

平安

潘潘：

房子稍待無妨，不差此一個月了。只要能辦成就成。

不覺間中秋又到了。可惜人間有許多許多不是圓的。本來嘛！這世上那有真正的圓。

近日仍然在忙，過了中秋大概好些。忙歸忙，每日還是有閒便看看書，一方面消遣，一方面打發時間，三方面研究問題。我讀書，妳練琴，道理是一回事的！

秋節難免要送送禮，該使一下，我家、妳家及要好的一些朋友、同學，由太太妳代勞了。

就此擱筆　祝

大安

振成　78 0909

九月我寄出25000元，收到來信。

潘潘：

妳寄給我的信，九年多來丟掉一封，何況"那封"！

妳們總算渡了洋——坐了飛機。感覺不錯吧！

合事能順利完婚——三方面至少已有某些共識和諒解，我每很高興。今後的問題雖仍存在，但各方面互諒還是必須的。畢竟人是會犯錯的動物，古往今來沒有那個人是不會犯錯的，重要的是共識和互諒、寬容，才能使大錯變中錯，中錯變小錯，小錯使大家能接受。

侍二出院，我在週二或三會到大金門洽公，屆時先去看妳，可以請媽放心。夜了，擱筆。

平安

振成　78/9/17

親愛的澹澹：

天氣的關係，台金交通中斷將近一個星期，正好也忙，沒有寫信。

中秋已過，妳們身為百姓的是過"節"，我身為官兵之長的是過"關"，這一關終於也過了。台金交通中斷，沒報紙，我也沒看電視，似乎忘了後方的存在，過着與世隔絕的生活。也不知妳們現況如何？秋節怎麼過？房子弄的如何？我們的寶貝可好？妳安功課怎樣？青青皮吧！好嗎？琴練的如何！有機會我們亦佇家庭音樂會，好讓琴，我說安也，妳安也能拉一曲！

子由如 [illegible]

永遠的 [illegible]

79.09.15

太太：

很懶的提筆寫信，沒回這本感受婦好，寫得也好。很不錯的寫實報導，其實古今以來均如此。極難見有那个女人能超越。

[illegible]

0916

《生活隨筆》

婆婆媳婦都難為

—「反哺與回饋」讀後感想

「家庭」專刊刊出兩篇好媳婦的文章，都很感人。一篇是林淑蘭根據訃文上，一則：「婆婆與我」的感想，一篇是鍾田玲玲女士在女青年會演講的記錄。婆媳之間，自古是很難處理的人際關係。

田女士的婆婆是：「非常精明能幹」的大家庭主婦，應該很不好處，能和諧相處達十二年之久，直到她婆婆過世，一直住在一起。她的祕訣是：「讓婆婆了解，你敬重她如自己的父母」。田女士說不能讓婆婆覺得，娶了媳婦就丟了兒子。除了將她自己每月薪水，拿出一部份和丈夫的，一同交給婆婆，還得表現勤快，下班後主動幫做家事。年節或二老生日，她更會選一些合用的東西送給公婆。

由田女士簡短敘述中，我們看見，她一定有良好的母教，因為女孩子言行，充份代表她自小所受的母教是否完美。如寫：「婆婆與我」的唐國華女士，她明知嫁給未來的丈夫，有一位必需服侍的中風婆母，親友也告誡她這樣婆婆難服侍，仍心甘情願擔起艱苦的任務，助丈夫盡孝，甚至辭掉自己很喜歡的工作。就因為唐女士背後，有一位以及人之心待人的好母親，這位母親，不僅常常提醒她女兒耐心服侍婆婆，她自己還不時來幫女兒照顧，陪她婆婆聊天、餵食。

反觀現今社會上許多目無尊長的時代女性，百分之八十以上的媳婦，看不起自己的婆婆。百分之九十的媳婦，對婆婆不滿意，包括有些利用婆母不花錢的勞力，為她照顧幼兒，還美其名叫婆婆享：「含飴弄孫」之樂。從不感念婆母是妳丈夫的母親，她已年老了，吃不消再擔負幼兒繁重的工作。反而指教她婆婆沒知識，不懂衛生，把她孩子帶病了，慣壞了！」

有位出嫁不久的讀者，寫信給我說她婆婆好討厭，天不亮就起床，吱吱喳喳大呼小叫的喚她丈夫弟妹吃飯。嫌她婆婆一天到晚做個不停，顯得她是好吃懶做了！她說很想搬出去，和丈夫過小家庭，丈夫卻不肯怎麼辦？

又有一位朋友的女兒，向我報怨婆婆太節儉，剩了好幾天的菜還要吃。看她穿件新衣服，就追著問多少錢買的？常說她浪費：「又沒花她的錢，她管得著！」朋友的女兒說。

不久以前於早餐的公園，傍聽到幾位婆婆級的老媽媽閒話，話題竟都是媳婦的好壞。四人中祇有一人，讚美她媳婦比女兒還貼心，說公公沒下班，就給公公泡好茶，拖鞋也擺出門口了。每次星期天做完禮拜，媳婦都堅持在外面吃飯，免得婆婆回家又忙做飯。她有點小咳嗽，媳婦又[illegible]檸檬茶，又是川貝枇杷膏端給她吃。

另三位老媽媽，一位說自從她媳婦進了門，生活習慣全改了，樣樣得遷就她媳婦。一位說她媳婦總是當著她的面，批評她兒子好多缺點，說她兒子「懶」、「好吃」、「脾氣不好」——「既然我兒這麼沒出息，當初妳為什麼非嫁給她？」這位老說當初她反對兒子那麼早結婚的。另一位老媽媽也說，她媳婦娘家主動來說媒，看上她兒子書讀得好，又申請到外國研究所獎學金，那時她兒子才23歲，說婚事太小了！她和丈夫都不答應。後來女家鍥而不捨，終於達到靠她兒子出國的願望。將她原本最孝順的兒子，害得如今心裏再沒爸媽。都是親家母給她女兒出主意呀，從不教她女兒孝敬公婆！是的，母教很重要！聖經上說：「要孝敬父母，使你得福」，孝順女婿的父母等於孝順自己！您說對嗎？

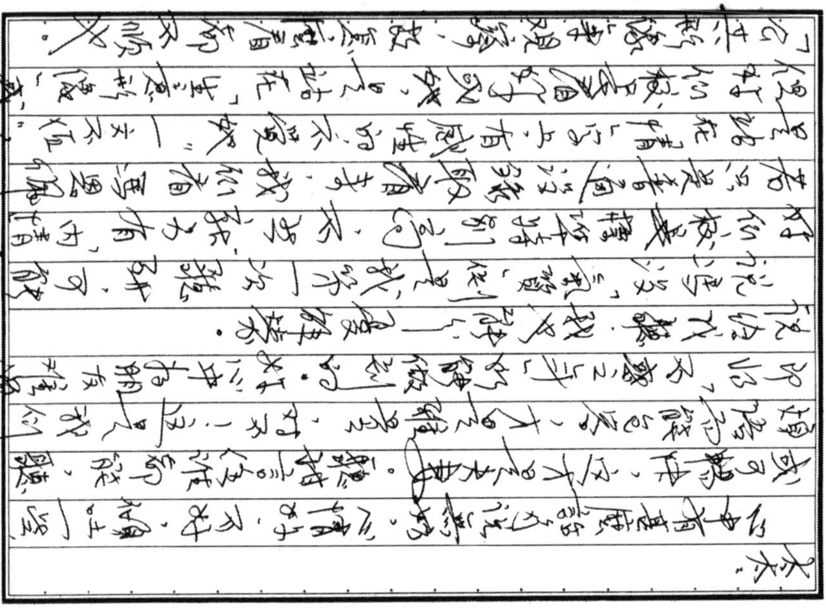

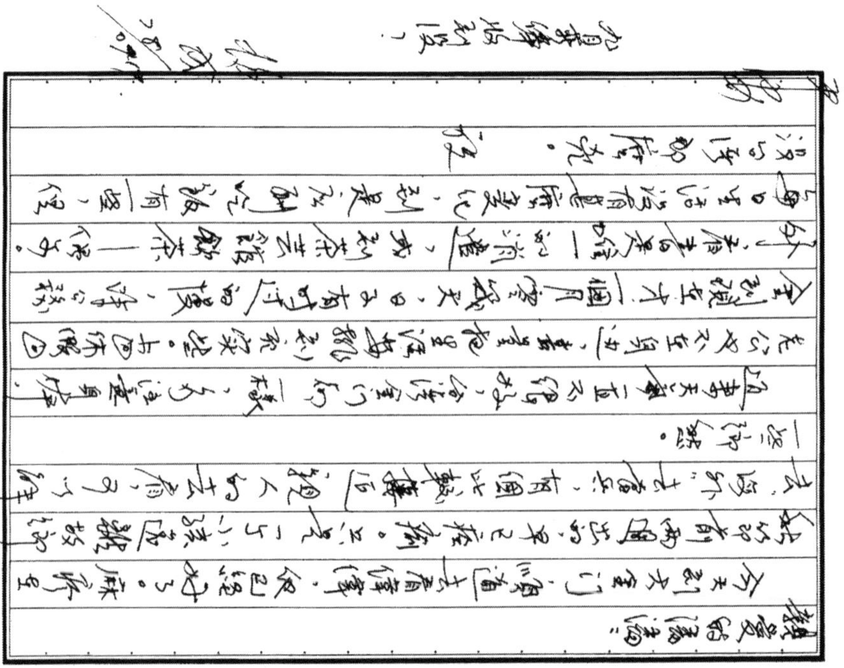

親愛的濠濠：

沒想到你已回到台南去了一趟，又回台北。算算約略是五天而已，暑期漫漫，若有時間可以待一些時日，鄉下日子輕鬆，小孩也有地方玩。

我的假期是八月六日到十六日沒問題，90%應不出錯。去那裡呢？一路南下比較順道。我又想到一個地方，林吉朗家——溪頭應是最佳。溪頭自從我們蜜月之後未再前往，孩子卻這般大了，也該讓他們知道當年爸媽的"訂情聖所"，對不對！而且可以一路南下台中、台南，前後四～六天。另留三、四天備用。當然還得那林同學去家，才行，你若沒意見，我會寫信問他。

深標不同，甚是不同，得出不同結果。社會層次來，原是如此現實，古今皆然。凡事盡人事聽天命，心安理得即可，好好工作也好，我若加倍努力好好，都是盡其在我。多年前我就有感覺，你從事幼教工作不很適當，說不上來。不知你感受如何？以後你不要太勉強於現在的工作，隨時想休息就休息個一兩年有何不可。今年加薪我大約有個三萬出來一些，應付現況不成問題。希你好好順心如意

平安

丈夫　[illegible]

79.7.2

親愛的濤濤：

已是有十五天了，在這半個月好像是"牛郎織女會"，想來也是人間一大美事，人間快事之最，莫過於天倫之樂，家庭美滿幸福，夫婦相親相讓，有兒叫爸爸，有女在"撒嬌"。真是不亦快哉！

菲銅寄給你一個星期了，未見回音。該不會又被誰"吃"掉了吧！或是濤濤忙忘了，把个情郎也忘了。

有時我們海峽兩端也有好處，可以靜靜的想，靜靜的檢討過去。九年來，有過驚濤駭浪，我們都很能忍耐克制，相互体諒，才有今天。不然早已各奔前程矣也。時下不少年青夫婦就是欠缺這份耐心和自制力，於是離婚率提高。所以，當我們結婚十週年

薪餉拿出 24000 我該收到了。加薪了，拿起來有些份量，一个月的辛苦，努力，為了有些代價。人嘛！五穀雜糧養大的，「君子愛財取之以道」，有比沒好，多比少好，在大的官也一樣好。

如果所說，命中該有的跑不掉，沒有的求不來。有些事情如此，但願事情都那麼順利自然，就像娶了老婆一樣，我也能在事業上發財，我該有的，果如此，豈不美好！

在此擱筆，親吻一下親愛的濤濤

祝

安好

海杰 吻你

一使得你說一下，唉，還一年多。

我深深感覺經不起考驗的，不是真情，情若非建立在相知相愛相許的基礎上，縱有洋樓金銀，美滿幸福都是"空樓餘嘆"而已。好父母我父母都是實例，好父母相守40年，經濟並不富裕，卻和樂融融。基本上他們是相愛的。而我父母，他們太複雜了……。留下長恨。

我們的九年婚姻生活，雙方表現真是可圈可點的（不是我說的，許多人這麼說），於是我們也是"例子"。給後來要結婚的年青輩，也好的榜樣們。絕好的例子。玉美雖不易相處，但她說話有時"還算"客觀。有次（好像好也在），不知誰評說笑的問起玉美，什麼樣的男士才是她擇偶的條件，她脫口而出：像妳夫一樣就行了。娘子我甚感安慰，今天不論在家在社會在部隊，說我好的多，說我不好的極少。人生立身處世，心安理得，不愧妻子兒女，無忝父母生養。又！

台南的結拜小弟有來信（楊小川），若我眼光不差，他是個有為青年，傳統而有眼光，立身處世有原則，對人生有目標（晚接近台雄）。和玉美應是很合的一對，比妳我更投合。可惜大家並未觀察的出來，也許沒有接觸的關係。或者首先把心胸打開，接納別人，玉美要在這方面改進。對不起！本來只談我們的"私情"，卻論人隱私"去了。向妳告罪。

拜拜美 祝兩個寶寶好夢 誠成
78.7.15.

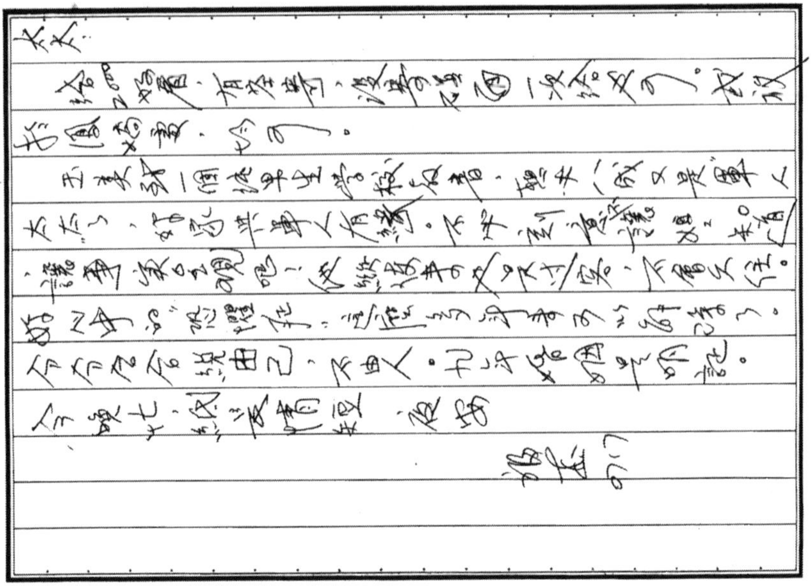

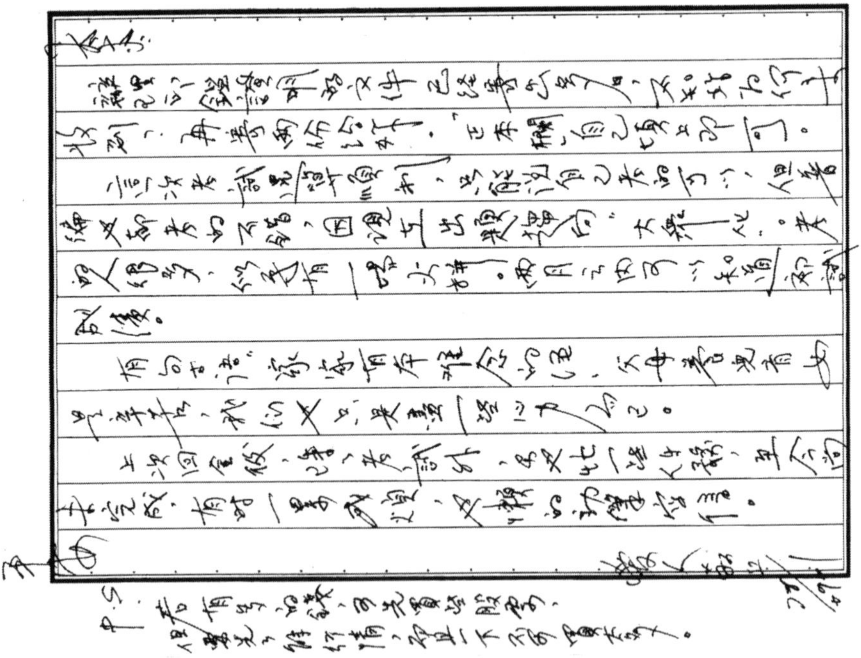

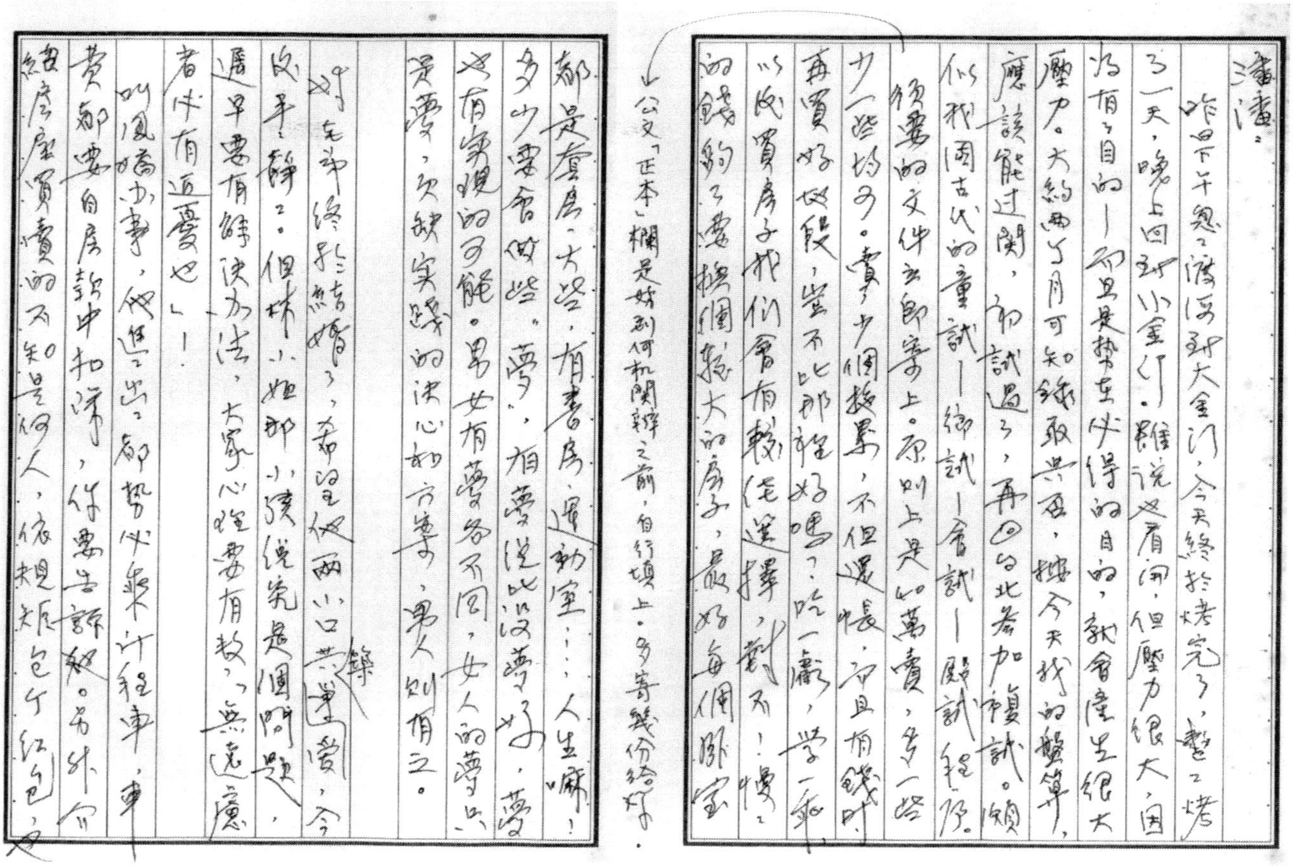

瀋瀋：

昨日下午忽忽趕到大金門，今天終於考完了，趕趕考了一天，晚上回到小金門。雖說也有用，但壓力很大，因為有了目的——而且是努力求得的目的，就會產生很大壓力。大約兩個月可知錄取與否，按今天我的盤算，應該能過關，而試過了，再回台北參加複試。類似我國古代的童試—鄉試—會試—殿試程序。領要的文件主即寫上。原則上是如萬讀，多一些少一些均可。賣少個錢累，不但還帳，而且有錢時再買好地段，豈不比那裡好嗎？吃一虧，學一乖，以後買房子我們會有較佳選擇，對不！慢慢的錢夠了要換個較大的房子，最好每個都是套房、大器，有書房，運動室……，人生嘛！多少要會做些「夢」，有夢總比沒夢好，夢也有實現的可能。男女有夢各不同，女人的夢只是夢，欠缺實踐的決心和方案，男人則有之。

對先弟終於結婚了，希望他兩小口恩愛錄，今後手牽手。但林小姐那小孩恐怕是個問題，還早要有解決方法，大家心理要有數，「無遠慮者必有近憂也」！

以後婚喬之事，他們進出都想你來主持，更貴都要自房款中扣除，你要告訴他。另外，給房屋買賣的不知是何人，依規矩包個紅包，

公文「正本」欄是好到何機關辦之前，自行填上。另寄幾份給好。

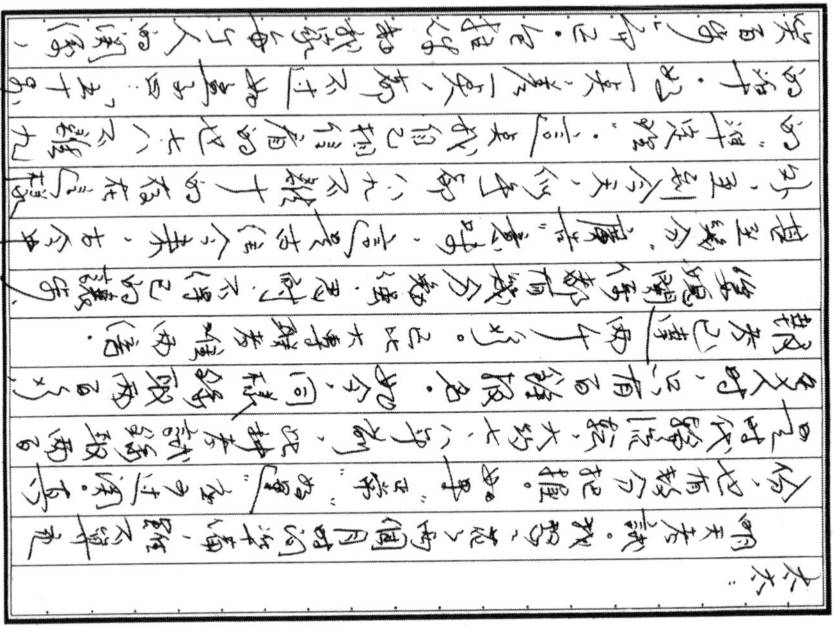

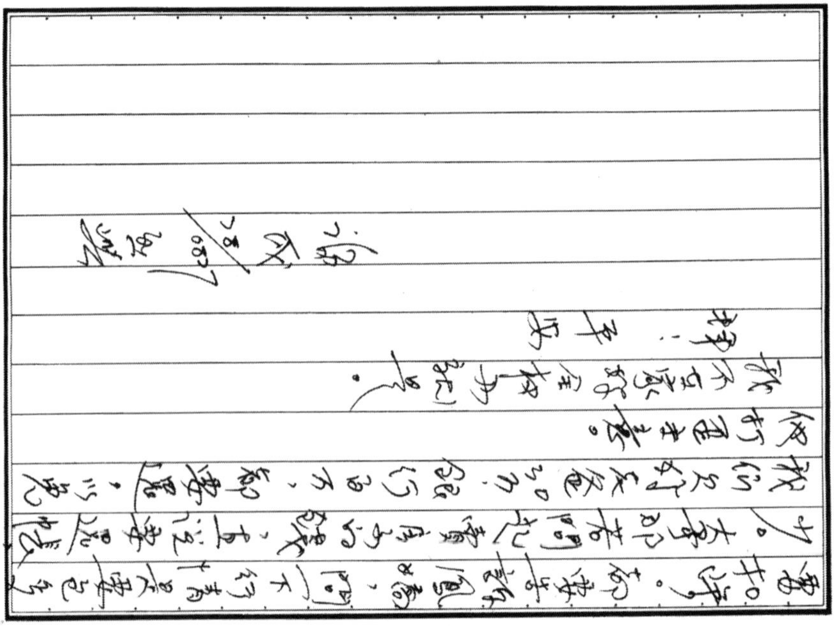

我和大家每個人的關係，似莫不如此。此點看似武斷，但多加觀察，是這樣，所以我從不比，好多的心。我經歷了悲歡離合的30餘年，踏過"海峽兩岸"，更也仔細細心的讀過幾本"經史子集"，一介土碩士，但昔是好婦道人家"那要比我！

人是有一種天生惡習—如荀子曰：「人性本惡」。人人只眼睛：的看見別人缺點，自己天大罪惡卻是看不見的，人類歷史一幕：演過，也沒不會改進的。這點我也看的很清楚，故也無計較如何如何！

人的學習過程是很緩慢的。大抵國民教育階段，人的長進是靠自外力，如一有錯師長父母立刻毫不留情的糾正之。隨著年齡漸長（約大學之後），開始沒有人講你了，因為聽不下嘛！當朋友的愛聽讚美之語，當上司的愛聽部下諂媚之言，當老婆的愛聽甜言蜜語。人成長到這個階段（約30歲後），老師不再講你，上司也不講你，朋友相勸太有限了。人家只看此人能不能用！能用，留之，不能用，去之。請問，這時若個人要更上層樓，怎麼辦？

答案只有一種，不必分辨。

明天來試，書已看的差不多了，心有所感，提筆寫信。

祝

平安

[illegible]

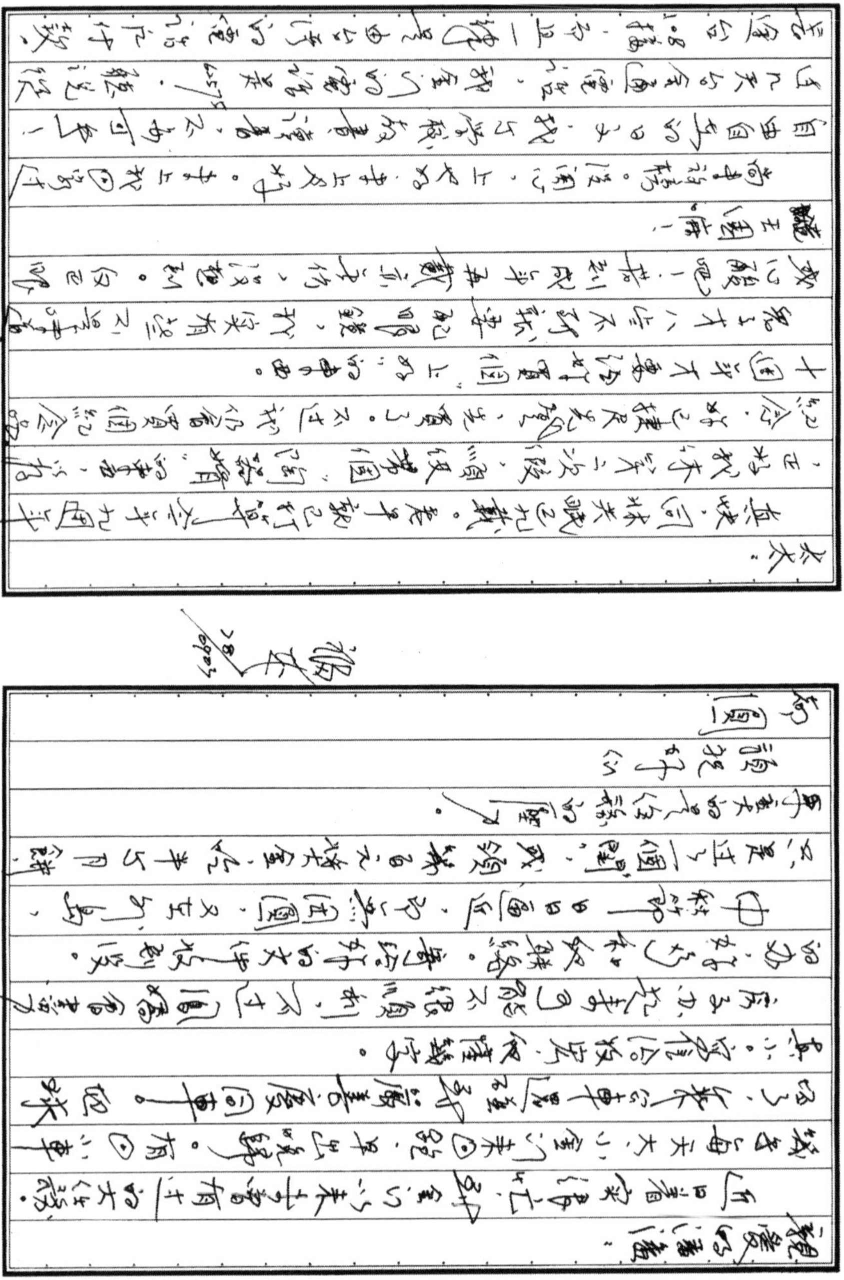

時間若不去想就過的好快，我回金門又兩個月了，再一個月可以休假了。所以我日常的日子，除了一些部隊公務外，就是看看書、運動、打羽球。很少泡，有時一些飯局，飲一些酒，不多。沒有台灣那麼嚴重，頂適合我的情調。

法玲好遠V.C書。所謂V.C、看不懂。看來好的英文有進步了。現今學的如何了：學東西要專心，不要五分鐘熱度。老公回家，好好要考視一下，替老公解悶。現在年紀一把才來學東西，許多地方力已不從心，我現在最大的願望：是把十年前丟掉的，未學的，統統拾回來。所以現在每日用功讀書，用整整十年來補十年的遺憾。不論念過的碩士或博士都吃很大的虧——底子不好（還好裡子有一點兒，尚可應付），裡子也是靠"硬碰硬"的工夫學來的。尤其英文，吃虧更大。我自修的那點英文，哄哄你可以，真要拿到研究所一比，直落到谷底去了。真叫人三聲無奈。

不幫你寫了。祝福你

加油進步萬歲

丈夫 敬上
78/6/6

潘潘：
從十月十二日凌晨凌時凌分開始，台金電話通了。我昨晚守在電話机房，直到24點，到現在寫信時，約有70個小時，那條接不進去。今天中午的電視新聞說，線路太少，打的人超过數萬倍，难怪接不進去。到目前為止，似乎規定金門打回台灣，台灣付款；台灣打去，金門付款。（即所謂對方付款制，妳可問（下電訊局便知）
對一般大眾言，電話只能從打回台灣方便，因其沒有自動電話。我房間（辦公室）則有一部自動電話，所以隨時可通電話，付过一陣子才能打通。妳由家中接，可先叫出108台，再叫他接62575（此即我办公室兼寢室的電話），若我出去會交待总机（即62575），妳留話給总机便可。

我很想念妳們一家大小，妳們太忙，而我太閒。我時間很多，整天可自己運用。妳們不僅忙，而且辛勞，要注意「睡眠不足摧人老」。潘潘，又，十一月轉眼又到了，我預把假排在11月10日—19日，此正好包含11.12兩天，及結婚九週年日。妳多安排。寄給妳的22000收到沒。
一切如意，寄一張剪報給妳，頗與我們目前的心境相合。

手安

鴻年 謹

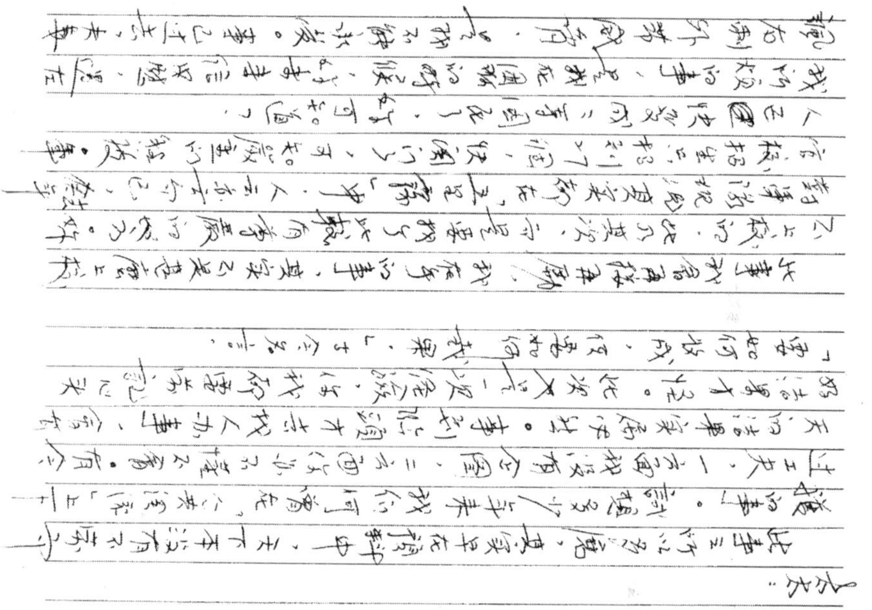

親愛的陶陶：

打了四天四夜的麻將，從中南部一路打[illegible]，只[illegible]書，真是[illegible]相思。

年來過了。今天已是大年初三。[illegible]不在身邊，就是只[illegible]的情意。[illegible]

[illegible]一家人的[illegible]。今天也是[illegible]

看[illegible]來玩，可惜我因以沒有[illegible]

[illegible]

不[illegible]，[illegible]

[illegible]。

[illegible]

[illegible]

[illegible]打回去。

[illegible]

[illegible]

[illegible]

[illegible]，不[illegible]。

[illegible]在一月中，[illegible]。

[illegible]

也好。　毅公

[illegible]

[illegible]

太太：

近日看報上報導，黑道染指股市，着實叫人担心，社會案件層出不窮，盜亦無道，已超出了歷朝歷代社會正常範圍之外。不知那裡是一塊乾淨的土地。妳們外出要小注意。晚上少乘計程車。

我們在股市中維持30萬元即可，或多不超過40萬元。不要把所有的蛋放在一個籃中，以防……。

近日常想，若沒考上雖不能在短期間回台，也有好處。考"原非我所願，換一條路走走。

43000寄出，收到沒？新年外出多注意，以免老公擔心妳們妻兒女。香腸真好吃，味道好，也有老婆的情濃，着實不一樣，味道很夠，就像最近兩三年以來我們"辦事"一樣，夠味道，漸入佳境。在現代社會裡，夫妻要找到"幸福"是難極了，芸芸眾夫妻，要兩口子都承認他們是幸福的，可能不算太多。對不？親愛的PAM PAM

就此擱筆．祝

平安—新年快樂

見到妳大哥、台華 台雄 台龍 玉美 問候他們好。
大嫂 弟媳 × × × ×

丈夫 金筆 7/21！

親愛的老婆：
是太太的精心計畫，加上愛心，是一塊石頭也是珍貴的，
藍寶石或瑪瑙玉皆可，當丈夫的都溫暖在心。
兩封賀卡我早已回了，包含台南、台中、及同學、
親戚等都寄出。只有妳叔叔未寄了(無地址)。
因此是美的，有愛就是美，所以妳一定愈來愈美，
因為妳處事處有愛心。但願愛是我們生長的泥土。若
妳要寄韻味，一定要包好多層，綑緊。
關於房子80万如何還：是一個"大算盤"，須好好算。
我先出一道算術：若分20年還，每月本息1万：
1年：12×10000＝120000
10年則＝1200000.
20年則＝2400000.

二十年要支付2400000，是有些花不來。
若只付利息，每月4000多些，對我們言，小意思。而80万
本又是小意思，玩股票歸玩，每年有錢還個20万
30万可也。
若每月付本息10000，也只是我們所得的1/5而已。
還是有多餘的錢支付其他(如玩股票，室內裝潢，
購買書畫東西等等)。
我的結論是：兩種皆可，對我們影響不大。

妳問上回的基金12.19元買，現值17元，擬著可得利100多……
元。如何？妳問我，我問誰？神仙未必知，妳利用機會
做一實驗吧！妳不適合短線－沒時間也。

夫妻貴在相知之信，如我，我是絕對相信妳的，所以錢
全權由妳料理。我大哥他們，是互不相信，這是
夫妻致命衰處。
再兩個星期過年了。

大家新年快樂
晚安

振成
79/0110

太太：

嗚嗚！想我不？尤其夜晚。有不少夫妻在"這"方面出了問題，
或不行的，我們似乎不錯，而且漸入佳境，對不。
眼見過年再十天，愈來愈忙，說要忙上十多天。軍人
的忙便是百姓的閒。

妳老哥升官了，我也正在金門，正想有些表示。寄一
打高梁到台南家中，半打給大哥。半打給爸媽，過年
宴客或送友人都很好。妳打個電話告訴他們，過年前若電
話好打我會撥個給岳母大人，說賀新年，並感謝他
們生個好兒女給我當太太。

今年了十四天，似乎好久，好久。奇怪！

（我常撥電話，給1/7撥通。）

平安

振成
79/0113

親愛的太太暨兒子女兒們：

想念大家，日以繼夜。

我的事仍積極進行中，每隔幾天我總用電話與虞兄研究一次，問題是可能有突破希望。至於其他外力的幫忙可能目前尚無法插手，除非到了最後關頭。若走到那一步，我再告訴妳，看蔣教授他們是否幫得上忙！目前尚不要「節外生枝」。一切進度都經過虞兄我們的仔細設計，而且有些人已再為此事奔走，若有必要，可能我親自回去一趟。

只能告訴妳：慢慢來吧！

都是去年「乙上」惹的禍，考績制度的黑暗在此。

謝謝老婆為老公添新衣，生活縱有不如意，兩件新衣裳至少表示一種夫妻之愛吧！

這兩天我又忙，好像有一週沒動筆寫信了。妳十八號回台南，想今已回台北了，估計慢慢的使她生活正常，不急。阿牧先今年能否拿到遙控飛機（或其他）獎，看自己了。祝大家平安

愛你們的丈夫、爸爸 手字 79.8.25.

親愛的濤濤

日子如果都不去想，其實是過的很快的。現在又八月中旬了，事實上，一年三個月，認識至今十多年，五子快登科。我們也將邁入不惑之年啦！

不過結婚十年來，我總是"南征北討，進外進出"，沒有在家待多少時間，說來社會對軍人是虧欠太多的（今天的聯合報檢討這問題），只叫軍人犧牲奉獻，其他的不改進，難怪爭取招不到學生，說來可悲，不說也罷！

回來至今都沒有打電話回家（台北、台中、台南三個家），不知道說大家可好。

聽說效宏會寫信了，讓他練習也好。以後信封由他自己寫。小孩須要鼓勵，我答應他這學期考第一名要買一架遙控車給他，妳須

給他提醒，小孩易忘。只給第一名，又恐期望太高，不易達到，徒生挫折感，所以修訂為前三名都有獎，大事小事之別而已。由妳告訴他。

最近三四個月來，為了那件事一顆心七上八下不安，難以靜不下來，加上公務也煩人，荒廢了不少學業。我會慢慢的把心平靜下來，看些專業書。如果事不成，只有設法辦理退伍一途，我已考慮了很久，「拍」乃下策。當然，有關細節尚未告訴你。先有個準備好了。

祝

平安

夫 強成字
79/08/15 太武山

親愛的太太：

屬於年青人的信紙，添幾分清香味，咱們老夫老妻用一用，或許在月前這些難過的日子會添增一些情調。

近來工作也忙，到今天才給妳劃撥出2500元出去。

最近幾年來，我們愈覺存在妳我之間的幸福感，這個感覺是目前社會中為數不少的夫妻所欠缺的。相信此種幸福感，不是單單指有錢、有房子幾棟、有升官、或娘家夫家有甚麼大不了的社會地位……而已，更是僅指性生活如何如何！而是各種都有，我們長期的努力、辛苦、体諒、忍耐……都有。

十年夫妻，已知你說，十二萬分的不願意，聚少離多，但願從此次之後，成全一對佳人吧！

齊同學是我小時候同伴（大約國小三年級），那時我住他家，老爸老媽的結婚，他也是政戰21期的，與我同學。

才過了暑假，妳又得忙，妳身体原本不好，是運動又少，著我在家還可帶着一家老小去動動，現在得你們自己抽空運動了。外島天氣很熱，但不悶，我每星期至少四次跑五千公尺，有時心情好與同事更跑上一萬公尺—即十公里也。以此我常互家，一定常着大家跑步、爬山、打球、打乒乓球、游泳等。運動正如讀書，不可中止。

近來收到你的信較少，對心情很有調劑作用，夫妻嘛！總心心相印的，也是心心相繫，彼此相愛，目前我們的幸福感是許多抱獨身主義的人體會不出來的。可見人類社會仍是以婚姻生活為正常，反之則反常。

近來有空還是讀讀書，現實環境雖諸多不便，但書中卻有理想天地，可以忘憂。難怪古人曰：「書中自有顏如玉，書中自有黃金屋」，俗人雖為黃金美玉，但也能解為一種完美理想。說

夜安

就像坐在客廳以上一樣美的夜晚

福來
79.8.8.

愛妻：

如夢一般，已是十幾年頭。

我們經過多少相互的体諒，才有這麼好的愛果。

我們也見過多少同床異夢的怨偶，才覺要更珍重我們的愛。

畢竟，人生沒有不勞而獲的，包含愛情在內。

虞吳兄常聊，雖我常用筆用電話聯絡，你也很努力，背着比我們更重的壓力。洪玲姊更是從旁協助加油，她又很關心孩子與陳哥哥的前途，所以我們盡力「吹」她們。

夜深了，你在地板上，抱着翔雲、霞雨，睡着，完全忘我，愉快極了。

翔東
79.8.11.

自動電話很难打，只好寫信给妳。妳向妈妈报告一下，我也有两星期多没有打TC给他们，老人身体不好，两三天打一通電话安慰安慰，对老家言便是最大精神粮食，不必花費一定如何！两句好聽的話便足以使人很高兴。知道不！“爸爸的心肝宝贝”。

泰國之行是否如常，若要去，特别注意交通安全，飲食生活衛生，須知泰國的經濟已比價精美，而AIDS近年又成長了二十倍，該國的經濟水平又比台湾低了很多。所以去那裡千万注意衛生與安全，最好隨团，不要私自亂跑。把家安頓好，便好好去玩。我大約八月初（1—15日之间）休假。我也

祝

達喻快乐

老公 的信
19/07/05

濬濬：

我四天以前離開小金门，到大金门的單位报到。上週又被颱風蹂躪了一个礼拜，所有交通、電訊都中断。我来到了大金，才叫廣義輝通知你，他共我联络方便，一分鐘不到就可打通，你要找我可以叫他来転。

“爸爸的心肝宝贝”近来可好，不知“老三”是否去檢查過，若要拿掉最好請假休養數天，若做正好休養。千万不可劳累，妳身体本來不好，太操勞又要生病。

不當主官了真好，但主官加給（4000元）没了，還好七月调薪13%，也和原来差不多。

“我的事”尚在努力中，近一个月来為使事情順利些，親自拜訪多位負责的人，难怪廣義輝说他努力了半年才事成。其中關係微妙，因此又难免“吃飯喝酒”，看来这月開銷能寄给妳要少掉許多了。

親愛的太太：

走的時候妳正睡的深甜，不忍叫醒妳，一個人走了，夜深人靜。昨天我才明了屬于我的事，東西尚未出手，也還了麼看。由你去安排吧！升官發財對我而言如身外之物，如九霄之雲。只是我不想辜負一些自己沒興趣、無意義、又不合自己所長的事，到如今，只有聽其自然，強求不得，我也會利用時間讀讀書，或許有一天真能如好努力讀書、教學，做自己想做的事，不要去求人，不要送，不要去請……能是多麼快樂的事。

八月五日至此。

今天找到了一些「貴人」，對事情又有70%的成功率。原想寄三萬給妳，碰到了貴人，又給花了一些，只好寄25000給妳。八月七日。

平安

福成

8.7

太太：

在失意的時候，看了太太充滿鼓勵窩心的信，頓時精神也稍好些。其實我對人生一向開朗，雖出自寒微，卻不能因而垂頭喪氣。這是我在小時候便已練就出，有些只是閒聊，但有同感。

只是，有些事實放不下，畢竟凡胎俗子如我，是極難擺脫紅塵之外的。例如，同學們有的上去了，而不能上去的再過二十年也都「解甲歸田」了。論「我求」任了，人算不如天算。例如老婆孩子去一邊，我卻一再四處流浪，人欲靜而時不我也。再如，媽一生病，家人連通知都找不到人，長久累月，媽媽有事都是兄妹代勞，實在是一種虧欠。正如妳母親生病了，妳可以立即回去稍盡人子之道，而我只能在遠方著急。凡此，均放心不下也。給妳吐吐心聲，希不覺得煩吧！

在現在的幕僚崗位上，還是盡力做好份內的事，有空看看書。但願不要在十一月休假時又[illegible]了。

祝

平安

[illegible]
79.8.6

今天發薪，（明天）給妳寄3000元，收到來信。

太太：

這是回答妳八月二十三日那封信中所提的一些問題，妳提了不少現實訓我一頓，現在換我講些道理給妳聽，希望妳也有耐性看，並且又靜心想想。

收後妳那封信，心中真是不平，也很生氣，我整整停了兩週時間，使心情平常才寫信給妳。

妳寫到「若妳真的要退我想我會過我的生活方式。」我不知此話真意何在？太具有威脅性了，此種說話口氣豈是身為妻子的人所該說！也是對婚姻的一種傷害。

其實「退伍」目前只在討論階段，我身處環境，妳究竟全不知（請問妳對目前部隊特性、環境、限制、制度……知道多少？）就要為我下結論。

我退伍的真正「動機」何在？妳知道否？相信妳也（100%）不知道，又如何為我下結論。「拼」當然是要拼一拼，妳怎知我沒拼？拼的代價多大，拼的希望多大，最清楚的是我自己。妳知道甚麼？再說「動機」，雖然隱難，但可以簡單歸納下列數項：

(一)家對妳的壓力很大，颳風下雨就念妳們安全。

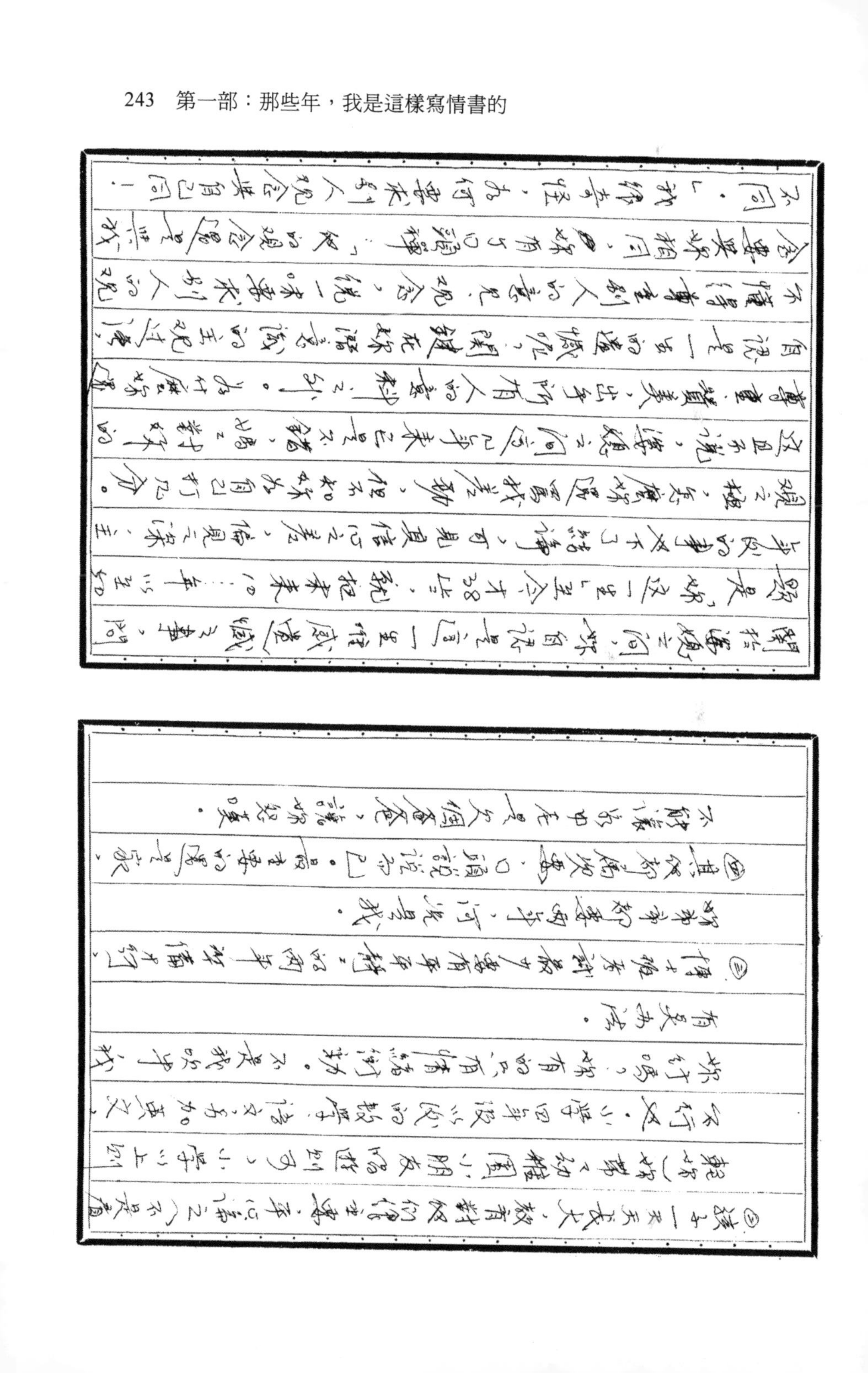

妳又說：「你有今天，別忘了是誰給妳的，不是父母，是國家……」以你的家庭狀況，若當年國家不養你，你有今天嗎？真是一派胡言，無知加偏見。一個人有怎樣的明天是許多因素的結果，我父母幾十年教養不算嗎？及今天太太守着家十年的辛苦也不算嗎？我兄妹為我犧牲照料老母也沒有功勞嗎？甚至小兒小女的可愛，增加爸爸的工作信心也有作用。這些因素都不算，則妳的十年辛苦算甚麼！意義何在？恐怕妳要自問為何自己如此矛盾了。再者，國家教養我是17歲開始，此時一個人是怎樣的已經定型了，你對自己的「品質

這世界上去那裡找個觀念完全相同的兩人，父子，母女，夫妻，兄弟，妳若找到我下月薪水一毛不動，全數奉妳。我和劉虞二人觀念上尚且有很大差異，二人亦有不同，但我們一定做到尊重對方不同的意見。人與人之間只有尊重對方不同的意見和觀念，感情才能長久，這是民主生活的鐵律。媽媽活到今年快七十，她當然有她不同的觀念，怎可能有大幅度改變，妳和妳媽是完全在觀念上沒有差異嗎？

很有信心，初中時全校有一半太保太妹，我卻能獨善其身，不受污染。該有、部隊待我如何？我很清楚妳未嘗過一天兵，住過幾天營房？知道甚麼？卻為我下了此種結論。妳罵我忘本，我呢？父母教養之恩一筆推翻。我媽雖不識字，人品也不是樣，但她帶的三個小孩都勤勞、節儉、老實做人，努力工作，妳能否認嗎？

來了，有要說幾件事：

(一)、退不退，我會很理智，現在研究，不是很單純的。

(二)、前途與[illegible]，說話要合乎情理。請問四書何去了！

(三)、妳信中所說的任何意見，我都尊重，但也希望妳尊重其他人不同的意見。

(四)虞可能已經無法突破那個困境了，現在我還用自己的關係試試看。

佳文的大丈夫

79/09/04.

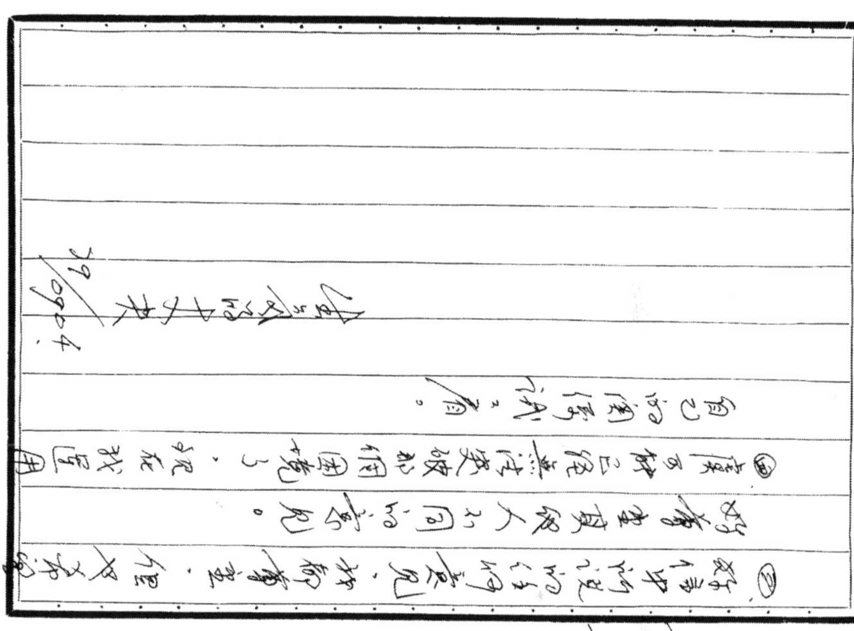

第二部
那些年，她是這樣寫情書的

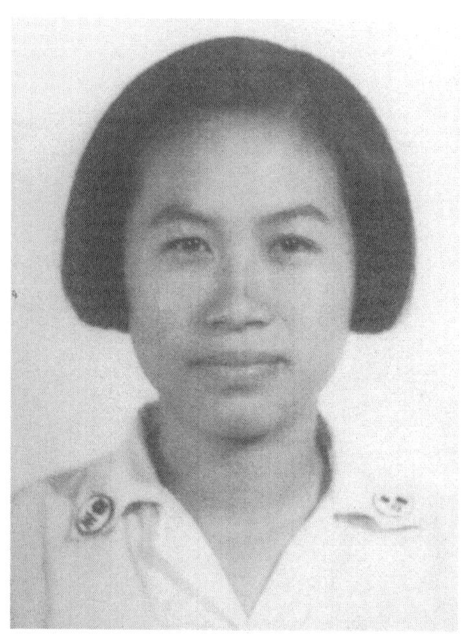

福成：

自從的情緒一直是處於低潮的。一個死結總是打不開，牛角尖是越鑽越尖。我的確害怕自己。

幼稚園今年暑假很可能因成功新村改建停辦。心中雖有一些惆悵，6年來的感情實有難捨之情，但心中卻也很盼望它能停辦，給一些建設費，正好自己也很厭倦幼稚園的生活，想休息一陣子，10年的工作經驗，我有些煩。幼稚園的工作很容易做，但這一年來更讓我不喜歡，因為我已不習慣在孩子們面前天真可愛的又蹦又跳，自己感覺自己像舞台上的小丑，另孩子們發笑，我的生活是比較刻板嚴肅，教跳舞、幼稚園以遊戲為目的的教學，其實的這份差判，看了很不想看，還有一項招生訪問，很懶得和人聯絡應酬，所以我覺得該停止如此生活。這些事情你並不能助我，也無能為力，有些事情在婚前了結遠些，以免將來的痛苦。我在成功有一日混一日的感覺。上星期去教師考試幼教教學，正遇到家政同學，她也和我有同感。年青人不太適合在這種環境呆太久，自己又不是永遠停留在幼稚的階段。所以也需有個往上爬。但大多數的同事都是家庭主婦，她們的目標是先生、孩子，她們過得比較快樂些。

我每天的生活都規則，早上6:00床看書至7:40分，當晚上太晚睡早上就起晚了。早上沒課在辦公室改完本子就看以基本教材，這種比較不需用心，別人吵不到我。6冊中已看完四冊，英文背讀冊，心理學自己本就很有興趣，教育學卻是讓我頭痛的科目，尤其在當國家編的教材，很多詞句都是全白話，又有一些抽象名詞，讀得令人很煩。其它都還好，英文我很喜歡它，它是年數，甚至連才？人都還看不懂，心血總是沒白費。一分耕耘一分收穫。你曾告訴這些事慢慢來，從實踐畢業來二年我比較有時間去真正的看書，因為報考是為了考試而讀書，只要Pass即可。很希望沒有荒廢我的學業，但願有一天能達成我的願望和理想。

訂了婚還如自己一個人，不過很好的是心不如意時，有人可以讓我想一想。但我們的決定可能是「錯」，不然是有些厚臉，是「我」不怪你。

在訂婚後讓我去接受兩項事情，一項是由你告訴我的，一項是鳳嬌姐告訴的，但都讓我痛苦很多時日。並不是想和故意要捉你，從沒有此想法，我的脾氣很壞，但是為你了好些，放在心中自己一個人越想越糟。這些也想讓自己大量些，總不能一直對你暗着福成不諒解我吧！我的生活很好，自己會去尋找人生的樂趣，勿念，附上6張旅行之照片，給了大伴兒欣賞。總之：這回玩得很開心，一直時代需要如此的開放自我。

福成如此遠，多保重，今天收到你二封信，也失望，也安下心，不然這書時一直想着你回來後，看你的情緒也不怎樣。太久沒回台了，家還是溫暖的。我很想念你。讓人伴把你的生日忘了，實在迷糊，謝謝你還提醒我明天的生日，已28年案了，差些忘記了。我的腦筋現最集中的就是考試，但每天也不忘想你片刻。睡前都會。

上封信曾寫了一句祝你快樂無比，和你有共同的想法。

福成你再想一想，你娶了潘潘真會一生幸福嗎！我賺的錢少，也很可能以後總不想做事，自己也在想我自己將往在那；以前的朋友也幫我找了幾份國內工作今年暑假，但自己是真想不做，這就是被金錢引誘的后遺，也聽了同學們的婚姻，金錢在家庭中的地位不小。我不很拜金，但怕被錢控制我。

不是對妹妹有怨言，實在女孩子在家中每天就会要計劃，尤其是收入不很多的家，在我本身的家就是一個例子，爸不辭辛苦地用勞力去賺它，我們做兒女的負担重且有些也很痛苦。(年老的爸媽應該是可依享福的日子)但我們家卻不行，人口最多。福成，真的我很怕我的家又是如此。不寫了，老是替未來担憂煩人。结了婚你都不在家，祇有我一个人，還不是和沒结婚一樣。

我的字大都是潦草，多謝你的来信，你很辛苦一直看潘潘的語句字。因我字越不用心。

我說你煩惱的事也真不少，都要你看後也別放心上，一忘便完也就沒事了，要不要(回)你在外面不能接我的煩惱。你有煩惱我也接受。當然喜喜快樂的事較好。我們雖然已之交之寫信很是詳不达意，有時看了還会搞不會錯意，這一次的假期祢只延至何時，很討厭。

明天下午去教學，今天心情特別的煩躁不安。很信筆寫寫，我是一起大覺了。

您自保重，安心你的工作，姊夫很関心我們。别老是想潘潘的話。寄之的你剃被眼吃的(書)所用樂了。祝你永遠幸福快樂。

P.S. 台南家很好，我也曾旅遊回給媽之看，媽很記得你，自己一直還是最煩心的一位，福成，自己想哭，但你說的不能哭。(因煩) 有空多寫信回家(台中)，也記很想念你。我的身体安康。

潘潘
5.2 8:10晚

寧静年如何苦，你祝的春風助我心如此多。

但分下一歩(例)。你不煩我都快大爆炸。

看了相片你放心我很好。

相片都給你了，代我收藏起，這几張都是我最喜之愛的。

我不想失去你，你已是我生活中的目標。彼此互愛，互助。但並不是我好不工作才如此說，日夜累積的，对你实在不能要求太多，還推到互信福成：多保重。

讚頌
玫瑰的美麗，
燭火的溫暖，
讓整個心靈充滿喜悅，
鼓舞著向上的希望。

此時的Pan Pan就如翻句的影像，不過我是科學進步些玫瑰的美丽，燈火的溫暖。謝謝你，能做你的妻子生活很有情趣。拙筆寫不出我心裏的暖意，我想您能体會出Pan Pan的。

Pan Pan的確很迷糊，根本忘了今天是生日，自己從高年級一直在外工作，也忘了生日，你送的兩次礼物我都很愛，花是Pan最愛的，生命在它的裏面。

我的寢室曾在四年級插花課時有花，现在花具都帶回去，插花帶花費很多，幸好成功學得多些美。正可節省下来。家中有花很舒服，氣氛也相當好。

今天自己很驚訝，替我帶来礼物的是一位年青的boy，自己正好洗完頭在太陽下曬曬，照照鏡子，穿得比較隨便些，又剛整理完寢室，有些不好看（我覺的），抬起頭突然看見一位boy進来，想躲已来不及，祇好問他？事他說要找潘小姐，沒聽過人如此稱我，常聽到我們的園長被人稱潘小姐（我不喜欢她）所以有些愛理不理的說她不在，但這位男士還比我更堅決，不在也要收下，看到如此美的花实在愛，就把它收下，趕緊放入盒中保存，有一件很漂亮的卡，寫了Pan Pan，也聽那个男孩講了一句Pan Pan生日礼物，我還沒想到就是我，進到寢室一面說一面哭跟陳毅輝講我們潘園長是老来俏，有人稱她洋妾，因她有一位國外的朋友常寄信来。更沒想到是我，到是陳毅輝自在快，叫我把那束花拿給她看，她罵我迷糊蛋，Pan Pan是暱称，怎麼会有Pan Pan兩个字再仔细的看到福成賀潘潘生日快樂，我很幸福，你如此的疼愛我。我忘了我的生日，直覺上对園長潘的排斥性特别大。有如此的錯覺。不過我親手接到此束玫瑰，那時就有种親切感，很喜欢它，差一點我就要打电话给園長潘叫她来拿花，因待星期一我就没如此意義了。陳毅輝笑我才是老来俏。今天下午很興奮，由於你的爱心。從上班到下午回寢室洗澡寫信，整個人還是很累，今沒太time睡午覺。

但今天是快樂的一天，雖然你不在我身旁。今早還打了霍亂預防針。台北今天氣溫相當高，我也穿短袖在寫信。從旅行(11/20)回來台北一直是雨天。討厭雨，如你說的，真冷。

我送媽媽1000元，因媽媽每回都塞錢給我。衣料、東西我平時都買給她，所以要這些錢隨她欲望去用它。台中的四姨，我買了一塊布料，一條大衣的價錢，(上回回家覺得媽媽冬天的衣服不夠好且快用完了)，後寄香港伸舅也寄回去，我想心意不在於錢多少。你在家祖母不方便就不要弄得很麻煩，等待回台時回家再買一些媽喜歡的東西。至嬸嬸，阿姨嬸嬸，去年送他們錢了，今年預送一隻亮光口紅和絲襪，每人約200多左右。我的存摺又是空的，不過我不在意，年青就是本錢。台北最近很節省，本月他又存2000元，很奇怪手頭緊緊就手緊形容。我的存款簿都是弟弟的錢了。他的MKK我多他還兼家教。

祝福你安心在高登，雖然我們離得遠但心連心都是更重要的，也是好讀讀，可以好好K些書，準備赴戰場。總計等著我去去我有M就寫寄過去，別亂想，時間很快就過去的。

我的工作，你不用操心，往也是8、9月的事，所以不用煩惱，我自己和後她也負擔，就是想提早跟你說，本來預備當面和你談，等春，Vacation。

在此很好，除了讀書，吃飯，睡覺，琴很少練，星期六彈一下而已，魚與熊掌不可兼得。我選擇了Reading book。看了你的信，你們手文才我爭可奈何！但潘潘並不是像玫瑰有刺，又是說你了，Pan Pan該就寂，寫情書，很花時間，這也是我少寫信的原因之一，但對你感情，是不很薄的。晚安，親親吻在你的唇上，潘潘想送去陪著你和Pan Pan……　祝我們

幸福快樂

Pan Pan
11:00夜

P.S. 昨天寄了三張我的照片，不知你喜歡，替Pan Pan我拿起來看看。生日卡放在我的床前，喜愛它。(他)這一些小卡片由你設計存之題詞，同事送我很多，你的生日我忘了，昨下午在同學家彈了甜蜜蜜，做為送給你的禮物。是不是2月16日，農曆還是國曆？請更正，我對的情趣

福成：想念你

我老说自己的压力很多，所以常常頭痛，总是身体不好。最近自己胃口好，氣色也好，唯精神之中说会痛，那是很多因素所構成的。台北的生活步調高，自己就会很机械化的努力跟上時代，在自己能力有限時，常去说心余力不足。所以要一一從想办法如何稳定情绪，專心一致的工作着。

下課後去買了一份公務員履歷表，填好明拿去妈媽家，星期一王叔叔託朋友。不論成敗，有机會就嘗試。私立幼稚園自己不太喜欢呆，因为過份的商業化。成功算是很难考的学校。这是成功考後我可走的一條路。另一條路繼續考教育学院。今天上課心中一直盤旋此问題，考與不考。有一則故事在前天講給孩子们聽的「守株待兔」，你還记得吗，有一位農夫本是很勤劳的耕种着，有天却因獲得一隻野兔就荒蕪了他的田地，天天等待着再来的野兔。这个故事让我有所啓示，所以在還沒有肯定的工作，我是不能放棄机会考試，以免遺憾。做事也是不能三心二意的，自己會有此种坏毛病的。因此为了勝过自己，所以還是尽能力去参加考試。但我一定得把得失看淡些，不然我會很洩氣，更有些害怕失敗。去年考試成績距離標準分數有一些距離，但却沒打消过念頭。又想之分析我倆的情形之後，想到你和我们的家，所以毅然的放棄。这次考試也是在为自己將来能找一个固定的工作共同努力家。我的個性太好强。台華弟也分析給我聽，他也鼓勵我要有始有終。福成你说是嗎。你幫我想想看。願意接受你的想法。

中午睡午覺起来，突然有种什麼都沒有的感覺。很可怕的空虛。此時心情之中的痛苦切齒，不知所措。讀書为着考試給我的压力很大。这是心中的真心话。應該让你去讀更多的書，更好的前程，當當有些吃力了。

在这里很好，吃的用的，同事们也都好，很单纯。書看累了我会去彈彈琴消遣一下。你安心的在外工作，保重自己。多寫信給我，不能因我懒你也偷懒，男生都該積極些。同事有位先生是你们陸官華文去哈佛江，現在國外讀特殊教育，一星期有七封信，似乎更勤快，他太太也以我勤快，我倆都該積極些，多提筆。陸官的外華已慢慢提高。就如你说，不能盡用武力来服人了。文武双全才是教育的目标。

福成：

晚上自己坐在琴椅上，突然有種感慨，二年的荒廢原因，其一是為了讀書，其二是自己沒
琴，所以放棄了。最浪費集中心力的就是練琴，和唸英文時。英文小時就喜歡，祇因那時很
多沒念好，幸好還沒晚了。現在可以在課文中去了解形式、結構，不過在關係代名詞、形容詞子句、
副詞子句、名詞子句不太了解。有机会你可以當我的老師。

很多人對結婚的定論即是進入了終站，我希望自己婚後的日子還如婚前一樣，能作一些
喜歡的事、琴、書。我想這就要善用時間。今晚練完琴就看看皇冠，有篇三毛的拾荒夢，蠻有
意思的，小時的志願，三毛寫說要做個撿破爛的，結果被她的老師作文的老師，卻狠狠罰站一
頓，一而再，寫了三回。我小時志願，將來要做一位老師。沒想到實現了些。

最近电影院又上演了一些重播的电影，戰爭與和平、齊瓦哥医生。這些明還未看過电影，明天
可能捨去看齊瓦哥医生，自己在猶疑。

自己發現讀書不能了解情節時…所以並不反對你畫畫，有興趣不妨試試大膽。但這樣是調
劑生活，所以正經的書還是不可缺。心中目前有了概念，慢慢地要集中在資中外史地。自己大部份
都還給老師。

在中央副刊看到國語教學活動。其中就以剪貼為主體，讓兒童去收集資料，自然的
科學的……等。很活的教學。這些作法都喜歡。這是一所小學所做的實驗，你看了否。又是11:10
眼睛也瞇瞇的。晚安，明天見。5.21。

今天收到了三封信，五月份我收的信很少，今已22號共收8封信，心情頗煩燥。得知
你去測驗，平安，心才放下來。好好的接受考試的挑戰，別胡思亂想，既使延假期，不是也剩下短
少的日子就可回來，專心的工作。晚上同事們又跟上次那一群男生去看电影，他們程度都不錯，人也可以，
不過我沒參加，訂了婚，心中比較踏實些，不太需要再認識男孩子。普通朋友可以。其實男女的
交往並不一定就是將來的夫妻。讀書時的生活較多到會跟男生們認識，這一年最難熬的是未跟男生
同學（在大學裏）。青年有時沒意思。

中央日報今刊載教育学院已開始索取簡章、報名表，我已請女師的同事幫我多買一份。不過
自己還是準備上考場，不論失敗，想試試我進步了否。在目前考試制度還是唯一的辦法。還很方便。就
程度高還是高分。7月20、21考試（星期日、一）。報名是用郵寄往教育学院。月底以前去照三寸相片，報名日期
是考試要住旅舍，我一个人不敢。（這一点讓我憂愁）。
是6月9-14日，辦理時間還充分。這2个月的時間要拼一下。

王叔叔已把我履歷見送往中山科技院辦的幼稚園，薪水很好。但交通不便。祇要有空缺一定
會成，就怕沒空缺。成功並不是不喜歡它，它的環境很美、很靜，唯我的上司是位很「菜」
到極點的人，在論語中說這种人沒有羞恥之心……等一大堆的臭名。不是我覺得，大概好如
此，祇會拿錢，学校像一盤散沙。目前我不会離開，要離開也是70年的下学期。你可
能把我信看錯了。成功敦建也是在暑假以後的事。所以你不用擔心了。吉人自有天相。

你還好吧，看你這三封信，沒情調可言。但喜歡卻很嚇了一跳。我們為什麼事，有情人
終成眷屬的那種人值得祝賀。說起來你那兩位同學的妻子程度都相當好。而我呢，會自嘆
不如論工作、學歷等，你是否需要詳加考慮。

學校几位男士伯伯，最近都生病，年紀大了。他們去探訪看病，工作互相幫忙，心中很感慨，人不能獨處社會，必定是以互助為原則。

十年的工作經驗，尤其在成功，更覺得人情味的淡薄。那是我的上司所培養出來的。在台北容易造成冷漠。我多年的獨立生活，祇有自己保護自己，所以更加小心，那就有些是自掃門前，不管他人瓦上霜了。所以同事我還是和以前的個性。同事就很少能得我到愛的。

你出門那麼遠，想念你時，祇有腦中想想甜蜜的我們，你的眼神……等，其它想多一些都「無法度」，兩地相思真苦。潘潘祝你福氣的健康、平安。有時間多提筆報平安。我很好。祇是會週期性想你而生的煩惱，手像筆頭就煩躁，再四天我們就整整5個月沒見了。好苦的日子，別盼望和等待，希望大失望大，或奇蹟出現，能接到你的我到你的T.L.。廿2日明信片才接一封，太偷懶了。我那麼忙都寫，你比我輕鬆。

祝你考試理想，統計學書本我已沒錢買。這個月祇剩700元至15日領薪，還要報名費照相等。訂婚錢是自己的，所以郵局本錢已是空了。真不好意思，不是不關心你。你現在在看些何書，很關心，來信說說。畫還在畫嗎，新詩、散文、英文翻譯，你的工作可真不少，那樣是你最喜愛的。今天很有靈感跟你寫信，窗外又是一片雨聲，這就是台北的典型氣候。

潘潘很感謝上帝把你安排在我的周遭，若是還是我一個人真不知怎想。你給我很多的照顧和磨練，我喜歡你，但不知包括了缺點，全部成一些。你知道嗎，我也會吃你的醋，就找麻煩事，努力練一下嘛，給我親愛的鄉下人，也都OK，該看之書準備一下。good — by

祝我倆

永遠快樂幸福

P.S 你要15天以後才能看到我的信嗎，因你的考試。真累。人本來就要考考試才會上進。

我喜歡Pan Pan這兩個字。又親密又可愛。我感覺比你年青。我喜歡比我成熟的男人。我忘記了那件假沒婚約，你講清楚看。

給親愛的鄉下人

Pan Pan

5.22 下 3.5

聰成：

人的情緒實在難懂，今天心情一直很好很快樂，和小天使、跟孩子們玩得很開心。他們幫我擦小樹很漂亮，跟他們在一起自己又回到兒時的回憶，想起那時候個小故事，臉上一抹紅的笑。今天是教師節的女老師。我不太會用很生動的文字來一一描述，就如大人，很難說我難忘的生日，若是要以上那就不同說了，自己沒有沒關係，待手就好了。有好吃的都給他。不過他口福好。我記得一本書上說要同生活的先生，我也應該讓讓他好些。

大約兩星期可以回家，向媽媽問安。聽媽媽的話有些很快樂。但媽媽由於過去多年奔波太辛苦，所得來的[illegible]，媽媽一[illegible]受天氣的影響就風濕行動不太方便，真叫我們難過。但願媽媽又能恢復如以往，媽又帶大了我們三個小孩，媽媽辛苦的程度很可憐。其實在家就可以幫忙大人的事情。說起來自己也很慚愧，[illegible]

[illegible]

[illegible]

[illegible]。

[illegible]

[illegible]

福成：

「過渡時期」，我也弄不清楚為什麼。從訂婚至今情緒一直不好，經常鬧頭痛，書本更是不用談，對於很多事也是懶散，健康也沒有情緒，一日復一日，很沒意思，對於感情，也一直未好。也許身体也有關係，總之是無精打彩。

年齡似乎真是不饒人，家中的潘潘，氣色不佳，有一种說不出的苦之感。看得自己都很心酸。一切都還是一事無成。很想學歌，鼓勵你，卻做不到。身体的不适，影响了情緒。潘潘的身体不算好，容易傷風，抵抗力弱，一受寒就不容易好。自己是很保重的。你放心。

腦中常縈繞著一些事，就如蜘蛛網。

明早需去照像，要北上了。希望潘潘能像以前早起用功。自己很不喜歡睡懶覺。因一天的精神就不好。18日的假期很快的渡过。每回到家中就不想回去。家太舒适了。不想吃，又安全。

祝你平安快樂。

海產中的蝦等，我去吃。很好吃。也一定讓你破費很多。酒叔叔已拿了，他很高興。爸也高興。我這樣做，以贏得分，且叔叔又是滴酒不沾的。

你假日回來，若沒錢也就不用帶酒回來。若有剩餘的錢，買的時候不要如這回爸買得的，用箱裝就行。帶來的麻煩，能省的就省，不要背得如此重。多保重，潘潘會照顧自己。自己該學做軍人的妻子如何做。有些不懂的，你也一定要保護潘潘 祝 好

不如以前信中的潘潘。如今還有什麼。就是煩事很煩如此。我很痛苦。對你，潘潘抱歉。

在大姐這裏聽見鳥鳴啾啾，看見樹舍，農田，很靜，能於心清靜。這兒是好地方。我們二人，一人一間各看書，很舒服。

潘潘 5.17 早 8:20

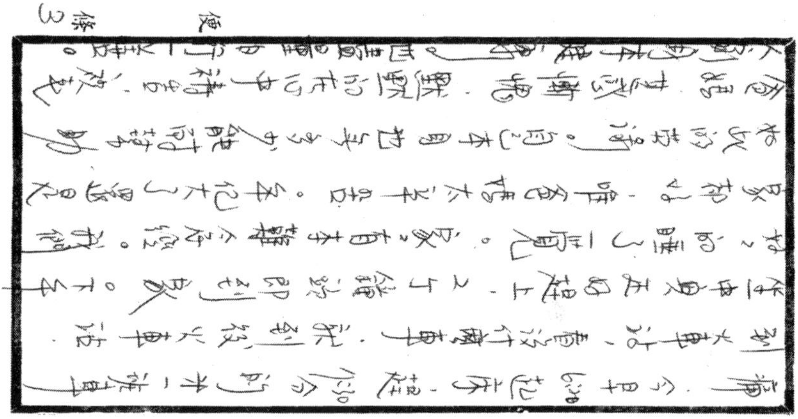

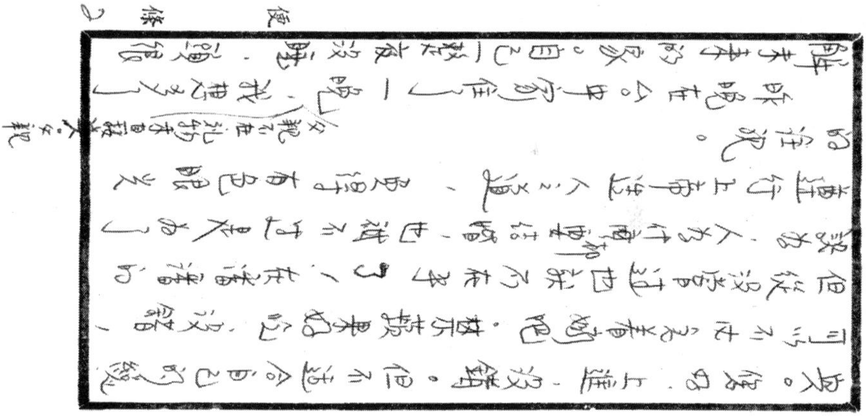

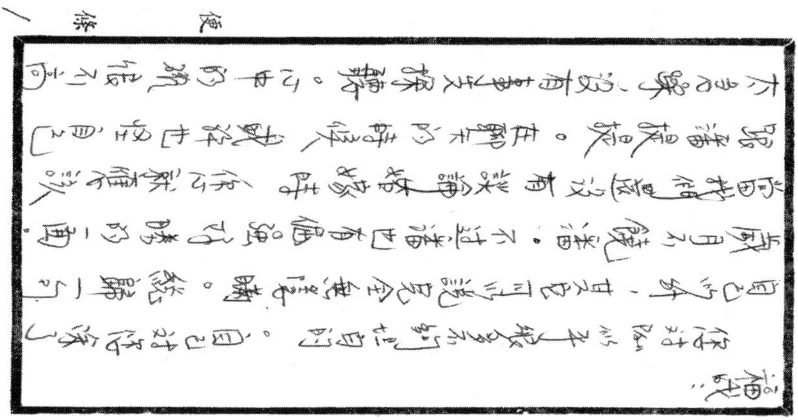

3 便條

2 便條

1 便條

總算在返北前看到雨了，很大雨，坐3:46分的火車，雨下午該停吧！你喜歡淋雨，潘潘則怕淋雨，會生病，男生就是不太好，不過也不要故意去淋，雖然是詩意。坐在窗前凝視著院中的景緻，是有些捨不得離開家了。

爸爸工作忙，晚上也都加班，你的信由我們代回好，可以吧，放心，爸媽都喜歡你，因你是好孩子，將來又是潘的好丈夫，羞！羞！羞！

媽給潘潘帶了一盒的滷菜，真好吃，這回回家都媽媽給我錢，車票也是，真不好意思，自己手頭緊了些，結婚都真要錢，沒錢似乎真的不能結婚。你覺得呢？你說潘不要被物質所蒙蔽，不過你不否認處處都要用錢吧！在我目前的看法，麵包，愛情都同等重要。但那分之財，是不要的。該收拾，準備吃飯，北上了。坐到雨停了，真開心，18日的假期很滿意，稍盡一些女兒之責。

臘味真好吃嗎！衣服真暖嗎！牛肉乾真有味嗎！你比潘還享服！嫉妒！嫉妒！

快樂平安前途與我們同在，

台北見

女人真是晴時多雲偶陣雨，真難侍候！唉！男人真可憐啊！

你珍愛的

玉鳳 2.17.11:45早

基礎統計學，信在回家前一天晚才收到無法幫你買，潘又懶得出門再買，不然就等你回來，一起去逛書局。

戎：

今天書本都沒摸，真糟，窮忙了一天，我也不知做了些啥事，這几天都近一点睡，早上爬不起來，所以今後要練習早睡，明天早起看看書，還是早起比較好，順便做做運動，的確自己不太有曲線美。

晚上去逛夜市，買了一双日久想念的皮鞋，這回最節省我買的了，以前的皮鞋都是皮的，想想跟流行一下，很好看，也很久沒如此輕鬆欣賞自己。一个晚上整理衣服，吃個飯，好快哦！

心中有了你，的確不一樣，快樂的似乎多些，每天都好要，充實，工作累了，就想一想你，書看累了，睡覺前也是想你……你想剛剛嗎。

最近華高中同學買一部二手的鋼琴，看自己想賺些外快，可能會去教她的兩個女兒，對自己生疏的琴藝，卻很担心，每天要擠一時練琴，覺得遺憾。我的興趣還是在教育，所以彰化教育學院是今後繼續有志竟成。你說是嗎，

自己還有很多話不想跟你說，我的責任心很重，我希望你的前好，也希望我的前能好，更希望我們未來的前好，趁自己還年青時，努力吃苦些，我想讀書教年也不像之年前那樣了，心不夠單純，目前最需要一顆寧而靜的心。

我們的喜糖還有兩批同學未拿，所以最近比較忙些。接受同學的道賀，說不出的甜蜜。

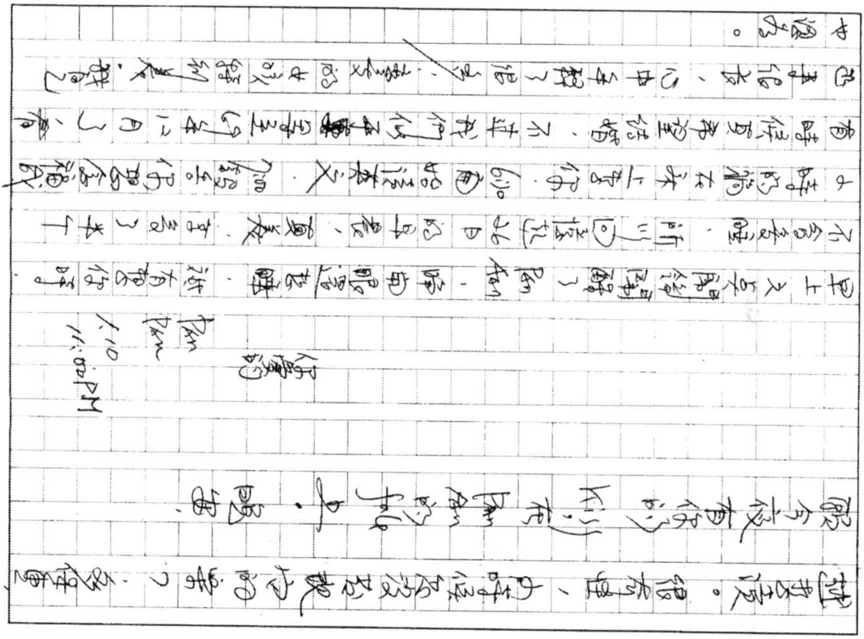

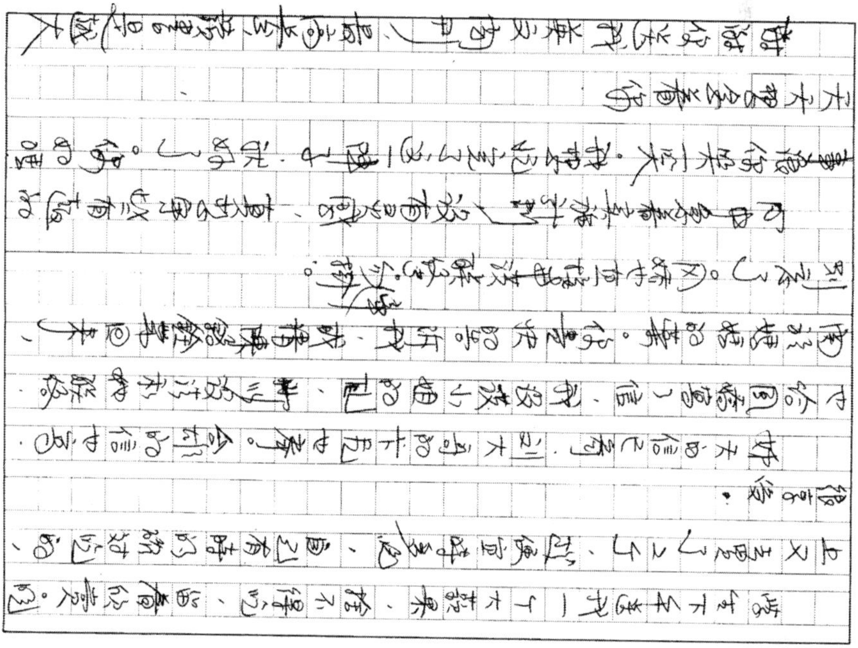

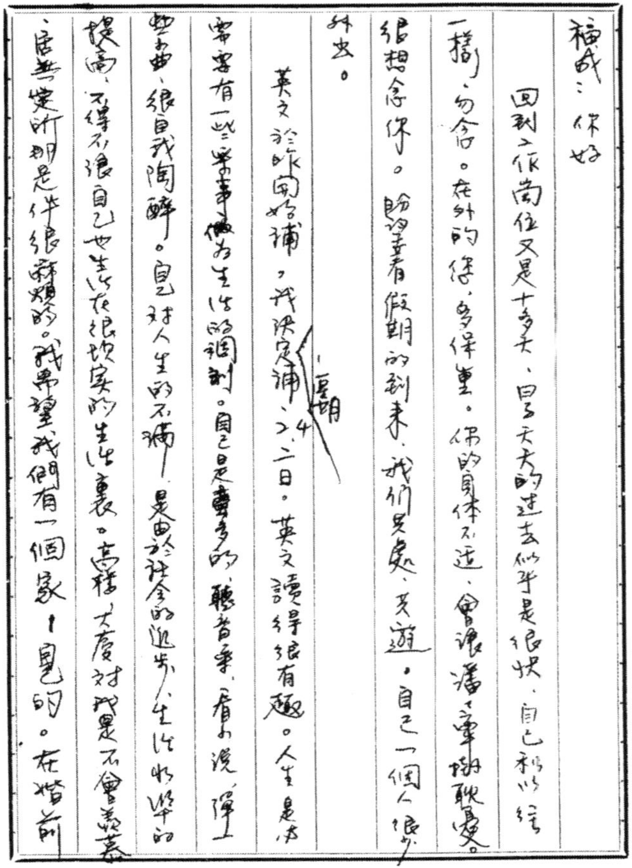

福成：你好

回到六張犁又是十多天，回想天天的過去似乎是很快，自己稍以結一擱，分合。在外的你，多保重。你的身體不適，會讓潘潘牽掛耽憂。很想念你。盼望著假期的到來，我們見面，交遊。自己一個人很少外出。

英文於昨開始補，我決定補到二、二日。英文讀得很有趣。人生是本常常有一些事情為生活的調劑。自己是豐富的，聽音樂，看小說，彈上些曲，很自我陶醉。自己對人生的不滿，是由於社會的進步，生活水準的提高，不得不讓自己也生活在很現實的生活裏。高樓大廈對我是不會羨慕，居無定所卻是件很麻煩的。我希望我們有一個家，一個自己的。在婚前

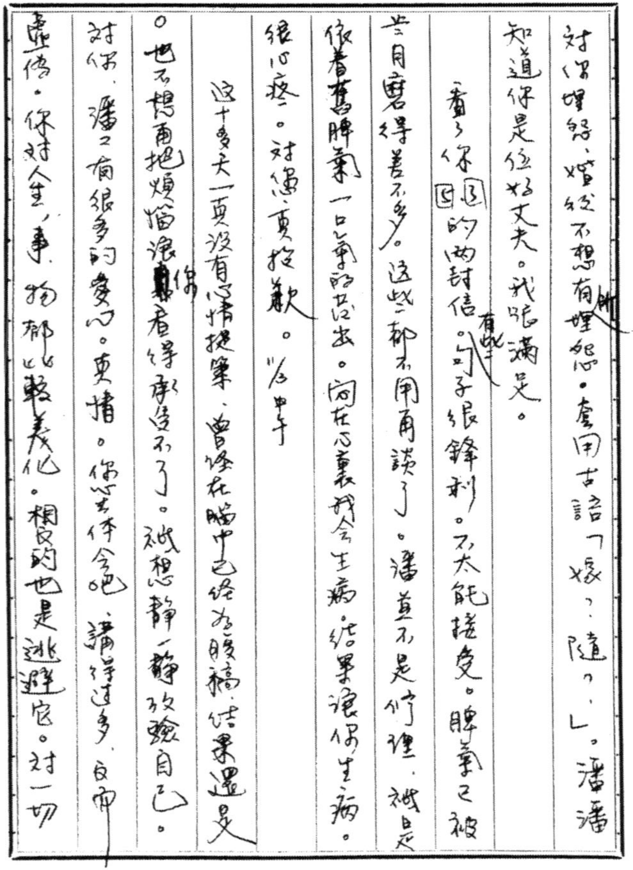

對你埋怨，雖然不想有埋怨。套用古語「嫁了、隨了」。潘潘知道你是位好丈夫。我很滿足。

看了你回的兩封信。句子有些很鋒利。不太能接受。脾氣已被些月磨得差不多。這些都不用再談了。潘並不是何理，祇是依著舊脾氣一口氣的說出。向在心裏我會生病，結果讓你生病。很心疼。對你，更抱歉。

1/3 中午

這十多天一頁沒有心情提筆，曾經在腦中已經為腹稿，結果還是。也不想再把煩惱讓你看得承受不了。祇想靜一靜，反省自己。對你，潘潘有很多的愛心。更惜。你忘了吧，講得這多，自申虛偽。你對人生，事，物都比較美化。相反的也是逃避它。對一切

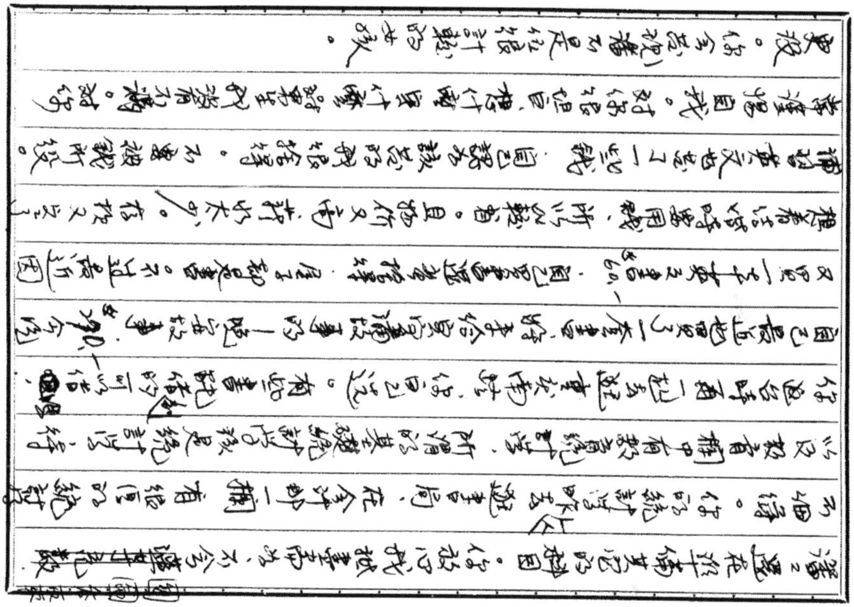

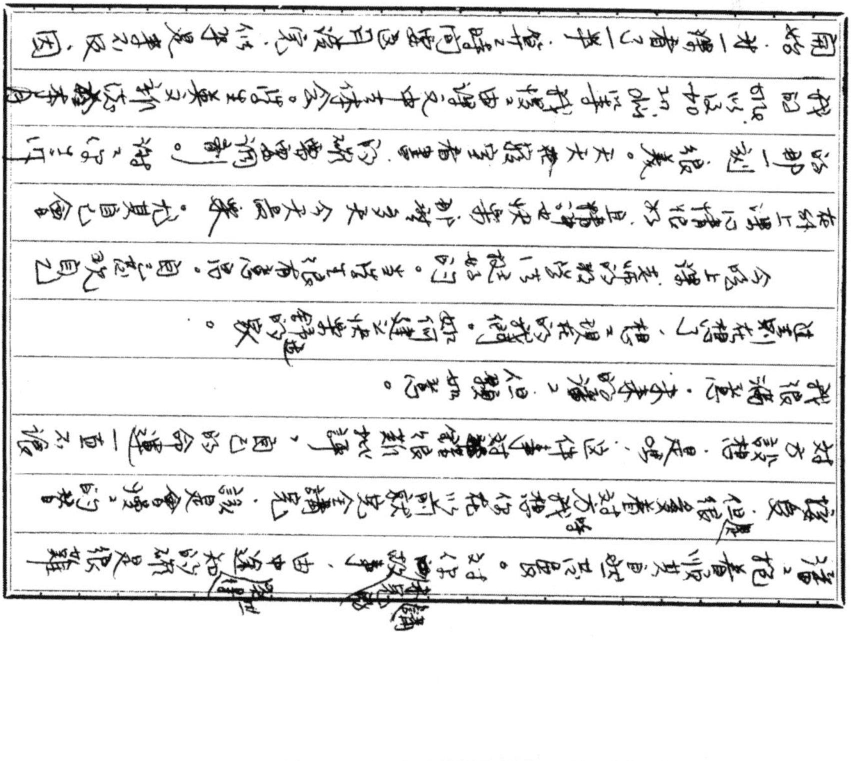

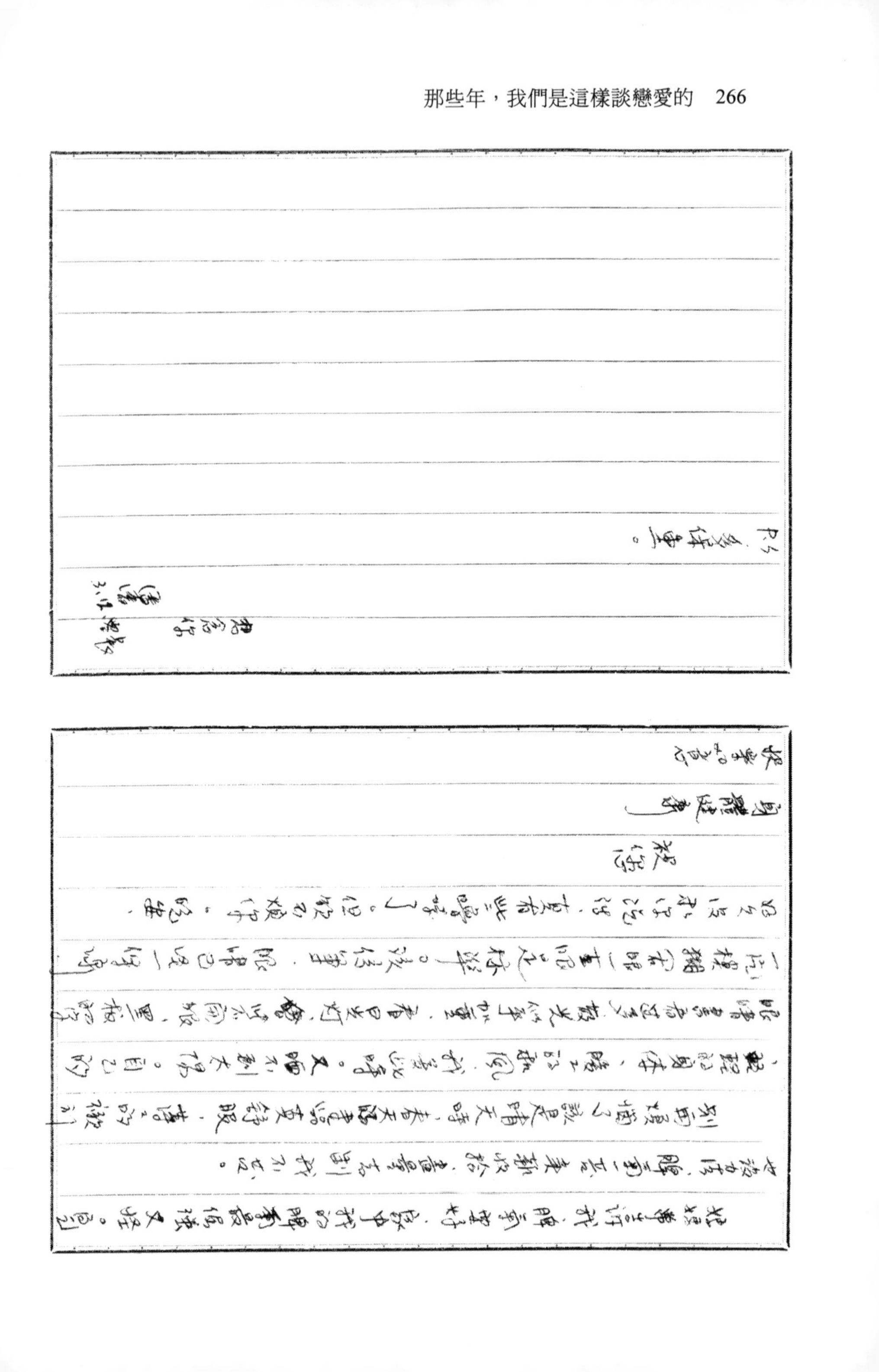

福威：你好嗎，潘潘真想念你。自己越來越喜歡一個人留在室中。雖然書本可以讀，且讀不完。但每回想到你，潘潘是如此的寂寞孤單。人是需要伴且相依靠。所以常常抑制自己不要想，專心在書中。我們好久沒見了。想潘嗎？三個月不見好長！

你現在一定正在Train。忙碌中別忘了要休息。在外的你，要自己照顧。身體好了嗎？心中很痛楚，忘記台灣氣候之差。也該多為別人想一想，潘潘的自私很抱歉。

訂婚的潘，更成熟，也更懂得愛情，福威潘潘知道了很多，更從你的眼睛體會出愛的滋味、和心動。我珍惜。因自己的一生在情感生活中是很充實。失去的不再挽惜，那是人生旅途的點綴、對你，「緣」是重要，從信中已向你

喜歡你，第一眼你的外型並不吸引潘，但相處了以後，有一股說不出的味道，体貼出相愛，你曾使自高的男孩很傷。你的本身條件不輸任何男孩、很潘潘傾心，別担心我懷念以往，想是難免，因我是有[illegible]的女人，但那不是愛，時間使潘的回憶……淡漠了一切。現在潘全心愛著潘未來的丈夫。女人的事業即是丈夫。男人則是工作事業、事業就是旅程中的一部份。男女絕初生即不平等。奈何也！

如此久不見你，很不好受，有時真希望在你的懷中撒撒嬌，得到你的疼愛。時間、距離把你我拉得如此遠。相思苦，同病相憐。但不能真生病。今晚有股很衝動的感情，好想你……

春天來了，真好，陽明山的杜鵑，櫻花真美，想和我去陽明山賞花，坐在

社會中談心、吃甚享受，僅有的一天很快。祇可惜你不在我的身旁

有男朋友依偎更美、更嬌。你這回過假台，台北有她新的中正紀念館

正好完工，你可以飽眼福，離這兒不很遠，我們一可以去遊。仍乎每

封信都盼望情人的歸鄉。等待，期盼，

今天錄音機中的曲子都很好聽，很有感情，蕭邦的船歌，其它的

小品：李宗盛的讀書下來捨不得走，提起筆來正好寫情書給

耳福。福氣強講喜歡你。

你一直在軍中，私人未曾踏過，所以你的想法比較天真，而我看得過多

的冷漠厭倦人生。家境還是要重要的。錢有時還是萬事通，

全是愛情，沒有麵包還是不行的。不談這些了，我祇是想提醒你

某些想法，並不是神話。

還有18日是月底，自己感覺你會在此時間返台。該得筆看書，務必保

養着保重身體，自己的咳嗽一直沒好，也不能過累。下午的工作很

忙碌，學生們太頑皮了。我現有些住不慣，更多，教他們耐心更要十足

英文老師教得很好。課本是新的一本英語新教念，才一天上課沒時間

回答，是大方的girl，也能回答一些問題，增加了信心。信心很重要，但歌

唱、跳舞給你，今在中副讀了一句好讀書不好讀書，好讀書不好讀書

我們的紀念還要得很久，福氣祝福你永遠開心。晚安

願清清人傑的夢中去享樂趣並時你我的相思。

相信我中的不很好，也合中數，所以沒再給你，只時去滿足各類各界。

8:00

P.S. 臘味都是姐姐做的，好吃嗎？我帶了一些吃，很好吃、要你記。

務那正的教育概論，是否在你那邊，能否寄回，收到有心得等。謝謝。

福成：

今早收到3月份的5封信，你的信真多，滿滿這方面實在人人不上你。很慚愧。每回說勤快些，結果又落空，心中很不好意思。

每回看到你的信，心中快樂無比。真正享受到愛的滋味。這一生也值得了。我很好，別担憂，自己的個性，想什麼就什麼的，事過了也就忘了。甚至懶得去想它。自己讀小學時，就是無所謂，自以為我功課很好，結果好几所學校都是名落孫山，[illegible]那時才懂得讀書，但程度都差普通我一大截了，但讀書卻一直伴著我，一向[illegible]的自己，又重新鼓起勇氣再攻，自己嘗到了讀書的艱辛，心不[illegible]。再到[illegible]中。

很欣賞你的人生觀，學識廣博，每回看到你的信，讓阿[illegible]也体會出很多自己所未學到的知見的。

自己是很多熱情，不過我也不會隨隨便便的多情，你說是嗎。但跟你在一起時，[illegible]下定決心，放開自我，要愛就愛，想熱情就熱情，且也是主動的，我想在前几年自己是還沒如此的開放，但那時的我沈醉在那一个少女的懷春呢，似懂非懂，我很珍惜你我的這份情，不自私，關心体貼人。其實老古語的話都[illegible]味的，要先愛人。

在你寫家書時，代阿[illegible]向母親致謝她老人家的招待，及大哥的六個紅蘋果，很甜又大，今年[illegible]中蘋果特別便宜，我買，叔叔送，你們送。大家吃得很過[illegible]，不過都還沒膩呢，那一天真希望嚐到不要吃的滋味。

鳳嬌妹妹的確很能幹，我倒希望她能輕鬆些。因自己也覺得阿[illegible]，[illegible]就如你說的，女人要先天下之憂而憂，丈夫才會快樂。[illegible]天天呆在家中，我還是不喜歡，但的確有一股想休息一段時間的念頭，我[illegible]。最近早上[illegible]，[illegible]。但[illegible]有恒心，毅力達完自己的目標。[illegible]也很[illegible]，[illegible]。在這邊自己生活得很好，[illegible]。[illegible]。

祝

好

阿[illegible] 3.16 下午3:00

福成：你好

每到星期六就特別想你，工作、學業都拋在一邊，讓自己浸漬在你我在一起的甜美時刻。有時候也真盼望你在我的身旁。如此久未見，實在太長了些，還有時真耐不住一個人的無依。

弟對妳很好，學校加菜的雞腿都給我吃。晚上他來這兒，他現還兼家教，所以現在要讓他養成存錢習慣，叫他每個月存1000放我這兒，從此月開始，台北是比較生活享受，不過想到父母的辛勞，自己就會省。這回結婚我想做兩套比較好在正式場合穿的二件式西裝、二件洋裝（長、短）。平常要做一件好衣服總捨不得，就想存些錢以買些書。有時看到新衣服真想買，女孩子的確常要衣裝。我想福成這回也可以添一些衣服襯衫和西褲，秋冬天做厚，春夏薄一些，出去玩時外表還是需看重的，你說是嗎。

昨晚跑去看亂世佳人，你看過否，自己這是第二次的記得，讓自己回味無窮，體會出一些以前未感覺的感情，誰說成長不是件樂事，能懂得愛人及被人愛那才是可貴的，以免遺憾。28歲的自己有時真不能做事不夠沉著，想如何就如何，有時還常會想著愛情，像一些翻譯小說也是屬於愛情的、神秘的，如查泰萊夫人、傲慢偏見、飄 etc，這些可以讓我享受愛的滋味。不看書時就是想你，但有時真不敢去想，因越想就越想，不知如何是好。你在信中曾有一首詩是描我倆相思的，他們寫無多久，是很有意思。

最近國內發生了一些情慨的事，真希望趕快抓到兇手。剛從收音機中聽到一部遊覽車墜入200尺的懸崖，11人死傷，15人重傷，其它不知，這些都是台北工業技術教育系的學生，真難過，人的生死、禍福真難測。前幾天有3位清大登山的也死了，都是大四的學生，真可惜！

野組最近天氣還冷嗎，很久沒聽你說起你的生活狀況，有空時別忘了多寫信，而我這方面輸你，台北比較安定，你可以放心，而你得比較掛心。在外的自己多保重，訓練結束了吧，待你回來，真想念，晚安。

祝

身心愉快，萬事如意

3.15.11:20

P.S 我四月四、五、六、七、八號春假，盼你能回來，我要回家去。

中午姊夫打TL給潘，很驚訝。也很高興、因福成平安。想念你，時時刻刻想念你。有你潘潘不再憔悴，且美麗多多，心中有所寄託，似乎是懂得愛與被愛。我喜歡。今晚看報紙，教育的目的是在實踐人生之理想；成，我們～共勉之～

盼望的切、失望則大，心中就很不平穩。就如四月份該是您的假期。現在知你忙，一顆心才平下來！心情也如此。（11:00夜上床）我了解你勝於你了解我。女孩總是脆弱些的。

早上7:00醒了，但捨不起身一直賴在床上想你。一看8:00一骨碌起床，想念你。才体會相思有苦有甜，回憶我們才一回的情境，在悵悵浪漫的情感，很美。我倆有很多相聚的地方，這也難怪福成潘時是夫妻，等待。世界上真有幸

福成：可好？

本想等會給你寫信，先去練下琴，但收音機裏却下調高胡序曲之作品吸引了我，迥的覺，迴思您。自己常喜歡獨自一个人享受這种安靜的生活。校園中一片漆黑，潘潘坐在办公室看書，寬大的場所很人心胸開闊。宿舍的同事都出去了，女孩子在一起容易聊天，自己的時間不多所以都在辦公室看書。今天下午睡了很舒服的午覺。全身輕輕鬆鬆的。3:30起床，躺在床上想你。一看4:00了不得不起來，又開始看書，身体很好，别耽心。（8:50-9:00之短感）。

練了一小時的琴，有聲音的東西比較容易聚精會神。睡得很舒服，至現在精神抖擻，臉色也好看。平常上班下来到晚上自己很狼狽的樣子，幸好你沒看到。

果嗎！可不能騙小孩，這回休假我們真要鈎鈎手，互不侵犯，潘潘也有些理智薄弱，又很多設想這些，看到你的信又引起了潘潘對你的渴望。不知對否，自己從沒如此過。

宋 早7:50-8:00

總頭昏眼花，剛在心理學讀到糖尿病，由於消化器官與收的葡萄糖不能存於肝臟中及肌肉中，大量入血液，而血液中有過多醣分不能吸收時便從尿中排出。如何保養要請醫生詳細指導。我請教沒齡妙。你不在身旁也很少娛樂活動，每天都一樣，似乎很枯燥，精神上有時耐不住。真佩服那些苦讀的學者。譯室的小姐們開始做筆友，其中有一位很很我欣賞，又筆很有思想。我們在猜他到底？哦其中有一句話有些反對他筆名，而且看得少，所以請教你中國較拙於歌舞嗎！潘潘記得在皇帝時代宮女們都是好舞多姿的歌舞。台北的天氣難得一見陽光，台南恰恰相反。

今天想到一個問題你希望婚後我們住那兒。待你休假有些事想和你商量。最近此地有兩部可看的電影可看，「支拉婿討芝拉格」，我們終未錯。我沒伴。但願你回來時還再演。

午 4:30

二天寄一封信，每天以日記的方式和你訴說。對你薰牛潘潘心中很難受。也該學學你隨身攜帶紙筆。別再寄書給我搬起家來不得了。星期日又再夜晚命結束了。紫沒有該說你的戒此刻不知是何情懷，自己又戒長了不少。是去！是嗎！書看得越多，自己愈於是渺小，但信心都不可減之。願潘潘是位賢內助。想念你……願伴入夢中……吻我

祝您

平安快樂

孔雀牌

P.S. 不要喝酒吃菜役，吃得酩酊大醉會傷身體，可以用別的方式來擋之。他自己不習慣在宴會中的交際喝酒。雖然是禮貌。多保重身體。潘潘不想做很嘮叨的妻子。你回來，可能也得回台南，爸媽也想念你。我猜百分之百的。

你愛的妻
潘潘
4.13
8:00

福成：想念你，台北的天氣很冷，結果一不小心，患感冒，連續三晚
沒睡好，白天也沒去上班，今天已經好多了。所以剛剛有一星期未和
你報告日常生活，英補習已上星期三暫停，等開學在補，從訂完婚
後，心情總有一股說不出的壓力，很浪剛帰不過來，所以想藉此偷懶
休息。人都有惰性，享受慣了，想靜心、刻苦、努力求學有些困難，
但願自己能做到有始有終。自己也是個不容易滿足的女孩，有些方面來說，
例如讀書，我並不祇希望永遠是停在原來之處，時間是我的敵人，也是
女伴。下功夫，任勞任怨，這几天被天氣打跨了自己，沒办法看書，心情很壞。
昨晚在之媽媽家看相片，及幻燈片，我們兩人的幻燈片每張都很美，比較
自然，照片裏的我就不好看，太瘦，看起來你比我漂亮且年青，所以不想

第 1 頁

我的事業其次，祇希望有些許收入可以幫助家，對自己的孩子教養很好。但願
我的理想能實現。
黃老師三、二九結婚。兩方都是門当户对。金錢是寬裕些。也願他們感情圓滿。
人的感情很微妙，兜到還是聚頭了。且她自己一直深愛的人。某方面會很自己
羨慕。一月份有2千紅炸彈。
我2月9日返家，十日上班。好好的休息一番，和母親聊聊天，享受天倫
樂。獨立的生活很剛，養成有些怪脾氣和自私。
你的結訓結束嗎？羨慕你有被訓練的機會，磨鍊自己，体驗自己，
剛剛欣賞你的上進，幹勁，讓彼此互勉互助，互愛。晚安。還不很
歸途，且又冷。多保重。剛剛牽掛你，時時刻刻念

平安健康

鳳
2.22 8:30晚

第 3 頁

成：

想你……　時一直跟Pam數着，盼望着相會的日子早早到。等得有些心焦。有一封信你寫的讓我辛酸，因船也是很久未收到Pam的信，接着又是姊夫、輔導長都還未歸來。而你的假期又要延了。你說天算不如人算（Pam曾說的話），有時真怕看到這些話，但還是勇敢的面對吧。勇氣、信心是不可缺的。深深體會出。我們都別說洩氣的話，好嗎。對你，我是很在乎。不會很輕易的付出感情，一旦付出將如流水收不回來。不結婚更是不可能，自己期望有個溫暖的家，疼Pam的先生，Pam愛他的，還有可愛的baby。不要吵架，平淡快樂的生活。有時會擔心你，到底我們只有短短的相處。女人永遠追求幸福，幸福都是由他的丈夫、孩子給他的，而男人我想就不是了，事業、學業、家，都需要他做。現在是如此，將來又如何呢？自己的家庭教育很保守，母親告訴她要擁有一生的貞節，做個賢妻良母。但自己已經夠開放了。認識你很短，卻和你有了一段很濃的情，禁不住讓我常常想起。很感嘆！結婚還是不宜太晚，你不會。

然而看了把自己沉醉在書中，福成的熱吻、擁抱、躺在你的懷中，我喜歡。說不出來，為何短短的日子卻讓Pam愛上了福成。也跟別的男孩出去卻無動於衷。「緣」信嗎，成會覺得Pam Pam臉皮厚嗎，不說出來心中總有悶氣，吐出為快。豐富的感情並不[illegible]於你，假期嗎。你的假日要快到，不然再寫信，我想你一定不敢看。戒菸Pam說的，我很小氣，更希望自己能擁有成的全部love。OK！不是甜言蜜語。

在外要多保重，才一回在夢中想你，日有所思，夜有所夢。昨晚好友嬡英特送紅蛋給我吃，把你的照片給他看。上課回來也一直想你和她講了很多你。不知什麼時候開始love你的，現更是很滿足快樂的女孩，也更希望早早做你的小新娘，天天和你在一起。哈哈、羞、羞、羞，女生愛男生，真不害臊。沒辦法，「愛」是不可抗拒的。是嗎。盼望、等待

P.S 成別忘了照顧自己，PamPam會就愛的。晚安，早些睡。
昨晚陳俊英來說Pam突發的都睡不著，和好友相聚，真樂。

鳳 12.4.10:30P.M.

福成：天氣經常變換，不能太大意，衣服還是帶多多。

看你寫信是件樂事，而自己有時候因心中的積壓(我說得太少了)反而覺得是件苦差事。這就是偶爾的想法，你知道蒲蒲是位懶人。

人都有情緒低落時，有時也是不知所以然。不過自己的身体一直對自己是个壓迫，不能很盡心盡力的讀書做事。所以很累時想睡時就睡，昨晚8:30－6起床開始讀一些英文，幸好今早工作不忙，大都在看書，早上起床早還是好，尤其對蒲蒲的身體。所以下決心早起早睡，今以前的生活習慣是晚睡晚起，不很好。今天已是新一天的開始。好的開始是成功的一半。

今天看了一篇文章，人活在世上，不僅是要努力etc，最重要是「人生」這兩字，它解釋得很有意思，人要活生生的活在世界上，即是有「生氣」做個活人。

補英文，我都注重在講，自己還沒有此能力，倒是可以分解文章一些句子的structure，閱讀廣博很自然的認識一些以前所不知的，很多都在求進中。如你說的慢慢來。　1/3　夜11:00

自己的頭有時積壓太多不如意事就很糟糕，今早就如此，還好中午睡了一個很舒服的午睡精神全恢復。在這兒工作，精神壓力蠻重的，因幼稚園裏的園長，自己都不太喜歡，只曉得如何賺錢，而我們的園長他和我一樣聘請的，但他卻覺得無獻，心毒如螃蟹，有時看不順眼會和她說理，不論他接受否，所以我還是要講，世界上雖然是不能完全公平，但應朝向它走。自己的口有理是很不饒人的。星期一早和園長辯論近一小時，我沒輸。但心中卻更厭煩。莫名其妙的，或許看壞人看膩了。成功一个園長就跟Pan見識了很多社會的醜陋，因而我能駁斥。

知足常樂是好，但過分的知足也是保持現狀不求有所作為了。自己一直認為Pan之已是很知足的女孩，並不很羨慕別人的富，我只要盡力去賺錢。有時甚至想賺多就多用。自己不喜歡被錢所左右。所以你也別刻意的去賺很多M，讓它順其自然，人身体健康平安快樂那才是更可貴的。

潘潘對你的感情应該多付出些，多年的独立生活讓我有些自私、孤僻，一个人的生活过得很習慣。自己在想若要做你的妻子，此刻想起似乎有些膽却自我的能力。

不知為啥，心中一直平衡和愉快，或許你在我身旁就不會如此。常想大聲喊叫，將心中的煩惱、痛苦喊出。但我能体會出快樂的滋味。在此一切都安好，祇有你能讓我吐訴，別會嫌怪、煩，自己也不願說！。吐一吐好些，也在想是該结束独立的生活。我不喜歡自己黑得如男人，很痛苦。

你對我的認識也不夠深。我們相處的時間又是如此的短。也難怪你接受不了我的直言。

我不懂愛，更不懂愛的條件，在信中你寫說，我另你喜歡，因我有一些條件。我更不懂，書看太少，又太主觀了。我的喜歡勝於崇拜。

該想些事輕鬆一下，想到家人心中總會心的一笑。想到我的学生是又氣又好笑！我喜歡他們。想到音樂的情境我會陶醉。想到你在潘身旁我會如小鳥依人，女性的真面目，溫柔可愛。和你在一起時潘潘很快樂，因你有幽默的一面也体貼，有年青人的蓬勃朝氣，我喜歡。我很好，別担心。自己多保重身心健康。我潘潘想念福成，吃的很好，還常好好的看些書。文藝大系看了數篇，很喜歡看，那是陶冶的時刻。

祝！

萬事如意

鳳 3.19.6:00

福成：你好，

時間在這一天中過得相當快，每天的課程都安排得緊湊。台北的天氣天天是雨，已連續一個星期，今天難得放晴，但氣候卻悶得發慌，中午睡醒頭昏沉沉的，由於天氣，上課都很恍惚，過了好一陣子才從夢中回來。在這里很好，別掛心。

今天已28日，心中一直等待你的歸來，很切，想想可以不用寫信了。但都很想念你，所以還是提筆和你說說！

這回的旅行照很多，也花了不少相片費用。但卻是將來的回憶；尤其中有你喜歡的潘潘。

星期六同學嘗試教小孩（小學）的課業，很累，自己似乎缺乏此種耐心，不過也是獲得一段經驗和體驗。晚上住在同學家，因中和離我們有段距離，有兩位同學住此，所以最後和自己高中時很好的同學睡得很好，中午才回來。下午又去看舅媽，拿會錢給他。跟舅媽靜談了一會。回到家已是10.00點，星期就如此過了。28/4

突然很想給你寫信。還記得否初中的課本有朱自清的春，盼望着，盼望着！春的腳步近了，那時候好象的一課老師叫我們背它，現在回憶起它卻很美，背起來還是對的。盼望你的心情就如盼着春的來到。很想念你。

自己有時會生悶氣，沒有得到你很完全的愛。由此可見潘潘對你的愛真也相當多，祇是age的成長，經歷的累積，不太願意在你面前表示出。自己也不希望完全的依靠着男人，所以心中一直對自己說，保留些。潘潘的個性實在隱得過份。很不好。

很久未接到你的信，又在盼望等待着，情緒上容易變。不易控制。你好嗎，很關心你的平安健康。我很好，祇是想你會想得生氣。人真是不易了解的高等動物。

書看得很好，潘潘在養成讀書的好習慣。的確也從書中獲得了不少，也懂去一些融會貫通之理。還記得潘潘和你的打賭嗎，不論誰麻和寬，都是鼓勵我倆的好方法。

明天就5月1日，不去等待、盼望，時間快得會讓潘潘心急。書還讀不通。英文自己在讀高中6冊，現已讀第2冊。還有些攻書在看輔導。唯一有進步的是自己記單字的能力強了，課文看熟了，單字就不忘。有時很感嘆：小時的潘潘，why？沒有說讀書好，但能及時；且在基督福音中看過一句：要及時。

5月的第二星期日是母親節，偉大的媽媽們。我的媽媽我會寄錢給她。因上回回家也幫她買了一些小東西，很想有些錢可以存存。台中的媽媽我去去看看什麼東西最適合，有時送東西很新鮮。我今年有四位媽媽要送的。人的確先要愛人，人恆愛之。

你在信中說媽媽喜歡什麼，回來時我們一起選。你也得告訴潘潘，台中的媽喜歡什麼。媽媽也很想念你和你的家人。

寄上一張小卡代表潘潘的話。就此擱筆，祝你

快樂無比

P.S. 為潘潘多保重。
我那常的好。勿念。
上回母親來台北看病，曾
和媽媽、大哥們去中正紀念堂
他們玩得蠻開心的。那天請
假走了哭，因不放心我的學生們。
人要去接受另一個環境，剛開始
難，但你要去克服並且才創造
環境的，對嗎！
對於我們的往事，沒問都不要告訴對方，比較好
我的感想。
結婚也不需過份鋪張，神聖隆重莊就好。
最重要是我們彼此真誠和相愛嗎？

想念你的
潘潘
4.30.

福成：想念你，多保重。

這星期仍很忙，但不知忙些啥。很快就過完了。

上星期六和數位和你相仿的男生去玩，很久沒和他們在一起樂，是蠻有意思的。外型上在41次的男孩有些會比我看起來年青些，自己也如此感覺，但有些猜我41年次的，跟他開玩笑可以請他吃糖了。偶而的娛樂，開放自己很需要，尤其和年青的男孩們，由男生請客，玩了一個很愉快的週末。聊天，說說笑話，耍耍寶，也很自己覺得並沒老。最怕心老化。還約了下回想和他們這一群去爬黃帝殿，需要男性保護，那兒比較危險。

星期天母親節，王媽媽給我的幫助很多，非常感謝他。她的為人處事很值得我去學習，嚴己寬人。很難得的好母親。在台北做事，讀書也受了她很多的鼓勵，幫助。早上10:00多去王媽媽表示敬意。很她說了很多，也談及我想考教育學院的事，王媽媽堅持反對我去報考，並分析了很多的事情給我聽。讀書可以，但並一定要在此時，因我的age不小了，既然已訂婚該生孩子有別的想法。為什麼一定要讀如此大的辛苦和犧牲。他告訴我自己該好好的做個賢妻助你先生去進修賺錢，自己回來考慮了二天，決定目前不再考試，除非是職業的考試，自己的能力有限，種種因素，假如現在我是男單身，就非常積極進取，現在總不能至畢業後再有小孩那就太晚了。我堅持的很肯定，但經一個下午的長談，想想也是還是讓你讀書吧，一個家庭總有一個人要在家庭下所奉獻的要多些。但願我有所收穫。母親節還給王媽媽煩心，真抱歉。王媽媽已開始託人，替我請問和進中山研究院附近的幼稚園。那兒環境好，就是離台北遠了些，自己實在不想在私立的幼稚園太企業化了。若能進取中山，實在好，因薪水高。

在台北住久了聽了很多不幸的婚姻的殘怕悽慘，反使我有時這感還陌生，有時在一個人走黑路時，想想那麼多年相比，也一樣，啊，對你我某些還不能接受。祇能慢慢的訓練改變自己。檢討自己。

昨天實踐的同學來這兒，我們這一小群要屬仔英在難了，出國的出國，嫁人的嫁人，現在有兩位最美的班花都已走極端。
(內外)

一位是虔誠的基督徒，竟辭職去教會爲他們一年。另一位是虔誠佛教徒，從不沾肉，吃素得很嚴重，人生的際遇而感慨，他們的工作等等卻是相當優越的，個人的想法也都不同。這一群同學都是合得來的，我們也比較純樸些，和同學在一起很快樂，所以昨本要提筆的，但送同學上車，時間又晚了。祇好又延，白天比較沒時間寫給你。祇能利用晚上。

好嗎！除了工作盡責外，對自己要求近於完美，你說對嗎，常滿足於現狀，很快就落伍，在南部的感受和北部的感受不同，北部因刺激比較高，比較容易激自己上進。盼自己有一天還有心來攻讀書。

今北天氣很熱，我已穿短袖，那邊還好嗎，下午收到你封信5.10晨寫的，很快的郵件。從你信自己得知不少的東西。

人做久某件事，就會生出一些怨悔的話。

陳錦銓退伍了，你又少個得力助手，你也很幸運在這段期間有他輔助你。剩下的時間並不算多，盼你再遇到一位賢又誠的好助手。我很好，勿念。媽媽曾在母親節那打T.L回去和她聊了很久，知她也很好，大哥大嫂都上班了，大哥每天兼課，所以媽又開始忙着帶小孩，是蠻辛苦的。媽很耽心我的任性，的確自己實在不是好個性，好強，想想。美妹也由媽媽的告訴，寫信給我，要去關心你的家。但自己對你可能相識時間太短，所以自己內心做得並不好。又是深夜，該擱筆就寢，晚安

敬祝

健康快樂

福成也別太牽就我。和寵我，會慣壞的。
若有不是之處，也請包涵。好嗎，心中的感受
向你吐訴，對將來的婚姻比較有幫助。
自己常常不能穩定我的想法。我今記得一句話
祇怕有心人。來勉勵自己。

玉鳳
5.13.夜
12:00

福成：

不為着考試而讀書，心中輕鬆很多。早上6:00起來，寫信順便運動一下，接着看文選，把其中一課課的背起來，因可以運用得到。王媽拿了十卷錄音帶借我聽。英文讀得很有趣。

自己已有兩年未好好的練鋼琴，今晚練得很有心得。以前曾為着不可兼得而放棄鋼琴，心中是有些捨不得。現在又失而復得更加勤練。記得以前讀夜校時練琴，上課前彈一小時，星期天都在練琴。還好我的興趣十足。本來看書還會打瞌睡，練琴不會。

是有些不想再考日間部，讀書三年一定會用不少的錢，除此外最主要的是女兒身，又將要踏入婚姻旅程，更不容許我如此的自私。自己很可惜，少時不知努力，目前雖然用功，但真有些吃力。曾讀到晚上睡不着。一吃過就坐下來，有些胃不舒服，現在真輕鬆。晚上也讀英文1 hour，練琴小時，看看國文方面的書，在我功課好的有充分的時間自修。除了下午3小時的工作外，一切都很輕鬆。最近因訓練舞蹈較累些。

你是位有思想較高的男生，這方面很深深的心服不少。該向你學習的東西太多。說起看書，我讀得太少，還在反省以前的行為。不過我也很滿足畢業後立刻就業了事，反而不知道該向何處着手。在高中畢業那年還不知如何從那些看。

台北天氣熱得不能睡，這几天以來。你那裏呢，和你分別得如此之遠，有時想去想你的形影，越想越遙遠。我們又很久未見面了。兩地相思是件苦差事。所以每天又要為自己安排生活。在台北的我可能比你熱鬧些，忙些，你那裏人少，寧靜，樸實，時間多，是我們的機會也比較多些吧。

看完書會有一些心得，例如淨土書，有些書可能程度還不夠，並不能完全領會。希望在將來，你能培養我一些。台華弟曾說我是頭腦簡單，的確是的（兩記完說的），對了，最近自己在金錢上有些透支，所以希望你拿買書，因最近學校出了一件事了，我請人做帶之錢，和又多買一塊衣料，所以真是開支大，看甚麼節目也用了3000元左右，可能要看二三月份了。先和你說一聲，免得等。

做一行怨一行，這是人常患的毛病。自己是覺得真去從事教育，不能光只待在那個桌上，該學些教育知識。因這和老師對幼兒的上課，備得不能太過偏保守，他們不懂。所以就很少這份自己。在几年以前及目前幼稚園中老師的教學卻還不夠上水準。但願我能在這一行有所實地貢獻。自勉。隨手的保證。

算起來是苦的。孩子的心理已能抓得很穩，班上目前有一位特殊兒童。能是有耐心，多心待他們。唯不喜歡他們不進展。

媽爸身體都好，勿念。玉美知道用功些，台龍今年考高中，不很喜歡讀書，喜看TV。媽年紀大了，也不如以前的精神會教了。弟一直不努力已沒希望。台華今年開始實習，他抽會至三總醫院，他有些不舒服才抽至榮總。做姊姊的祝他稍加努力，榮總是地方大看得多。不能去動手，三總看得少，可以多動手一些。焉知非福。祝福他。對弟弟他們我非常關心。

有時想想理想要有，但總不能超過自我能力。

對你的未來，你一定有想過，你自己看著辦吧，需要Pan的話，很願意効勞。一定不干涉，但我將有意見也會提出參考，而在你是否能接受，你對我也同樣，這樣的家才會有幸福可言。你比較喜歡浪漫，在一定程度，一朵花中就說明了愛，我則偏於寫實派。禮物不貴實用即可。

這幾天穿著新的，吃是我最大的享受，衣服很少買它，有些是別人送，所以有時也捨不得穿，但真正要宴會的倒是少了些。你喜歡什麼款式或顏色都美，我倒是沒穿過一套的禮服，我喜歡年青的打扮。太lady的衣服我穿不來，穿旗袍機會多。前兩天穿旗袍，學生說老師好漂亮。你喜歡我那一種裝束。說著玩玩，祝好夢了。偉偉的你休息，鋼琴在播放著美好悅耳之音樂，令人陶醉。晚安

祝我倆

快樂幸福

P.S. 在外的你，自己多保重，Pan一切安好，勿念。

潘潘 5.14 11:00 夜

對了我還坐大船入了日月潭中，看了光華島，去了文武廟、德化寺。這兩所地方很我覺得日月潭沒有進步，且有荒廢之感。在走到文武廟，哇！階梯的管沒夠維護的。上面是丁世針桃園風景怡人，廟宇壯觀，我也進入至聖先師的廟一文廟，敬拜了一番。6:15我們大家上了大船回程，夕陽西下，金光閃爍，照耀在水面，真美，夕陽無限好。此時心中感觸，大自然的寧靜，令我展開了自己的心胸。這裡很適合你們高登，四週都是山，沒有吵雜聲。但有汽艇偶爾劃破了寂靜。八點在教師會館吃晚飯。飯後沒事去逛街，散步，11:00就寢。睡得很舒服。6點起床，他們都還睡著，沒伴去遊明潭，一個人去吧，早晨空氣新鮮，一路上難得碰到人，回走過潭，又繞

福成：

兩天的旅遊更叫著滿開心。天天都是相同的生活方式，在這兩天開放了自己，盡情享受，進入了山上海拔一千一百五十公尺，是否想下山來和人群爭名奪利。這回旅遊吃得好、住得好，卻沒用什麼錢。學校這回活動辦得很好。我玩得很盡興。

人逢着開心，連相片都照得好看，數叫獨照都吸引人，自己越看越得意。你看了一定也喜歡。今已25日，距離月初已近，馬祖的郵件太慢，當時向該留在身邊等福成回來欣賞，你若喜歡留在身邊很你欣賞。好嗎。才一天我們在日月潭教師會館，一間套房有兩張床，設備還不錯，有電視，就像給老師住的。你去想像吧

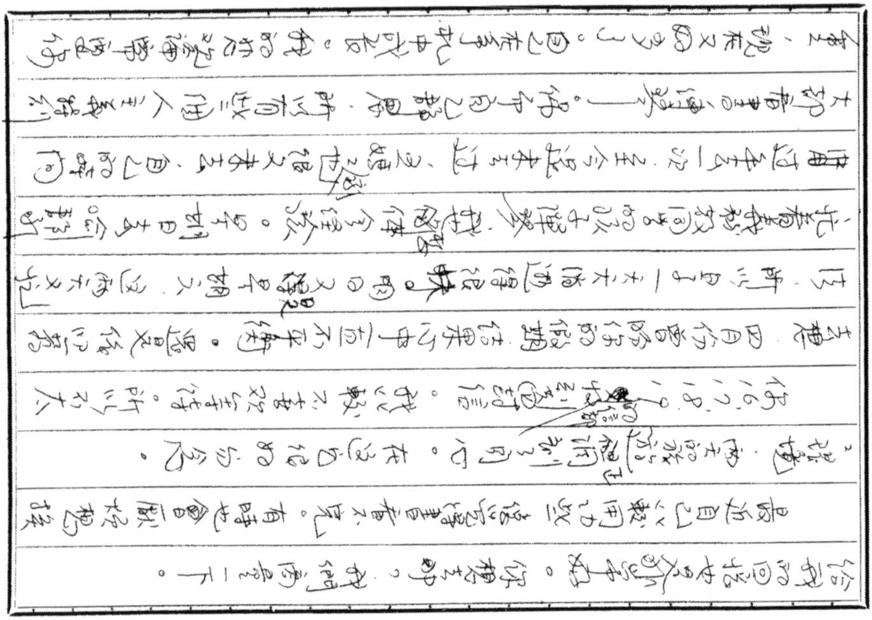

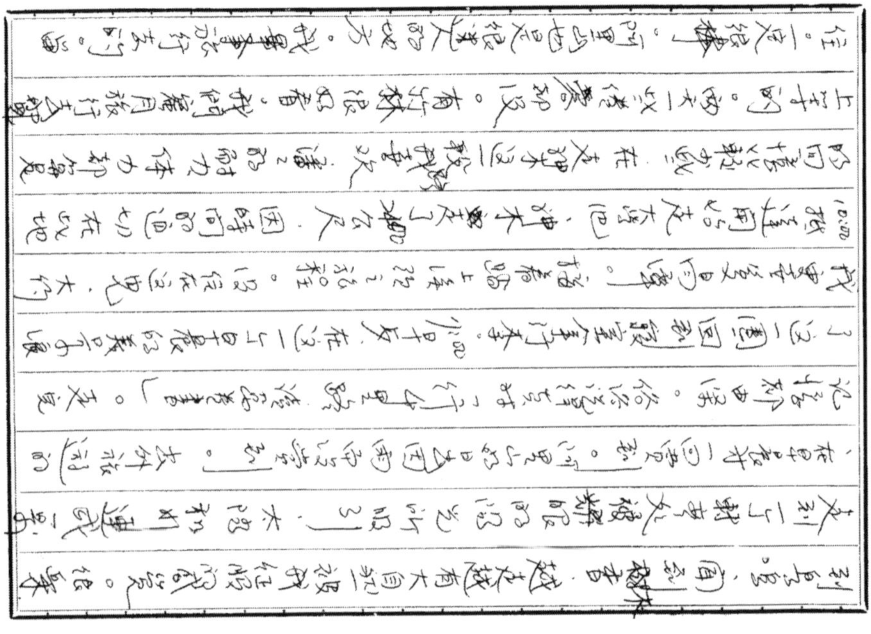

雨亭：

你好嗎，是很想念你。

淡瑩姊的確是位相當好的女性。廣義鎮很幸福。

讀讀就此擱筆。看她的書，練一小時的琴，又是夜了。

我現在是早睡早起的傢伙。好念。

祝你

平安快樂

附：風姊妹打電話來、母親好多、勿牽掛。

玉鳳

4.25 夜

福成吾愛：

我想此稱呼你一定很開心，你的Pan Pan真是熱情如火，但不可愛ㄇㄟ ㄟ哦，到底Pan Pan是girl，且又是老古董。

好想你，昨天下午和你說再見，今天就覺得好長……好久，這個月不知如何去撕牆上的日曆了，真希望，日曆，日曆掛在牆壁，一日撕去二頁……須……一百五十頁，你說是嗎！

窗外是濃濃綿綿的雨點，敲在屋頂上，像一曲未成譜的交響樂，室友們都已就寢，Pan Pan靜靜與愛人訴相思，想Pan Pan嗎！Pan Pan愛福成，會用自己全部的愛去愛你和你的家人。（現在該說是Pan Pan的家人了）。

晚上到西門町日新大戲院看魔鬼特攻隊，不很有內容，這兩張票是學生給我和另外同事的票。下回你休假或返台，Pan可以做個嚮導帶你去逛逛，很久未到此，真有些丈二摸不着腦了。今天記了一下。劇中有一段很纏綿的男女主角，讓Pan動情了，真美，我想蜜月旅行我倆將是甜如蜜。

今天和同學們打電話，也有接的電話，糖少得不送不行，所以Pan Pan又訂了15盒，覺得被挨罵，這幾天還很忙，星期天忙着送喜餅給他們。星期日中午在高中同學家吃中飯，我已經點好菜，牛肉，涼拌菜，她的菜燒得很好吃，高中時班上的烹調能手。她現在很好命，千萬富婆，她沒有父母，現在婚姻是最好的，美滿，先生很疼愛她。自己還和你訂婚時很羨慕她，現在Pan Pan祇會陶醉在鄉下人的懷裏。遲來的春天會使Pan Pan年青可愛，謝謝你。

Pan Pan覺得我們任天都在幫助，20天的晴天，今天開始下着很大的雨，感謝上帝讓我做你的好助手－未婚妻。每天將祈禱感謝。

出門在外多留心保重，時時刻刻在你的身旁關愛你，我會寫信給Pan Pan的新爸媽請他們放心。看到你母親的淚水，讓Pan心疼，天下父母心，真是偉大，你有空也寫寫信和爸媽們說說。讀書別忘了工作，好好的愛你的新部們。也別太分的節省，保重身体。Pan Pan有時候真煩人，別介意好嗎，盡量的約束自己。將有一顆安定的心補調說你，我都能達到理想，step by step。

祝
New Year Happy

你愛的未婚妻
鳳 12.27. 11:45晚

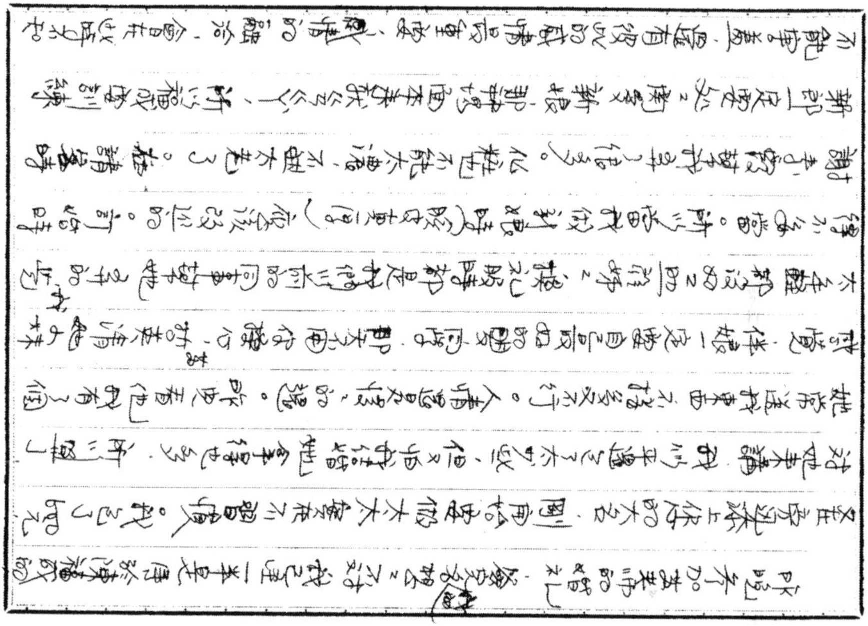

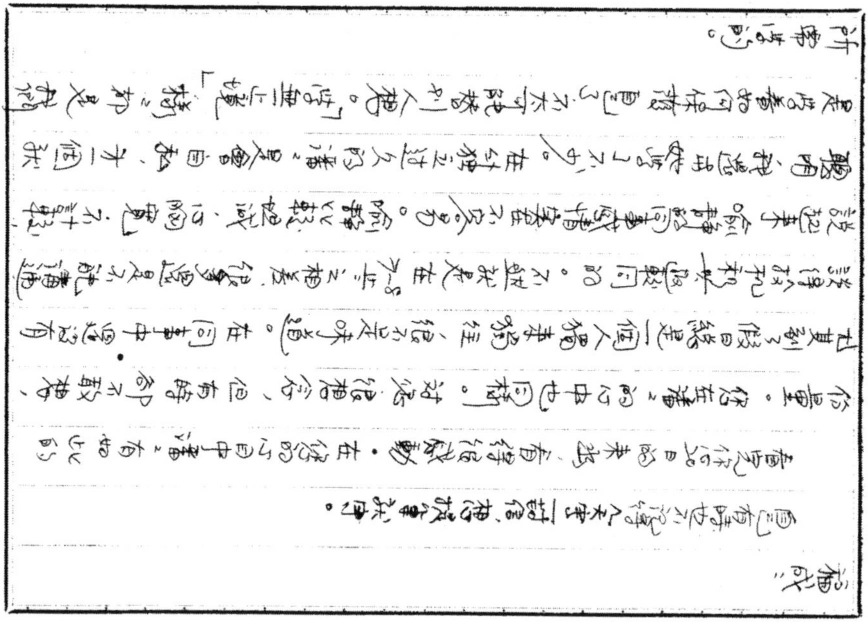

不覺表露出。在訂婚時自己就有此種感覺，因我們都不夠熟悉，當時有些不自然。幸好潘潘很大方（同學看照片說的）。在那時心中的確覺得不夠安全。我們彼此都改進。好嗎。

今早合華打札來，請妳去看他們和安天醫打桌球，很久沒打球了，自己在中學時曾參加過冠亞之賽，那是教會的，現在落伍了。華華他們才三名。晚上他告訴我的。我不想去看，他非要我出來散心。合華很有意思，他比較樂觀些，也沒什麼壞的習慣。大哥就會抽煙。我跟合華常常接近且我也曉得些。我們家女孩少，所以妹和我竟這麼香的，且又妹感情也很好。

三日中午假對快回家，四、五、六、七八在家中，預備九日早晨7:36的對快

迎北正趕上中午的課。實在盼望你的假期能和我同時，那該多好。

您的假期也該到了吧，期待着，

等會想看表兄，很久未看。二天的假期即將過完，睡飽了沒吃飽。信看記了，翻翻以前的信，想對你多体會些。這幾天在看文化基本教材，古語很多是很我欣賞的。潘潘的個性好像，盡量做如某件事不太喜歡講我。但會認錯的和虛心接受。

．今天天氣回熱，似夏天，我已經穿短褲，襯衫，很輕鬆。我喜歡不冷不熱的天。在外多保重，別讓潘潘來掛，秋冬。天氣開始了秋天

再讀示常　在此很好，請放心。　祝

好，很想念。

潘潘

3.30 9:25

福成：

：昨天又收到你的5封信，最後一封是9.18日的。由你的信中，得知你也在想念潘潘了，在這天我們相逢，三個月未見了，記得在高中課文的詩篇中有「一日不見，如隔三秋」，不太記得這些詞，但對我卻了解好苦哦，相思不知如何訴，不知如何解。

今晚真忙，忙着洗了頭、整理衣服、掃地、吃飯，時間不知不覺是8:30。白天收到台北的信，自己大都是收信的份，上回弟曾埋怨我沒寫信，提起筆提筆，覺得潘真是笨和懶。我有時不很了解他們的好好，他們常鼓勵我。唯一能做的是，會燒好吃的菜給他們吃。今年咳也來此，我的咳嗽一直很合年節，因為每年冬天一感冒就會咳嗽。曾在五年前至今去醫院照一過X光，都正常。自己是覺得氣候有變，冬天都很好。昨晚沒穿衣又起風了。這種天氣很刺骨。我盡量少吹風。潘潘是位很愛護身体的人，你放心。早上我已每天6:00起床看書，呼吸新鮮空氣。和你有相同的個心，決定的事，會始至終。我最愛吃營養的食物水果，零食不吃。所以吃的費用是我最大的開銷。穿是不很捨得。

過年至今，已有32封你的信，您真有耐心。而我是讀得不厭柔柔、潘、始終很「怕西」。別亂想。潘潘對你的愛心，從開始至現在，你該体會蠻多的。自己有時脾氣壞。也太主觀了。在和別人相處中，有些很不順眼的家長自以為是，這位潘潘，就得要一些個性

輕輕對方，我們個性是有理不吃虧。我有位同事何先生很好
座右銘是「吃虧就是佔便宜」。潘潘是說學學她的好脾氣。
　工作還好嗎，「連長」。長官都是辛苦。責任。想到此
一般老百姓還不能接受軍人。佈軍人在最前線為他們辛苦卻
不知道。很不公平。軍旅生活，故步自封……等，各种環境累
久了，就有种年華老去之感覺，我想這是常年旅途來的
身心了。身体保重，保持平安、快樂即是潘潘的。
　說個笑话給你聽，过年在家時，一家人團聚在客廳
聊天，我的爸爸很有意思，他老人家時常像小孩般的天真人，
那天我們這些子，故意將我父親拿開心，恰巧爸爸正

拿了一疊名片，爸爸也去过過癮印了一百張的名片。我說
爸借我看，命所他們也看，我們和他開玩笑，爸爸升級了。（我們都笑他很大牌）
其實在國外名片是很禮貌的一件事。孩子長大了也會改變
父母一些舊觀念。這笑話並沒什麼，但卻充滿了天倫樂。
　命中的家，也很想念他們。他們都好嗎，有時不知如何提筆。想到
自己祇是一半的妻，正如您也是剛練習一半的丈夫相同。
曾經向過弟弟，在轉角病中是有些嚴重了，母親是不能太勞累，
，但过年回家卻看到母親的結果，又正咳嗽感冒中，心中看了難不忍見
味道，恰巧風嬌又被一位叔叔又騎摩托車摔交，幸好沒怎樣，稍
扭傷了腳，衣服破了。且那時自己又是身体不好時，真有些不想

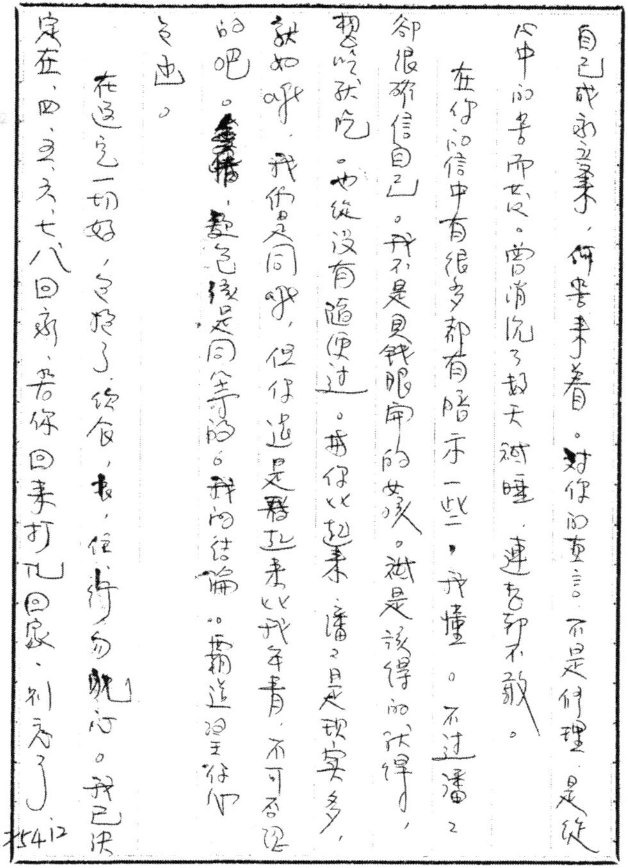

自己成就事業，俾要來着。對你的建言，不是什理，是從
心中的善而出。曾消沉了幾天神睡，連表都不敢。
在你的信中有很多都有暗示一些，我懂。不过潘潘
卻很確信自己。我不是貝錢眼開的女孩。祗是該得的該得，
想吃就吃。也從沒有隨便过。再你比起來，潘潘是現實多，
就如此，我們是同齡，但你還是顯起來比我年青，不可否認
的吧。總是以後是同等的。我的結論：再請這個主你們
自由。
在這兒一切好，住飽了，飲食，衣，住，行勿就心。我已決
定在四、五、六、七八回家，若你回來打電話回家，別忘了
3154 12

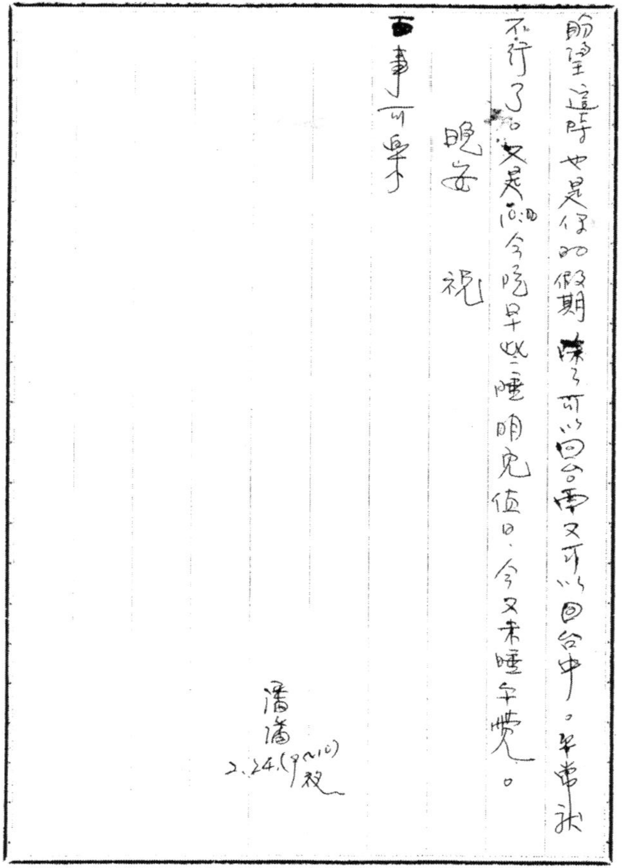

盼望這時也是你的假期，陳陳可以回台南又可以回台中。平常就
不行了。又是深夜，今晚早些睡，明兒值日，今又未睡午覺。
晚安
祝
事事可樂
潘潘
2.24.(9pm10) 夜

福成：

吃完中午飯和同事們逛街買鞋子，自己那几双鞋子都已磨得該換了，花了三佰元買了一双自己心裏喜歡的真皮涼鞋。待結婚前還想買一双咖啡色式樣新的皮鞋，這由你送。今天經過西寧南路很多禮服店、新娘禮服真漂亮。自己也是不太會打扮自己的女孩。逛街都是衣服，看上眼的則價錢過高，便宜的又不很好，自己的衣服用做的比較好看。訂婚後再加上自己是常需穿一些較好的衣料相觀些。讀書時才有一套，上衣只一件都穿舊了。家事與同學大都是比較招展，我是欣賞他們的份，並不很羨慕，因每個人的生活不同。今此的生活是有改變，捨得吃穿。但這樣的眼睛還是很純正的色彩。

昨晚看了你的信，在這數封信中也看出一些你對這裏的不滿。別忘了彼此處境的不同，你一直在軍中，而我在社會。女孩子的28歲實在並不年輕，心境也不諧了，更何況是情場的失意，更讓自己頹喪很多。還好，還是挺起胸膛好好的。6:30

今晚受同學之邀去聽福音，在此平東路做事去聽過兩次，今天才二次，喜歡聽一些道理，很感謝自己是在社會中學說並不懂得很多道理。但從小受母親的宗教影響，心中有難捨那些的拜拜，基督徒福音傳播的廣博。家中那些的牧堂每回上禮拜堂的人增加許多，更應該加強傳播。

人生的意義，聽他們的見證人得到這些問題，自己還不能領會。自己也時常在問自己人生的意義。曾有一段感覺只是為父母而生活在世上。相信讀很多書賺很多錢給父母用。我深深覺得父母給我的一切。所以在今天的福音見証人中有一段話，神以父母給的更多，是嗎？

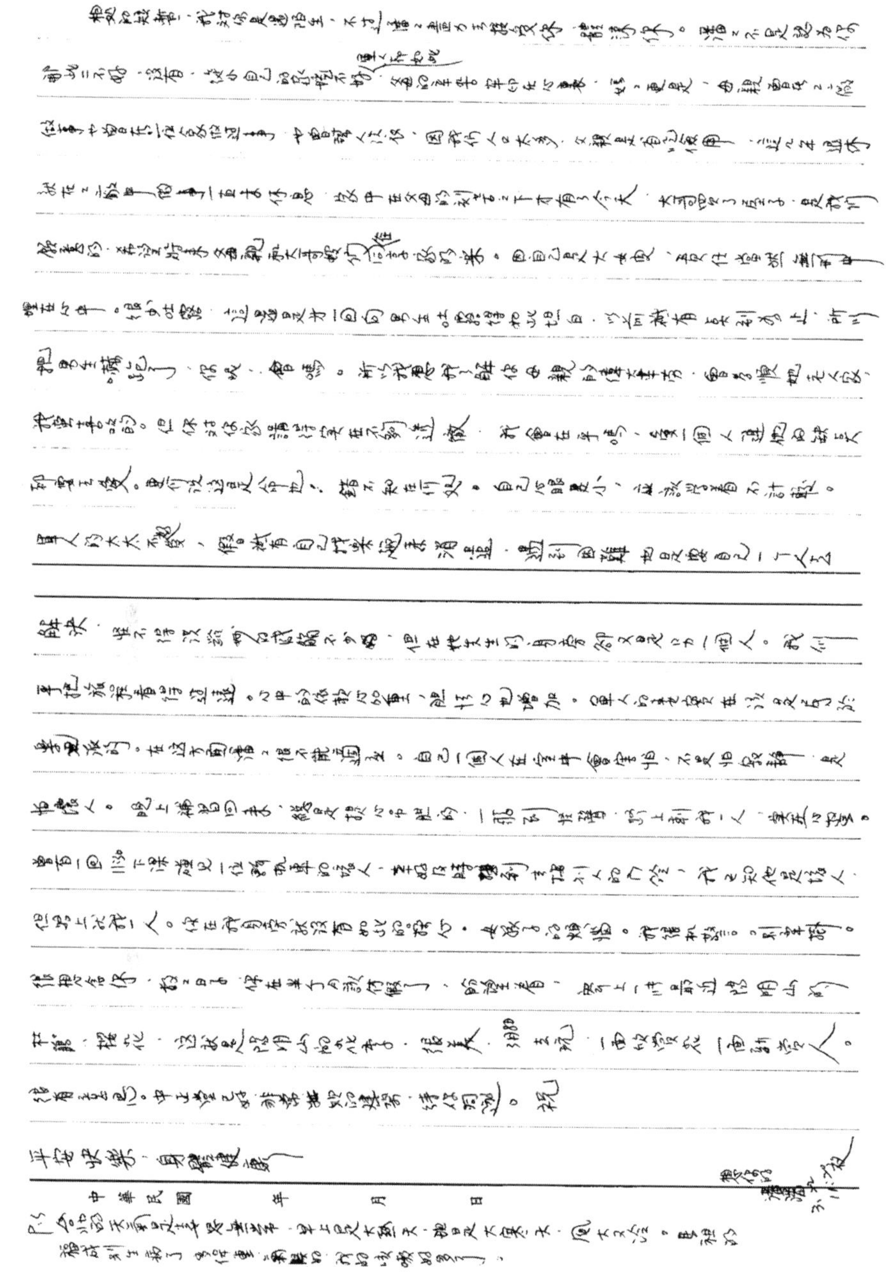

[illegible]，[illegible]。[illegible]生活中—。

你的[illegible]，[illegible]。[illegible]

[illegible]。[illegible]

不記得[illegible]。[illegible]。[illegible]」。

[illegible]

[illegible]

[illegible]

[illegible]

[illegible]

[illegible]

[illegible]。

福利。國家發展中[illegible]一段時期，個人能力[illegible]社會之

同情，[illegible]人[illegible]。[illegible]

有[illegible]，[illegible]，社會之紛亂，人類之不合作，均由此產生。

[illegible]。[illegible]

一[illegible]」。[illegible]

[illegible]。[illegible]

[illegible]……

福成：您好

連續二天都沒時間睡午覺，很不習慣。所以到此時就覺得無精打彩，想睡。菜市場今天停賣，祇好待會去外面吃。昨晚和同事們看瑤瑤的招待卷金盞花，自己很久未看國片了。對於它的色彩結面，因都是花，更美的。在外面吃，祇能吃到好玩。吃不飽。

明天的此時已到家中。昨早6:30去買火車票，結果排的客滿。改買去表坐中興號，時間上比較節約，12:00的車，6:00前可到家了。曾坐過一回台中至台南，我還蠻喜歡的，旅程倒是第一回。

等待您的假期，長大了身旁總是自己一個人，心中很不平衡。而好友大都結婚，不然各忙各的。自己本身又是比較獨來獨往。有時會很孤獨感。耐心不夠，等你等得煩啊。肚子好餓，先去解決民生。6.4

悠慈在四月二十九日將華為旅行社，日月潭及溪頭，免費的，不參加則要檀，這兩處都是不曾去過的。正好如我的願。本想待結婚時蜜月旅行去那兒，很你心做啊等，而今潘潘是捷足先登了。不知道您的假期衝突了嗎？很想和你見面，我們3個月又6天未見了，想念潘潘嗎。每回一想便起就很煩，真有些不喜歡當軍人的妻子。2/4夜

潘潘於昨6:00安然抵達家，在途中高速公路也看到車子相撞的情形，工業發達，時代進步，路上行人車輛亦增是一樣看一。而我們人類的生存也跟著競爭淘汰，這也正好了達爾文之進化論。

母親的身體也不很舒適，她老人家有一隻腳因風濕而行走不便。今天好

些，身体的病痛做兒女的我們衹有看了難过，今天因放假，可能
回總医院星期一才能去看，孩子長大了都出门在外，也跟郵說不上孝順
我常想了去。前几天洗衣服弄的，今天已好多了。
這回你返假回台，若方便的話，帶兩瓶酒大小中等即可，給王媽媽
因昭居的錢都是王媽媽出的。其它都不用帶。曾經和你提过，不知
你忘了沒有。
最近早晨已開始的起來，可以做一些事看些書。早起身体
好。不冷不熱的天很跟我喜欢。也适合身体。
家中吃的好，睡得好，家的雖不同，再窮還是家好。
自己对金錢一向看得開，也不喜欢被錢所压，格貿我買。在订婚

那段期間，自己有些不適感，所以事事覺得不順，接着更感到了人生，
又覺了會得無献，所謂的不滿足。不过自己一直都是一位自足快樂
的。現在又恢復了以往，人總有弄不通的時候。你說的話，我都喜欢
聽，我們不能被金錢所奴役，而要如何支使金錢。
在軍中好々的待你部下，愛的教育是會比打罵的教育行得通。自己
的結論。陳鈞給這輔助您吧！衹要您待人有方，大家都會支持
我們的对吧，我的學生可是很愛，所以一直喜欢教書的工作。謹々
安市桌，另今。就此擱筆　祝您
萬事如意
盼望你的假期快々到來

潘潘
4.4.晨7:10.

福成：

Pm Pm想福成或許是以較忙些，很久未收到你的信，很想念，也牽掛。

受訓應該是結束了，對吧。靜下休息時多寫信回台灣，給爸媽和Pm Pm。

尤其是天下父母心，朝夕盼望的就是兒女，有一天我們將体會到。

在信中你一定感覺Pm Pm很愛自己的家甚於自己，我也感覺得出你也是，除了建立我們自己的家要我們用心外，我們的兩個家都是彼此所要負出心血的。剛開始要接受的確不容易，尤其是女孩子，所以Pm會有些埋怨的話，別介意。

早上接到鳳嬌妹的長途電話，家中似乎有一個月未收到你的信，只一月份的薪水收到了，別讓家人替你擔心。我告訴鳳嬌妹在受訓可能忙些。

自己有時真糊塗，我不知爸媽的名字是什麼，祇記得鳳嬌，寫信告訴Pm。

向你的多事結果都沒回音。不知你的信是已寄到家中還是太忙，再5天，星期天9日Pm就要返家了，很久沒收到你的信，很着急。天氣也影響了船期嗎？我的假期已確定28日(初十三)返園上班。Pm盼望假期的40天能在家中有你的信。自己多保重身體。 中午12:40

做人處事的確是件很深奧的學問，永遠也學不完，做不完。在這几年的工作裏，使自己的個性變化很大，不很喜歡自己範圍以外的事。不過該做的還是不會推托的。

婚姻現在對Pm的感覺，並不如自己年輕時想法，祇有兩個人。還有很多很多的人牽連去，一個婚姻的幸福美滿，也是跟和那些相連在塊兒。想一想自己很洩氣。訂婚是很對方就定下心決定自己的目標，沒準備未來的家。這回對你的請求去訂婚，結婚，最主要就是

呀，不饒自己，按照很自負的自己，我想不至於不回如此快且很又變得如此遠。很多事情是

人老心不老，但歲月是催人的，刻劃在臉上就是不一樣。所以自己很佩服那些慈善人士為社會服務的社會工作者。你一會跟着福成慢慢接受你的新家。但祇希望你能多由心中接受你，在感覺上自己好像還是沒有如此感覺。畢竟我們的情不夠深。現在的你，已完全的把感情寄托在你那兒，彼此互愛、互敬、互助、坦誠、互惠。相信我們彼此的合作應該是個很好的景緻。祝福我倆

一帆風順，幸福快樂

文鳳 5.4.下午5:45

星期六下班回來看京華煙雲，真把你吸引住了，看到晚上近二點，那晚又一個人住，真有些害怕，但又一直跑廁所，總算熬過了那一晚。我大門在外，真不方便。

沒溝通。例如之月份的薪水我不知你存的啥沒有留薪在家中。在你認為是件小事，但你們在這其中很節省，我不會計較那麼多，但誠告訴你，不敢放在心中作祟。自己還是個不夠堅強、自信的女孩。不然自己不會被此所擊倒。福成，謝謝你們的華默，依你的才華、年輕是可以找個年輕美麗的女孩，自己很榮幸能得你的垂愛。你很感謝母親對我的教導（在從未讀過書的女性），我的媽媽很偉大在你眼裏。長如此大，至今才會有明顯的不服氣自己的貧窮。門當戶對。嫌貧愛富、這是人類的弱點。

才回和爸爸見面，每位父母都希望自己兒女選的對象是全人士皆愛的。自己對自己的工作總有些自卑感，雖然一直愛他們，但覺得自己並不完全屬於他們。教學法也不夠活潑，自己永遠不能像一位天真可愛的女孩。小孩喜歡年青活潑的老師。雖然人說

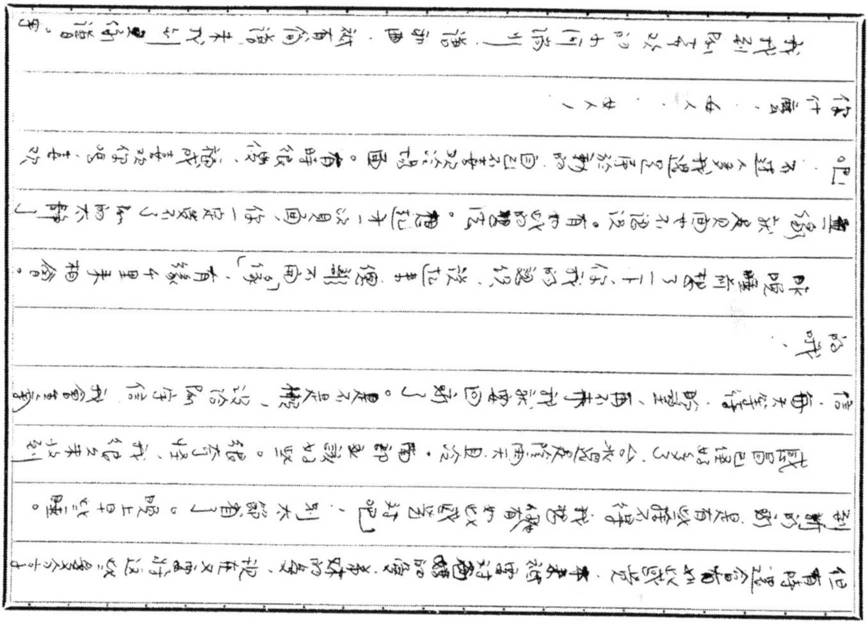

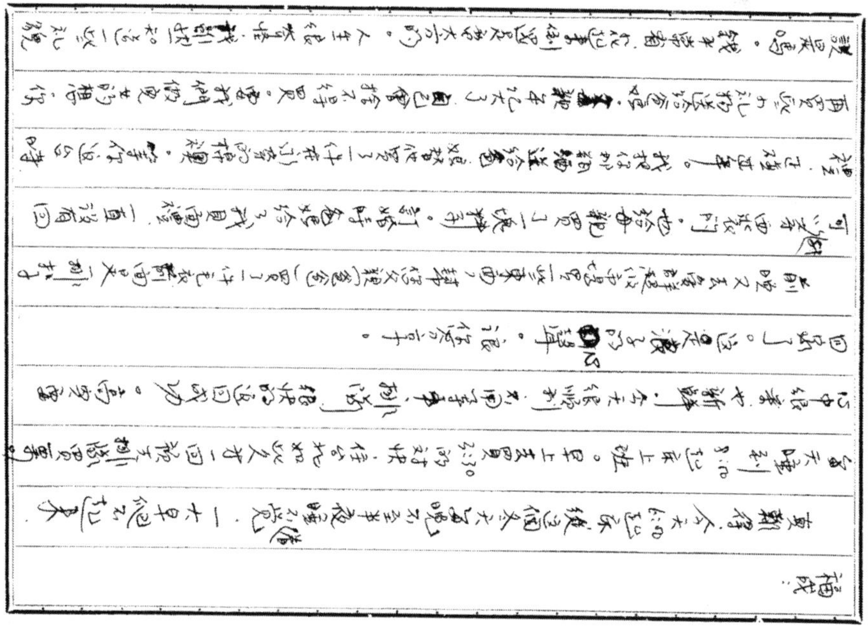

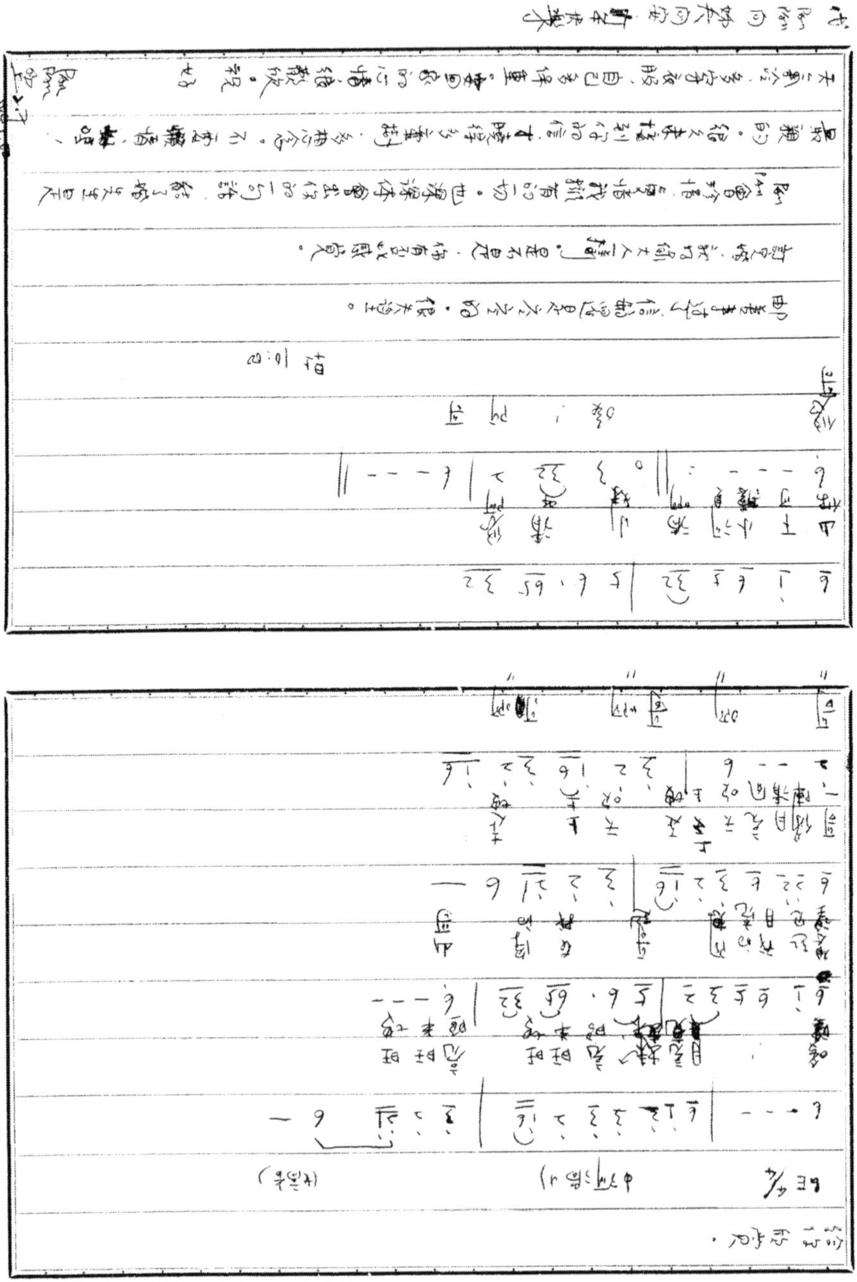

1=E 4/4 小河淌水 （女高音）

月亮出來亮旺旺 亮旺旺
想起我的阿哥 在深山
哥像月亮天上走 天上走
山下小河淌水清悠悠

月亮出來照半坡 照半坡
望見月亮想起我的阿哥
一陣清風吹上坡 吹上坡
你可聽見阿妹叫阿哥

哎！阿哥

福成：書已看完了，謝謝你。

曾有人這麼說：「黃頭髮的人愛生氣」自己頭髮不很黑，想必它是真的。Pan Pan遇到不樂之事，盡量不語，深藏在肚中。不然會火山爆發，對別人對自己都是不好的。這幾天聽到同事說某些話總覺得刺耳，也体會出開玩笑不能太隨便。

福成對你，我想保持最原始的本性，不想隱瞞自己，也唯有你才是能聽自己傾訴的，和可信賴的。劉大哥是Pan Pan五年前認識的朋友，因他我認識了很多人，喻媽媽，大姊夫，喻靜。我們並沒有深交，但他會像兄長關心對方。所以我對他很感謝。我們多年的友誼是不需你的交待吧，自負的福成。自負應該是很好的。Pan Pan也是位很自以為是的girl。但過分的自負，會讓人覺得光芒太露。所以自己有時也像個大傻瓜。對方摸不透我。我和園長的相處即是。自己星期天和他交談很久，我想對同事們有利的，不管對方肯接納否，我想說的，也該說的，會講出來，但又不傷到一園之長。自己算是長大了，會以兩方的立場來处理一些事，以前常和園長吵架，看不順眼，從現在開始我應該不會，既使他很惹人厭。我還是永遠站在自己正的一方。

園長分配了我一個單元「國旗」，要Pan Pan找材料編教材，頭腦空空的，讓我想一想吧。

age對Pan Pan，雖說不在乎，還是在乎的。在过完八月自己又將「年老」一歲，真可怕。而你們男生，卻是事業的開始也正是更年青的時候。自己多年的盼望是希望我的先生

P1

年長自己很多歲。一般女孩都是如此的。女孩容易操成的而老化。現在的女性似乎好一些，因為都是工業化。我自己体重似乎減輕了一些，所以不太敢太K。輕鬆自己的生活，多睡，不要亂想。人和天爭，難道一定是我們都輸嗎？很疑惑。

「Life is short dearie, don't drag your feet」親愛的，人生本如，莘莘莫邊時。我很喜歡一些格言，俚語。你的寄我看不懂，說明一下。

天氣已晴朗，Pan Pan的心情似乎也跟着天氣晴朗了。已有2ケ星期日都是陰暗的天。今天很舒服。工作特別多，英語的作業，語態還沒弄完全懂，規定的課業還沒看，早上一起床，心中似乎有結，書那一直看不進，提筆寫信，也寫了很久，總算雨過天晴，Pan Pan要開始K書了。補成想念你，祝福你，盼望假期早早到，可以完成彼此的心願。謝謝補成的設想週到。

祝我們的假期

HAPPY加es七加Coffee

可愛的
Pan Pan
12.2 AM 11:00

23日總親會，24日補假一日，25日又行憲紀念日放假一日，若你能在此時回來，我們假期似乎多些。但願。今晚倆人抬頭，看見一輪明月，又圓又大，該是我們團圓

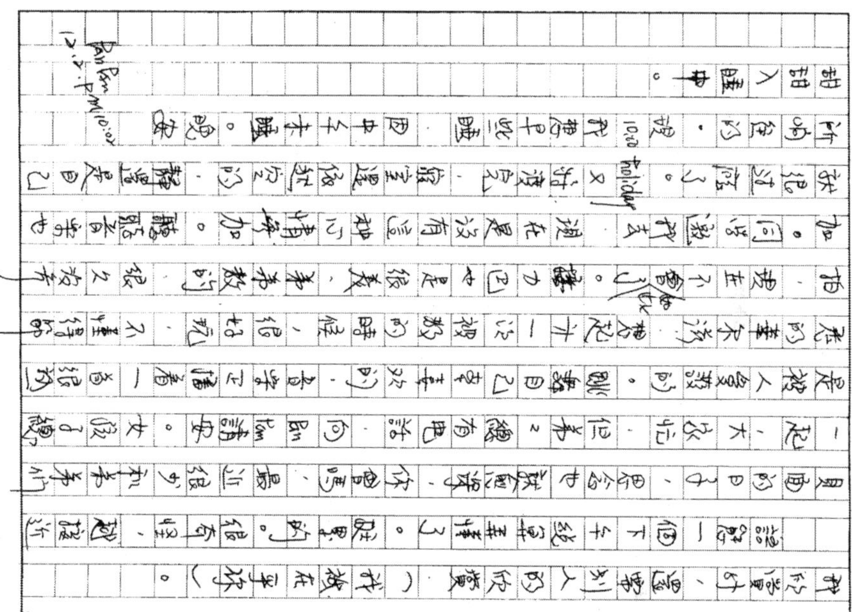

我欣賞好，還常別人的欣賞（我被在乎你）。
　認識一個下午就算弄懂了。旺盛的。很奇怪，越接近
見面的日子，思念也就愈深，你會嗎，最近很少和弟弟們
一起，大家忙，但弟弟總有电話，向PanPam請安。女孩子總
是被人愛護的。跳舞自己喜歡的，音樂正播着一首很熟
悉的華爾滋，想起第一次被教的時候，很好玩，不懂得節
拍，現在不會了（如此）。探戈也是很美，弟弟教的，很久沒有參
加。同學邀我去，現在是沒有這种心情參加。聽聽音樂也
就很過癮了。holiday又將渡完，寢室還依然空的，靜還是自己
所响往的。現10:00我想早些睡，因中午未睡。晚安
甜甜入睡中。
PanPam 12.2. PM10:02

13

的日子了。晚上讀了一些書，就開始亂想，把幫福成買的
一件夾克（暗紅色）和一件衣服拿出來自己穿看看，不知該
買多大，很冒險的生意。我想大你就得大穿，小你也得小
着穿。价錢還算公道，我喜歡它，願你也喜歡穿。衣着還
是挺重要的，出門辦事等需要一些以輕得体的衣服，平常
家居服整潔順眼即好。上回到你那看你的衣櫥都是黑色，
不是不好看，在暗色的系統會使瘦的人更瘦，但褲子是黑
的，上衣別的色彩那就沒關係，夏天暗色會傳熱，淺色較
適合。我想你的長褲做直統的西裝褲會很好看，有嗎，自
己一直不喜歡穿喇叭褲，會像PanPam更小，所以大部份穿直
統或小腳褲可也以輕年青。還記得你穿藍色的長褲就很好看。对
你，PanPam實在很坦率。而我也希望你的提供。自己保了自

福成：

總算在回家前收到了十封信很高兴。連續的雨天，很讓人無精打彩。看完了信很多感想，的確，福成是附附的老師，讓我去学的太多了⋯⋯而且你的藝術細胞似乎很濃厚，真有些怕做不好妻子的岗位。和你的理想差得很遠，附附是比較實际，甚至是很現実的人。人往往會被物質的享受而同化了本性。下午陪同事逛街，街上的花花綠綠，真很似小女孩子，還是克制了自己沒買。因和福成相同多欠缺。

算一算會錢和買東西錢，附附沒錢了，所以我想給你家的小孩每人一百元，爸媽年紀大買東西送他們應該的，也買了各金戒指給我們的二家人。你不介意吧，因自己還一半是未來的媳婦，現在禮重，以後更要禮重，我想附附會無能為力，寧可現少些，將來大些。你也如此說过己立而立人，己達而達人对吧，爸媽的禮物買了近1000元，我想小孩子少些，沒関係。你要寄吃的回家，先向你謝謝，不要花太多錢。爸媽不介意的。叔叔不會喝酒，他祇欣賞，所以也不要花很多錢，今年叔叔回家过年，似乎好多年沒回家了。叔叔很好，父親也待叔叔很好，不用客套。我們俩都应該存些錢準備結婚用，現在物价的波動，雖然說精神勝於物質，但錢還是要用的，跟人家借錢來結婚是有些不像話，附附從沒有借錢的習慣，拿你的錢也實在是自己很惭愧。不太習慣用別人的錢。長那麼大我很少花家中的錢。我發現我們都是对自己紧而对別人寬的，在金錢上对嗎，結婚也不用太鋪張，

五叔叔那裡不用送，小姑姑那兒也不用，我已經送了，就代表了。春假你回來時，

寫素子則是第二。我是這麼認為，很主觀對吧。
你的三張畫一直吸引阿，很喜歡，福成真可愛，像小弟弟，我倆妹妹，這十封
信，封面裡兩小孩很乖，所以把它全部信紙擺在一塊兒回味時時欣賞。看你
的信真人好。我的信亂沒水準的，別頭痛。
明晚這時已在車中了，交通加進步。PiPO 真正，阿阿該擱筆休息，晚安
祝你
新年快樂。
素去你那有空了，前几天看一篇關於愛迪生英文故事很有趣，我們似乎真有些些
默契。你想做的事就做，阿不願干涉，更得被你埋怨，每個人的各行不同。
懶惰的阿阿，被你一說，真該勤快寫信，你也沒有天天寫嘛，還說阿，不公平吧！
阿阿
1.18 中 夜

可以送王媽媽馬祖酒，是不是大公酒。你也快回來了。以較珍貴些，因台灣沒有。
對你很坦白，自己的個性也如此。看不慣的我也會講出來，至於對長官，表面要
尊敬，所以也會射幾角。損幾句，所以在同事中處得很好，相信你也會做得正，
理在，就這不會被社會所打倒。是嗎，自己的個性，有時很像男孩，太個性了。
在信中看一些也很阿不服氣的話，上帝造人本來就是不平等，女人嫁他不用賺錢
養家，但她處處都是在痛苦的位置支撐著，几年來看，實際經驗，你現在或沒
有耐性等待未婚妻的信，且滿腹牢騷，我想你心對阿的愛還是很微薄的……。
本來友情、愛情不是是有恆的，尤其是男女間的愛情，夫妻之間，為什麼常用
維繫不感情一彼此雙方所要負的，阿認為男人應該主動，責任，愛護，來待他
的妻，女人的責任不是全部可以刻劃在表面的。女人以家為事業，男人以事業為本，

萬事如意　彼

福成：

潘潘現躺在床上給你寫信。明日即將開學。心中頗不情願。這學期會很累。每班的學生都是70、80位左右。自己從未教過如此多的學生。自己內心非常不滿學校如此的作風。離開成功一學期，書本看得幾乎是。心中很感嘆。

這幾天的嗜口不佳，吃飯反而不如以吃不下去。很容易疲倦，所以潘潘盡量早睡。

星期五晚上即回到家。潘潘盼望著。本來星期日值星，和同事交換了（要用值）。所以我們可利用假日去玩玩走走。你想想看（看電影）。今年過年都沒玩到。今年的感觸特別深，一下要接受很多，心中非常不平衡。難免排斥心就更大。潘潘是要和你學學樂觀派　不然真不知如何控制自己。不想了，潘潘該睡　晚安

愛妻潘潘　2.17　8:10晚

福成：過年會更想家，咧咧。可以做一些娛樂的事，不要背書本，打打乒乓、球，彈彈吉他，畫畫圖，寫寫毛筆字，再想想我們在一起的日子，在你中咧咧會很想你的，剩我一个人時，獨自躺在床上想，很美，很難忘，您是和咧最親密的男友。我喜歡。您喜歡嗎，咧不夠……會害[illegible]情的。我現在不太想研究那兩本書，你聽過女人30如狼40如虎，我覺得看了那些會很咧……，我想咧還不成熟，所以暫停了。跟你在一起很舒服。安全。愛是甜的。永遠停留在你的懷裏……咧更幸福。多寫信給咧。

福成：

你好。想念你。

我一直還在生病中，很難受，常鬧頭痛，痛得自己很厭倦，以前沒有如此現象，健康的身体還是很重要。看書的本錢缺乏，祇能対着書本搖頭着急。很久未收到阿阿的信，対自己的愛人本不該說抱歉的，福成，原諒阿阿。自己還像小時候一樣，會掉眼淚，想吃東西，我不喜欢生病，趕快回家讓媽媽照顧。倦鳥歸巢，此刻的心情，也是很久的心情，家是我最溫暖，安全的家，多年來在外的生活，讓自己害怕。都是一個人，所以我怕結婚，也很不想再吃苦，在窮困中長大的孩子，雖然是能吃苦，但也最怕吃苦。樂觀的自己已經陷入悲观中，甚至有些自暴自棄。

台北的天氣今天開始冷，冷得會發抖，多穿些衣服，別讓阿阿牽掛，阿寄的毛衣收到了沒，希望能即時趕上寒流，屋外又是濛濛的細雨，這种天氣，讓阿無精打彩，心煩。

阿阿也很久未收到你的信，生活中似乎缺少了一些東西。校園裏的杜鵑又開了，稀稀疏疏的如天氣，人生若沒有目標，是沒意思，有了目標做不到，那是令人痛苦的事。看到那杜鵑，又很自己感慨了一下。青春不再，自己的以近兩年來特別老，很不像自己了。

總算把喜糖送給實践的同學們。在同學面前永遠是位年青快樂的潘。笑。常開，大方，無拘無束，最隨和的一位，自己不想拘限在班上的某一個小集团裏，大家都是同學。和他們在一起快樂無比。

我不喜欢成功，像座grave，無生氣。所以我想我的般性是失敗的。自己系系覺得該離開此，接受一個新的S，也希望有如此勇氣。繼續讀書還是我現在的方針和目標。

福成你或許會從盼盼的言談說以前你不知的我，每相處久，盼盼的自私，主觀令你頭疼，我不想隱瞞。

在那多保重身体。還有如此多的部下帶要連及照顧，盼盼很疲倦，想早些睡。這兩天因發痛沒念書，倒是沉醉在鋼琴中，尤其昨天，似乎很久沒有如此現象。今天開頭痛，感冒似乎還未全好。盼盼會照顧的，祇想告訴你，因你是盼盼的親人。是嗎。

晚安。

祝

身體健康

你至馬祖到今已有一個月零四天，和你在一起盼盼快樂，不會亂想。剛剛聽收音机馬祖9-5°，真冷，很盼盼心疼，多穿衣服。上回忘了幫你寄毛襪，你有沒，先在馬祖買一双。晚上被蓋厚些。盼盼有時太鑽牛角尖，祇想到自己，忘了別人。我會慢慢學習愛人。

想念你

PanPan

1.30 10:00晚

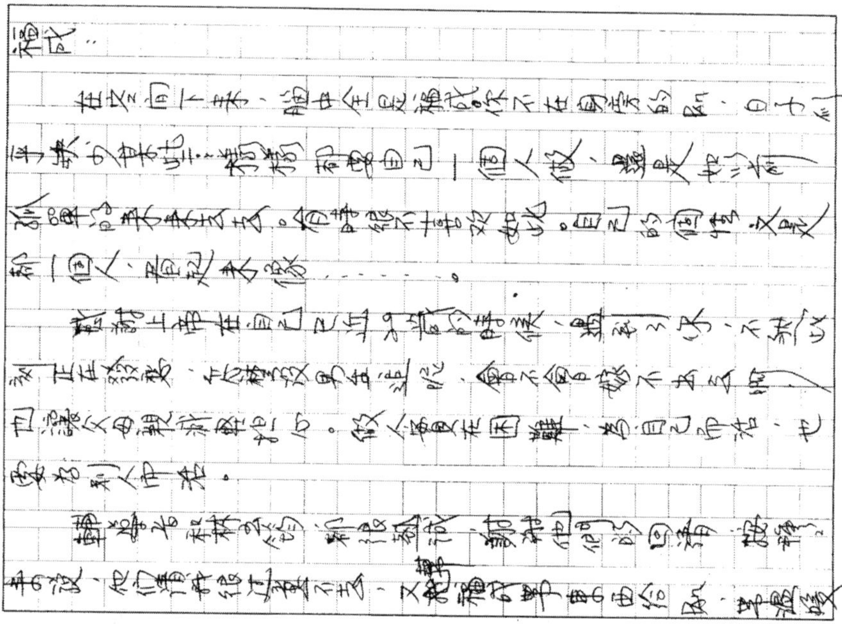

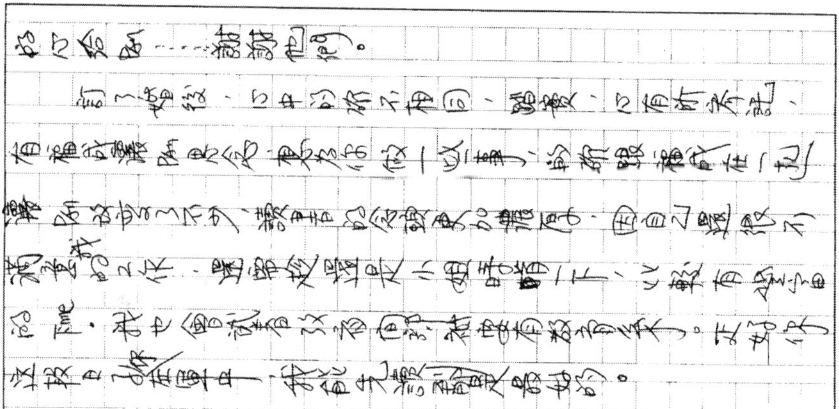

[illegible]

[illegible]

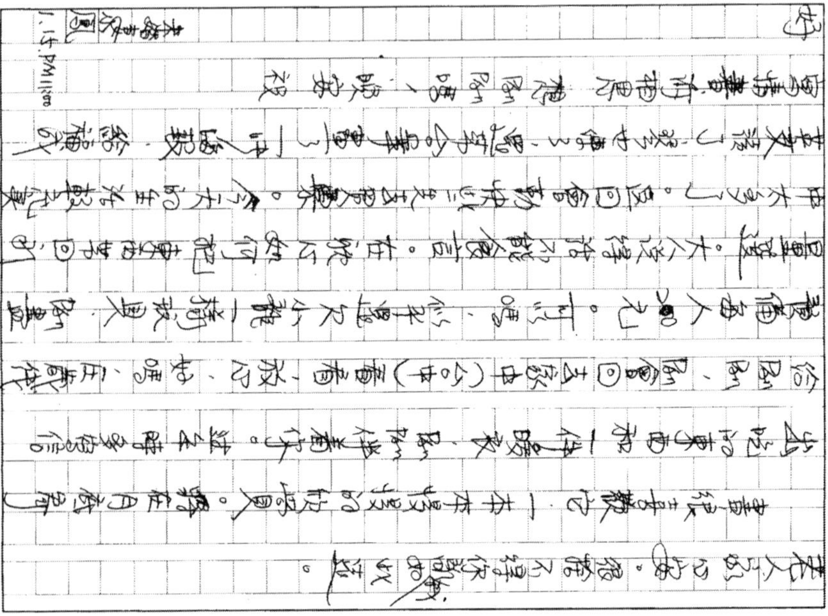

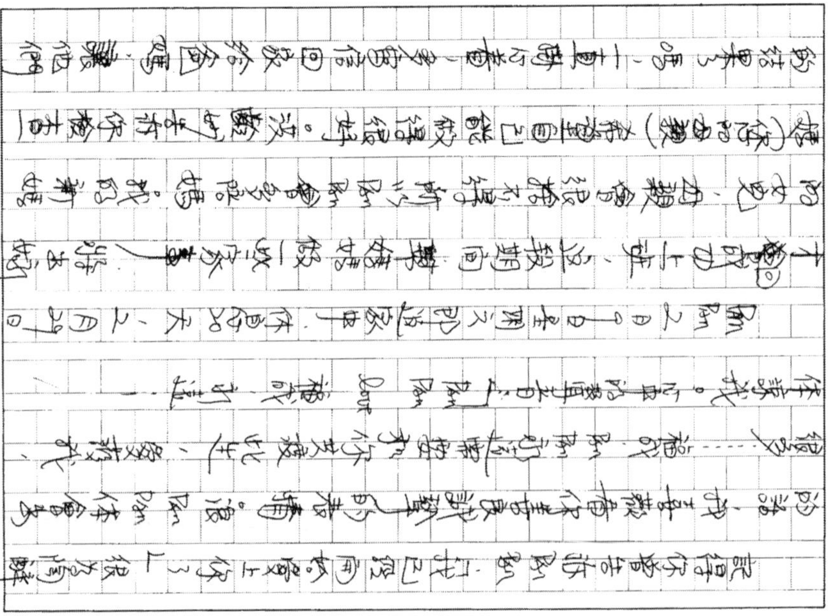

福成：

現在時刻0晨一月十四日。又是該睡覺的時候，而Pan Pan剛開始執筆要寫愛訴情意訴相思。

今晚陳銘銓、林玉詩請Pan Pan吃飯，越南菜，挺新鮮的，也是托連長福成的福，聽到些你的fun，很有意思。交女朋友後什麼都不一樣了。不過結了婚又全部畢露原形，Pan還是希望看到最原始的你。別隱瞞自己。不過對一些往事卻不希望再知道，人都是小氣的。而Pan Pan也會把些痕跡一一的消除去。我並沒有生氣，只是怪怪的。

自己的愛十分的豐富，並不輸於你，情感奔放，我想你有時會招架不住，發起脾氣也是很討厭的。

我大約在二月初即將返家，所以你的信可以開始寄往家中，20天的假期，學校沒有人幫我轉信件。昨晚和爸媽打T.L.，已請媽媽多用些香腸，並請爸寄給你，牛肉乾、豆腐乾我會在返家以前由台北寄些給你。陳銘銓回來太早，且想想難得回來，太麻煩他不好，還是郵寄。

受訓期間在外，多保重。衣服多穿，天氣很冷。台北的氣候相當冷，金門卻很溫暖。

晚上還是早些睡，長期桌着燈讀書，會傷眼的。早上早起看看書，辦公剩餘時間看看。也別太心急了，讀書不是一天、二天即成的。是嗎，Pan Pan是望你多讀些書，但卻不願你不照顧健康。

收到你九封信、九本書、一支十八樣禮物，真謝謝你，別再送我禮物了。Pan Pan卻沒送你，過意不去。

過年會去你家（我新的家）拜年，因你不在身旁我想當天返家，自己難得回家，很希望多和爸媽、弟妹們聚聚，尤其是已訂婚過的Pan Pan，更想。很捨不得離開家。

對自己要建立充分的信心．目標確定是件重要事。茫茫大海不知到向何處．那是很多且很可悲的。雖然人算不如天算，但自信還是能掌握一切的。自己有時常會懶惰、偷懶，這些都是成功的絆腳石，缺自己有克服困難的勇氣。

這裏有些英文題目請教你．

one．one's 的用法，幫我解說一下．什麼時候用one或ones

1) He sold an old T.V. set and bought a new one.

2) Are the green apples good to eat? No, but the red one's are.

謝謝你告訴Pan Pan讀書方法．我會從文章、句子中去找文法。慢慢的學習中。Pan Pan該停筆和你說晚安

祝您

身體健康

小鳳 1.14.0.40分．

5、到你家如何搭公車．在火車站時。

陳姐、林姐都是很可愛、善良的年青朋友。

我們談，吃的很愉快。

2瓶酒．我也幫你安排．大瓶給叔叔

小瓶給爸爸，等你下次返假時再答一瓶

你說好嗎。謝謝你．過年到你家．不知如何

送禮．說小孩每位該給多少壓歲錢．這時禮貌。

希望能做得好。早上8:00起來，心中很高興，覺得我對PANPAN真好

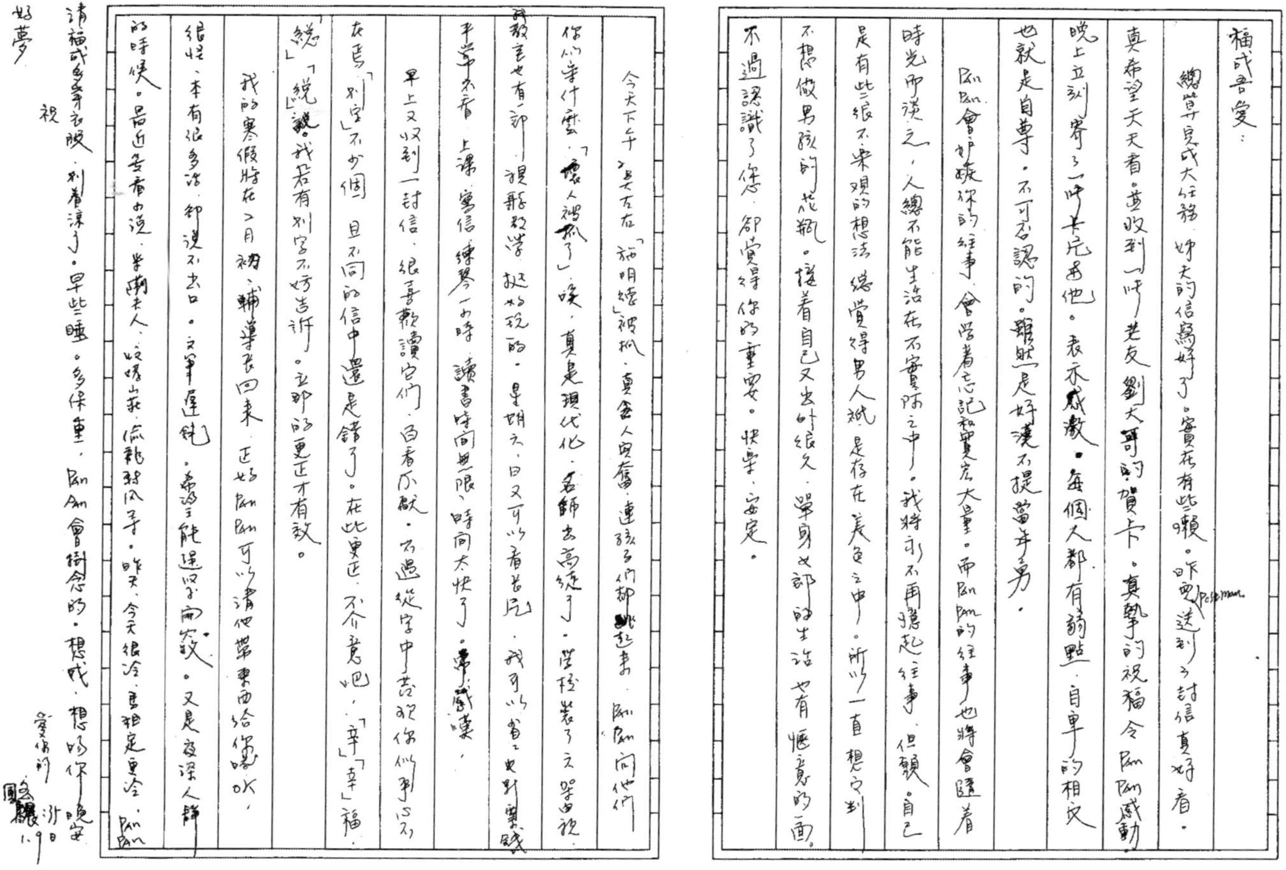

福戎吾愛：

總算完成大任務，姊夫的信寫好了。實在有些懶。昨晚 postman 送到了封信真好看。真希望天天看。並收到一位老友劉大哥的賀卡。真摯的祝福令 Pan Pan 感動，晚上立刻寄了一張卡片給他。表示感激。每個人都有弱點，自卑的相反也就是自尊。不可否認的。雖然是好漢不提當年勇。

Pan Pan 會記住你的往事，會學着忘記和寬宏大量。而 Pan Pan 的往事也將會隨着時光而淡之，人總不能生活在不實際之中。我將永不再憶起往事，但願，自己是有些很不樂觀的想法，總覺得男人祇是存在美色之中。所以一直想做到不想做男孩的花瓶。接着自己又出外很久，單身女郎的生活也有愜意的一面。不過認識了您，卻覺得你的重要。快樂、安定。

今天下午又是左右「神明燈」被拆，真令人興奮，連孩子們都跳起來。Pan Pan 向他們你們算什麼，「壞人被抓了」唉，真是現代化，老師也高速了。學校裝了元學錄視，我教室也有一部「視聽教學」挺好玩的。星期六、日又可以看影片，我可以省了些對策錢，平常不看上課、寫信、練琴一小時、讀書時間無限，時間太快了。常常感嘆，

早上又收到一封信，很喜歡讀它們，百看不厭。不過從字中感覺你們對心不在焉「別字」不少個，且不同的信中還是錯了。在此更正，不介意吧，「辛」「幸」福，「總」「總」讒。我若有別字不妨告訴，立即的更正才有效。

我的寒假將在二月初，輔導長回來，正好 Pan Pan 可以請他帶東西給你們吃，很怪，本有很多話，卻說不出口。文筆遲鈍。希望能提早兩天放。又是夜深人靜的時候。最近每看小說，半[illegible]夫人、咆哮山莊、流龍的風子。昨天、今天很冷，是想定更冷。Pan Pan 請福戎多穿衣服，別着涼了。早些睡。多保重。Pan Pan 會掛念的。想我，想吻你晚安

祝

好夢

愛你的 [illegible]

1.9日

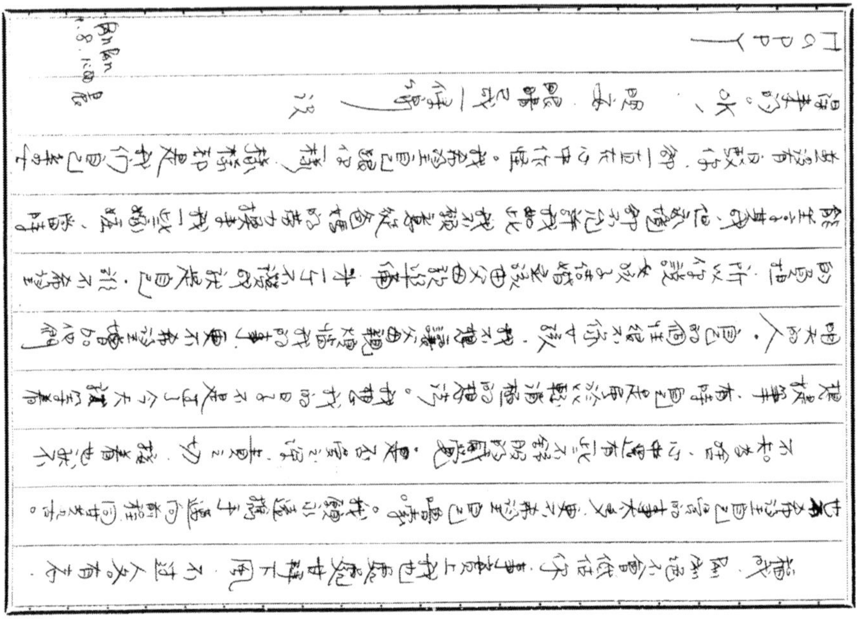

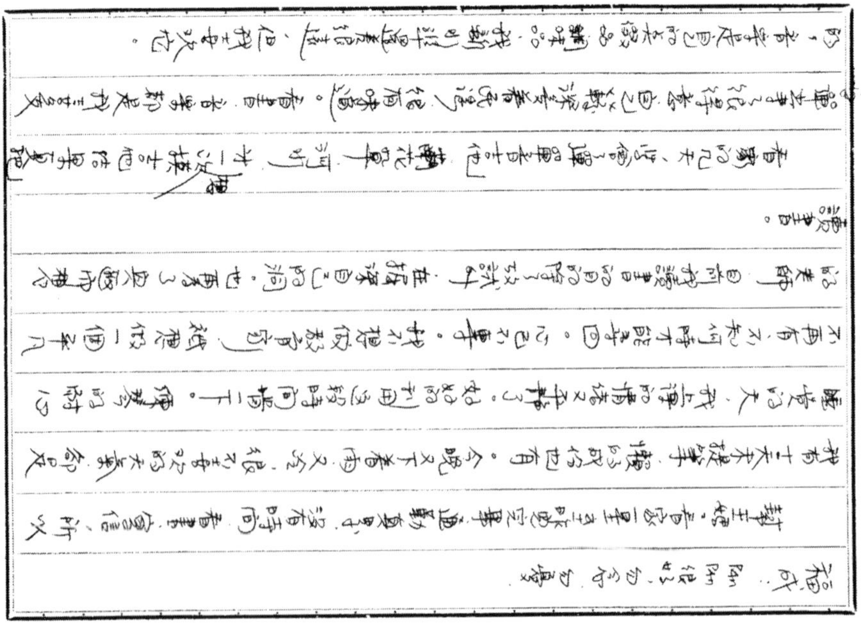

福成：　多穿衣服，天氣相當冷。

說不喜歡你，想那是騙自己，祇是時間的短暫無法讓我們認識彼此的細節。今天特別想念你，已有很久沒如此地念頭，看搞子Pan Pan的感冒已好多了，要完全好該等到回家才會好。我住的此地太潮溼和冷，對自己的身体不很適合，現在都好了。Pan Pan已經開始又拾回書本看書，很專心，琴練很有勁。天氣好冷，躲在被窩都是縮成一團。連毛衣都穿上的，被已經五年沒洗的不暖，不知道的人會認為懶惰。最近晚上都很早睡。這種天氣讓我覺得很懶散，下完課照鏡子，怎麼越看自己越醜，女孩子的心連自己也搞不懂。

以後別說Pan那麼遠好嗎，從抗戰到現在，自己一個人就北上，中間曾有二年在家，至今仍有八年在外，心中有說不出的孤單、寂寞，晚上也不知怎麼會害怕一個人留在室中，會胡思亂想，想得讓Pan心痛。Pan很久未收到你寫的信，是忙、懶，自己有時還是禁不住被花花綠綠的世界所引誘。明晚有位簡宏的男生結婚，我也被邀收到請帖，在考慮是否去。不很想去，因為外又冷又溼。

早上讀英文苦惱一些題目不懂，你告訴我好嗎。

一、Add the prefixes listed below to the following words to make them opposite in meaing：例 natural，在此時應該加上，（dis，in，un）三者其中哪一個，什麼時候加dis、un、in

我由字典中知道available，該加un則為相反之意，而organic則加in，popular則加un，幫我解說好嗎。

二、寫相反意思 "easy ↔ difficult" 例 increase（增加）↔ d______（字首是d（減少））例 create（創造）d______

Pan想不出來，請你幫我想。

弟台筆已經於昨返家，真羨慕，我星期六（九日）下午3:30的才快回家，將在家住20天，29日再回幼稚園，到那天我們已是2個月沒見，再一個月Pan想福成該回來，想到此才會開心，等待的日子真長，希望你天天在Pan的身旁，真很想是吧，同事們都說我最獨立，其實只有自己知道很好支。外表是看不出一個人的。信你現在可以寄往家中。不看信心中就想念。我一心想離開此，所以自己會好好的利用時間多看書。但也不會求急迫切，它會弄巧成拙。

北迴鐵路已通車，十項建設已完成，現開始十二項建設。自己的論說文很不知該如何寫，你可以說說嗎，Pan Pan覺得你的水準仍是有很高的一截，應該迎頭趕上。不過還是敬佩Pan高。Pan很愛聽民歌，古典音樂，熱門音樂啊，有時還會跳一跳，最新的disco我會跳,我喜歡華爾滋,節奏也很美,以前也常參加舞會,現在已不是我玩的,只有欣賞的份,自己還是會找個時間來跳,太靜自己還是不喜歡。收音機正播放着一首小河淌水的演奏曲,記得這首是雲南民謠,一首情歌,哥哥叫妹妹,很纏綿它,裏面的歌詞我沒聽清楚,都沒學會唱。開頭們爭唱月亮出來亮汪汪……妹呀……妹呀……想起我的姐姐……第一次聽是在國父紀念館我學校音樂會唱的,第一名,很讓我着迷。今天的演奏是國樂伴奏以簫為主奏,可惜我不太懂,從小就喜歡音樂。只能憑着自己的興趣去欣賞。

今年我的年終獎金正好當壓歲錢給你家(爸爸媽媽),準備買台南名產黑橋牌香腸,給三位小孩各200元,台雄500元,玉美300元,台龍200元,佩玲、偉婷200元還得買玩具,上回在電話中說姑姑要買玩具,賺雅玲、惠玲各200元,喻婷她們的小孩各200元,以往都給,正共計2400元。做大人還真累。獎金剩2300元扣掉會錢正好,今年的結餘只有2個月份的薪水5100元。現在錢真在太薄一下子就用完了。還是你在身邊好,可以存錢,也不用花光。聽這些會不會嫌煩,剛是想到什麼就說。放在肚子剛會神經崩潰。不喜歡有心事,討厭從就是心事多,亂想才鬧頭痛,今天想通了一些,人生就如此何必太計較呢。

在過年期間一定天天給你寫信,不然剛剛也無聊,沒人跟我玩。大都在家睡大覺,鐵定胖。剛已請弟把兩瓶酒帶回,弟有空會幫我拿給叔,一瓶我幫你送給爸爸媽媽,寄給你香腸了嗎,我的小鬼牛肉乾、衣服,好吃、好穿嗎,有2個星期沒收你的信了。希望下星期就收到,不然剛剛星期六晚上就在家中。好好的照顧自己和你的部屬們,過年過節會想家吧,我寄的東西和爸媽寄的大家一起吃比較好吃,雖然不多,那也一番爸媽和剛剛的一片心,對嗎。時時想念福成,別忘了想剛剛,盼望你早日回來,寄上幾張相片由你保管,家中的相片也好了帶回剛剛瞧瞧再報告,不給你看,心中過意不去,任性不至不如此,雖然醜只要福成喜歡醜小鴨就行了,是嗎。該停筆看看書,明天見,祝

身体安康,
新年快樂

想你,吻你

剛剛
8:15.2.1

今天是好的開始,特別勤勞,特別快樂,特別想你。

看相片,剛剛的臉變似乎比你厚,同學說我大方,你說呢,難怪你說不好看,而我覺得很好玩,你拎到我的酒,祝我喜歡你。這小件比較可以看,其他的剛剛太瘦了,不上相。

福成：你好，

覺得自己對你的愛情還不夠深。自己對自己總有一些很氣餒的時候。結婚的確是件很難決定的事。不嫁又是怪人，嫁了又需為一位沒有血親的男人忙碌著。有時自己很想逃避一切，不很想做人。很煩。

盛昌已經好多了，勿掛念。這冷的氣溫不適合我。尤其對氣管，今年的盛昌卻未影響到喉嚨，自己很小心的保護。

今天下課去買了一些小塊■牛肉乾，味道還不錯（本要去新東陽買的），所以就近買了些，回家我也帶一些回去，希望你喜歡吃，順便寄了一件毛衣，是兔毛的，很暖，穿在裏面保暖。家中的當歸，爸爸會寄給你，祝你們佳節快樂。

我將有20天的假期，很樂，可以好好的休息一番，平常在外，真是吃得不舒服，但還可以

自己還是比較喜歡家。有數年在外的生活，是有些厭倦，很想有一個新環境讓自己有衝勁。人往往都是人在福中不知福。

晚上弟妹比吃晚飯，很久沒弄菜，真有些忘本了，很糟，「熟能生巧，真不錯」。覺得手藝越來越差。說真的 Pan Pan 害怕做媳婦，更想逃避，做女兒永遠是輕鬆的。從訂婚到現在，發現自己一直在矛盾，打退堂鼓。難道男、女的婚姻真的維繫在肉体上？我害怕自己是如此。你不在我身邊心中的感受。

心情一直不很開朗，不知為什麼。像一塊大石頭壓在心中。說我嘴也不承認。我的坦白希望沒傷害到你。自己個性，對自己可信任的人從不想隱瞞。心中沒大事可讓自己欣慰的。

合雄這學期拿到13000元的獎學金（不錯），合華也去賺家教，希望他們能好好的

利用智慧，時間充實。也希望他們能如願以償他們的理想。你家兄弟姊妹感情融洽如我家一樣，我會捨不得離開自己的家。在家中，從小就是讓姐我最操心的一位，讀書，婚姻。自己也覺得是家中生活最多彩多姿的一位。感情太過豐富，太過奔放，不夠堅強，堅定，時常變來變去。

明晚將和家裡同學聚會，在陳嬡英家。我的喜糖順便給他們，這幾位真忙，總算明天可見。自己也因補英文，都和他們錯過，現在是冬天，糖還沒被熱情所溶化。明天順帶訂婚照給他們看，弟弟拿回家中的照片也照得好，要你看的，唯你太瘦。要嫁，要嫁給某人真是不容易，自己覺得糊里糊塗的———。幸好也好，不然我想真要光棍了。

想你你已結訓，前途如何，我願當學生，自己還不夠當老師。

今天開始早起，6:30起來，以前都睡到7:30，明天6:00起早上運動會身体好些，抵抗力強些。懶惰睡慣了，做起來還真吃力。最近很消極。

今天也開始讀些書，你還有些事了。但願Pan能戰勝一切。近11:00 Pan Pan該洗臉，刷牙就寢，晚安，

祝

萬事如意

收到東西別忘了告訴Pan Pan。多保重。

玉圓 1.24. 11:00晚

福成：你好

今天已開始不上星期二、四的英文，天天作業減少，心中輕鬆了些，一下課翻到一本小說（光啟社）借來，翻一翻很想看就看了。看了一個鐘頭，5:30去吃飯。今天輪值日，中午未睡午覺，很累，吃晚飯後從7:00睡至9:00起來，還是迷迷糊糊的，10點以後精神才大增，我想讀的教育學中的教育哲學還是未消化。現在是精神越好沒睡意，提筆訴衷情。

早上真忙，忙公事也忙私事，同學們不停地打電話來，12月9日又可以去爬觀音山，很樂。有時候很喜歡團體生活。或許久久未在宿舍之故。

謝謝你誇獎我的勤快，功勞應歸於my mother，吃苦耐勞的好媽媽。記得小時，母親在工廠裡做工……等。總覺得對母親的孝道沒盡好，時時刻刻在提醒自己。除了物質的享受以外。

和母親很談得來，因老人家不識字，出門就需我們陪，台華都真不錯，都會帶母親出去觀賞，而Pan Pan真糟糕，閒閒不出門的，自己該勤勞些才對。

你的家也相同，令兄待你很關照，令妹敬重你，這些都是你父母親的成功，你們家庭的每位都是有濃厚的鄉村人情味，Pan Pan喜歡。鄉下人很好聽的筆名。我的聖名是洗禮時得來的，很神聖。自己還是喜歡Pan Pan代表我。輕鬆些。晚安

祝你有好夢

Pan Pan
11.28. 12:30 夜深人靜
窗外停了雨

福成：

今天上課時不專心，聖誕鈴聲音樂完後，接着一首是很令我傷感的覺得，自己又認真的想了一下。遇到你真是Pan Pan的幸運，不然自己將不知如何走完我的人生旅程。

Pan Pan對福成是敬和愛。敬佩你的學識豐富，愛你的腳踏實地，對Pan Pan的疼愛。人最怕傷到別人的心，尤其是Pan更是不堪一擊。在上課前天晚上（星期六）寫信不以乎寫得不很好，但真的我有這种不實的感覺，Pan Pan害怕變成會傷害我，自己又對你從心中的敬愛。那幾天沒接到你的信，亂猜，福成怎麼了，自作多情吧，Pan Pan話氣不好的地方，原諒好吧，Pan Pan會慢慢的改變。自信心要有。願你開心。Pan Pan永遠會做你的好伴侶，好妻子，好助手。I'm sure.

跟你在一起永遠會年青，快樂，更會想充實自己。我喜歡我們現在的情感，除了男女愛情還有很多自己說不出來的感情，願我們永遠保持。

5:00 下課後隨筆

不知是自己本身体力不好，還是太累了，總會有提不起之感，腰痛，腰痛讓老人家知道，真會說我真沒用，這幾天才會，或許坐太久沒動，最近停止運動，似乎不好，應該早些恢復運動才對。

從你信中知道你晚上沒睡，寫情書，Pan Pan不願你如此，因會傷身体，除了用功外，睡眠很重要的。別忘了吃好一些，自己是住外靠自己掙錢生活，就是沒錢了還是吃，但我不吃零食，吃水果，營養的菜。所以不喜歡被錢控制着。節省很難，不很喜歡亂花錢，有時還是會常常買的。

你的体重很標準，在外自己多保重，很羨慕你的生活，你的很是從苦中長大的man，Pan Pan還沒嘗試過。希望福成能實現你的期望，Pan Pan願意替你打氣。祝福你。

10封信一趟可真多，郵差先生一定羨慕極了。好喜歡看你的信，吸收很多知識，思想，嘆不如福成那是真的，不是沒自信。

夜深人靜，但還可聽到車聲已12:45，眼睛已成一條線，晚安

夢中有你　祝

萬事如意

盼望你早日歸來
的小鳳鳳　12:06　12月．68．

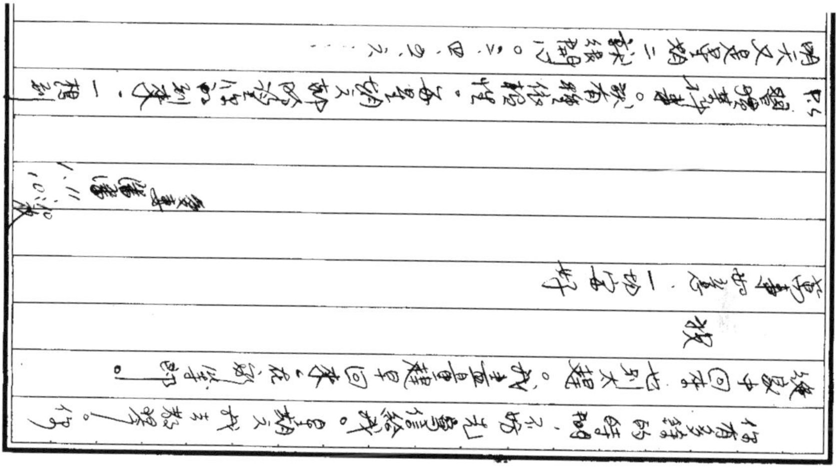

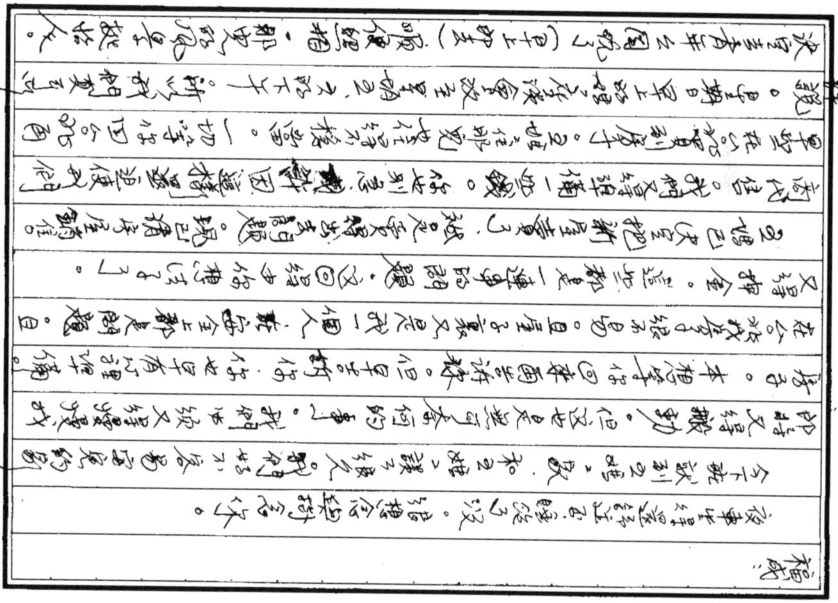

福成：你好

這月份 Pan Pan 共收到 2 封信，屬於你寄來的。今天已是 24 日，已接近 11 月份的尾聲。且也有 18 天沒收到信件了。心中一直納悶兒。「why」船，忙，懶。

有時候還會突然的冒出，人為什麼一定要結婚，生子，為什麼不能單獨的生活着。尤其是女孩子更受社會的歧視。自己若是真有些才幹，我想我會把自己埋在事業中，不想被一些……(　　)所拴着。無可奈何，Pan Pan 祇是個柔弱的女孩。很久沒接到福成的信，自己又生活在猜疑中，現在很害怕自己所擁有的再失去，寧可沒有不再嘗試。我祇想告訴福成真正的 Pan Pan。

台北這一星期來，都非常的冷，使 Pan 想到福成，天寒，是否有請母親寄衣物，別忘了添加衣服。我會担心你的身體，自己多保重。今天幹下課到處蹓躂，主要是買一件衣服寄給你，讓你感覺溫暖。不知你何時回來，船的緩慢，決定这件(紅，白，黑)的衣服留着等你放假時穿。好嗎！我很喜欢它，願你喜欢。多提筆給 Pan pan，別讓 Pan Pan 有亂猜的念頭。

真希望能天天收到你的信，自己就像一隻風箏斷了線一樣，不知該飛到何處。幸好有書伴着我。不然會覺得生活毫無意義。祇是做到吃，睡，工作，賺錢。你是唯一可傾訴現在的生活 Pan Pan 的。我不會把苦悶掛在 face，甚至更不想把痛苦建築在别人身上。我是對時間很自私。那天看了一本翻譯小說，微笑的天使，看那些文章，更發現自己太不會替別人設想了。真是警惕 Pan。

今天是國民黨建黨 88 週年。從報章上刊了一些偉大的歷史，又看到越南難民的逃亡，台灣真是個自由安寧的寶島，我們這一代真是幸福着。

從報紙上偷偷看到一些話覺得很能勉勵自己，所以把它寫下來，「當我們由於痛苦而哭泣時，必須立刻將淚水拭去，因為只有这樣，才能獲得别人的尊重，也只有明澈的眼睛，才能面对眼前的打擊」。「我們不靠天不靠地，我們靠自己」。「鳥兒們在雪天總是不停地抖動翅膀，所以沒有雪花會在牠們的身上」。「戰勝敵人的第一步，是認清敵人，即使被毒蛇咬傷的瞬間，也當看清那是什麼蛇。」這些詞句是採自於螢窗小語，很年青的作者，也曾做過電視計節目者，劉墉。只有熄滅了燈光，小小的螢火才會點亮可愛的螢窗，只有送走了喧嘩，唧唧的蟲鳴才能織成智慧的小語。你看這類書嗎！

最近睡時间多，因而運動已停下來，希望天氣趕快晴朗，屋外還是跟上星期之一樣，雨，冷，另人沒有精神，懶洋洋。不过晚上我做了很多事，寫情書，動詞的12种時態筆记整理，等你回來還須你的指導。你要有耐心哦！不然Pan Pan太笨了，會被你嚇跑。

明天有Pan Pan的信嗎（別讓Pan失望），睡覺前都有祈禱的習慣，願主保佑爸媽的身體健康，還有福氣。

眼睛很疲倦，該向你說聲晚安，天天想念你！盼望！

祝您

萬事如意

想你的

Pan Pan

68.11.24 11:00P.M

P.S. 同事們re我教小朋友跳馬祖之舞，跟他們在一起很開心，這學期來學校裏同事相處氣氛很好。12月工作上忙些，在23日我们有一个活動，目前很推行的親職教育：父母親教養子女的工作稱為「親職」。那末要把親職做得很好，使父母的在這方面，也得像其它專门職業一樣，要受專门的教育。這題叫「教育学院」時曾設。每班一个節目，我班現跳聖誕鈴聲，班上的男生多，真是被他們弄得我哭笑不得，又不能生氣打人。

福成：

與越大結婚了又隱得比較遠。記得年青時的婚姻很懵懂，從未改過。只是在自己覺得的愛情下想結婚而已。更談不上會去想幸福那些。長大一些，想法也就很多不同了吧。

成功目前不會拆，所以我也不想離開。因我達上也要結婚了，有婚假、產假等等。在這四天了。 7/6

福成：

才一星期不見，就覺得很久了。有否同感。不太能集中看書。

上星期日 自己也覺得奇怪為何如此急躁的，原來在M.C前，除來，心中會煩躁和身体不適。

今日開始放假，我忙了一天整理寢室，過分勞累。屋外的風特別大，是否又是颱風天。星期三去買票，星期六回家，八月十五再開始上班。至今還未收到你的來函，甚想念你。

昨天下午又開始教琴。一個人很無聊，所聽到的是夜寧靜的聲音，風聲，偶而劃破靜的的叫聲等。窗外有什麼，坐在窗前寫信，一邊想你，還記得否，潘潘說離開你實在捨不得，現在的心情是，沒有你不知該如何了。我對你的感情已不少，但自己卻時常警惕自己不要對你付出過多。想到一些事情會心中不快活。今晚寫了一封信給父親（台中）。向他問安。

想你平安的抵達，欲在回家前能收到你平安信。有時候我也是位神經質的女孩。好時候很好，壞起來就心狠了些，常不抑自己，反省自己。您的部下們都好吧。回到工作崗位、一定很高興吧。沒事時多寫些信，潘潘很念你。 20/7 夜

昨晚很熱，一直睡不着，失眠的現象。腦中老想着，你不在我的身旁，我很容易胡思亂想。想到婚後還是一個人，為什麼還要結婚了。雖然說對人生要達觀，但實行起來並不容易。

早上睡到八點才起來，看一些你以前的舊信，潘潘也很小氣，希望要你全部的愛。除了對你的工作事業外。我最近有種壞毛病，很不相信感情，都很謹慎小心。尤其是男生。因而變得多疑。現在我會怕一個人生活，因我已習慣兩人。盼望你早些回台灣。自己一切要多保重。多吃些，潘潘要補成更胖些。這回在台灣，你損失的營養，潘潘感謝福成的設想週到。我愛你。

你看起來是比潘潘年青，看到你信上寫的，丈夫心目中的美女，潘潘也學着追趕。

這回想通了些，我不想寫情書，很費腦筋，讓你多用點腦，我把家當做，有空時看看書寫寫作。心情輕鬆些，定會慢慢年青。不然會加速變成黃臉婆，很恐怖。

計劃下午即可回家，心中很樂。八月十五日才回來上班。

我的床前擺了一付相片很漂亮，用你送潘潘的鏡框。

明天再見

祝君

平安快樂

p.s
我躺在床上寫信。很懶。

你的

潘潘

7.21.8:00早上

福成：

很高兴看到兩封信在信箱裏，順便帶出去吃中飯。在等的時候看了第一封信，很親切。我也寫了兩封信，忙着代課，晚上十二點就睡。連續幾天實在睡過頭了。

你的錢最好在15日以後寄來，我才從台南回來。3000月的會已經本月開始，我先拿出我的錢，能這以多存些。這月錢沒得多些。所以你不用操心。[illegible]錢合在一起存比較理想，我在成功住，也可省下一些錢。但用的、吃的，卻不能沒有，所以你還是要多吃、多睡些。少用些頭腦。至於買房子，我們湊一下，在我們畢業時可能在台中買比較好。到時再商量。[illegible]，但也不能太將就了。你說是嗎。

我最近看書知以讀道的方式，自己也想了一下，假如我真的繼續讀書，對我好事之作可能如此，但[illegible]相當苦。所以[illegible]幾天，目前不想再讀書，等我們家有一些眉目，先生有一些成就，我再唸。但並不是說我不看書了，儀儀會養成看書的好習慣，常常複習它。

有時把人生想得太遠，對一切就覺得沒意思。所以儀儀也不敢再多想。[illegible]這些天天氣相當熱。晚上熱得不好睡，星期六回到可能好些，那間屋子涼快。

有了寄平安信回台中。回到家中儀儀的時間過得很快。跟她們胡鬧，幫媽媽燒飯等，再去彈彈古箏。一晃即將是月底，九月又開學了，所以你安心，儀儀會好好的，不會胡思亂想。但你自己要多保重。儀儀會掛記着你。還是要多寄信，不論收到否。回到家中我也照常，[illegible]。

大姊夫已回到台灣。送了他也就不論什麼了。人情難還。下回不用如此。不過結婚時，男女方還需多送媒人禮。所以在我們結婚費用還需一筆錢。但儀儀不希望福成一直在信中打[illegible]，[illegible]，欽[illegible]你。明早去買了30元的直達車快，這回[illegible]，所以[illegible]。寄上相片給你飽眼吧！為此，祝你 愉快　儀儀 [illegible]

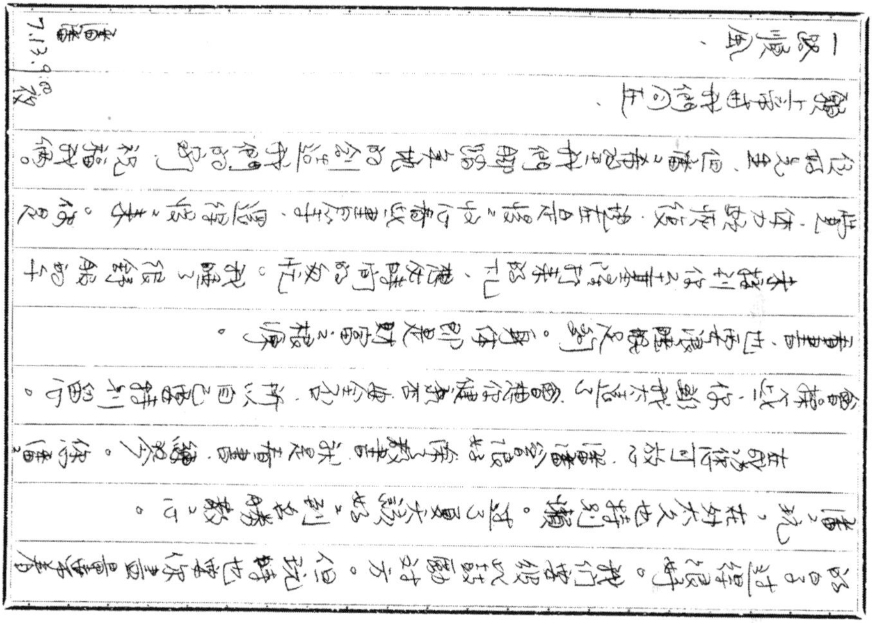

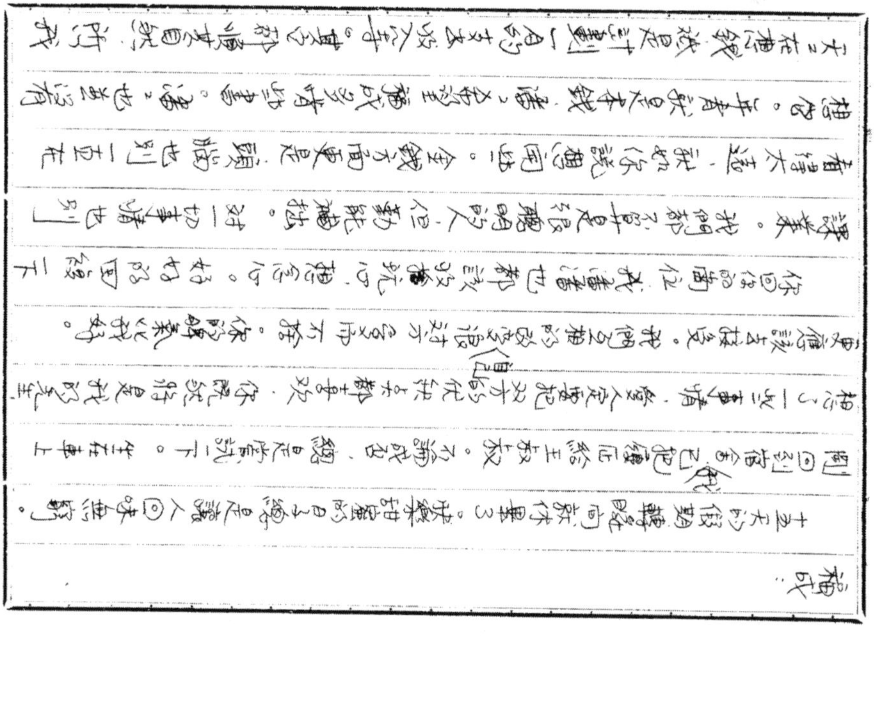

禎成：

今天中午吳興貿易商老板打電話約我至師大冰菓室吃冰。但一個人不太敢去，所以約了一位同事去。這位貿易商老板38歲，男人看起來都年青些，富幽默的。順便請我們吃牛肉麵。談了一下，自己並不很喜歡如此單調的工作。教書一直是我的興趣，由於性急。主動。這位老板是東主畢業、太太是公大畢業。也有一份很好的工作。我輕輕的問他喜歡你的太太上班嗎，他答：不願意、但女孩捨不得放棄。一個家庭的幸福，要要丈夫、妻子互相的去追求。所以由這些例子讓我深深覺得，潘潘並不是位很有才能的人，何不如犧牲一些，把一顆心放在自己的先生家去奮鬥和多

讀書寫充實自己。所以真的也希望自己做一位好妻子。在我們能力許可下去買樓、這是我目最感興趣的美好。欣已一要在我的自家田繞着。雖然是如此，充實自己的念頭還是有。不然，我祇會退步而不進步了。輸禎成進步多。

大家很愛玩，做事效率也差些。我又有些懶得動。你比我勤快。不去算日子，一天天的過是要快的。潘潘不知還待多久才知盼君的歸來。最近自己不知是何運，認識不少的男生。不過我都很難嬙的，能不來往的盡量少惹麻煩。跟你論，心中坦然些。也安全些。自己認為除了男女同事，平常的男女很少能做到友誼。你的感覺是否如此。今晚說到此，明早想到再寫。晚安。想你的熱情如火

潘潘

6.19.夜10.00

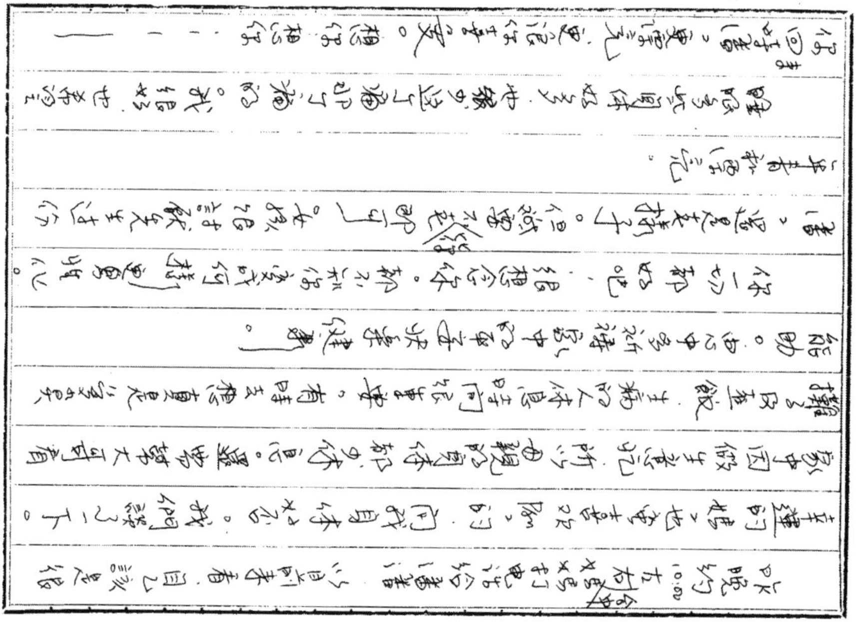

福成：

薪水剛領，卻空了。這一陣子真是恐慌，郵局存摺減剩200元。共剩300元，才一回如此空。物價的提高所以100元並沒買什麼就沒了。沒錢又愛買東西。今天買了一本食譜，270元，自己以前當學生時就想買捨不得，但自己即將做人妻，該有一本預備，不然連不會做菜那就笑話了。剛洗完澡，翻翻中國菜竟有這麼多的花樣。圖案的美，增加可口慾。我還喜歡弄這些。

最近都想時常提筆和你說說，相思之情是否會減少些。天天想念你，想潘潘嗎，你會不會有此感覺，想念得很切時，真希望你就在我的身邊。盼望等待伊人的歸來。

你回來看到的潘潘該會比那時迷人些。如你說的由我們倆人訂婚後潘潘無形中有股女人的味（有一些而已）。我又愛漂亮，鍛鍊身材目前皮膚還未晒黑，黃白的。

常常想念你潘潘的心才不會亂。多提筆把豐富的感情送入我的事实上。日久生情。你有個人的照片嗎，讓我放在身邊數時看看你。潘潘的定性，還不夠穩。你呢？同樣嗎的男女？福成願你永遠愛著潘潘。我對感情有時存有戒心。心中還有一些讓我隱隱作痛之感。我身體很好，運動後臉也有紅潤。很會惜自己。福成你多保重。有些話留在心裡悶悶的，寫到紙上能宣洩一下我的感情。我該睡了。晚安，我敲定我們碧潭之遊……　親你　如意快樂　（潘潘11:00夜）6.20

最近常有種讓自己變壞些。心不太有勇氣。情感這種東西實在奇妙，本身我又是不達觀的人。所以常會煩。你知道達觀，所以我深羨慕你的快樂。今天下午很累，在婚前需要身體檢查，自己懶也是有原因，很容易疲倦。你知道我的還是太少。

結婚的問題，等你回來再說，也不急於時。民國70年元旦那時也可。等你回來再商量。有一段時間讓我們相處較好。我常常在想。不知何時檢稅重成熟。2/6

今天一天都在間別，營養豐富。恰好自己又今正好MC期，讓自己進補一番。昨晚累了睡得較早，早上也起得晚，8點起床在床上特別想念你。一直賴在床上。

8:15同學打工回來，他說搶先我睡，所以今天又一天在外面。同學們都住在校外租了拍攝的小房間。也跟著他們忙。有時候真不想去去，在外睡覺、學習、看書。好快到了明天再寫。晚安 11:15。

二月（期間會特別想睡所以起床從7:00～9:00練習，做作業，再看一下英文本要提筆寫成這一封信，實在很睏，看書中就睡著了。所以早上才給你寫信。有時想想自己，覺得我一無所有，也一無可取之處，感到人生的茫茫。

昨天中午收到你端午節的一封信和二本書，謝謝你。不要再送我東西，這兩本書曾經大略的看過，並不太懂。請有時候給我時間讓我了解男女之間到底是如何。這個要慢慢的去體會。因為我將要嫁給你。是嗎！

我的心中也很少想念太多的人。清靜的生活一直是我較喜歡的。前天收到父親（台中）的一封信。又有些是我慢慢練習要接受的。心中好煩。自己還會胃出了我嫁給福成幸福嗎：對未來我不懂：對我的工作也不稱如意。也不知你為什麼喜歡我。沒有可取之處。

我對此教育學院的錄取已經降到零，很悲哀的事，把在的我一事無成。就此擱筆，回家下了八峽校。

早安

[illegible]

我們今有好的開始

有一件如家如之）給你我用不上，
自己要多保重。潘身體很好，就是
心情會低潮些。
星期天上午7點來有人來看我，我不在，昨
早上那位人有打電話向我問好（他是你連長之流）　潘潘於 早晨 6:45
謝謝福成的愛心，潘潘心動。

[illegible]：

我們太久未見，[illegible]

你還有[illegible]

[illegible]

[illegible]

[illegible]

[illegible]

[illegible]

[illegible]

如此。就要我有，不會那麼小氣。

自己生病好了，体重在夏天大約在47 吃多些會達至49，身体的時候約在48右左，睡眠夠還要美的。（真不知臉長）最近早上都在練韻律操我想保持很美的身材，順便鍛練身体。

你自己保重好，潘潘會小心的照顧自己。台北同學多，所以有時过份忙。你來信說潘信少，因我生病之星期。實在沒办法寫，一下班就睡。我一定常提筆。我也想念你。天氣熱一多喝開水，晚上别忘了在肚上蓋了毛巾被。受凉了就麻煩。抽煙少抽。不好傷身体。又是11点大半早上讀英文，所以要早之睡。英文這學科是越讀越有趣。不过比以前近視深了些。最近太多瑣事。我還是喜歡安靜。晚安。

祝 你

身体健康

想念你的

潘潘 64.6.18 11:00夜

福成：

端午佳節可好，潘潘過得很開心。中午在王媽家吃中飯，晚上在鋼琴老師家吃，吃得不亦樂乎。心情很好，生病也差不多好了。睡也睡飽了。請安心。

我一個人獨來獨往的，六年來也常常如此。自己的個性有時不太喜歡過份束縛。想什麼時就做什麼。懶的成份較多些。一進屋子裡就懶得出門。記得你也說過潘潘是嗎？

吃了幾個粽子，今年學生不夠尊師重道，所以潘潘在上課時講道理給他們聽，不是我貪吃粽子，讓他們在節日也能讓老師與他們同享。記得曾經有一回收了很多個，有些小朋友媽媽沒包，我就把粽子給他一個，自己總是教給這些意義或一些禮節。這該是對的。我已吃了六個粽子，真多，同事給我了好多，有些人比較會替人想。有一位新開的同事還記得我們在宿舍拿來給我們吃。心中由衷的感激。

不生病真好，舒服，心情就開朗，就比較不計較一些事情，也不會鑽牛角尖。軍人的妻是要被訓練得獨立些。有一些精神寄託，不然結婚或不結婚，都是一個人亂跑。

最近忙些，很少有寧靜的時間在家中。我還是喜歡清靜得很，我學一些東西。生病好了精神好就會想多充實自己。生病時，一切都是失望，健康即是財富，很能體會的[illegible]。

妳此久在馬祖，吃的都還好吧，体重有否增加，其它都好嗎，這些[illegible]潘潘替你擔心。看書別忘了休息。天天用功，飲食等要注意，容易生病。自己好好保重。聽喻靜說劉瑋洋最近回台，得遇到他。不然也可以多知你一些近況如何。有時會想念你。

端午佳節又將在思念中消失。最快樂的一天。祝你天天快樂，晚安。

祝

萬事如意

潘潘
6.17. 深夜

最近學校上班非常輕鬆，因我們老闆結婚，（不過這都是
騙錢的藉口，他老早就跟孔七（糟）真的是恨死他了，常常
他去學堂里。本來被出100元，結果給了王姐2元，分析給我
聽，人家壞，自己做人不能太絕，所以決定以300元退他去
吃撐。每天在對他非常——的討厭，所不理。
早上便可以很悠哉的上班，做自己想做的事。因要不我也
不在。

在成功我要去的環境出差，同事也都處得好。
老闆是對我還好，但沒有很喜歡他，自己討厭人，
就一直討厭，沒有改過來。這吃過飯。
太舒服了時間過得特別快。
身病好了，請多今天。你自己要多保重，請你想念
福威。

祝

好

6.1.18 早9:00

福成：

下午実在支持不住，去給医生看，真是生病了，量了体溫有
高燒，難怪如此的不适。一下班就去睡一覺，之後起來喝了
一碗豬肝湯，再吃藥，現在好多了。医生叫我多喝水，要
多休息，自己是欠缺休息和睡眠，又加受涼。

一直躺在床上不舒服，起來打电話，也打回去家中問媽媽去看脚了否。
人一生病就特別想家。趁着休息時間也寫了一封信給台中的爸媽
說真的，台中的家已漸漸開始有些空虛的了。很久未得到家中
的消息，很牽掛。常寫信回家嗎，別偷懶。

出了一身汗，比較舒服。昨晚一回宿舍就不舒服，這回最難
過。生病很討厭。台北天氣不好，最近很流行發高燒、重感冒。我
的抵抗力弱，昨天在公車上就知道不對勁，睡了一覺還未見效，還是
得看医生才有效。你近高發了否，傷風如意嗎，我想今晚
就此擱筆，要早些睡。希望明天就能恢復体力看書。心中
頗着急。　明晚再說　晚安

6/9夜

有了天未提筆，自己一直在病中，這回感冒真有發燒，所以
睡了三天，今天好些，但身体很虛，繼續在保養中，書沒看，
明天就開始上郵局適訓報名了。我祇能盡力去做。有种感覺，
健康才是最重要的本錢。你在外好好地保重。

昨早上用TL和圖嬌聯絡，得知家中平安，心中比較舒暢。可体

不好，人比較會亂想，心情也不好。尤其在不舒服又睡不著之下。

其它都好，勿念。

你在忘要補補身体，養養精神，讓自己安心開始積極準備
了。對了，我不想再寄書去，免得你又寄回來，再加上這個月
的薪水所以我的書也不買了。端午節你要自己替你的部屬加菜了，我
祇有用盡心思照你，揣度你的波動，讓我有些收入不夠支出。抱歉，很不好
意思也不能去多想這些，但怕你誤會潘潘對你不夠好。錢是人
身外之物，我看淡了很多。送弟生日禮物上和之，偶爾鬧鬧別扭之的狂哭、
你是我親愛的人祇好劃愛給他們好嗎。就此擱筆，晚上再跟
你談談。

祝
端午佳節快樂
工作順利

潘潘 上
六.四 中

福成：

我總算痊癒了。若久臥的時間那又有好長。第一回感冒如此難受，可見越大体力愈差，又

長久居住在此，所造成的營養不良。

今天總算可以開懷的大笑，看一些書，彈彈琴。人還是要有健康的身体才能做任何

事。

昨晚慎重的填好新化教育的報名表。也很早就睡。心情輕鬆了一个担子，辦好一件

事。

我又即將欣送一班畢業生，在成功6年感想頗多，好的壞的我都看到了，別看

如此小的地方，倒是很多奇怪的事。所幸的是並沒有被污染。在這兒我完成了自己

的学業，学會了自己從小就羨慕的鋼琴，但距離程度還遠得很。我的光陰還是

得識有增。

實踐是我很喜歡的学校，它培養我成為一位端莊的女孩，懂得插花，如何欣賞

朋友，如何美化自己，家……等。在学識上它讓我能更加的再充實自己。暑期之和同

学濃去学校，我們那一群還真学會了不少東西。對老师的感激銘刻在心，尤其是几

位好老师。

28歲的女孩讓人聽起來是老了些，不過自己的心境卻一直保持很年青。尤其一段之

的過程歷過，至今，心中很年青的味道。因為我悟出了一些。体會出一些。我的村物

都喜歡年青些的。自己覺得有時真可愛的。（真……）。

6月6日記得距離我們第二回合的見面第一天是12月6日，整之半年。想想這半年

我倆不如何去度過的，但也很快的過完了。相思的滋味。在生病時，沒人安慰

特別想家，又不能做別的，躺在床上好像但又無可奈何，不知待何時，我們

祇好撐之等，但我不要如蝸牛爬行，那太慢了。

沒到考試的成績理想吧，又一星期未收到你的來信，這一段日子收

你的信特別少。你該加油了。我想你該回到「溫暖的家」了吧！信看得是否不亦

樂乎。最近一航次心情平穩，所以寫得開心些。你身体好吧，多保重。

就這樣停筆，我想早睡，晚安。妹玉美問陳哥？回來我從哥知道大家都

祝 你　　很關心。別告訴我，這些都屬於……我知道的。

不然軍人妻子每位是不合格。

好夢

潘潘 6.6 10.40 夜

福生：

想不到昨日還會收到了你6.30的一封信。我正被考試考得不亦樂乎，心中才[illegible]了。地又不[illegible]信，心中會一直胡思亂想，會不想念人，還記得我們都曾說的「精神食糧」。

今天下午去考試[illegible]，睡了一大覺很舒服。[illegible]所以都買了新的[illegible]，[illegible]，胃口也不很好。但肚子又[illegible]。因我能吃。

你還抽煙嗎。你以前也抽的不少。但你在[illegible]的面前不能抽煙，對健康好些。記得我們有一個原則，不和抽煙的人交往。所以我被騙過，本來以為你也不抽的。

日子一天天的過，有時候也覺得不太想讀書。[illegible]的生活，[illegible]一轉眼[illegible]。生活[illegible]不少，一切都是新的，更要動作快的做一些事，很[illegible]。生活有時候很單調。我的生活一直很規律，很樸素，自己只會看著自己要努力上進。這一件事的責任。有始有終。

在信中說起你很不信任[illegible]「但願能有很多信」，其實我[illegible]。這一向太主觀，太武斷，我們[illegible]。我[illegible]什麼[illegible]。

考試還有兩天呢，我寫了一封[illegible]的信，你大概[illegible]。

[illegible]，我[illegible]，一個人[illegible]。[illegible]

[illegible]。[illegible]

[illegible]

[illegible] 6.7.03

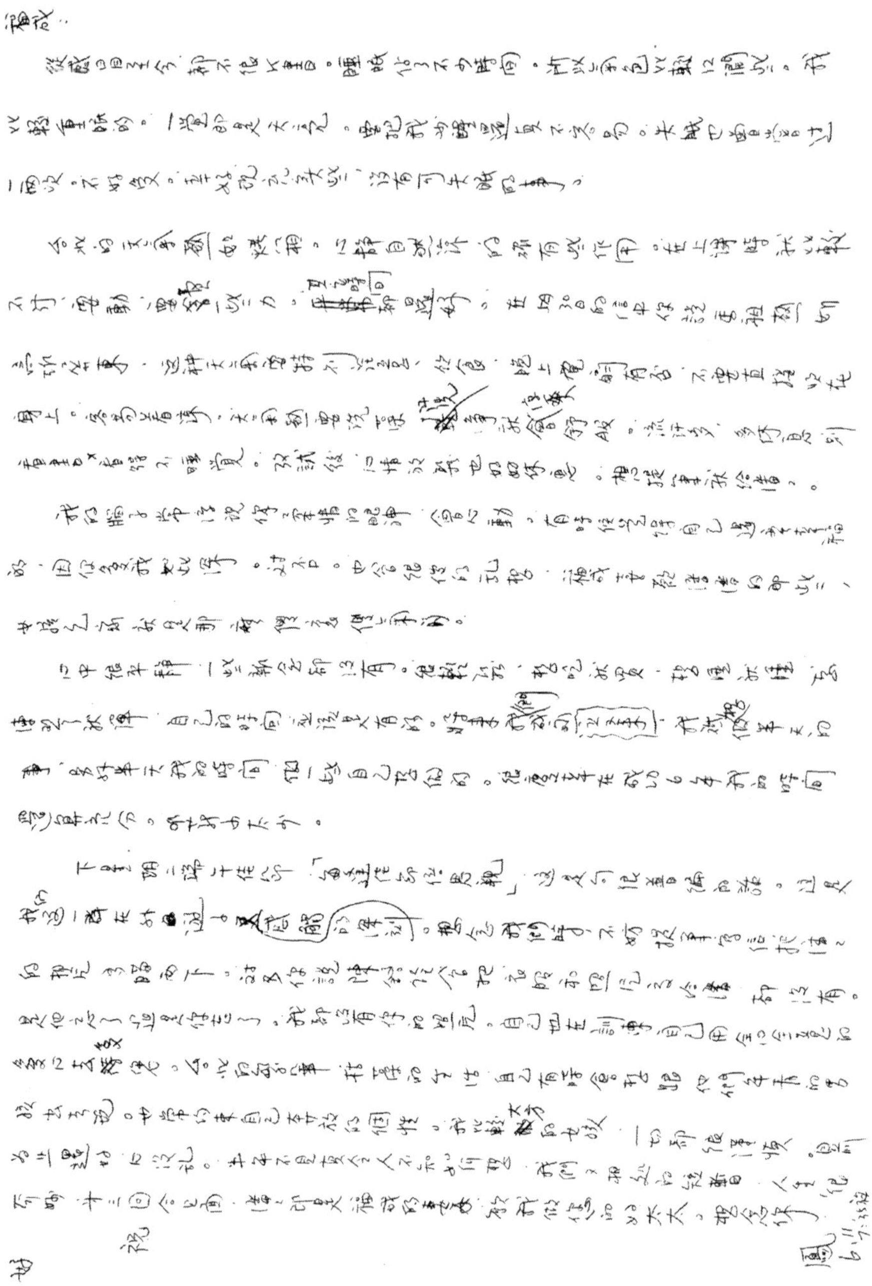

福民：

一連數天都沒去看舞蹈及演奏會，也就沒時間提筆寫信。你好嗎！

昨晚至國父紀念館看文化學院的舞蹈，還可以。自從看過雲門舞集之表演，漸漸喜歡它。學藝術很人有美感。欣賞著他們舞姿美，今晚去聽鋼琴演奏會，可惜音響不夠好。美中不足。這些東西都是人很美妙的，彈鋼琴，不僅有音的感情，再加上手、姿勢動作的配合，讓一首曲在演奏下變得生動迷人。

教育學院我已報好名，但書卻沒啥好好念，也得好好地K一下。可能又會少些信，但我一定不偷懶，一有空就提筆。感冒好了，很舒服，我不喜歡生病。五月份你考試，收到你信也少。對你的一切也是一個？，也不知從何關心起。

端午佳節快到了，想吃媽媽包的粽子，但太遠了，又沒時間回去。你呢也是很多年未吃媽媽的粽子吧。先在此祝你們佳節快樂。

台中素美家隔壁買了T.V.。所以你可以打電話回家了。昨晚10:00素美打通電話給我。她要我謝謝波姊，她們都是很有收藏的好姊妹。對我也很關心。自己真有些不好意思了。即都大了，有時仍依賴得如小孩。

我的學生會給我很多個粽子吃。每年收到很多，我最愛吃粽子。不能寄給你，時間太晚了。我吃你聞好了（潘潘真該死是吧！）明年請你吃。

今天星期六6月10日，你在做何事，說來聽聽。潘潘想念你。晚安，我的眼睛已是半閉上了。中午仍未睡午覺，剛發完洗至今回來。看很多天未提筆，怪想的。自己覺得最近很勤勞，時時刻刻惦記著你。自己多保重，身體健康，快樂，平安。潘潘很好。別著急，我等你。祝

萬事如意

潘潘
6.10　10:50 夜

福成：

夜又深了，白天睡得很多，晚上就不想如此早睡。提筆和你說說話。

星期日曾想出去和男生們玩玩，你又不在我身旁，自己一個人祇好躺在床上想一想，兩眼瞪着天花板。很奇怪自己的心理在比較清一些。去年此時都沒如此現象，比較開塞，把自己關得緊緊的。訂了婚各有利弊，不用担心沒人要，但有時也有一些朋友卻祇能淡交。態度方面得收斂些。你離我太遠又太久，我們相处得時間又短。一別就已五個月了，真對自己有點煩些，但這是有把握。沒辦法！

早上起得晚，整理衣服，天氣太熱，冬衣應該收入箱中，夏天的拿出來穿。弄了一個早上。上市場買些菜回來煮，吃完飯看看雜誌，翻翻你的信，又開始睡午覺，睡到四點起床。開始看看書，接着又弄晚飯。6:30吃完後，在校園散散步。7:00看五燈獎，我喜歡看山地青年唱歌，他們的聲音很美。7:30開始練琴練到9:10。接着吃一碗燒甘蔗。又開始唸英文，10:30洗完一澡，進來室中準備洗澡就寢。一天就如此的又將閉幕。你呢，你那兒比我這兒更寧靜。成功是我最好的寧靜園地，每到下課學生走完，或一大早，新鮮的空氣，一直讓我很喜歡。所不喜歡的祇有人世事，很多的難題是處事都做人处事，反正首是重要的。上面的人，下面不服從，一凡所堅不已是沒有責任的工作。自己也祇訓練得祇管自己。不想那麼多。我天天過得很快樂。學生我常檢討自己曾有否做到一位小孩信任喜歡的老師。

你呢！那麼遠，又那麼久，對自己都有些失去信心了。考試沒完了別再偷懶。你所付出的並沒有我想像得那麼多哦！你的時間比我充裕，除了考試外可不能找藉口。我要睡了，明天再說。11:50　25/5

自己又好多天未提筆，還是提筆。本是昨晚該寫信的，結果值日太累9:30就睡了。你最近可好，我也好久不知你的狀況。我們隔得太遠又太久。很想念對方。

昨在中副有篇文章「離別」不知你看了否。還蠻有些教育的。也學着盡量控制私人的情緒。往這方面想些離別並不就我們我想的那樣悲戚了的。想到為了工作而暑去，為了將來，保衛國家遠離故鄉，心裡也就坦然多了。但總總還是盼望你的快快回來。祝你平安快樂。對你的部下要好好的待他們，此外的避免「多」是最實際的。

我已把教育學院的報名表拿來，6月9日再開始寄去報名。我不論它的成敗，要我不後悔而已。並不想說考試能使她失去信心。自己是很有心去再往上層的升學。但時間卻是比較適合我。一切都順乎自然。別担心我，工作如昔。新主這是有些比新任的想法，還是不去想和問事。

陳錦銓大概一直忙着他的工作，我都未接到他一筆。你也不常多少時間，所以也別太麻煩別人了。我在這兒很好，但想念的紊亂，卻很我有些把不住情緒，你要諒解我的話，別忘了常提筆。祝你健康如意

想念你的潘潘　上　5/30中午

福成：

真不知該寫些什麼，就是問你好嗎。

記得去年這時候我們還未曾謀面，說起來人生是很奇妙的，我們僅有二次的面對，卻是將來要以共同生活的對象，人算實在不如天算。很多事情都是如此，遵循自然法則吧。

今天已是5月的尾聲，牆上的日曆一天天的撕去很快。尤其自己懂得時間的可貴時。讀書我不想太逼使自己，想K的時候就多看些，有時上到已很累的，先睡了再說，精神好時再看。也讀一些報章的副刊，稍作消遣。每天一個傍晚練琴，有時去逛逛。因一彈就愛不釋手。今天的精神就很好，中午睡了午覺，精神不錯哩。自己的精神影響會很鉅大。盼常常量放鬆我。

昨晚弟弟找我，談了一會因他要去當家教。在台北做生活的物價以難高，他很快就用完了弟弟的存款，買書也就花到1000元。他們的書很貴，一本就是700元，弟弟也是要買書。我幫他找到錢也很高興。

台北弟弟手腳傷，恰巧端午節前一天是他生日，我和台北弟弟各送一樣美用的禮物給他。寫好筆和信都還未提筆問候他。今晚該提筆了。到了今晚8:00暫時停筆，想到時再寫。

曾有過的戀情，男女之間若為了滿足欲望而結婚，那雖有快樂，但那樣能真正的生活在一起嗎？人就為了逃避而結婚，心中還有很多不滿行為，結婚若還像現在一樣，一個人坐在明燈下，卻是一個人，覺得跟不結婚的我也一樣，又何必加重自己的負擔呢，尋思多去去這些。早上同事坐在辦公室掉眼淚，因她先生的事所發生的問題，想念你如此，而有感慨的悲哀，她又大了肚子。我也覺得自己很現實不太想做得如此犧牲，婚後的我不知會有怎樣改變。我即以讀書來打發了時間。5個多月不見會讓我有所埋怨。

今晚接到陳錦銓的T.L.很興奮，由如見到你一樣，如你說的他從高雄叫了一客香雞腿來。他請我在西餐頓吃，他很忙，又還未自己賺錢，請我吃的飯很貴的。西餐廳的名稱忘了。所以說人家怕不敢吃，但錢很公道，二人才花了200元。謝謝你如此的替我設想，很感激。他們的設備相當美，綠色為主調，很柔和舒適之感覺。大家都是很年輕的，裡面吃的人大都是洋人。坐了一小時。陳錦銓開車送我回宿舍。對了，你說衣服陳錦銓沒交給我。是否你未叫他帶回。我說有問他，很謝謝他。你自己向他好了。以較妥當些。

我和陳銘銓談了一些事情，關於你的工作等。潘曾向你發牢騷對我說的怨恨，因
跟她相处之年。很以看得过分造做。但表面上我们还是很融洽的上司与部屬。人有
時是需要的。做人處事的道理深厚，你會劝我，但别忘了自己也要積極的去面對自己。
一切事情都如印以円滿來完成。希望你能體諒我的話，你还记得潘有一封信提到
用「愛」關心你的部屬。但对你上司，雖不用拍马屁，但還是以同情的態度处之。人
都是要聽甜言蜜語的。

我们也谈到了瑞祥，陳銘銓似乎对我很好。也告訴我一些。跟你說过我的
朋友，你不用如此的訓練要求如何做，如果是在你很不喜欢的情形下。别忘了你自己。
再那麼大，我可以说问心無愧。不會在乎别人眼中的我，想什麼就做什麼。

在感情上我们俩個都曾是情場上的失败者，有句話「塞翁失馬，焉知非福」是嗎，
但我想我们俩都是对得起自己，並不是那人不如意時就一腳踢開了。今天和你們
真的我不会再回到过去，都是不成熟的，幼稚的感情。我很珍惜，相反的我也很
你珍惜，自己絕不會為一個不值得再如此浪費的命浪費時間。

跟你在一起時很安详快乐，躺在你的懷裏，就是你。沒胡思亂想过。你是
很成功，很幸運地。但希望婚後的我們能更多關心對方。

看你的信，有時覺得可愛，我既然要嫁给你，不会你，去会谁，别忘了我是那麼
不是很盲目的女孩。不过上回曾有人要追我，我跟他说我已訂婚了。所以你安心。我
會反省自己。太久沒見怪怪的，过这時間过了就好。常常寫信告訴我你的生活。不但能
懶。对自己要信心。你在我心中的份量也是重的，就是不會横暴人的事。

今是很幸運的才收到你之封來函。知你狀況安，心中也甘心了。我却
想你，但不能太想，我會不好受。因你説得太久，太遠。

交父母，该向你说声晚安，重要的说一句话，不論做任何事，一定要做到「有始
有終」既然是做了，更要講求盡責，當然是盡自己的能力。一般成功的…家，天才的並不
多，都是努力奮鬥而來。「勤能補拙」共勉之。

抱你

工作順利
情緒平穩快樂
P.S. 我目前都在成功，離開之前一定会事先告訴你，不用操心。
我要訓練自己更独立，不習慣男人的生活，會煩。
代我問候姊夫好。我很早就有去你沒有假日想開些。

潘潘 5.30
11:35夜

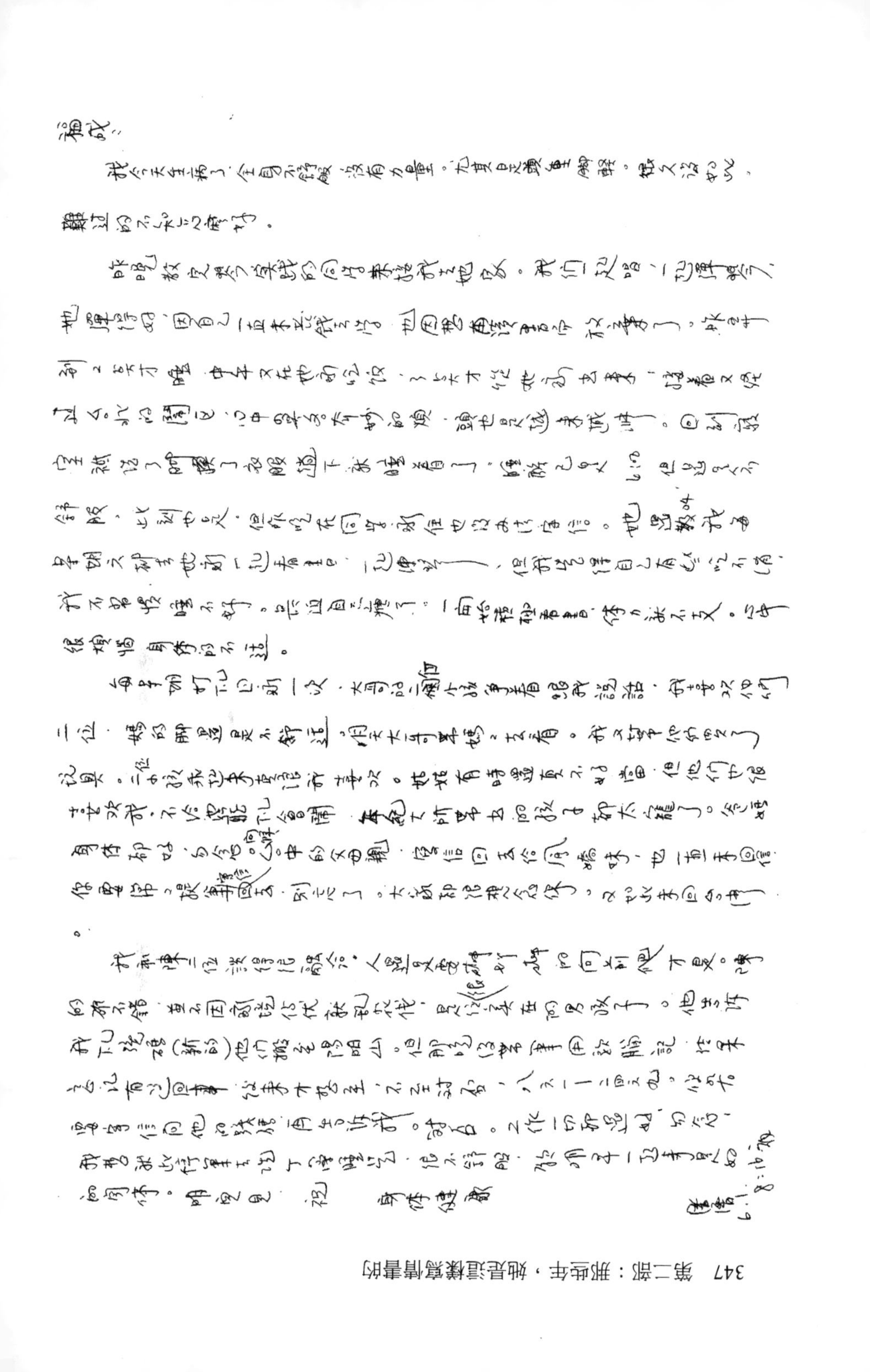

[illegible]：

我今天生病了，全身不舒服，沒有力量。尤其是頭重腳輕。很久沒有這樣的不[illegible]了。

[illegible]

福成：

昨天大概是打預防針反應，整天是昏沉沉的。所以昨晚9:30就睡了，5:30醒來。躺在床上，想你想到，看看再不起來，書讀不完，整理好到樓上看書已5:50，看至7:30下來準備上班，今天學校也忙，所以自己的事都沒法做。到下班後才稍做了些，回來吃完飯，最近很多看電視簽生姊妹所以把吃飯的時間改在7:00－7:30。現在一邊聽唱片，準備出舞蹈音曲，今年教小孩跳花園舞（花園錦簇）。很累人的事。

昨天室友（兩位小鬼）剪了一篇「很後的婚姻」給我看，覺得很諷刺的趣味。順便寄給你。讓你也品嚐一下。

每天我常常要我寫信，可真難到了Pam Pam。但想到你的寧靜被Pam Pam所破壞，所以得練習勤勞以免你胡思亂想，想我們。今天的我開始第一封，分完。房中的玫瑰已盛開，很美，室中都覺得有花香。最近也看到一些報章雜誌，5月2日」總統70大壽，碰巧與祖尚和你三弟弟生日渡過，實在很得民心的仁者。說起來你們很幸運。

這次預備星期四早上將禮物寄往家中。也順便寄上一封短簡給家中的母親，因她老人家很盼望你的Valentine。本打算只寄，順寄給母親小卡。表示敬意也就有此時稍欠安而已。

還記得那首歌「嘟嘟響」嗎！妹妹好好玩的，歌頌母親的特別多，爸爸們真要吃醋了。

由於前一陣子很忙中斷，所以把你的生日都忘了，真抱歉。大人不記小人過，對嗎。祝您永遠快樂幸福，踏上成功之大道。
幫我們送花的那位boy，代我謝謝他，若有不禮之處還請包涵。
現在已8:15分該開始看書了。拜拜。寫字亂也請原諒包涵。
多保重身體，安康。
相信收到否。

潘潘 5.6.69

[illegible]

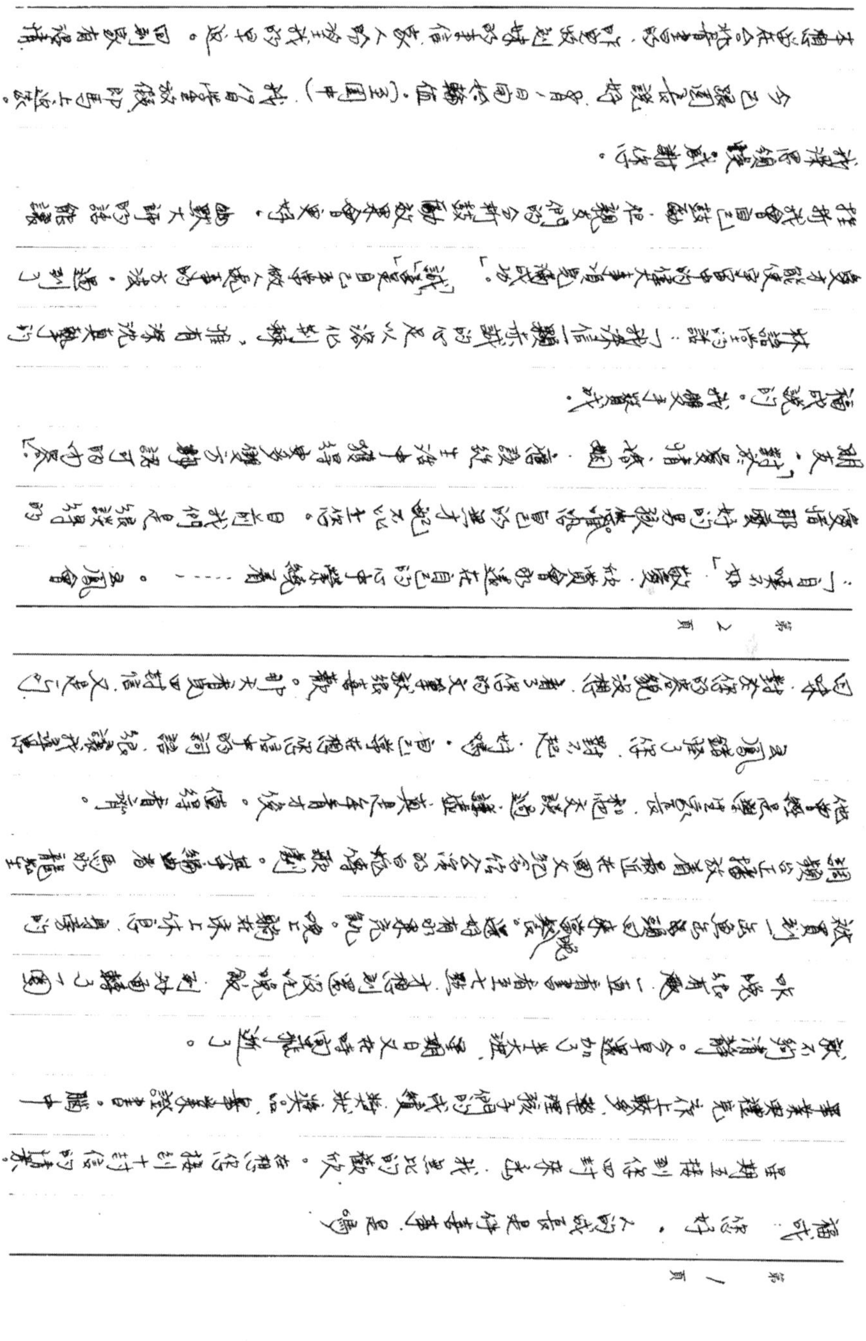

第　一　頁

祖武：你好。人的感情是件奇妙的事，是嗎。

星期五接到你四封來信，我高興的[illegible]。[illegible]你接到十封信的情景，[illegible]

[illegible]

[illegible]今早[illegible]了半天課，星期日又在宿舍[illegible]了。

昨晚和有[illegible]一直看電視看到十點，本想再看些書，可是[illegible]

[illegible]

[illegible]

[illegible]

[illegible]

第　二　頁

[illegible]

[illegible]

[illegible]

[illegible]

林語堂的話：「[illegible]」[illegible]

[illegible]

[illegible]

[illegible]

[illegible]（[illegible]）[illegible]

[illegible]

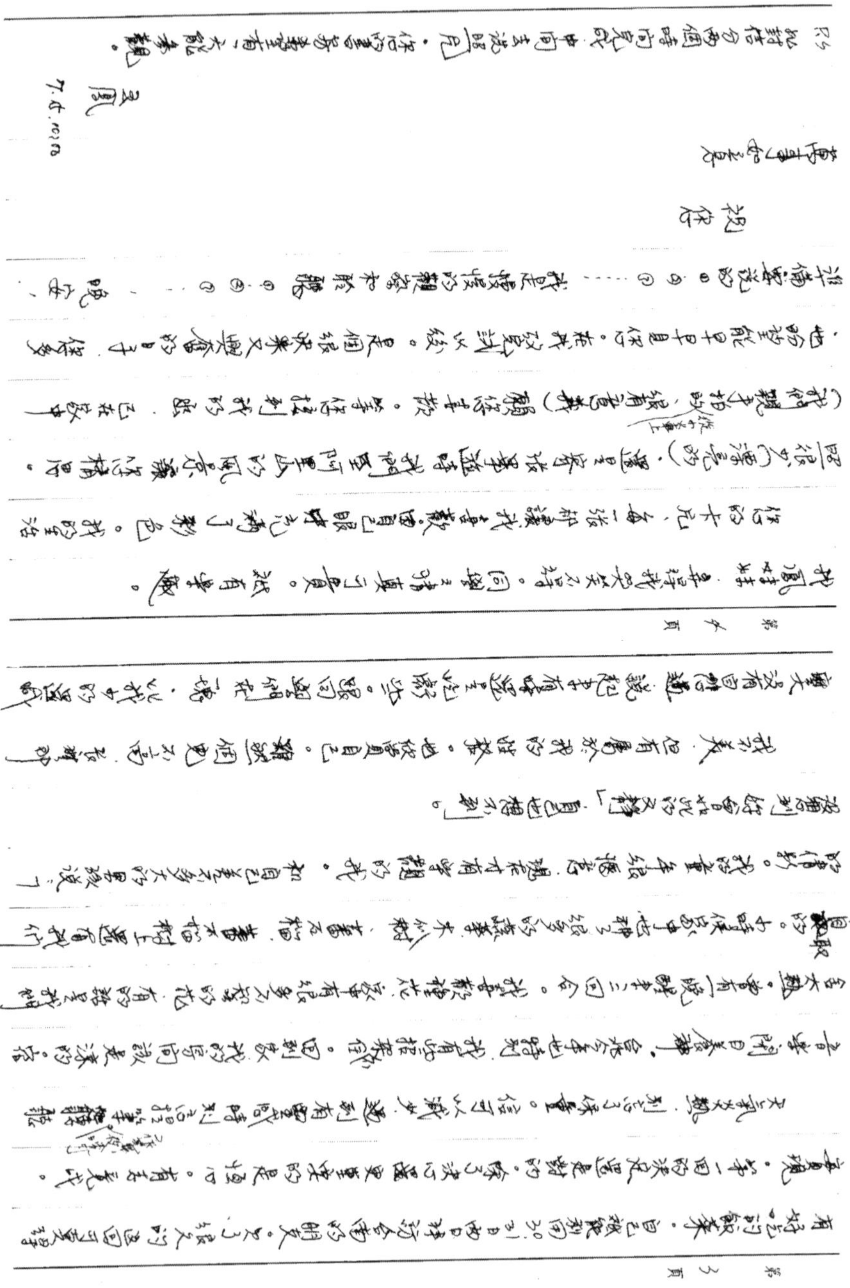

福成：

最近較少收到你的來信，忙否。日子一天天的仍是過得很快。今天已是5月20日了。一直沒接到陳銘銓的來卡片。大概沒來到家。

你的工作如意嗎，助手找到了嗎？要彼此信賴的朋友，不是短暫的時間可能找的到吧。自己真懶，躺在床上寫信。字跡潦亂請多包涵。

我的花園要快報完了，這時候的我晚上最累，那些嬌小的女生可被我亂吼夠了。自己的性子還是過分急躁。不過他們的姿態還挺美的。今天才告訴他們可以休息……她們可更開心。

成功目前還未決定拆停否，可能會延期，不過我是希望早停，可以安全。我的事不用擔心。心中有時會偶出現恐慌，在自己夢中走黑路時。

不太有靈感寫信，腦中一片空白。晚上突想起還未給鳳嬌回信，所以在晚上寫好已寄出。在外待久了，人也懶了。什麼都是一個人，無所謂。自由自在的，也沒人管。

早上還是近6:00起床看書，不過書讀得輕鬆些，不積極。不是好現象。認識的生活，自己覺得琴藝退了很多，很洩氣。每天已開始抽一小時練琴。

台北的天氣已有初夏的味道。今天整中部有涼風，蠻舒服的。該地還好吧，不再是冬天了吧！吃的、穿的，多留意。

上回在中央副刊看到一篇男生的西裝，是歐美的。黑色、咖啡色在正式宴會中並不很受人接受，倒是以藍色等比較好。雖然身為軍人並不需很多的便裝，總該有一兩件。所以我的認為襯衫、短、長各有一兩件，西裝褲春夏、秋冬二件也不為多。看你的信仍是很固執自己的意見，能彼此對方都喜歡的典型，已經被否決了。你說夾克不好看，當時不能接受，現在已有夾克並不怎麼好看的感覺，只有輕鬆方便而已。

不試試看嗎，心事了否。我們相聚的短，離別的日子又太長了，我不知該如何去維持感情。只有不去想是最好的辦法。那時會很難得的過到一天。眼睛已睜成一條縫，向你說聲晚安，祝你　好夢入睡。

瀟瀟 5.20
11:00晚

福成：想你

寢室到了holiday總是empty，雖然是喜歡，但門都不敢開。現在正寫信給成，剛看了一些書，精神不夠集中，一直在想如此久未收到福成的精神食糧，噜着你，把以前的letter，很高興的閱讀着，忘記Pan Pan很久未收到你的訊息。劉大哥定把Pan Pan的信跟你們飽眼福了吧，輔導長林先生把Pan Pan的問安帶給了你。然而Pan卻相思無處訴，你說怎麼办！

還記得你那七張小卡片，真可愛，每回拿出來都逗Pan開懷大笑。第一張I am keeping quiet while you are studing，Pan Pan是位小頑皮很難請成，到時吵了你Pan可不管。第二張I am really belongs to you，but I hope you are really belongs to me。第三張I am cooking your favorite dinner，祇要你不嫌棄，不过Pan Pan的菜，你一定會喜欢吃。（老王賣瓜自賣自誇）就怕你天天吃，吃膩了。第四張He Comes home from 馬祖，Pan Pan除了smile对成外，我想都不讓你離開Pan Pan了。第五張，真希望收到你的information，唯風究不聽話無聲無息的，讓Pan Pan worry。第六張Love is cleaning the outside of the windows。相信福成的體貼(Considerate)，應該不嫌多，祇嫌少。第七張Love is helping Pan wax The furniture P.

Pan Pan 這下子可真輕鬆，哈哈，真開心！ 早上 10:20

文法上有錯幫我指正 OK，謝了。英文老師說我們已習慣上課現在 almost 用英文上課，所以須很用功。很累所以 2.4 不想去上課了 甚至有時連腰都挺不直。

有時真像小孩，下午收到你寄來的 10 封信，開心得不得了，昨天……以前的牢騷全忘了。過分之處，就當 Pan Pan 沒寫好嗎，我一下就有 12 封信了，好棒，你有幾封 Pan Pan 的信告訴 Pan，我想做什麼就做什麼，連不限制自己。現在對你最勤快，懶得寫都得寫因你在馬祖。真吃香。

Pan Pan 常幫你買的西裝……等，我們一起購買，爸媽真不知該買什麼，我想年前自己親自準備較好。你例外。

我在盼望福成回來一起看電影，聊天，……有時候看你的文章禁不住偷偷一吻，真喜歡。你有嗎？又將 11:00，星期天又即將過去，越到晚上精神越好，白天沒人在會提心吊膽，自己的膽子特小。Pan Pan 會照顧自己的，別操心和擔憂。晚安

說

Happy

P.S. 台華弟還說你的名字很好，我也喜歡。

Pan Pan
68.11.25. 11:00 PM.

P3

不過當有靈感時就寄給你。你的信封面有所改變，why

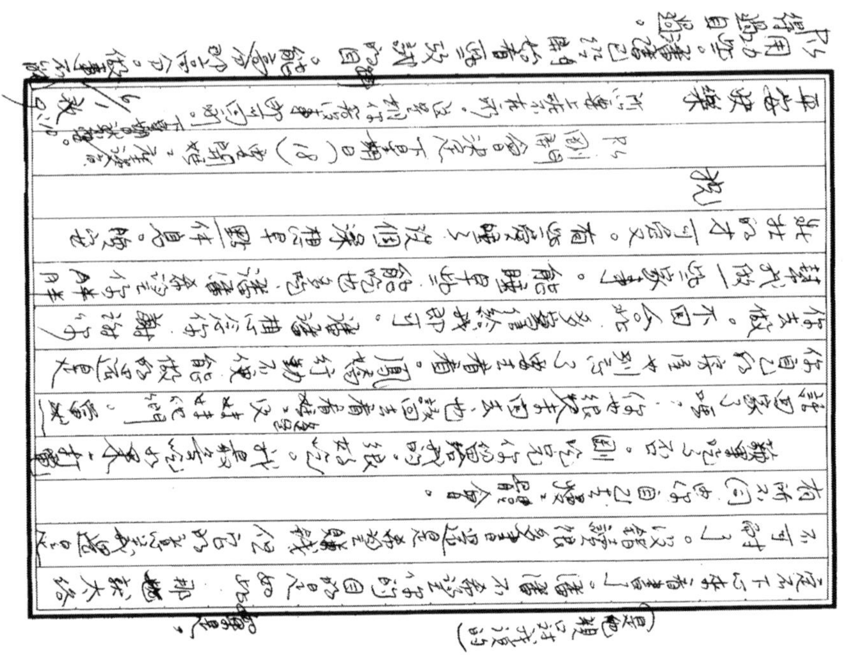

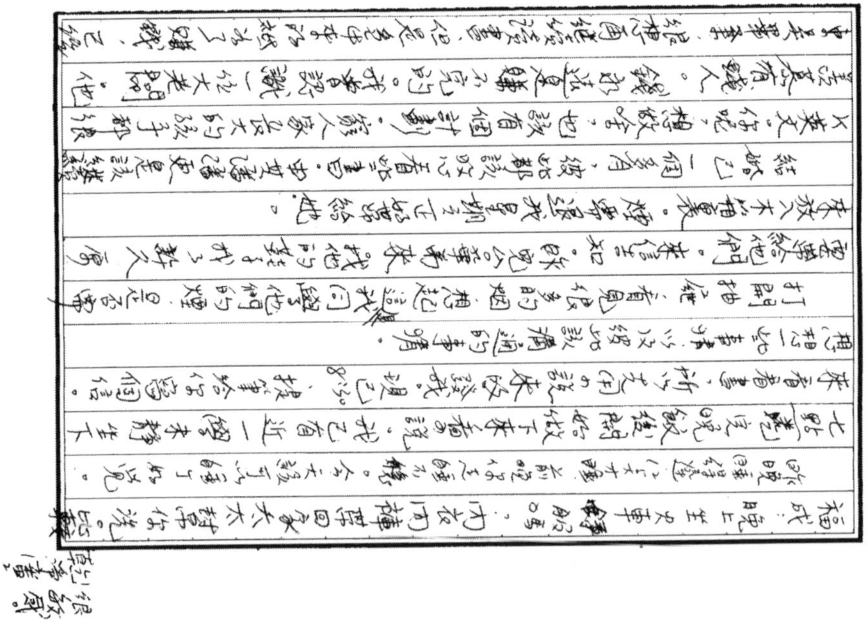

福成：

我想你大概睡了吧！今天想了一些事情才提筆。在這裏很好。但多少還有一些不方便。自己動作又比較慢。每回想提筆也都擺過去了。唉！教好了嗎？我這個妻子做得不很理想，別見怪。我們是需要多時間培養感情，和你在一起時，偶爾還有一種陌生感。

昨天才給你（四一），我忘記你有星期日又回台南，所以現想想錢一定不夠用。自己若不夠，先向好同學借用一下，或者潘潘寄給你。把地址告訴我。你需要多少錢自己先估計一下。跟潘潘說，我的想法還很不週到。等你回隔梅才想到。很抱歉。別太寵我了。該說的要說！放心家，很比的缺點都送被瞞住。也改不過來。知錯能改是勇者。

鳳嬌晚上打下山給我。要了速心。做妻子的潘潘有太不可否認的。媽媽替你買了藥（咳嗽）給你寄上。

和我相處了有一些時間了，感觸一定很多，不妨有空時，說說聽聽。這星期一考試，趁著這星期好好K一下。分數總不能考得太不理想了。

這回回台中，結果還是未把事情辦好法。這是我和你都沒人檢討的。假如你要回家，也就不需要先回我這兒。依路途來決定。或是打個電話回家告訴潘潘。我想我該會明理的。一切都在慢慢學習中。彼此互愛，互諒。就此擱筆。時間已晚了。晚安。到了台南安全後別忘了寫信。王媽媽大約21日搬。我也把21日值星換至這星期日（13日）。你也要好好回家。安定了還請一些同學到家中聚聚。自己好好照顧自己。上下車要留心，不要送走過睡了而忘記下車。

祝

學安快樂

潘潘 12.8
11:10夜

P.S. 至於錢，若真要用錢，我有四萬，由王媽借給別人。到時都可用得上。

福成：

我不到信封，祇好用卡片的信封。謝謝你的關心和疼愛。真的對你我祇能用心去待你，其它的也就不用說了。結婚至今心中一直是很快樂，也充實了很多。正如你說的先生是我最關心和記掛着的。現在已慢慢開始有些種感覺。夫妻是應該心連心。信心，自己是比較有自信的girl。與你比，彼此都稍不遜色。

信中說你星期四考試，很抱歉，當你看到我的信一定不很舒坦，昨晚一夜未睡好，今早情緒也有些影响，別跑憂，先拋開一邊。回家我們再詳討。今晚洗了好多衣服以及擦地，近八點左右，家事做累了的。客廳與媽媽和新居幾位媽媽還在聊天。王媽媽的新屋已開始託銷售，商員看看祇是賣得成否的問題。我們除了想孩子外，也必須禱告、祈禱上主保佑我們順利平安。萬不得已我們租一層，再分租出別人或我你的同學商量。這些問題回家再說。說不定賣不掉，我們也可以住他們的新屋，也很難說。現在的心情很平穩。別想太多，穩下心來以書為考試。潘潘對你從見面之後即很有信心。不然不會草率的嫁給你。

下星期坐夜車還是花些錢坐莒光號的好些。比較暖和。夏天在坐平快。其它的省些都可以。沒睡好一天的精神都不好。且傷身體。一家之主，可要好好保重，不能讓潘潘操心。在此鈎鈎手。

你不在家時除了整理家外，都會利用時間看些書。潘潘也不是位很偷懶不求進的女孩。對將來我還抱着一份很美麗的希望。但那是由自己一步一步踏出來的。我們會是很合作恩愛努力的終身伴侶。太多都得注意自己的身體，我的咳嗽好多了。但這星期我不敢吃菓了。很好念念。很想念你　晚安

祝

萬事如意、

潘潘

13. 10:45夜

P.S. 回家不用急着趕回台北，我下3:30～8:00以前到家。回家好好的和媽媽聊聊。也稍盡些做兒女的如何孝順媽媽。我這做媳婦的，還得你丈夫的代勞了。

福成：潘也吃了蘿蔔糕，好吃。晚上街買衣服。

潘潘剛吃飽。家事都做好。飯後正吃着你買給潘潘的楊桃。好甜，會比當人買的更甜。邊吃邊想到你。結婚讓我愉快，我更有人來寵潘潘，也心中發出潘潘真幸福。希望我們的感情互諒、互解。並更相愛，永遠……彼此互體諒對方。我們情分秒不離你在一塊兒時。有時真希望你常常（每天）在我的身旁。不過你的事業就潘潘同等重要，甚至更重要。在家的事你回來幫忙之外，其它不用操心，潘安排的很好。

昨晚在車上睡得好否。潘潘睡得真甜，一覺到天亮。5:40起床眼睛還捨不得張開。但強迫自己按錄音機打開聽英文，瞌睡蟲也就沒了。你不在家時我就常常看小說等。時間過得很快。今天在學校畫畫是放鬆自己，所以很輕鬆的感覺。回到家還有足夠的體力看看書，希望天天如此。中午睡了近半小時。

在外自己要特別的照顧好自己。潘潘時刻想念着你。星期天我值班，你若沒重大事一塊和潘潘到學校看書。星期六日最快就到家。等你回來。今天是禮一，每星期六很快就到來。每件事一習慣就會成自然了。

最近自己開始有些動腦了，想一些事情，不然真是頭腦簡單四肢發達很多。我要寫一封給爸媽的信，很想念家。你也得常常寫信給台中的家。我打電話。

星期六見、別忘記要用功哦。

祝

好

你的嬌妻
潘潘
7.5.4晚上

並：許阿婷我的腰圍要做25寸了。因最近一直發胖。

我學校明輪值明校長不在可能會慢些。今天已講。明天校長班書不知會如好了。

福成：

潘潘安然抵達家中。桌上有一封130爸爸來的信。和一張喜帖。張匡良 台北石牌致遠二路95巷七號2樓。我不知如何處理。他們的婚期是二月一日。今已是2月11日。你寄錢好了。爸的信有空我回，或你回。

自己最近身体有些怪怪的。M.C一直還未來。有些担心。昨天返校，收穫吃。所以回到家中，腰部下有些難受。今天不再上班。躺在床上至下午一點。同學告訴我要多休息，不要搬太重的東西及爬高。早上起來吃完早飯，吐了一些東西。其它的都好。看樣子還真要做媽媽了。有些害怕。9日晚上一個人睡在大床上，做了惡夢。心中很怕，昨晚也是。一個人在家還真不好。自己得學着自己照顧自己。

我們這星期上半天班。今休息一天。明天也半天班。星期六下午我去教琴。晚上等你吃晚飯。回家中拿大皮箱。和回台北的家中都收拾妥當好了。免得不方便。香腸用塑膠帶裝好可以放入大皮箱中。較好拿。還有什麼事，可以打電話回來。星期日中午我請成功的伯伯們來吃飯。走筆至此，中午吃麵，一個人懶得做菜。有些懶得做事了。

祝

學業如意

P.S. 回北部的大還和王姐姐處你的事，自己程度上，得多作一些。

想念你！

愛妻
潘潘
11日 11:00

福成：

坐什麼車返校的。趕上了上課時間否。替你操心。但我馬上又忘記。你放心我不會鑽牛角的。

今天自己很虛，頭還是昏昏的。晚上蕃茄炒豆腐因有酸的，吃了滿滿一碗飯。昨晚睡得相當甜，今早6点才醒來。躺至6:10才爬起來準備上班。現在吃東西都得要替下一代想想，挺麻煩的。但發現最近胃口是有些翻翻的。得抽個空檢查一確定一下。以較有踏實感。不過自己是有些以前未有的感覺不說過你說，不然下腹會痛。以後手舉高寫。

剛提筆寫信給鳳嬌。甚久未提筆，也挺關心他們。

到了校，就即寫張便條告知你平安到達。星期六回台北時，別趕得太急，慢慢來。潘潘會先吃些零食等你吃飯。昨晚你真饒搶你兒子的東西，這爸爸該打屁股。

在學校除了用功讀書外，別忘記保護身体。外出時不妨擠T恤

回家問我爸媽好。我已確定2、3、4、5、6放春假，我想回台南，你有何的計劃。青年節有29、30兩天。

潘潘會好好照顧身体，你放心。我要去洗澡，早些就寢。潘潘快被你養成一個小胖胖了。挺恐怖的……

晚安，想你……

祝

平安快樂

潘潘 3.9 8:30夜

以把夾克拿回來，坐夜車須一件外衣加蓋，別忘了太太的關心叮嚀，別嫌煩。

福民：

補給證的事，張姑姑已替我們查出。新的還未到聯勤，只有舊的文號，就是你寄給我的那些。現在得請你儘快的查出第二次發出去的文號。由張叔叔直接替我們辦理。沒有此文號則不行。很可能壓在你六月份受訓。不然你是明天去部隊看看，親自跑一趟。

剛正好在王姨姨家吃飯。一個人弄完飯很沒味口，在王姨姨吃得好，味口好。心情也愉快。把一些事情分析一下。接到今早來的T.L.講的頗不愉快。不過還是遵照校的意思，母親明天晚上到台北來。我的車票已請同事買，坐國光號返家，8:30-9:00，還未確定。一直不願請假，雖然也有一些是為了錢，但最主要的是我請假了，學生無法交待，我體貼同事們已夠累了又添上了我的工作。身体不適還是撐著去。上回信中也曾和你提過，時常會有出乎的分泌。昨天你跟我講你們中的事，還很坦然的接受。今天從接T.L.之後，到現在心情很壞。我的個性最大的缺点是自暴自棄，所以自己很容易會毀了自己。在這個時候的心情跟第二次到你準備訂婚時的心情有些不想和你訂婚。我不喜歡的事情太多了。今晚的心情尤是。從心中發出一種不屑的心情。

一個人的言改，命我的言改特別多，有個不好的印象。一直改變不過來。這所謂的偏見。雖然人不能做絕情的事。這真的我還是要很後悔，請閉的時不過，就為了自己的決定的不夠命草率的訂婚、結婚。哈！自找罪受。

這回我是不希望你母親在這節骨眼上到台北來。更不希望她這更鬧。若是同事還未買好，我想要明天坐夜車回台南。台北的家，我實在不想住。隨便你們去。不論你怪我如何，還是把心中的話告訴你。

門當戶對，並不是指金錢。婚姻的幸福和新娘父母等是很密切的。希望這是第一回也是最後一回。不然的了解後我曾可自己一個人。我不喜生活在這種寂寞忍受狀況而自己的家庭。心情很壞，————。

我的計劃不變，祇會提早回家。你不用管我。若你母親一直留在台北你回來也好了。可能回南部去看看一些朋友，一直掛在心中的。正好趁此時間去看看。

本來母親到台北來是應該的。但天時、地利、人和等因素，我不喜歡。若今天除得依據是事先說，沒有鬧得如此大的風度，我會接受。今天和你媽說得下山也毀不理想。我亂想不起。祇能對你說抱歉。不為了固守自己的頭腦簡潔。去那麼大，失戀是我第一次打擊，這該是第二次打擊。因要值快的母的補給了正所以用很時書上。

走筆至此

祝

好

如

[illegible]

3.31.

11:30 夜

梅成：

昨晚睡得太沈，你走了我都不知，但10点40分突然醒過來，問到媽他們說，你剛走。心中很悵然，本想跑下樓看看，但外又下着雨，所以打消了此念，又回去睡了。今早賴睡到6:45分才起床。7点鐘約好在愛國街口等幼兒校車，剛有10分鐘的時間梳洗、穿衣、吃飯。今早達了軍人的生活速度。也喝了一杯牛奶，蒸了一個蛋帶到學校吃了。我選上了校車，現在比較舒服些，早、晚都可以搭校車。搭公車很辛苦。尤其現在。

昨天是累了。用力過度。今上廁所也是有一些些紅紅的血絲，自己會很謹慎。今早沒接值日，一直坐着。自己不舒服都會有感覺的，勿躭心。很奇怪昨天是否吃壞了肚子。拉肚子了，全身很虛。請請你很留意的。

昨天訂了你幫我們那麼多的忙，真不想請客了。昨天是沒辦法，同事說要來的。結婚時和他們送了禮，也好人情還了。其他的也就不會那麼多了。

昨晚看你睡得那麼疲憊，昨天也是太累了。現在每星期來回跑，很累，自己身體要保重。這還很多地方都未替你想到，你自己要留意。星期五回台中，星期六回台北。星期六晚上我去教琴，你在台中吃過飯再回來好了。我大約8-9点回到家。星期日29日我們照常去石門水庫，或是陽明山，不要隔夜，當天即可回家。晚上在外面吃了。

福成：

早上起床突然想到以打毛衣消遣時間。時間過得很快，中午睡了一個鐘頭下午就看書。下午王姨、張姐、及全體同事都來看望，滿滿一家人十分感動。那在這人情淡薄的時間，同事們人情味還這麼濃厚。想起太久的自己，養成了較重之自私。不過我知道自己是不隨便犯別人利益。但這次請假也是同樣侵犯了同事的利益。

今天精神有些累，頭有些暈。寫好信該早點睡。我想天天和你寫信，但你不用回給我。只是寂寞的人不知如何是好，只能寫給你聽聽……。

想到那孩子心中萬分痛苦。自己的擔心，很想[illegible]帶自己的骨肉失了一條小性命。好可憐的孩子了。我們還有好好的機會，很過意不去。但我充滿精神[illegible]，希望上蒼賜給我們一位可愛的寶寶，Pan Pan一定小心萬分。

補給公司的事寫信給他們。Pan二[illegible]滿月的時候去跟醫生檢查了，寫方面是否都恢復正常了。

Pan決定明日開始上班。這幾天我給好好休息，你安心讀書。回家前再打個電話給我好嗎？[illegible]不想念我。我很好。昨天很想回家，但不敢。在這里很寂寞。

謝謝你給我的好好！晚安Pan Pan安睡！

祝

平安快樂

P.S. 想著 事情講述

想念你的蕾蕾寫於夜 3/1

這幾天吃粽子[illegible]。同事們也來看了一些事情。主要是那些錢已經三個月沒有[illegible]，自己未想到有如此嚴重的後果，孩子掉了。流了一些血，頭暈。心中一直平靜不下來，難過萬分。一兩天已經好很多。這是我一生最難過之事。對孩子，對親人（父母），對你，對自己。你在外面[illegible]。3/4 情書[illegible]

自己也加些錢看一些[illegible]，[illegible]全部[illegible]重要。這回是青春大健[illegible]就沒事了。

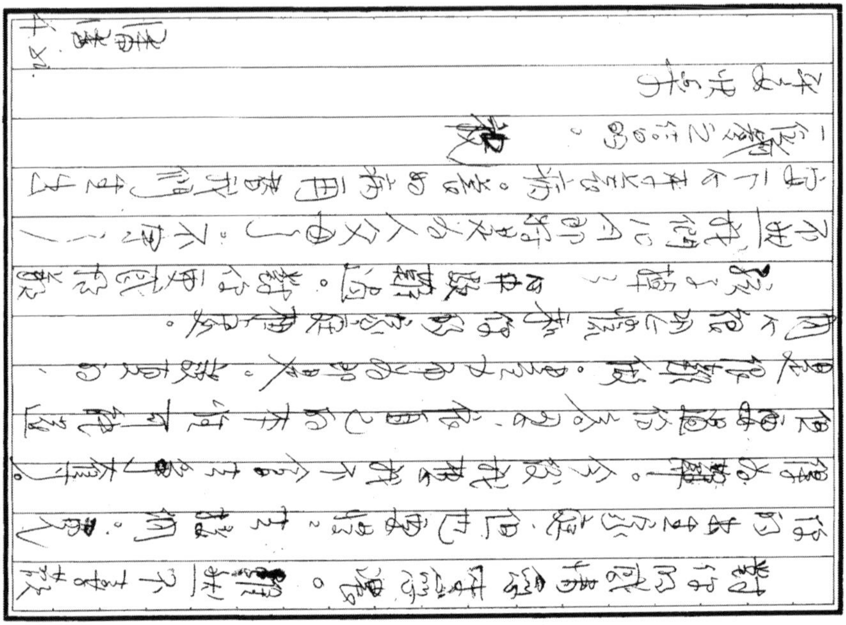

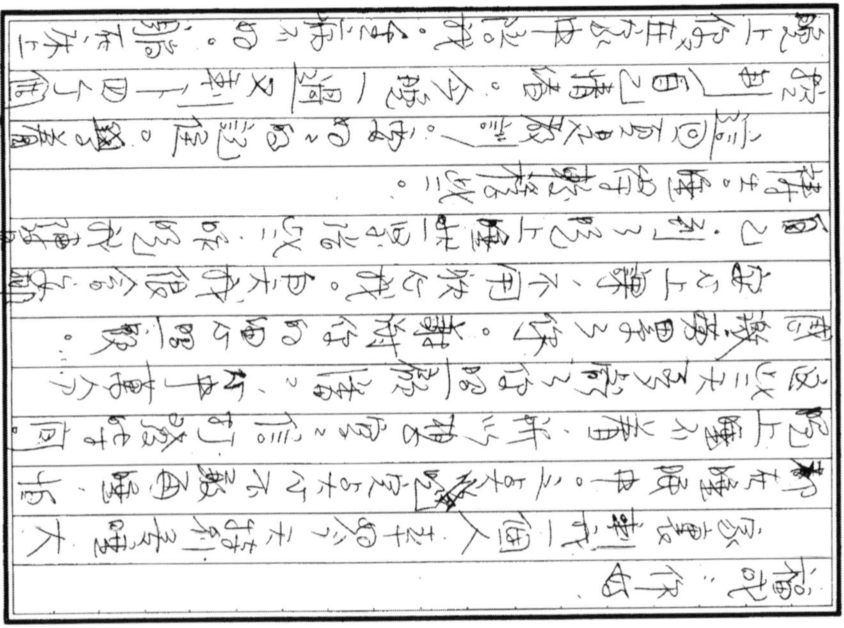

福成：

我祇能用日記的方式來吐露心聲。主觀過強，已開学八天，卻一些兒沒有喜歡的念頭，祇有回到室中心情才開朗。不然学校的環境，若再如此下去，精神會崩潰。在成功一天天的過得很舒適，目标是多充實自己。立人一天就在不停地忙碌，回到室中滿身的疲憊，真是自我累死。狂人說大話，不再教幼稚園了。希望我能做到。

對你，我祇能說抱歉。自己是封閉起來，不太想把情感表露出來。從小脾氣就有些怪，不喜歡太吵，也很少串門子找人聊，自己一人獨來獨往慣了，不喜歡別人助我，也不喜歡幫助別人。但屢次的經驗，自己確佔了便宜，人情難還。

若現在能搬回南部，真想回去。每天有神度日如年之感。精神壓力過重。希望星期日快些，星期一的过些。13/9夜

休息了一天，精神好。也慢慢把行李整理好，大致ok，就等搬家。

今晚把禮物送至成功的新聞董事長家及秘書的家，花了1000元。幸好你的6000之補，不然真是心之乏城。我的退休金還未領，我想下星期六或星期五再領。

天氣已漸漸轉涼，早晚要添加衣服，晚上要蓋被了。自己要多保重。要照顧別人也要照顧自己。謝謝你對我的好，永遠記住。而你說我對你不夠好，我承認，但自己已在慢慢的被你感化了。但很不喜歡你都不在我身旁。拿人的東西手卻要如此，無可奈何，相思無處解真要相思病了。晚安

14/9 10:35夜

漸漸會學著適應，請放心。

福成：

來信收到，我很好，請放心。回家兩天，因氣候變化，坐車的勞累，所以回到家中咳嗽不停，這是我最不适之感，健康即是財富。自己其它都好，唯在外甚久的工作的因素，我的氣管卻常不好。常有呼吸不過來，自己是很小心的照顧自己。回家太卻呼吸順暢。你的身体一定要保重。事情想開些。至於15日的婚期，時間很緊促，你有10天的婚假，15日來不及，可送在延後兩天，但盡量爭取請假是嗎。

房子的問題，你可以問你的同學是否能出租，王媽說沒關係。我們目前有事用信來談。

我回家大嫂陪我訂了新娘禮服3500—、化粧800—、也是一筆數目。我已交5000—的訂金，也選了一下手飾等，爸媽送我的兩兩金，要打成鍊、的手鐲，誰負的爸媽養我如此大，實在不忍心拿他們的錢。我的爸媽很辛苦，因為媽媽現也在縫田做工。這是我最心疼的，因媽身体差些，想一想很多事情一定要看開些。所以在工作時想到這我會回家不同樣的做。現在那首飾這麼多。5000元的訂金也是爸出的。記得你說過，爸媽本來就要給女兒準備東西，這是我最不对也最討厭的理論。家，我很爱。我不忍心看媽媽如此操心。並字都是一樣的。

自己在社會多年，現實的生活也過慣了。接觸的看的也不少。但在現實中不能迷失自己。就如我現在會突然有一種茫然感。你們同不踏實。記得自己等軍校的同學很有錢，但每日的經驗都告訴我

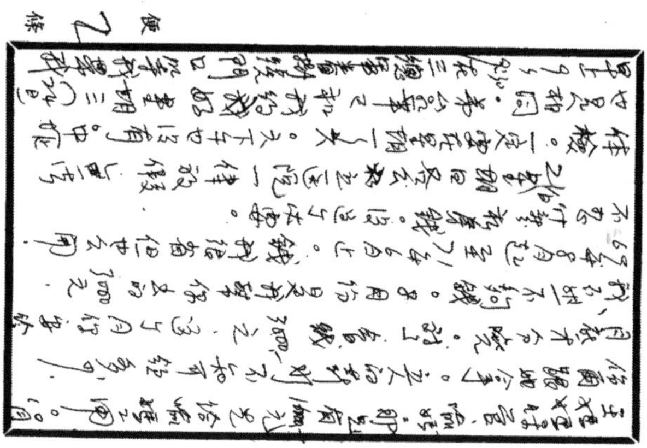

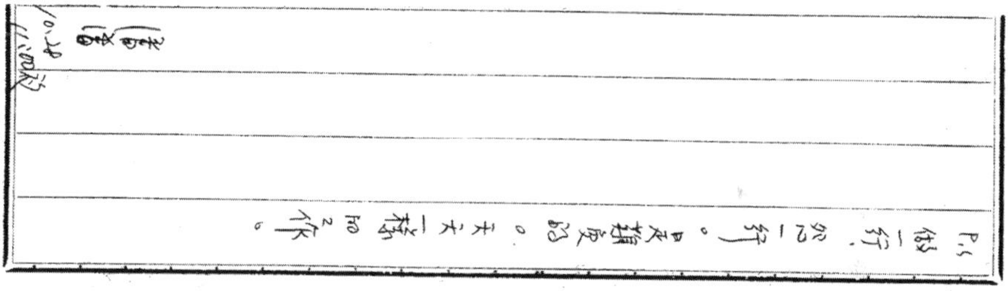

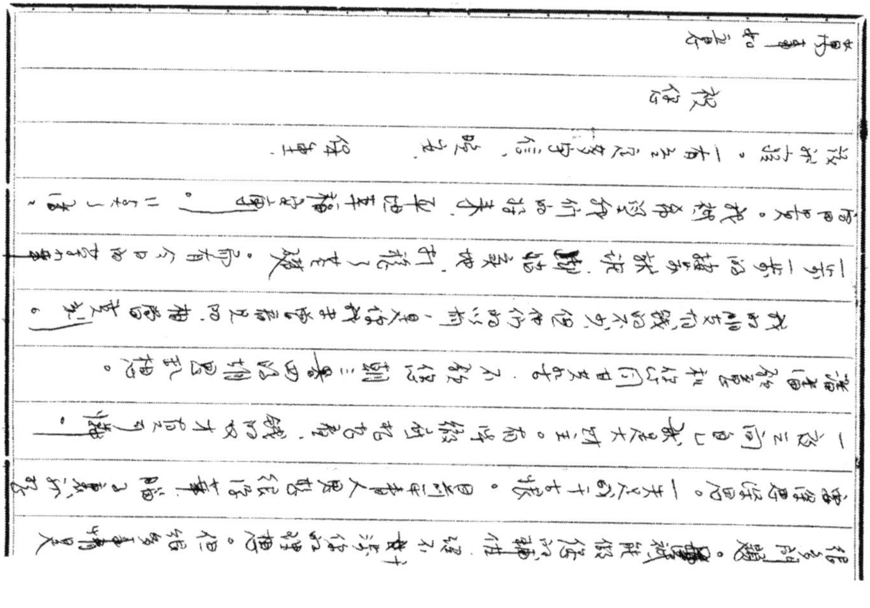

便條

去保檢，我得請半天假。你有空否，你若有空可以打TEL至五媽家九三一五八一二，此時已搬至五姨家附近了。對了保檢要工作照片你個人的。潘匯的已經洗好半打正如果一別忘了。我每天白跑一趟。沒空的話自己到中派出所去處理去。我的戶籍小輝半已好來，下星期五可以交給你。

28、29，教師節我可能回台中把布料給鳳嬌他們，商量一些事情。我打TEL給你

便條

方便喔，實在有些怕麻煩。

現在28日中秋全日在五人值日。

你有事可以打TEL過來。

我找不到信紙，祇好委屈福成潦潦的畫亂。

說

好

9/18 10:40 夜

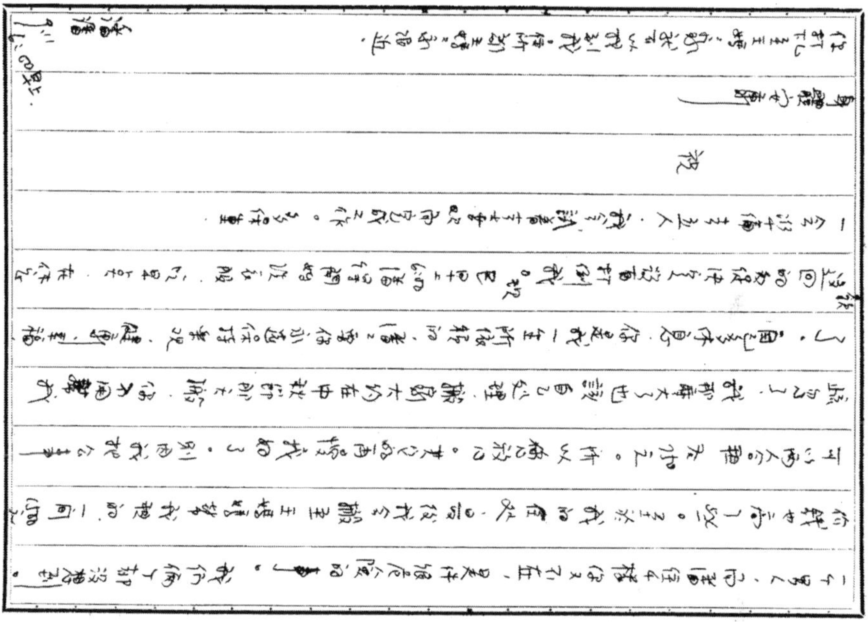

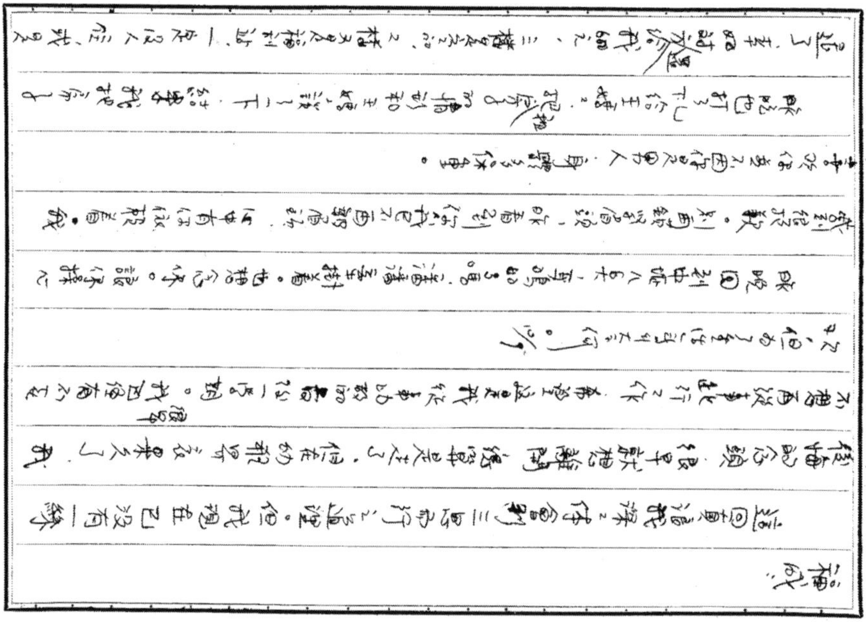

福成：

腦中一直浮現着這回的經驗及歷程，在幼稚園服務已將有九年的時光，但以興趣來說，可以說沒有，記得在台南讀書時是為了一時找不到工作，自己的條件又不夠。所以入了教會的幼稚園裏，但從小對音樂、風琴、學習力是比別人快。練琴時很有趣。但帶那些孩子卻感到很煩，自己做學生時就不很喜歡小孩，教了幼稚園才把耐心磨出一些，但那並不是興趣產生出來的愛心，而是我是老師該如此而已。在我幼之年，貢獻給孩子的並不多，自己所充實的課程倒是有。自己實在不喜歡做職業婦女的保姆，甚至小班的孩子都要我幫他們穿衣褲弄大小便等，我都不會做，薪水如此少，所要付出如此高的代價，我實在不願意。在看看幼稚園裏面的小朋友，一向教室鬧了五六十位，上課的時候，其它時間我在車上晃，若遇到一位好老師可能還很快樂的過活，如潘潘目前不夠開朗的心情，對孩子是相當不利對幼稚園如此，潛意識裏就有種想踢掉，自己的努力不夠因而一拖再拖，這回是我最好的例子，不能再敷衍了事地上課程，很堅決的不再做了。今天又和主任談了，請他設法半年聘。沒什麼問題。一天天的工作很快過完，所以輕鬆，今天輕鬆，我已吃過飯，

我的目標一直想再繼續唸書，(1)繼續練琴，在這兩條路中我會選擇一條先走，但也需你的幫助才行。在這次困難中感謝上帝安排你是潘潘的依靠。在這些領域中我也想早些結婚生子，待我們孩子三、五歲我又能去事工作，幫助家庭及自己的事業。

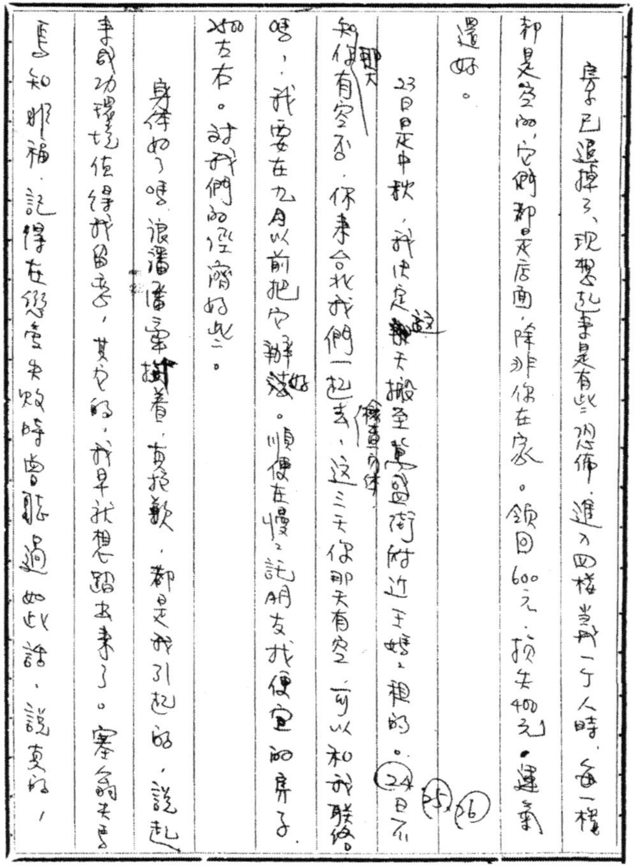

房子已退掉了，現想起來是有些恐怖，進入四樓就一个人時，每一樓
都是空的，它們都是店面，除非你在家。領回600元，損失400元。運氣
還好。
23日是中秋，我決定該天搬至萬國街附近王媽媽租的。㉔日不
知你有空否，你來和我們一起去，這三天你那天有空，可以和我聯絡。
呀。我要在九月以前把它辦好。順便在慢慢託朋友找便宜的房子。
始左右。討我們的經濟好些。
身體好了嗎，很[illegible]掛著，真抱歉，都是我引起的，說起
東或功課也值得我留意，其實的，我早就想趕出來了。塞翁失馬
焉知非福，記得在您受失敗時曾聽過如此話，說真的，

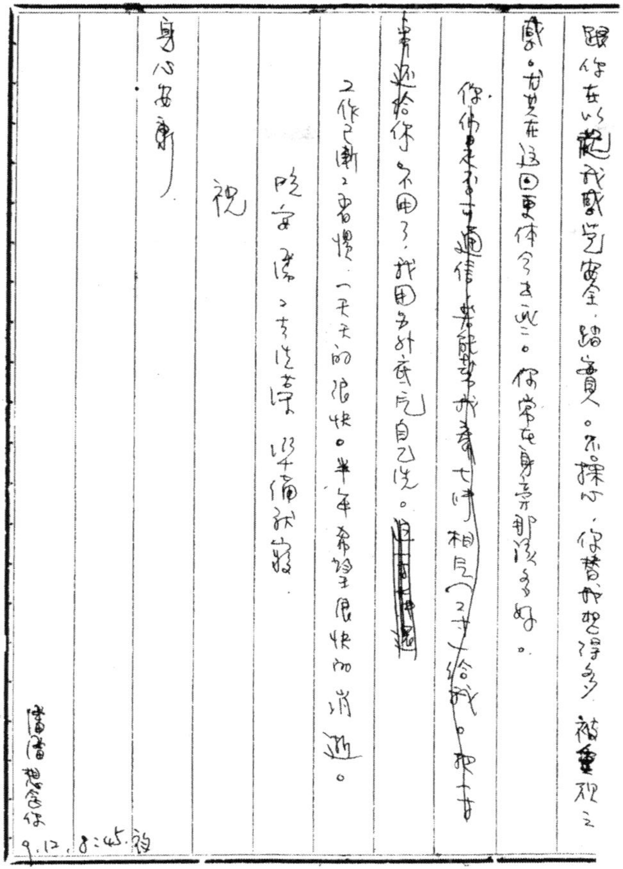

跟你在以後，我感覺安全，踏實。不像你，你替我想得多，諸事視之
處。我只在這回更體會了些。你常在身旁那該多好。
~~你仍未有寄通信，若能寄來我看，七時相見（2十十給我。把十十~~
~~寄來給你不用了，~~我因為外在先自己先。
工作已漸漸習慣，一天天的很快。半年希望很快的消逝。
晚安 請注意 以備秋寒
祝
身心安康
潘潘 想念你
9.12. 8:45. 夜

先和Pan通電話後再決定休請假否，以免自己耽誤功課。等你下札。

早上起來又開始流血，情形不要緊。心情很壞。萬一真的保不住，請當一個人

不知該如何處置。接到信立刻打札至立媽家，我再接。再決定如何做。

福成：

來信收到，知你曉得了，很安心。養補之事，今晚下樓去張嬸嬸家，張叔叔告訴我他已親筆寫信告訴你。能早辦即辦好。

你幫我把菜買好，所以祇有看病才下樓，今天睡得實在慌，所以下樓走了一圈，也不敢太勞累。現剛洗完澡又躺在床上寫信給你。

假如明天不再流血，就沒有危險了。不然就是壞消息了。所以我們心中都要有準備。養補來不下來，是件麻煩事。要發錢的還是要用了。明天我繼續請假，假若真能保住孩子，我想繼續請一星期在家休養。早上聽了医生講的話，心中很難過。現在想要孩子的心較切。但願孩子平安無事。願上帝保佑。

從星期日至今看病已用掉大約1100左右，再扣掉我請假的薪水

一定要給我回音。

能請假就回家一趟。

如晤

10/4

三軍大學空軍學院作業紙

課(題)目　　學號　　姓名

福成：

今天就很清閒，早上沒事做就弄壽司給弟他們吃，吃完中飯睡了一覺。剛睡起很舒服。最近天氣很熱，蚊都停在地上，猛吹电扇。在家一切都很舒适。

待你回到台灣，我倆除了办理婚事外，也要積極的看些房子，就如你说有些钱時就早買好，自己也觉得在你回台灣兩年中我們辛苦些，待又需調時，隨時可以安心的在家，一個人搬來搬去總不方便的。在我們這段還較好，儘量養胖自己，你回時才有精神和你一起辦事。祝福我倆。（自己也很希望有一间清静理想的房子。）以我们的經濟能力在郊区可以先買。

中午和母親说了一下，我不想請客（娘家），我们回家時爸媽請我倆即可）東西也不需買什麼。一切都節儉。結婚你家需要熱鬧些，你和媽媽商量，在家中請客也好，方便熱鬧，但也別太鋪張了。至於是否要請伴郎伴娘我们再研究。以自己目前的構想，我們需一張舒适寬大的床、化粧台、電冰箱、書桌、电鍋、炒菜鍋、碗筷、碟子、茶杯、餐桌椅、瓦斯爐，其它的等我们慢慢的再添。

算一算我倆的钱你30萬我大约有10萬我们到台

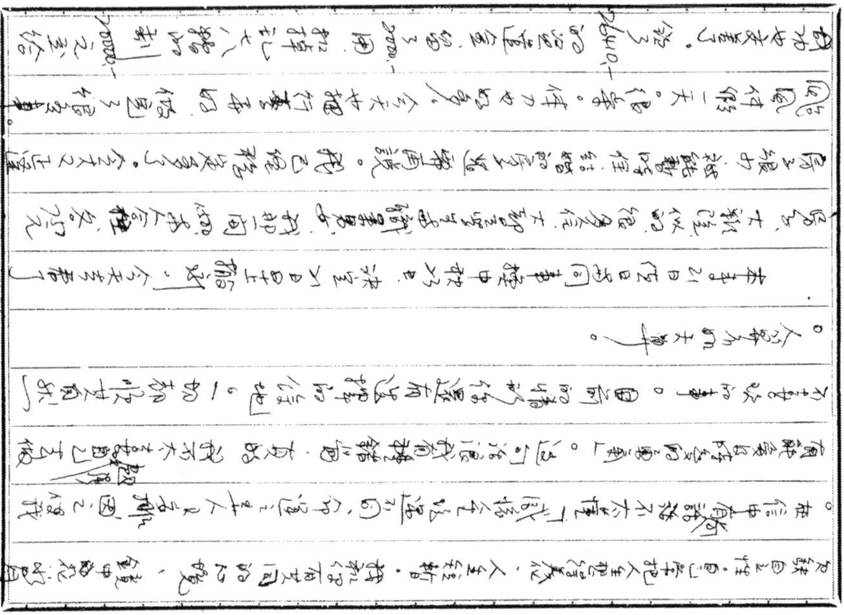

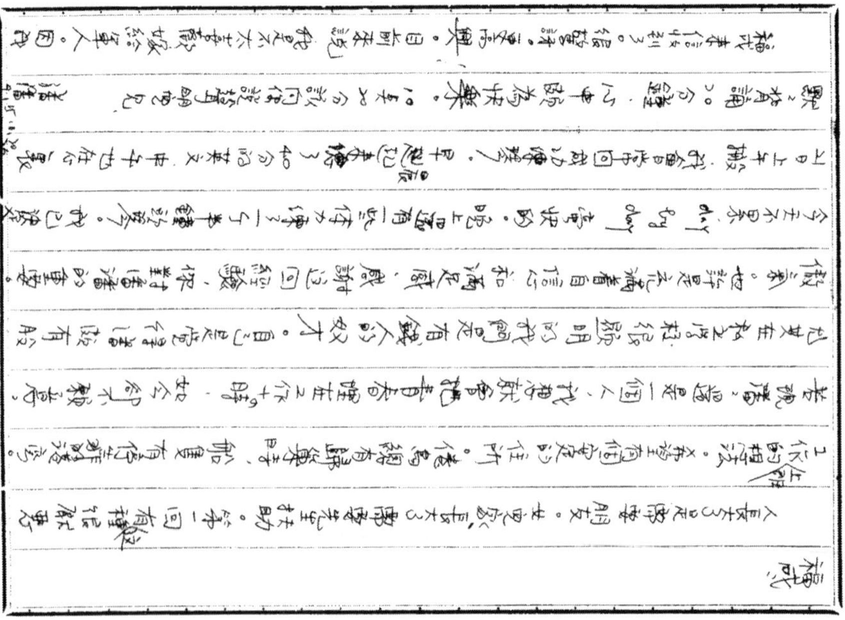

三軍大學空軍學院作業紙

課(題)目　　學號　　姓名

福成：

26日返家至今已有5日的時間，心中常想念你，但回到家很多事情待做，所以一直未提筆，想你會怪罪了，放心，除了一切好，勿念。

家的鎖事做起來夠累人的，洗地、擦乾淨餐具，媽age大也不做，以前精力沒有天天做，所以回到就得集中整理。一個多月夠多的，弟弟們又都不[在]家，我又在後面學這家人，更是累了媽媽。

爸媽都很好，心中很高興。大哥兩位小侄都在家陪媽媽，很[調皮]搞笑，弟弟們也是夠累的，[笑]時很好，哭起來就不可愛了。

你好嗎？頗想念你。昨天南中同學來家中玩，幫我剪好了所有的喜字（大、小、紅金字）都有，還送我一本喜的相本很美。很感謝她和她先生的誠意。

前晚接到王媽媽的長途T.L.，要替我的畢業證書、證件等，幸好打T.L.去成功有位同事在，幫我鎖門找出了，並於昨申請服務證明書，一切都OK。今請同事先生寄至中山給王叔叔，於是帶了兩個月回台北，這幾天帶大伯家提前回台北參加筆試。王媽媽穠：

你好．想念你。

自己已經開始試着去接受一切未來的事實。但願我是個成功者在做妻子的責任上。

感情還是需要時間的培養。我們的時間是短暫了些。

昨天和王媽媽談了很多話，我欽佩王媽媽的寬宏大量。不會斤斤計較，在一般女孩子大都是愛計較的包括我在內。心中太狹窄。

今聽說上了二志願台南二中。今天來台北住王媽媽家。討你答應送他／送他筆的禮物忘記了吧，提醒你。鼓勵他運氣。明晚即在永中 這幾天我很忙。所以未提筆。祝你保重，常常想睡．吃多、多保重 祝好

潘潘 7.26 11:30夜

我的行李大致收好，幾件衣服這個很輕，書都沒帶回去。這幾天也未看書，到學生的詢問，以致於沒有適當的心情、時間看書，頭腦一片白茫茫的．這種生活挺可怕的。

今北市以功新聞記者給你的 陽明就是好地方。小學教師也不多心中欣然擔憂。這份工作並不是我適的工作，薪水少，付出去的不少。課程也不會一。有時枯燥寂寞在外。未來的前途也不能看如此遠，沒有多少施展發展的前途。真的我很希望我能走出。26/7 中午回家前

福成：

今天教師節，難得如此輕鬆。睡得很香。我要坐9:30的山線快，臨時再買站票雖然擁擠也沒有什麼關係。工作已漸漸適應。請你放心。最大的問題還是吃住。你還是很過慢事當心、多事當信，但聽說你自己沒做到。在寶婷家吃的，但有時時間不夠自己就無一該買些菜弄。下星期可能如此：提早半小時回到家，可以買些菜來做，以我放這种長久在人家的家中很過意不去。

本人的工作可以說有些尚佳。但時間也長，自己的時間太少了。晚上回到家忽忽忙忙。他們的工作是以輕鬆為主，因學生多，因教學以輕鬆活潑老師就累。潘潘已漸漸接受挑戰。也對未來有些希望。這九天總住不下來，我的睡眠有些不足，幸的我很注重自己的身体，吃的隨時。我得同休息。心情很平靜。很快樂的事。昨晚沒事做到成功去練琴了，了鐘頭，總覺得我來說有些捨不得去學它，自己從小就喜歡音樂。

10月份的薪錢，你若要寄給我很麻煩。還是你來台北時再給我。

自己要保重身体，心情要更輕鬆。潘潘是位很看得開無所謂的，不太用頭腦。你在我的生命中已有很重的地位，說有很多的想法，放棄的卻是你。潘潘她太，不用你太牽掛。再說好了。那是心要安靜的腦中心。我每日常中寫信保持聯絡。

祝

身體健康

潘潘
9.28
7:20早上

附：這是我的地址我忘了，是王婷家的。寫下來再寄給你。你也習慣了。

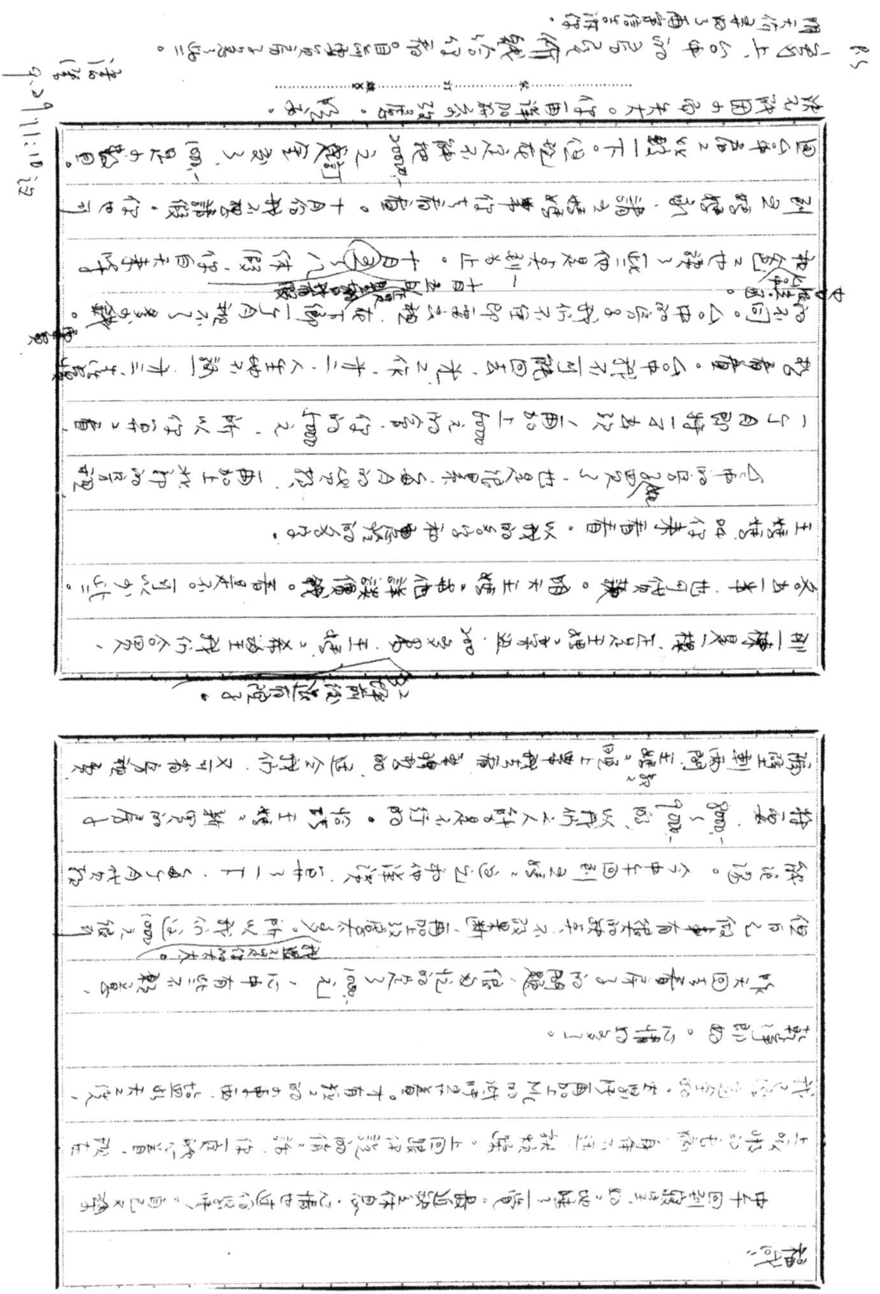

祝福：

本周[illegible]。一個人[illegible]

[illegible]

[illegible]

[illegible]

他們[illegible]，中午一個人[illegible]

[illegible]

[illegible]

[illegible]

[illegible]

[illegible]在外的工作量壓力甚大。

[illegible]的問題，我也請王媽媽幫我們留意。你也別太急了。

事情都在進行中。[illegible]

[illegible]

[illegible]

[illegible]

[illegible]沒有 Money 了，[illegible]

[illegible]

[illegible]

[illegible]再看看，[illegible]。

這回我想請鳳嬌幫我多做幾套衣服，因我以前很少添衣服，且都是學生時代的。所以還需多買幾塊布料。目前上班的地方也不能太隨便。可能要花一些錢了。

我的感冒已好。但職業的關係我的喉嚨話講多了，就會不舒服。自己都很注重身體。所以工作情緒已經很好。且也輕鬆多了。

一個人今天自由自在的，有時真不知該做啥事。練琴真是件快樂事。自己一天大都陶醉在練琴中。家有家的好處，未婚的我們也有好處。牽掛少之又少。我們將來就不一樣了。

你若是看房子，別再給訂金，決定之後再說，免得又浪費錢。不多寫了，我想早睡。今後睡午覺。

晚安　身體多保重，情緒要穩定

祝

好

想你的
潘潘
10.19. 9:20夜

福戎：這幾天睡得香。所以臉色也好些。

最近是有些情緒不穩，胡思亂想的。為什麼要結婚，就為了求一個安定，……以及生理上的需要，這種婚姻是對嗎？看的多想的也多，現在，過去，將來。最近我們比較多次的相處之後，發現很多不能苟合，且很多的問題發生了，所以對婚姻的盼望並不是十分的熱烈。想一想自己就為了求安定就結婚，往這人生旅途上，已有限度的一段時間提不起勁來。目標，方向模糊不清，很徬徨，無依。別把我想的太完美，有很多你還摸不清的缺點太大。10/10 9:50夜

今早是有些不想上班，但還是去了。那事知道你今天要來。因學事及系[illegible]跟第一，所以直接回家室睡大覺。工作我已很適應。請你放心不用再操心我。對你操心身體弄壞了就麻煩。

目前台北房子是難找，慢慢來別急。急事要緩，對嗎？

昨晚收到你的信，很高興，但最先以為是別人寫的，因我累了。匆忙中別忘了寫你是誰，不然下回我叫你嗨！OK？

感冒已吃了藥，好些。我會保養自己，也別操心。而你也自己要多吃，吃胖些。瘦了太多了。至於禮物，慢慢想，別急。想到再告訴你。我已決定14日6:10的火車至家中16:00多（晚上）26日再假7:46的回台北。你有什麼事可打電話至我家。[illegible]了嗎？則再說起來好好休息一下。我要租的房子最主要是可以炊。我吃不慣外面的伙食及太浪費。身體吃差了，所以我不去看它。我也會請王媽媽幫忙找，你別急好嗎？太累了，我機會多睡。我倆都是大人，此刻事，一有空[illegible]事。你的也是[illegible]的事。寫信是我們唯一的溝通。晚安 祝

安康快樂

潘潘

10.13 10:35夜

老公：

6月18日的信我也收到了，有時真快，連續兩天都看你的來信真高興，也謝謝你把花瓶都買好了。送給孩子的老師

今晚八點今時你以前那位行政專班：（打電話問你是否回來考博士班（輔導老師問的））記得上回以告訴你，吉郎曾記簡章來，本校今年是你考博士班最後一次機會，除非你明年升上校都可要上教，不然都得等呢？你是否知道，太太非常關心的，怕自己的轉達遺漏了。但你沒有，那未能你提起，這是有別的打算，來信告知。今夜加班做功課，剛才告一段落，衣服也待（洗衣機），趁此提筆和你說說。6/26請老師你要的書我今天即找好，請行政七帶上，是否要帶吃的？看看行政七回程再決定好嗎？

核桃糕是小璞要留給爸爸吃的。昨晚打TEL永中，（你行政士）這是剛踏出校門口的婆婆，困否在對話上，禮貌上都不夠圓滑，讓[illegible]，我想幾年的薰陶會好些吧！

祝

好

書本、碩士論文，都帶了，唯可惜花瓶未買到，等你回台時再多帶幾個吧！辛苦了，

[illegible]
78.6.23
早上6:30

親愛的老公：

甚久沒和親愛的人說話真是想念，和你一樣有股說不出的衝動，但是一切還是得忍耐，盼得先生的假期，有些事常是無奈的，不習慣也得習慣。

學期末了作息是特別多，孩子的期末考（6/20你記得，還習功課一定了）我呢5大題考手自己的功課，反覆看的作業是了手，自己衣裳眼睛的[illegible]不[illegible]，也沒精神，每天也差不多要了小時睡眠休息。

討了1500元左右的花瓶多大，若不嫌我們是否可帶給我多拿幾了，回我付帳。因天[illegible]，[illegible]的修志，時間寫中，做著看的你，是否今晚向到什麼都很但卻不會。

早上為兒忙忙的提筆說是沒什麼想法，且也亂，包括婚，個新書櫃募金。在金一切可好？書唸得如何？台郎弟的博士班已考了，快樂備得很充足，但考起來總是不算挺吧，[illegible]希望這是挺多的，謝謝老公對弟妹的用心。這是明日喜酒和小弟結婚，我們又是大紅包，台幣標也好此上茶加，考慮小孩收假回南部玩玩。暑假即到，[illegible]之子們，[illegible]些東西，待你回來再去拜訪，[illegible]一下自己的新居生活，期盼！

祝老公

萬事如意，平安快樂

太太
28.
6.21早上6:45分

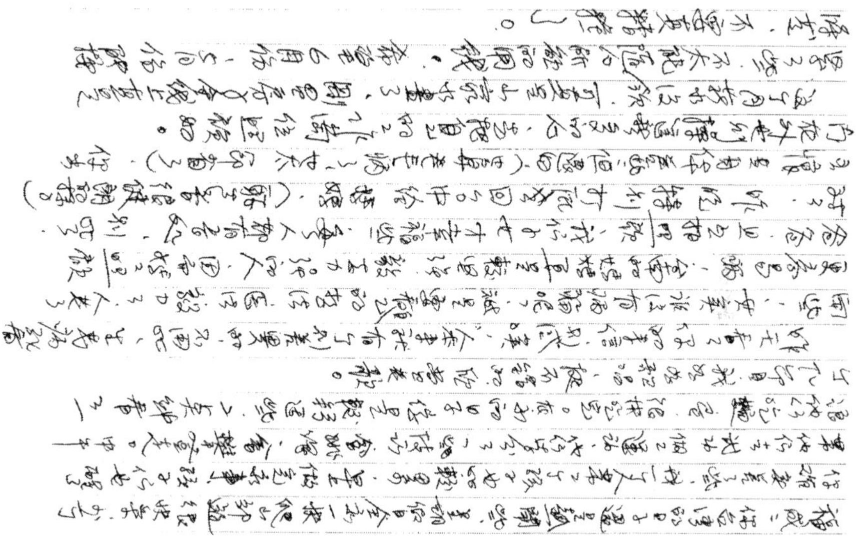

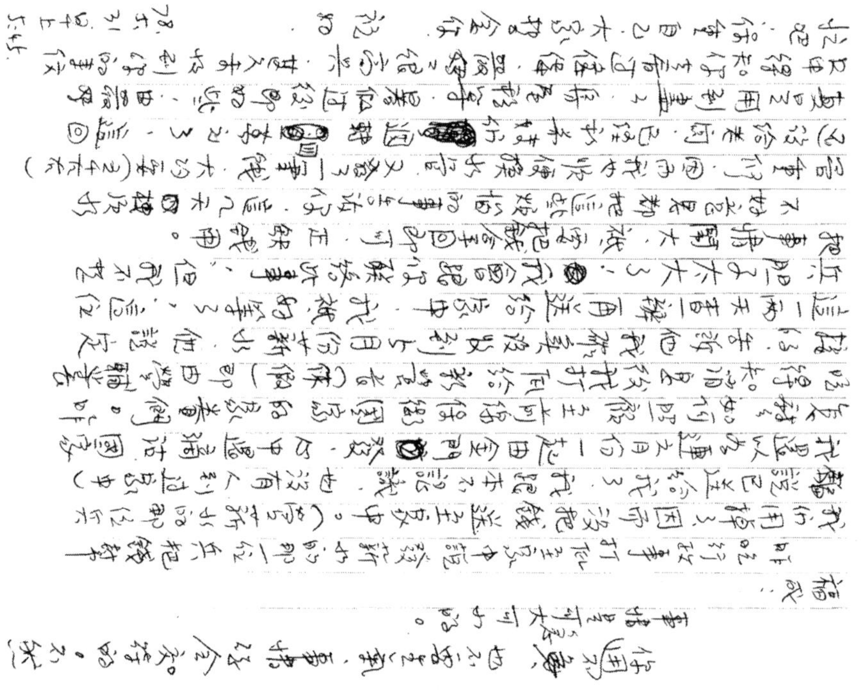

……告訴你一個好消息，是胡太太定認好，曾問銀行的人，結果告訴我可第四季，所有權狀等到南港土地銀行更改80萬貸款的名字，我想利用7月放暑假去辦理，再過些款利率就調高了。

8月份休假時，不妨買上百元錢的，我想請你帶兩個花瓶約60左右的，送給佳青老師。方便的，好同事、好朋友也是佳青的好老師。故宮那我給你的金。孩子們都說很好，有其趣，這回數學98分（錯了一題，出心）家用題都好了！佳青很可愛就是熬了些，早上一起來咨念……」今撒嬌。他們的生活和你比起來要舒服多了。不想，不要！

對了，我班同學今天月十四日，我回絕了，林書明也寫了3次學士班的簡單，你今年可以，明年陳昭你再上榜才能放了，等你回台北（來）再談看，人生的旅程是辛苦的，不斷地節制……　繼以鼓勵　就此擱筆

祝

好、

P.S. 寫實 報告時體紀事寫信給你們、紀念先生的……

太太

78.5.27 中午12:30，

親愛的先生：

早上拉到現在才有空停下來休息寫個信，問個安，我倆都真是讓煩又忙又累的，沒有人時我還曾想妳，在家中多一位外人時不得留在是這樣了，還真得花時間調節她。這份的好動，這份的精靈。

我們如此辛苦了！家中安靜許多，可聽到冷氣聲，風扇聲，車聲，寂寞因我的忙不停而被不見了。偶而想起每晚的有寄感覺自己快樂幸福滿足，有時真是望梅止渴了。

最近每天叮寧孩子可得很累，又痛到手快哭，孩子們還是很被動的。信中你提到我是否還記得四書，是在考愛妻還是在搞我呢？不過本來大腦卻不會用，但是想聽明的，這四書的迷都不到我，詩詞方面我欠缺了些，你看書，工作時採外，讀得多聊聊，信上可和我談談一些你覺得我不了解的，我的內心還是不滿足，就是繁雜的家務要太太了人是要學了些！

文鈺印某天曾打了通電話，一通台南的姪，一通是台中的姪，外表的禮節我想我接了的會學一些。你的朋友這是先生打電話問家眷，有時想埋怨，又有奈何！話說不如自己開闢新天地，上回感冒尚未好，因而每天覺得很累，想睡，祝好。

濤濤

78.5.22日早上6:00.

親愛的伴：　寄給我們可看看照片以解相思、

金門至今也有二星期了吧！自不去想它，不去算它，過的是很快．家中一切很好，請勿掛念，但我們卻是想念你萬分，寧比較細心，常常掛心你，我好像爸爸、也一樣，我信不例外了，但也不想心裏可想．我於本星期收到第一封信（5月15日），第二（16）昨（17）又收到一封信、收信看信是件最快樂的事，因你也要信給我們一樣，寫在這不去，台北這些都很多，一會一過下，就跟你睡覺也不睡，昨也出去看一位由花蓮來的老朋友，和寧位中間相摘了。

這幾天工作也忙碌，加上我感冒，現已快好，也跑做我得了、今天下午這錄音帶給你看，這回感冒拖更多的，你可好．

我日子過得充實呢，除看看孔、看報、練琴，最近和它子反而不夠快，剛開學早操習功課，我到九九重陽節，他使背誦唐詩、找來聽故事，晚上我比較累、睡覺也晚．上學路上偶而也念講故事給它聽。

對了，5月份薪水俘的行政事並未送來，請你查查看，

寄上兩份財面，就此擱筆　祝

軍安．

[illegible]　78.5.20

福成：

彼此之間是隔得太遠了，卻不能互相照顧，能接到對方的信真是很開心。我想你有同感吧，昨晚不知怎麼老是翻來覆去一直睡不著（不是懷孕）寄得三給曾給我的字是中有不平衡，昨晚6:00做好飯菜，幸好主美回來，幫我照顧女兒，我6:00一直昏睡到早上5:00起來洗澡、刷牙、洗衣，肚子也不覺餓，倒是昨晚做了一道好吃的菜，今早才吃到，待你回來再請你嚐嚐吧！確實好吃。今早看到兒子留紙條給婷婷的字條、（請婷婷看，我交飯錢1100元，繳便當700元）兒子何其是長大了、很感安慰，他們足見會照顧自己了。

今早剛洗完澡，但還是上班了，碰到同事蘇利健，要檢查一、因而上了一天的課，這時好多了。明天下午換我健康檢查（公假外出）。最近台北天氣一直不好，至今天才轉晴，甚至早上車太多，因而每天拉着書見女兒過去有些累，她也慢慢乖了。

微波爐真好用，今天煮一到就熟，其它則用微波爐熱6分鐘即可就要送來，今天卻沒有用到烤箱只沒油煙。看完下面片即可關掉了。

五月底[illegible]，[illegible]動。許[illegible]也不[illegible]。[illegible]
[illegible]和你[illegible]。全[illegible]。

五月份[illegible]到今天六月一日。[illegible]
[illegible]不會給我[illegible]，[illegible]你[illegible]。[illegible]
你一下。那[illegible]太大了。[illegible]
[illegible]用。

[illegible]，自己[illegible]了。[illegible]
[illegible]你。[illegible]
[illegible]了。

祝
好

78.6.1
6:00–7:20

親愛的仲：

上回[illegible]，下班回來[illegible]，但[illegible]
不[illegible]也不行，[illegible]了。

兩[illegible]，[illegible]
[illegible]，[illegible]
[illegible]了。

[illegible]不[illegible]，因[illegible]下，也不太有精神，[illegible]
[illegible]，[illegible]，[illegible]下，[illegible]，[illegible]
[illegible]，我[illegible]。

[illegible]，[illegible]，[illegible]
[illegible]，[illegible]，[illegible]
[illegible]。[illegible]大[illegible]。[illegible]
不[illegible]，[illegible]，[illegible]
（一、二、三、四、五）日來，因[illegible]信[illegible]下來。請[illegible]

3.[illegible]

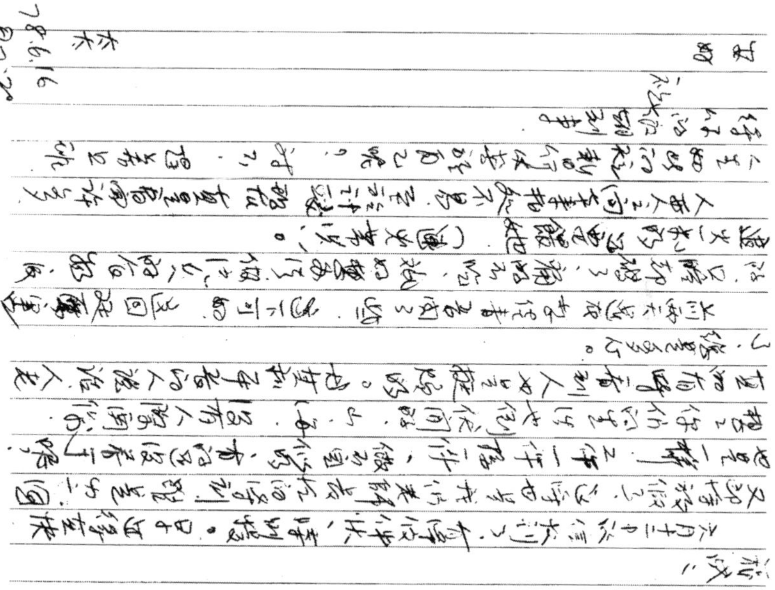

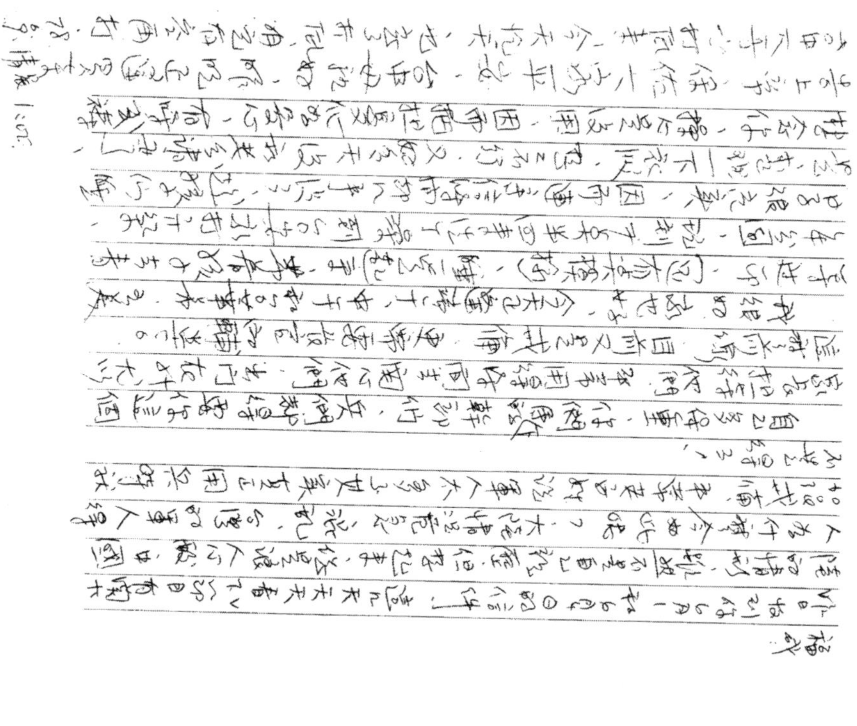

福成：

可好，這幾天台灣又變天了，所以好久沒生病的我，你又被感染了，兒子這回挺嚴重的，連續吃什麼吐什麼，老毛病氣管又發炎，幾乎快喘了，九點才前躺下，一直咳吐，到現還未睡著，不舒服，總會以為是還要起來給他吃消炎藥。今晨4點左右才睡，也是咳不停，幫她拿衛生紙吐痰不知多少次，她自己吃中飯還給我們點。有時想想真是天下父母心。還是要做孝順的人比較對得起父母。自己昨兩好也不對勁，打起精神，清晨照顧佳青時，自己也吃了一顆藥，這一回好久沒生病了，今天可真是全身無力不過還降低子還不錯，所以這樣下來，接著孩子的生活更不

福成：

中午送女兒至同學家，下午要去如果拿出記得至中山堂，恰巧收到高雄樹德信，立即寄給你，你可以多好好考慮了。

家中一切還好，只是太累，小孩又趕上流行，染上感冒，所以我忙些，（是忙又是樹忠好）因而提筆的時間太少了，多包涵，大家都會好，自己多保重了，希望你早點回台灣。近點像是如些。千言萬語，祇有你自己體諒自己了，看到你們寄來的照片，挺可愛的，挺帥的，

祝

平安快樂

太太

78.6.14

中12.330

既說自己也窮。
休假日快到了，一切小心為是。出門在外也不要過份
節省，該吃的，該用的都自己買。我們倆都是不很要的
人，有時甚想人生如何！
最近我買的力霸股票小賺，自己沒甚說也不很懂。
收收心，全幾上我會指導家。你要小心、
孩子天天盼爸爸什麼時候回來，好久沒看到爸爸，又說
說爸爸回來要你買芭比娃娃、鋼琴，她並是胃口不小的、
那時甚可愛，吃飯還是老樣，自己吃飯吃很快，有事還要叫收
拾，也要爸爸買个個人的玩具給她，所以你這趟回來，還是好好
考試量量看，考上最好，人生經驗也有，看你怎麼
去做了，不過還是希望你做台律，全家人太遠了，我也太久了、
今中午中秋節因台灣強颱軍眷全在小會，孩子們都看看爸爸
可是都未看到你，好了麼，看那些阿兵哥說我好念你，心中甚為

福成：
　你好。
　教育小孩相當不錯，老師好，孩子還算有天份。做媽媽的安心些。
最近也報考了寧康因身體不適沒考成參加，常常覺得忘精又是心心念念
星期天我們到了被送在門外，家人很晚回來，我們才進門，在孕婦到極了
一天半要下回家，晚上又想着孩子十年來是白天的事，所以又是
身體到清晨一點多才睡，從上回感冒至今，老毛病又犯，常會頭痛
或頭暈，醫生說很我多做些戶外活動，多睡眠，其實我很難
睡，真也是來多了。每天的工作尚如意，不用怕，上班任也方便又近
永遠，又不想塞車時間有了很多，下午正好校車到家門口。
即回到家，煮飯，炒菜，七點即可吃飯，吃水果。
　大家都還好，教育懂事，所以倒是幫我不少忙，昌也從不用我
操心，小丫頭就是太好動，吃飯慢，今天太皮，把書櫃玻璃弄壞
幸好沒割傷腳，明天上學腳卻不方便穿鞋，說她小動九天，太好動了

所以給他們看份今到陸戰隊，軍中服生活對他們來說更加苦，再加上軍人教育不一，有些還蠻嫉妒他們有書，軍人的教育更得提高。不然要如何保衛

中西服來收到，他說星期六下午送至，總10000收到

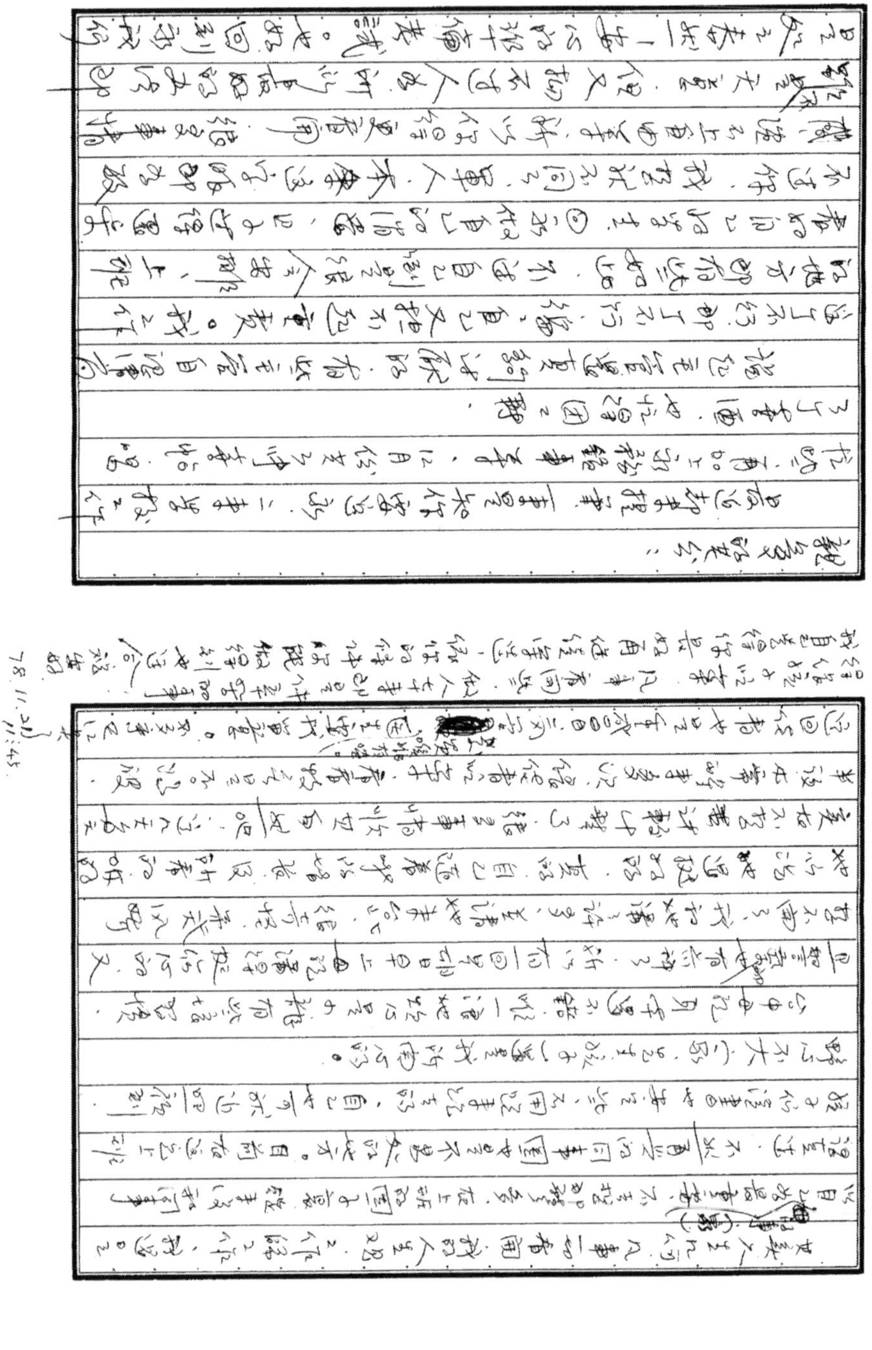

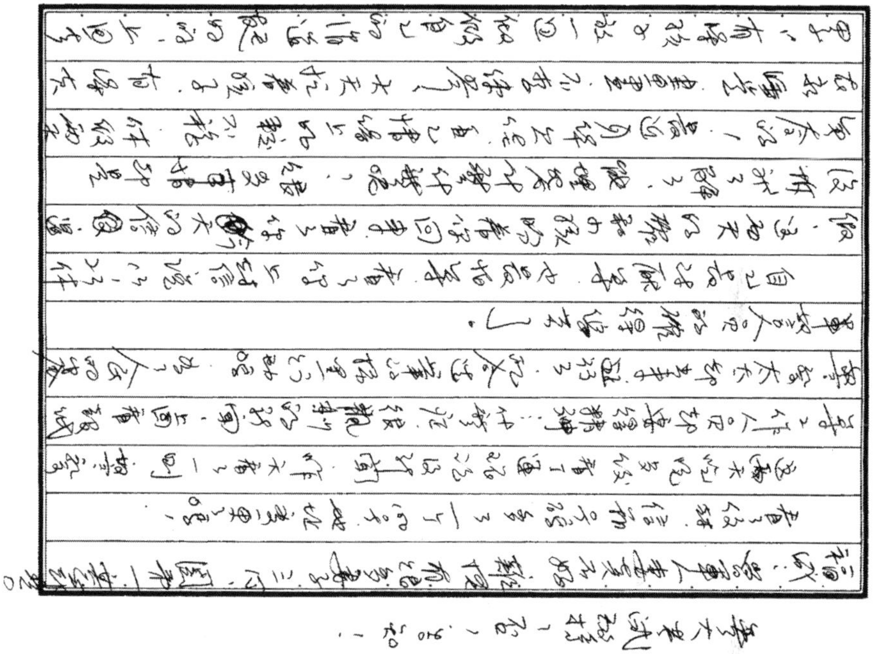

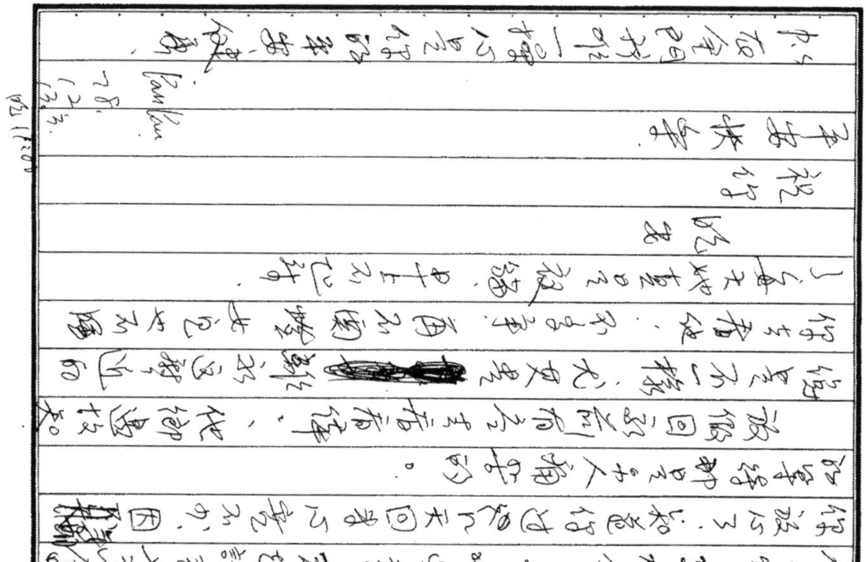

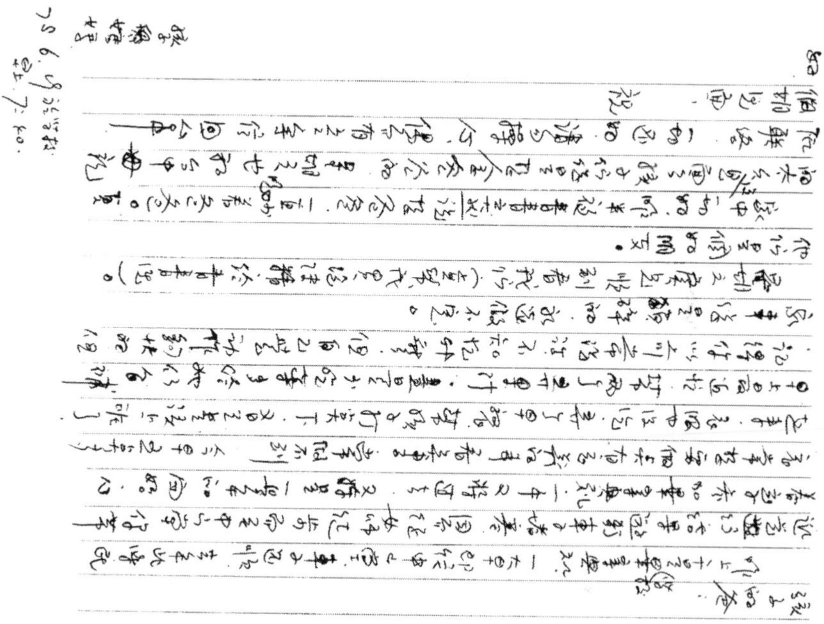

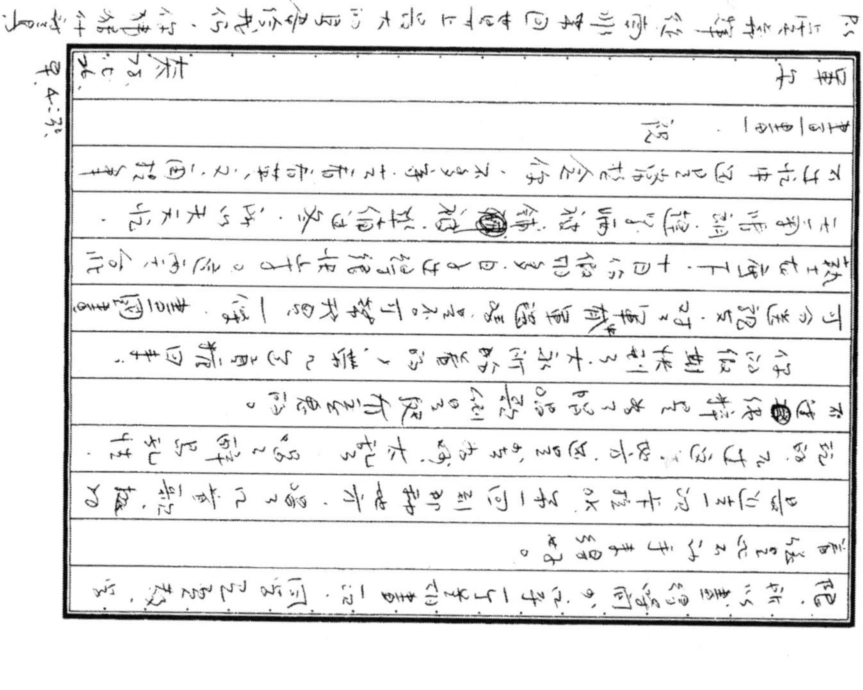

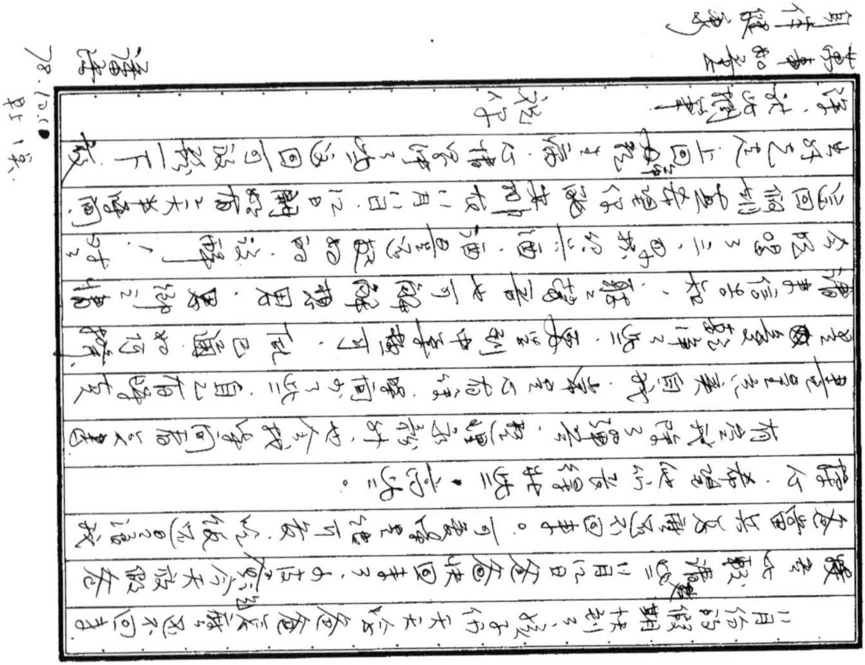

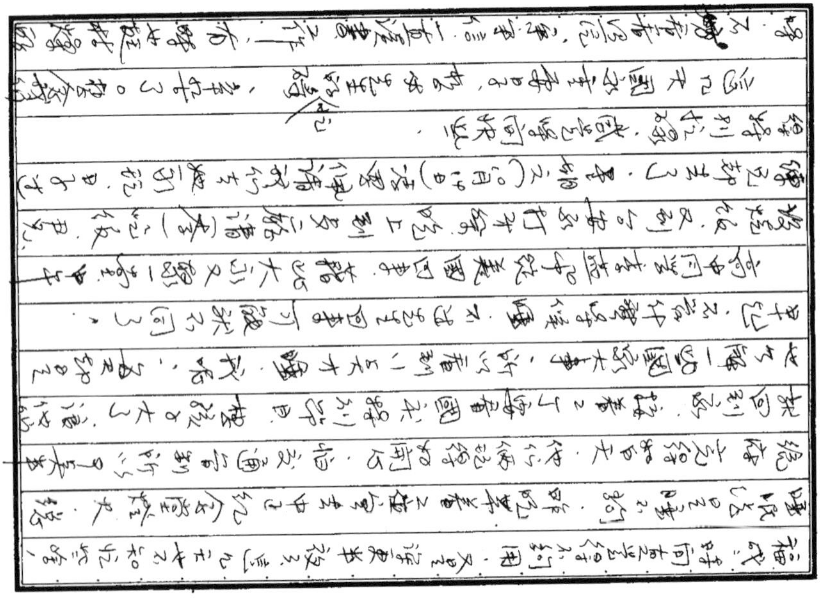

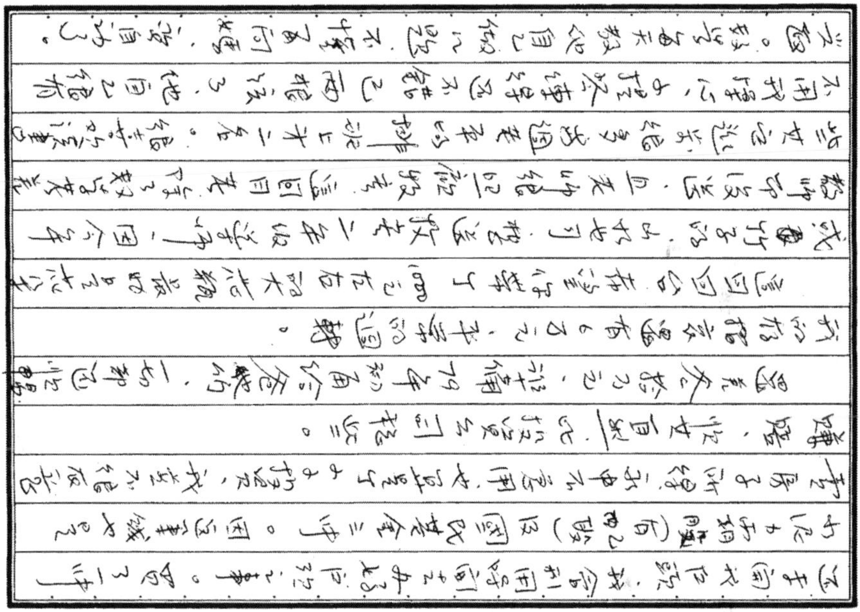

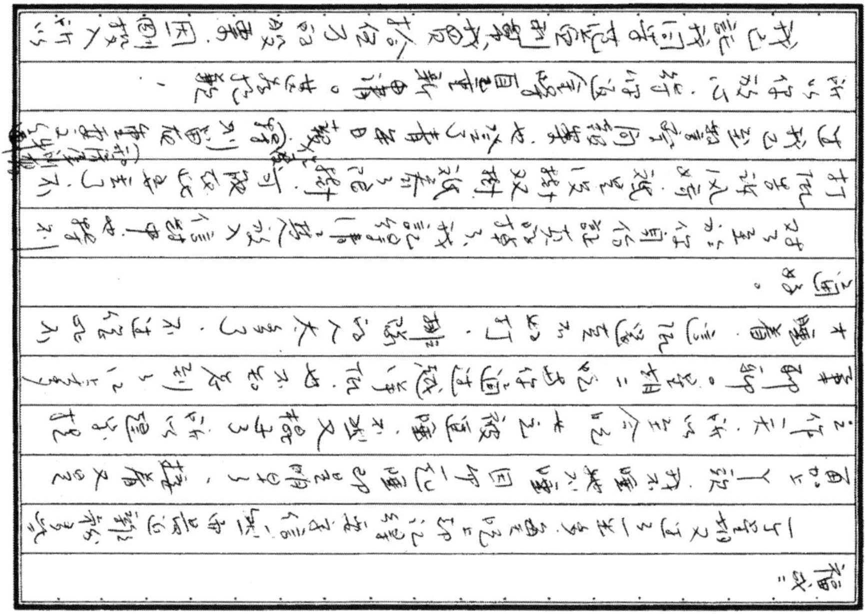

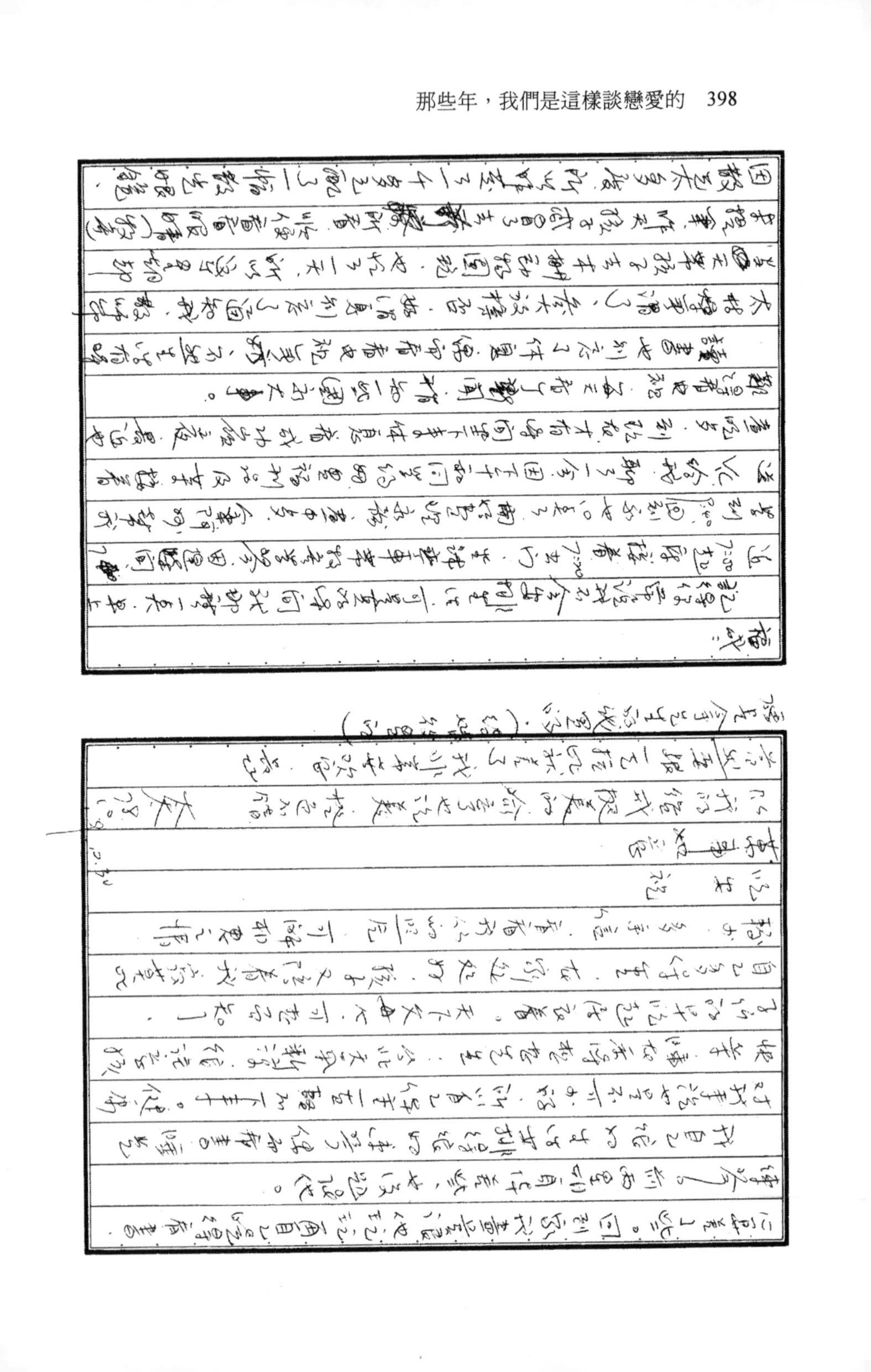

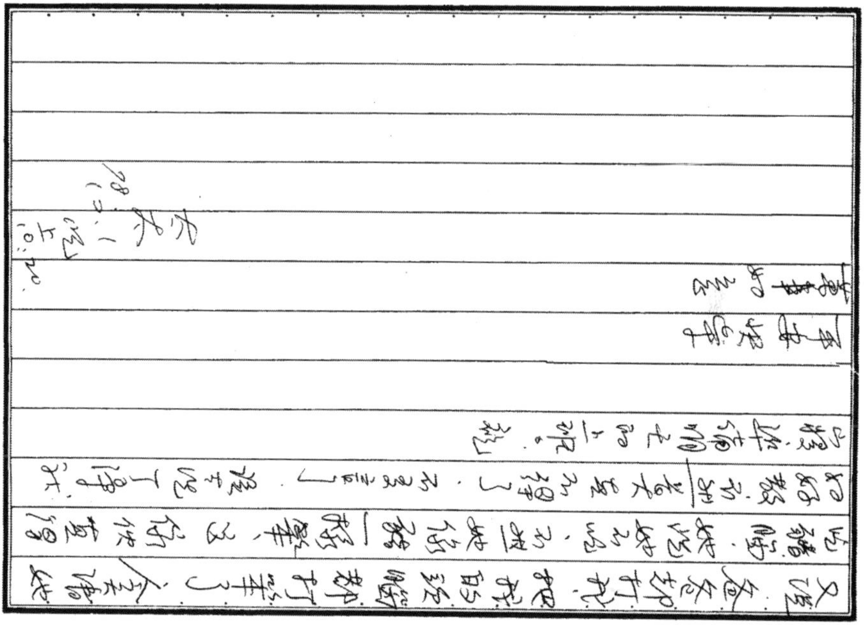

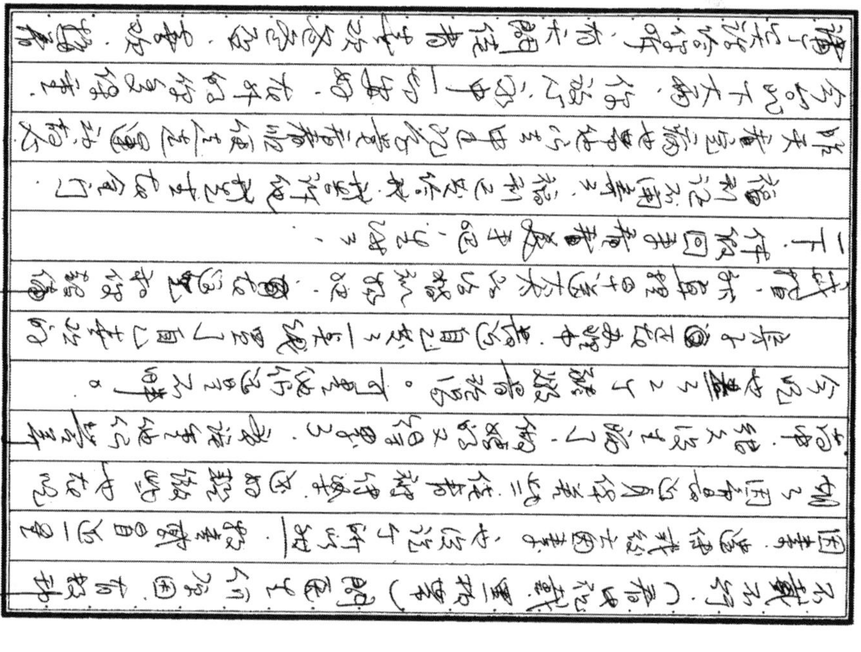

福成：

中秋已过，中秋下午值班，因而晚上和另外一位同学在台安家过节，也热闹些，小孩也快乐些，而我也轻松不少，将近11点半才回宿舍，看到天空中一轮高高团圆的明月，气氛却是看不见的，结果台北今夜欣赏到了金门的你，看到了吗？传说也更引起孩子们对爸爸的想念，爸爸怎么还不回来，教官比较清楚，11月份爸爸回来。

小孩最近被她们俩惯得有些坏，可是这是谁惯的呢。太调皮了。

今天星期日又带教官、伍青去学琴了，上星期日华结婚请假未去，每月教2000，我2000共4000，所幸目前经济尚可。欠了2000元给母亲的钱我已请凤娇先给，明天拿到给凤娇。

中秋也送了不少礼，对了，这回回台这里要买一打高粱吧，过年可以送，本来留了2瓶给你，那天台安跟我要去高粱烤羊，就剩这一瓶，这回一打给我也。花瓶若不麻烦可否带二个回来，最好是花岗或竹的。

至于房子的事实在是太大意了，不过由这次我们学了一个经验，原租约是明年79、4月到期，当初对方住时，即得请他们把东西搬完并租约书还给我们，这8月份你回台中时，太匆忙了，因而也未想到这些错事，这也是给我们一次经验，将来再有房子租给别人时，可要弄清楚。不然损失可太大了。

听说我们最近每人加近3000元，所以加起来我也23000，一般还不错的，孩子每月共2500元，学费在，真的也挺好的，我也不用操心，都跟我在一起上下学，早上现在每天先送教官过红绿灯，再回来接小孩，还是谨慎些比较好，日子过得也真快呀，这月一过即是10月，11月也即可回台，对了最好我们选星期天，日本外面走走，看看，散散心，今下午弟他们去师大合办运动，就此搁笔 祝

平安快乐

78.9.17.7:30

親愛的伴：

房子的拗狀都交於風媽，唯房客藉大肚子理由不能搬動，依俱為由，待生產才能動。因而過戶手續、都停頓下來。對方律師說，九月底以前搬，現在我祇好這麼等。無知係取何種態度。對方起不了多大的。祇有長紀一次才和緩措我滑，道。都是我打個風媽過去的。真有些不說相。

學校開學，甚忙，因而來信時間減少，昨日得知你的來信，才知你也忙，難怪最近很少看到來信。孩子們都好，中秋佳節即將來到，自己倒也沒感覺的來到，夜外的遊子特別敏感，多寫信(寄之)每天在忙碌中日子過得很快。

真希望你多看書，考上博士班，不要走武路線，太辛苦了，看來是目前的，不過這些都還是你自己決定，太太的我祇能互相鼓勵，上班時間即將到，祝

平安快樂

你的愉快

[illegible]
78.9.8. 上7:05

福成：現在每个月2000元給你母親，台北還是要給我錢，沒有停。她說他比較少用，也好交待。

又是一个星期了，日子過得真快，忙了一个禮拜，晚上懶得在家煮飯，帶着孩子上外面吃炸鷄，輕鬆一下自己。每天忙着上班、家事、陪孩子做功課、練琴，生活有時真是千篇一律。

工作如意嗎？身体健康否？這是太太所關心的。教官這兩天感冒了，得讓他多睡、休息，儘量要[illegible]活動，保持充沛，最近吃飯如此。

又打了[illegible]教吳[illegible]要寄給我，不然沒有什麼東西，還有教官的助學金是否領了，該得的福利不能放棄。

至於貸款的事，最好不用申請，我們目前只剩80万元貸款，小數目不需要用，留着以後再有買房子機會再說，你覺得如何。

鳳嬌中午打電話給我，買房子人已付17万十元(訂金)共20万元，扣除共申1万。(已付給對方介紹費6000元[illegible])所以星期一鳳嬌拿16万給我付貸款錢，繳清後對方再付20万元，訂金3万元我已使用了，(九月初拜拜週轉)，這樣算算大約還剩拾几萬，我想找个時機看看股票。爸那邊還有十幾万年底再還。你說可好。至於鳳嬌不收代書費，你回台時，你再親自包个紅包給她。我們現在經濟各方面都還不錯，但自己還是要反省，[illegible]，不可亂花錢。女人總是想買些自己喜歡的東西。

9月28日教師節放假一天，又可休息一天。今晚看看書，[illegible][illegible]了，改天再聊。祝[illegible]

（[illegible]）

好。天氣漸涼，衣服夠暖和，是否要寄些穿的用的。

謹[illegible] 1:50
78.9.24

親愛的先生：

27日的考試，應該考得不錯吧，等待你的好消息，台中的房子40万風嫂幫我們賣了，真是出乎意料，心中雖捨不得賣，但擺在那邊是個負担，現在也好（也還的以前缺錢用，不用擔心了），把這些錢拿來還貸款18万，還爸爸20万，剩2万做為台華結婚禮物（買一部TV），心中很感謝你對我的兄弟姊妹照顧得如此好，相對的，太太的也不能小氣，對待你的家人，台華某方面也是夠意思的，要房子時欠缺，5万元寄上來給我，我們結婚時他也送了大禮。這回請客沒通知台中親人，因你知道台華的一些情形，爸媽不參加也好，總算對林秀足的媽有個交代，所在好，想起那些事情，倒是，蠻同情秀足的，雖然當初林小姐用了心机，但是台華如此的大了，做父母親的也講不動了，我還是要講，不管台華收不收，有時教育孩子、養兒育女、真寒心，不過我和你卻還算個孝順的好孩子，這也是為人子女應做到的。

對了，書快把，要把我要的公文書隨時掛號給我，這是胡

以前未如，開學即將到，就忙了。九月九日參加台華婚禮，
本澤提回高雄也挺好的，所以很想坐飛機節省時間，
但不知票容易買，也貴了些，來回我孩子共要1000多左右，跑
過後決定。

今天忙到現在這休息，台南的老同學們提議到永中路
因南是華、浩華、浩強，孩子們又多，事後的整理挺好的，
手續的卸掉了，還不少東西用品送使，確實吧？不過很想
開，完全可理解[illegible]区区的，和你聊真不能此了，

最近可好，總合口合金，就接到你一封信，身体健康否。
自己多保重，孩子們這幾天過得很開心，常他們去逛街
買，去師大多訂，我幼園的雜事，也很注意他的吃，你安
有空多想念我們即可，就此擱筆，祝

平安 快樂

附給了若有多些錢，你決定做什麼都好。

太太
78.8.30.晚 2:30

福成：

房客陳先生打電話給我，有人想要買我們的房子，本來猶豫一下不想賣（捨不得），想想也知早晚是要賣的，雖然內心許多掙扎，不要三心二意，所以還是決定替你把他賣了。

由於你在金門，本人不能親自辦理印鑑證明，因而須以由你那邊公文，央你蓋官防「上面大略寫如此，部隊某某人（母XXX）要託其妻潘玉鳳女士代理印鑑證明」你自己再仿作一下可以嗎，儘快寄給我，趁還沒南下以前辦理好，我請鳳嬌全部處理。若能成交的話，我們該還的即還清，剩餘的錢可以做一些事情。

家中一切好，台北連續下兩天大雨，俊今還得去做足說，看腳，屋外還是不停地雨，雨天有[illegible]真煩人。這兩天沒上班即睡到七、八點，很輕鬆。不過上班上課有時還是正常些。

27日快到了，別緊張，要定的我們希望你也台灣。家中有一盆鳳蘭花，開紅花了（自己播種的）今年擺裡窗台，由窗中看到從樹中央冒出紅色色，很美，可開很久，自己栽種的開花，很有成就感。家福成：接到平安信心中很踏實。

學昌太太已告訴我了，要我也打電至台中告訴母親、順便請她來台北玩玩、住住、請秀美買些吃的好好補補喝喝。吃些營養東西總比吃藥好。我想我能做到的盡量去做，祇求心安，並不希望比來比去、人生要比的話那太多了、所以也不希望由於這些比而痛苦自己。

青青一定看得不亦樂乎是吧！預祝你能達成心願。你在台灣還是好，最少一定都可以和老公親熱一番。不過還好，你不在家時我也盡量安排自己，和孩子的生活，你在家可依靠你，平常就是我了，母親兼父親，可真不能偷懶，練琴、帶孩子運動、單車已買了，小孩很高興，共1200元、跑跑步（師大分部）騎車（武功國小），我都安排了，作文班也於上星期五結束，12堂課，缺了一次（孩子已接受[illegible]）。明天23日是教養講習，並是他們暑期班最後一堂課、剛好休息了

福成：

已開始放暑假了，星期一又要開始暑期活動了，作文班已上二次，讓我有機會和外面接觸一下。這孩子平常大概和男孩子接觸得少，某方面自己感覺有些女孩子氣，不夠男孩子氣概，生活方面也很讓人欠心的，每天也還是吃好吃的，玩，很多變化，他們還要認真的，不過作文還不差就是了，就是補習班會比較可靠。謙主矣。

明天我上午準備便當，然後明天已子要返來，所以趕快準備交稿等。

另事：文化將北上幫我帶 7月17日～8月5日 被要上作文課 返校事，幸好玉美若返校上作，8月份才開始上課，玉美將回家幫我帶到當美文幼教吧。學校已錄取，大哥幫忙介紹的，也好，到那地方，碰到男朋友的機會比較多，出外闖也會廣些，比較不會像井底蛙，所以玉美在這也幫我不少忙，有時要有個替換手，現在就靠自己了，最怕孩子們生病時，別的不怕。

那些房子婚後，因房子已賣掉台中房子40萬，我們的房子原本已搬至專給他朋友或弟弟住，也弄不清楚，和你商量，明利用時間請華搬，他們繳房租，平時我都沒管，說好了過了9月份，我要從10月份每個月給你母親1,500元或2000元，你決定匯給你家，做兒子的都沒管母親，除了把她給人送回去，且也不能得到養育之恩。台南的姪女也要我寄錢給父親，他們兩老又已在那沒做事了，且又跟他們借了30萬元，數目不小，7月底有一筆錢10萬元我要先還，還有剩10萬，欠錢心裏很是難過的，你說對不對。我花錢還是有捨得的，尤其在吃方面，衣服節省了些，這是很快樂，目前所接觸的人也都是些好人，信得過。自己

福成：

日子似乎過得相當快，回想我們初識（見面）至今結婚生子，猶如昨日的事情。想起自己的不成熟，卻現在被時間（歲月）所磨練出來的現在，是經常了些，對一些事情比較[illegible]了。

回娘家的日子真是如此，每天早可睡了吃完，吃午餐午覺，看看報紙日子，和爸媽聊聊天，回前家中日子也比較輕鬆，吃得也是吃不完，這才是那[illegible]今年到吃卻在吃。回娘家都是女婿偏勞些，早上和下午，你跑了一趟，只跟著小寶子去家鄉宅去家當。小寶說之內作定快，就很可能是了，一封跟寄來給您，他們的日子可過得快樂，因為外公在，特許寶事，和小朋友們玩。

回娘家前一天（星期三）也打電話給台中母親，說起好的，你也放心，有些事情總是隨自己慢慢去體會做。

本來早該睡了，但為了看午夜新聞（投場風雲下半）所以順便和你寫信聊聊。不知你最近耳朵癢不癢，小寶說看到誰都喊爸爸，她說她想念爸爸。

台南天氣炎熱，但還有風，我自己也還好，不怕熱，小孩他們我每天幫他們洗太陽浴也還好。家中大小都好，請勿念，自己保重，有空多寫信給我們，看到書信情書，就像見到你本人一樣，猶如只有我們倆在一起時，我定會常寫信，金門更寂寞是嗎，希望你能早日考上，還是在台灣比較好，不會相思得這麼遠和久。

祝
平安

[illegible] 78.7.8
晚上11:50

福成：

又是一個星期六了，這個星期過得也是很快的。可好吧。

不知星期几我忘了，台中媽媽打電話來，說台北還好吧，台中下大雨，台北一滴雨都沒，結果自己看報才知台中水災。今天不放心還是打電話回大哥那邊，知道母親住院，難怪，現在803醫院，晚上鳳婷照顧，秀惠剛打電話給我，母親一直打點滴，情況有好轉，我請秀惠和我保持聯絡。

明早一大早送兒子上車，到書店，接著要去學校值班，中午再回家，一個星期日這樣又過了半天。星期一起上課，二、三高中留考，上到星期六早上，暑假上班我暫時告一段落。

希望母親早日康復，說真的，心中老是牽掛著。

今晚一直下大雨，台北這兩天都是傾盆大雨，出門極不方便，你也不用心急，吉人自有天相，自己凡事小心謹慎，我會和鳳婷他們保持聯絡，就是辛苦他們了。

對了我們的房客又經買到的房子，我們的房子已暫時空著，我請他們幫我管理起來，暫為保管，房租要請他們寄給我。

家中還好，小孩們的身體我甚為放心，還是老樣子，不過還好，睡得吃得好，少生病，也很乖，可就不乖了，我們很好，就是有天不小心撞到腳踝有點痛，去過頭份中醫看，請放心。盼望你們假期回台時得空了，看看老母親，就此擱筆，祝

好

淑[illegible] 78.2.29

親愛的福成：

我的秀因有個小軍師，她說：「爸爸你快回來，我好想你，爸爸說暑假回來，哥哥妹妹放暑假了你怎麼還沒回來了呢？」

真是熱鬧，學校最近一連串的忙，7月1日已放暑假，香蓮是訓育，接著6日即帶小孩到達恩佛寺住了一晚，那兒真涼快，和山水很接近，轉到杉林兩天，一直在外面沒有得享受，接著7日到校準4日的幼稚園登記抽籤，7月4日從早上7:30到校一直忙到晚上8:10才回家，8:20吃晚飯，太累了沒味，弟妹孩們吃了很多，自己說好像吃多，感覺輕鬆愉快。

一切都還好，至於上班，每天對着這麼多的小孩也很愉快喜歡的，在這一年的小班裡和小孩們建立了相當好的感情，下學期抽籤一天會有個我要會開車接我到他家玩，暑假生活也安排得滿滿的。如你一樣沒有時間去教英文你看書、背書，比較辛苦，而我說得到是輕鬆的心情，顧好先生及小孩你們好快樂，孩子們玩得很開心，昨天早上（7月6日）上班上到11:00回來3:30坐台鐵的車回娘家看看姑，又是半年沒回台南了，如你一樣很是想念看看自己的家。台鐵弟真夠孝思順利，從台南開車接我們回娘家有時候接觸父母親，兄弟姊妹的相聚也真是人生一大享樂。

台灣的博士班有好消息要告訴你，要錄取若上了，對你將是個好消息。將來發得順利也較容易。你的說是嗎？

對了，我記得我已寫過2封信問於你考博士班的情形，我的政戰博士班，你明年參加政戰博士班，必須你再上級本可考，不知你看到我的來信了沒，我已寄些政戰博士班的簡章。

我於十日返此，今年假期短了些，因我不想錯過了暑假返校在理學中優生，因平常我並不很嚴格的要求校方功課，因而想利用暑假做生作些文作文、暑期輔導。恰巧我也接到7月17日至8月5日上輔導課，所以又得請娘家的爸爸等我近一個月幫忙，每星期二、三返校參至國語日報學作文，中午爸爸在6。接校方，因我7月17日至8月5日都是上一天的班，跟出於此，但是日子會充實些。

很希望在你的假期是8月6日至8月16日中間，我們就可以配合了，最好可以希望你也請件假。

你放心好了，自己已不再是幾年前的我，做任何事都會三思而行，除非我激動時也會盡量抑制自己的情緒不說話，這樣才不會出差錯。

至於借款的事，我也於7月5日到南港土地銀行辦理，很容易的，但多了利息的原因，還是前述是6.5%的利，到2月14日才會增加，所以多了這幾個月每月可省3600多元的利子，我會利用放寒假時間去辦，利率可能要6.0%，或12%。我倆算是很幸運的了，所以你放心有些話就是說自己吐吐心聲，我想你我都有同感，我比你好，家的環境，孩子的問題等會很難快樂，而沒有時間想事情。希望你能看上帝大，并上樓，這爸大也是看事要的，不过事情還是順其自然，我總是不行的，該是你的永遠跑不掉，說句笑話，就如你所要求的一般，最後還是嫁給你了，女兒在京也晴情，娘娘家情書，將來女兒同學可能會跟些，祝安好。

璋璋

於編輯中，7.27日

榕成：

又好久沒提筆和你寫信，還好吧！昨晚才讀過看了你寫來的信，很過癮。昨天氣熱又學校忙，因為昨又鬧胃痛，這毛病實在很糟，記得以前都沒如此，真是age越來越不饒人了，什麼毛病都來了，其它的都還好。

孩子們都還聽話，你放心吧！你的行政士官你回到單中，也告訴你我們中情形，至於打果，政指部沒幫你買，雖然部隊備的，大概行政也不會給你帶吧，他並說他會幫你買，所以我也就不強人所難了。

今天心情不太好，上回記得曾和你提過，我介紹漢思們到我們學校上班，從6月1日開始代課1個月，結果昨去見校長，校長卻把她說得一毛不值，對我這個[illegible]的校長實在太不敢恭維了，說了很多難聽的話，說我同學長得土裏土氣，沒氣質，不會應對，本來已決定用的，結果見了校長之後，校長覺得不用，結果弄得我兩邊不是人，校長太現實了些，只注重外表的美，而忽略了人的內涵，在這裡做得也是寒心的。我們學校真是社會現象的最前端，看到這，學到這，覺得人生真沒意思。

最近學校忙，畢業典禮接著開會（校長主持），因這次的閱卷不知會有什麼影響，但也不管了，自己又沒做錯事，是學校處理得不當，太傷人了（包括我在內），只氣漢思們沒要她好，焉知禍福，請[illegible]她再次也是了太過傳統老式的學校了，並是美麗的外表，罷了，教學方面也落後了，中學小學的好老師也走了不少。

想說很多都是不爽快的話，自己行動還是不夠，不想再談並不是我真正的理想，只是為了三斗米折腰。

祝

好。

[illegible]

78.6.28．中午12:30

福成：本想多寫信給你，但時間總是抓不住，因此一星期最少一封信給你。

房子已過戶給對方，錢也拿到了，這回拿了2000元是給台北母親的日用零錢，所以存摺裡有一些錢，另股票可做，全投資在上面，然而最近卻跌得很慘，但再過几天再決定，（前一陣子錢都買些，這些也還了美了万元）所以剩10多万，我準備投資1万元。女兒備用。

今晚台北弟回台南，家中有男孩在我感覺安全些，因我日前返回台北，台北弟已給付15000房錢，再加上我舊胡班的外薪共12000，所以最近正好有了机会買了一只線戒，（一顆25分、四顆正好一克拉）大多了，我也這戒子算你送我的結婚週年戒指，挺美的，我很喜欢，有机会想弟你買一个鑲有玉或藍寶石的K金戒，記得你手上帶了一顆，有時人還要常要一些東西裝飾自己，当然不能超過，我想我們不会的。人生難得為自己買些喜好的東西，我个人藉口也如這些。

這子房子卻要好的，唯一美不足是我卻不知道身份證不見，我沒用双掛号，所以我前晚得趕緊打電話到警察局報案（得日晨）接着於昨晚趕到全日本美去登報作废，今買了一份青年日報，收藏好，以防止不必要的麻煩，你是否看到，等你回台時就自办理，也感抱歉，福利証不用寄了，福利处已給我（因你在金门）救案這几天身体差感冒好接着拉肚子，瘦了一圈，今天月考社会還未滿分，他挺穩的，還乖

78.10.6. 12.30. 太太

親愛的福成：、 這封信請台華轉寄過給我。

因為颱風而休假了一天，真棒，台北還好，台中、台南都好，請勿掛念，相反的我們躲在家裏一天，沒受影响，可是看TV新聞，也損傷不少，真是天災難防。

星期六(9月9日)帶著小寶一塊坐華航279班機，小寶坐最窗邊可看到窗外的景色，真如他課本寫的由上看下小小的，我們很開心弟弟的運氣不錯，並沒受到颱風的影响，天氣很晴朗，請了30桌女方，及友人較多參加，都很熱鬧的，台華很高興，雖然爸媽都沒去，由叔叔主婚人，一切都相安無事，爸媽和台華都講明，和女方爸媽也講明，爸媽也送他10萬元及一些他以前所買的金子(紅包方)，大概有10幾萬，送給女方，自由戀愛也都好，爸媽也了心事。買了TV，21800元，大哥9000，台華2000，玉義2000，我們8800，一、送東元28吋的，由小華同學幫忙買的，便宜些。台華讓我謝謝金門的姊夫。

今早台華也想到颱風打個電話給我，也給台南母親，有點真希望儘快回來，好好的建立他新的家庭。

時間過得真快，早上整理一下，作了改一下衣服，偉偉等睡覺，和小孩一起弄書，到水溝前看了水果，送人，下午到廟裏唱歌(和教友)快樂的一天過完了，睡覺前還要提筆問候老公，金門有否受到颱風影响，這兩天都沒信，偉弟收信時，自己多保重。對了，媽媽叫我說你，偉偉出傳國際到大銀行去看看偉偉，並叫偉偉看醫生，多休息，囑咐。祝

中秋快樂

P.S 則沙運來果，月餅學生送的，一定留著自己吃。收信請告訴偉偉，已經昨天還了10萬元，另10萬元……8

愛 9.12晚

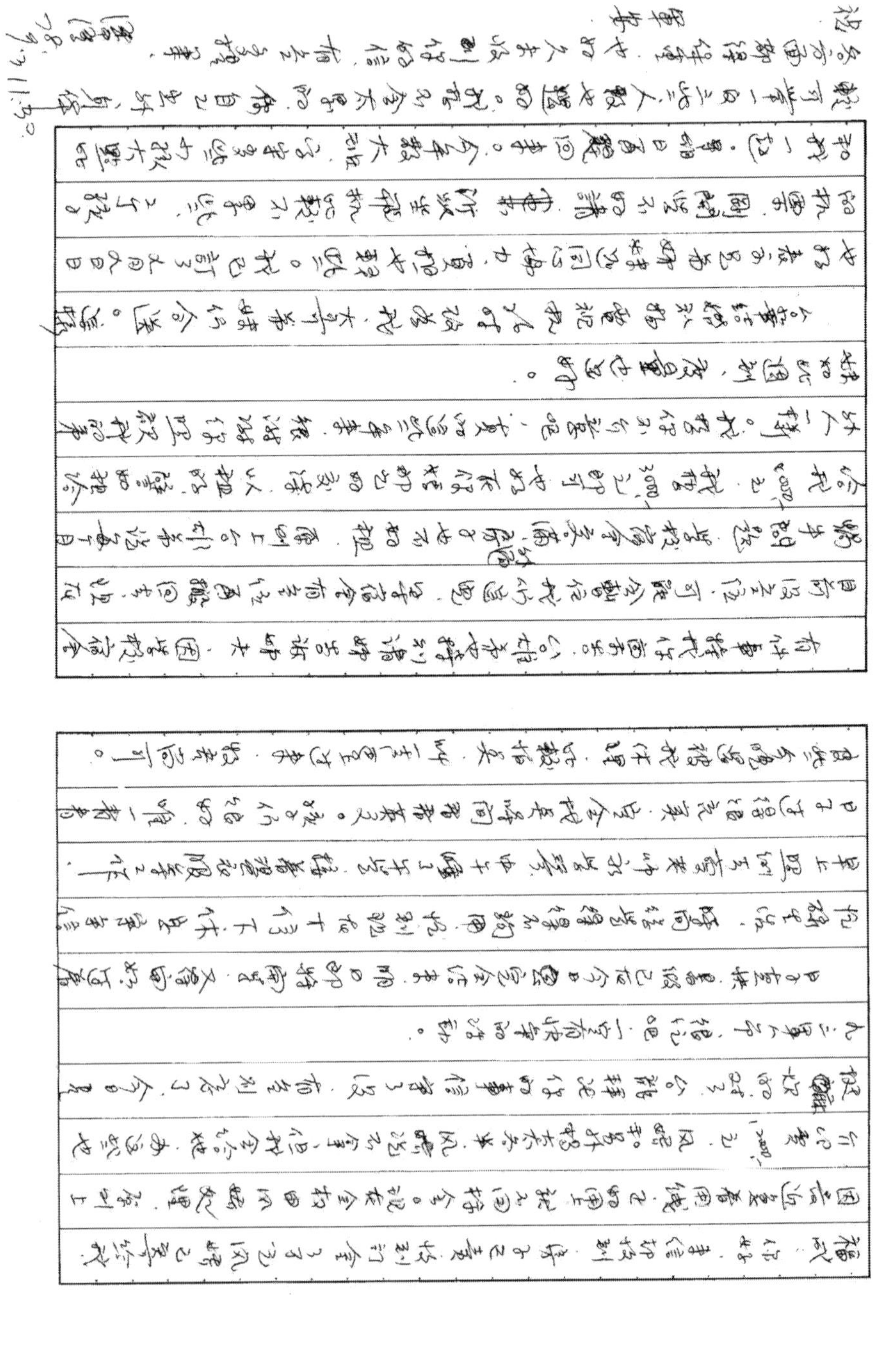

福成：

　事情真是多，一早上忙不停。還有笑點。

　該昨晚收到原單位寄來的薪水4985、同時原單位也跟我寄上影印本各一份說要幫我申請「安家費」吧、大筆有了八千元吧！你不用再追問了。

　家中一切都好！端午節即到這里要包些粽子孩子們都和你一樣愛吃粽子。今年你吃全肉粽了

　又對你每月還是要存郵4000元哦，剩下的比較划算。

　筆錢去健康檢查，順便把這些薪水存入郵局。寄信筆之時。自己多保重，我每天日子都很忙，工作忙（最近），因而來信都是匆匆忙忙的，不見怪吧！

　　祝你

筆安

太太筆

78.6.2

晚上11:30

親愛俤：

今早至學校復旅，小依依卻不跟來，在家等我畫小蝌蚪，九點到校至吃在一直忙著準備星期二的北華教學。昨晚說得有人打電話請我喝喜酒，因爲第32個至現西飯店喝喜酒，依靠的是不喜些不適等地經，隨便喝我來用車的的柳丁汁回家如如何理一晚，下回不知會如此否，總不是壞事。

至金門已經一個月多，習慣否，今天是否準備攻？，平常拉著自己很少關心到你的事情，很抱歉，身体健康否，工作還很輕嗎？，又現在是戒嚴時期前線的三軍官兵更是了不起。千言萬語，但還是要先對自己保重。你是我們的所有，依靠想念你的，依靠需要我呆，真是又聽明又可愛。

錢已收到，家中一切如常，平安快樂，忙碌，我今年長了七斤體重。大概你卻滿週吃了，我也如此的自己倒是吃得少，得減肥怕胖。昨日收到私人會500，（戴邦青）我若是你心念的師長吧，第一回受到國家的關心，記得以前你在金馬時卻沒人問的。薪水（五月份）卻收到，安家費已申請是否也有錢

最近經濟已穩定，存摺裏還有不少，你放心，錢是足夠，就是少存些即可，你信不信，我一個月以平均存（三萬元，連你的四千元），過一陣子，我們各種輕鬆的，現在比較捨不得買新衣。打折再買（全家的），七月份可能回台南幾天，接著也帶孩子去游泳，安排一下暑假生活。

金門的你辛苦了，希望一切都平安，台灣很熱。

祝

平安如意

儒儒 78. 6. 11 上午 11:00

福成：

太太寄的限時包裹想收到了吧、東西不知如何，湖南香腸找這裡的，收到後請立即放冰箱內，或吹吹風只保鮮，不然怕變味了，那可惜。最近的股票相當看好，本金賺了陸萬左右，力霸今日也上揚，目前我卻不賣，也不缺錢用，財貸還是從保險本常利還，還有一些錢我會留用自己覺得有些錢比較可以隨時運轉，反正我也是不亂花錢的人。當然買件別緻衣服，那是難免的。

香腸放進电鍋蒸蒸我會常切吃。

舊曆年初二回娘家，車票已請學姐買，我想沒問題。國曆2月4日我回台北，2月5日返校，2月6日註冊，2月13日下午值班，不知你是否還有假期，看看你稍為配合一下。回台中，若有多餘時間，順便回台南看看，兩個小孩我會讓他們在台南住住，開學前再接回，讓他們接近一下泥土，輕鬆一下。

我的生活還不錯，種花、整理庭園、打毛衣、彈琴、帶孩子看童話書、拉小提琴，你則常逛這種酒店。倒是看了很多別人的，同學錄的二卷，有空會看。

身份證已拿，你放心，平時都無迷糊，可是還不至更迷糊。

不多寫 利用上課抄筆 祝

萬事如意

P.S. 陞遷教授了否，靜候好消息

PanPan
79.1.17 中午1:30

親愛的老公：

一轉又是好多天了，可好，你在部隊的日子總是熱鬧許多。不過軍人的妻子總是要會安排自己的生活，台北總是一樣令人厭，天天下雨，差(到)那邊說，所以就叫我去台南跑跑，丫頭台北上課，因而即可在家陪大寶，身体較以前好多，後喉嚨咳嗽都好了。最近又有流行感冒，聽說很嚴重，所以得特別小心，你指兩位小朋友生病，對教官有你更是感到欣慰（能丁背，挺不直，這些依女生）有些方面倒更聽話，全靠我按摩，看我懂事，兄妹倆个性上更是稍有差些。一年又將是新的日子可愉快，去年談農曆年是在高雄過的，今年你則在金門，有机會倒真希望，擁有常到你那邊年，順便看看金門風光。該說是要說你放心，我自從日子也多年了，何況又多添兩个寶，日子更是在得不同的，几乎沒有寂寞日子。

告訴你一些我的經濟情形，目前我標了一个5000元的會，400元標到的，湊湊還給爸爸20萬分外10萬元爸爸送給我們一。而會錢(6000元)即付清。另意外間接到的）這兩天又到了一个會錢算來合，和五萬元各半、捺貳左右，再加上你的年終獎金，所以我想我們商量一下，把了萬元貸款慢慢分四年還，這些這次先還掉一些。不然我最近將全部拿出拾九万元買基金，（一共一萬多元）上回拿給你看的那种，我只捨貳元九角買的，現已值拾柒元，昨同學說君華氣好，擬着金鼎國票賺到100多元，大家也說是蜜月期吧，尤其是夫妻之間的事外人更難了解，因而你最好不要插手。

回來半個月天天在一起，過得真快呀，尤其是夜夜春宵，更是讓人回味無窮，有時瘋狂的忘記才三胎了，還好未中獎。你呢？忙吧，想念唷，在外可不能越軌，健康最重要，懂嗎？

電信局今天換了一個按鍵式的電話，挺方便的也好看。音質也好。島內的下回有機會也換掉。

目前一個5000元標過的會，一個10000，78年9月剛開始的會（32人），還又一個10000元（79年年底即結束，11人），所以每個會錢就25000，即是此時存的。我自己私房錢即只有這些了，另因每個會交，現在若要存80000，得欠款。每個月自用車常常還可能要一萬左右了，每個月5000元的勞保費，所以某些所剩無幾了。這些錢即沒亂花。讓你有個概念，自己不但可是有時對你也是要有開銷的。

多多保重，祝你平安快樂。

太太 [illegible]

福成：

接到你來信，心安。生活即是如此，看自己如何去過。

心情放輕鬆些，希望還是要大的。我和你一樣的心情。可是你除了以事業的騰達輝煌外，而妻的就除了盼先生一切平安順利，同時期待先生的回家生活。結婚十年了几乎都未鬧情緒。你常年累月不在家的日子，可是心中都仍是十二萬分的不情願，人生旅途中無奈的事還是不少。自己的毅力等方面還是挺強的，希望如上我倆二人的毅力，同甘共苦，克服一切的事物。

台中媽已平安去訖，身體挺好的，我也打電話了。安心，倒是你於節骨眼時特別要保重身體，讓自己穩，靜下來，知道嗎，昨晚和阿姨聊了一會，你放心有好消息，我也會儘快告知你。聽聽音樂，做一些輕鬆的活動。可是別亂來哦。

对囡子、今晚有位蕭同学由左营打电来找你，因睡午觉刚
醒还在迷糊状况，所以接了半句，忘记问他是否我可以帮他的忙
（去公馆开机票的事情：甚感遗憾）想到了等对方之挂电来，不然他
可能不多陪几分钟太太和孩子，启程到提迟顺便提一下。不过我
昨午觉也都请睡到下午5点多，早上送孩去上学、打扫、洗了一面
英文，接着去公保检查自己耳、鼻、喉，是否有些、过敏、喉咙有
些是脓疮，说话多了，拿了药吃吃，不碍事。中午有个TV至
2点多即开始睡至5点多，直到厉害，不过晚上我督青青做
一件小洋装既美的，是由手中缝好了上衣。校庆嫂嫂做的
睡得真舒服。
四子不好好安排，有时也是不如这时，幸好自己要越特别
难、不然一个人在家待不能天天想念老公吧！

有句俗语：由俭入奢易，由奢入俭难），记得以前不即字信
请通他的时候，是说，所以只得接了习惯，自己也会到
请小孩。
看报纸否，又是一个变动，有时财富真是想不到一切。
神风特攻伊拉克好突出，自己对国事政治并不很了解。
可是自己有一点爱家、爱国的心。♥
钱你需要用尽管多留些自己算好，（還）回去多留些钱、以防
万一要请客送些，寄出学费便宜了仅去评估好日，我好上脚
周转之，又是很体贴的等候了，晚安 太太最诚的祝福你
万事如意、平安顺利。

P.S. 真希望事情顺，你又能学以致用，能发挥所长。 79.8.4 晨

方便的话再帮我带一个1000元的即可的花瓶。谢了

福成：

聽先生的命令打個回台中，不過一講就30分鐘左右

良霞講話（和老人），又和阿嬌聯絡一下，得知你7 20左右

回來，和你告訴我的日期（8月初）有所出入，所以特別

問你一聲。

你調動的事情，似乎很多人知道，今晚高雄一位吳先生

打電找你，他們主任說你調回台灣，不知是否因作業情形

這麼多人都得知道嗎？自己稍留意一下，有些事情

我才會找吳先打電給，不然我都以書信往返。不然你方便

偶而打個回來。好讓太太寬心，不過說真的，很多事情

我自己都訓練自己沈得住氣，同時順其自然，日子過得

快樂和瀟灑些。因等待本來就是件不易之事。

和阿嬌談母親的事，她說有好些，但我你老嫂嫂呀

我覺得心病重於生理病。最近養花很好，上個月我看

診4000元，加看病了最近卻由阿嬌先去，因而我今天又看6000千回

去，阿嬌他們也夠辛苦的。我在精神上不能幫忙，在經濟

上能做到的就是寄一點吧，有些事情當然是要奉行的。

明天救濟早起，最近籌著調整自己作

息，每天印幾擔兒。日子過得很輕鬆。又有我救濟兩

個人在家很清靜。有好消息別忘了告訴太太。

祝你

萬事如意、

7月20日是否回台。

太太 79.7.14

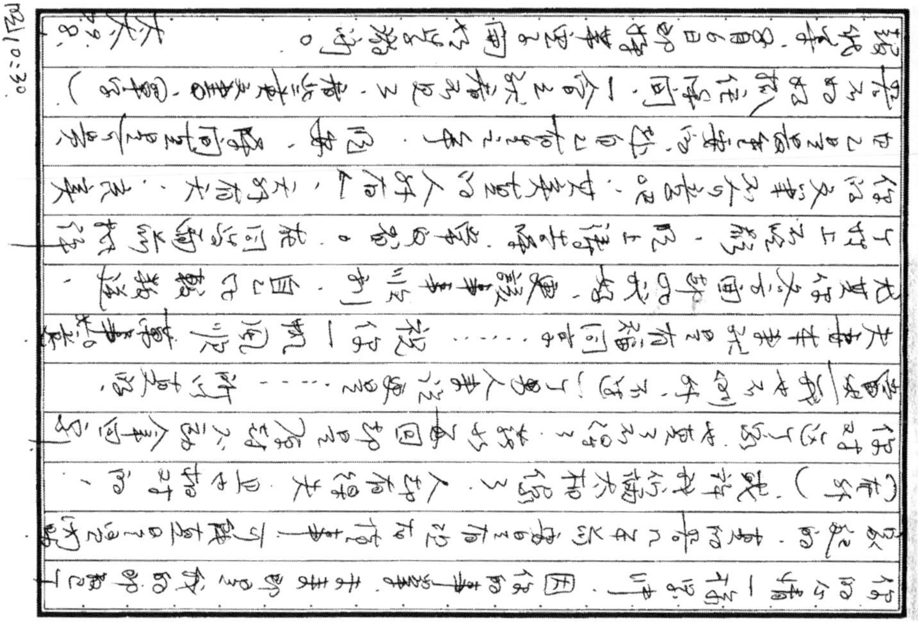

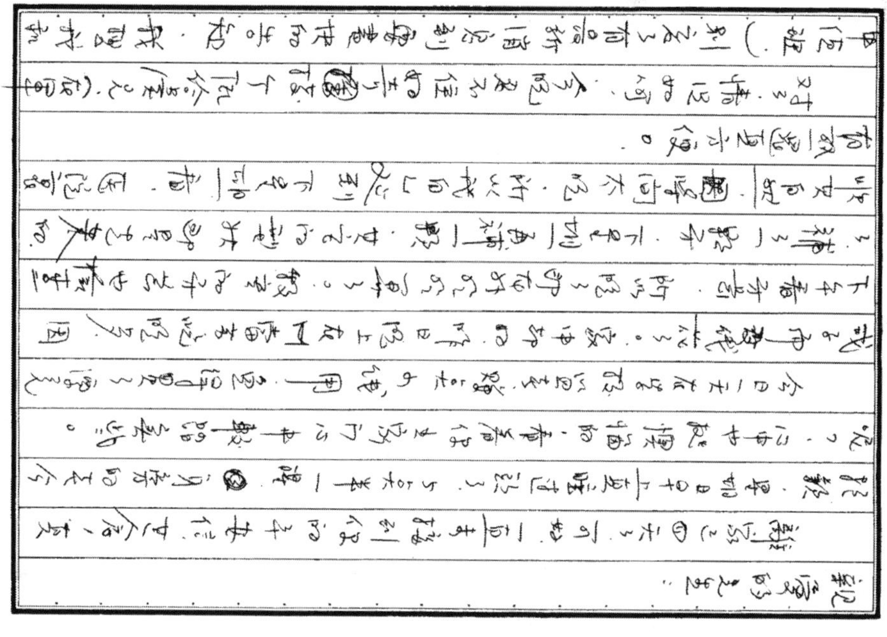

福成：

甚為想念，看到你的信，真高興，夫妻倆還是心相繫在一塊的。孩子們都好，收寶很乖巧、懂事，個性上有點像你。我想大了些，該念幼稚園了吧。佳青還在外婆家，玩得不亦樂乎，過得很好，自己身體不適，因而一直未接回台北。外婆說，她在那吃得多（穿得暖），長得挺好的，不像台北常生病。台中我大約一星期前打了個電話問好，[illegible]有一陣子我累了早睡，又忙學校的事，所以打得少，接到[illegible]的電話，立即撥了電話到台中報告您的平安，還是好的。這回打回台中，聽聲音覺得台中媽媽比六月份那時健朗許多。人生病時最怕心裡也病，那人生真是不好過也。

我於6月?日星期三晚住院，於三時拿掉小孩，心中雖是有所失，或捨不得，可是又怕後遺症。一晚上在醫院裏無法入睡，數到天亮，偷偷溜回家中，照顧收寶上學，同時今早打電話給[illegible]（曾有一位醫生許了[illegible]多[illegible]，中午[illegible]照顧，星期三晚他們[illegible]這家中醫生不錯，又[illegible]醫院[illegible]太好了），由於時間的匆忙，還欠了病房中一位住院的病人家人。心中耿耿於懷。醫院真是不是人可去的。[illegible]健康是多麼的可貴，尤如生命，所以你放心，有空我會陪你母親，別人都有[illegible]之心，更何況是自己家人。

對你的工作，我[illegible]關懷的，祝你一切順心，人的一生難得有幾回是學以致用的，目前自己能幫上你的忙，也只是照顧自己、孩子，有[illegible]可愛的[illegible]，以後還[illegible]你的[illegible]吧！至於錢你放心，天無絕人之路，[illegible]上[illegible]我[illegible]得多的，總有一些[illegible]幫我，我覺得很[illegible]，[illegible]用的，可是錢要用到有用之處，千萬不要常来了方向知道否。關心話才会這樣懇切。

回國之後我決定取消，可是還沒完全解決好定案。第一身體體力不夠，第二孩子們讓自己放不下，第三，大弟他們的三個大哥的小孩也在這邊，所以我想今年不回頭。第四，花大筆的錢讓自己一個人玩，有點可惜，所以原則上我是決定不去了。這幾天在家真是好好休息，最舒服的暑假，又沒輪到我上暑期課。天天在家休息。8月1日、2日，為了小賺外快，1天半的家中兼差。所以你的假期最好在2—11左右，8月14日即開始返校，註冊，佈置，8月15、16、17這幾天我卻沒空。接著8月18日我會回台南娘家一趟看看，一些朋友說要回去看看。到時自己也會說

現在天天在家渡假，日子很閒。體力還未恢復，吃補，睡，晚上抽一個時間練琴，繼續上課，收穫不少，最近身體卻胖了「好了許多」

快接完，中途缺了幾堂課（你太不行了）。自己真要改的，不是為讀書而讀書，接著請完成全從頭讀易經。白天和妹妹在家偶爾玩玩大富翁、下棋，跳跳（孩子們）看他寫毛筆字，妹妹真的很好，我半年假的卻他得勞了。（小雜牌孩子多，還真不簡單），可是下回可別再讓我拿小孩了（很任我的身體，元氣大傷），說多的也不知道嗎！

靜下來時偶爾會想到你我的親密，太美好了，難怪有人會這麼說，愛不釋手。夜深了，手也有些酸，請為之的諸事自印

祝你　順利平安。　　今年那兒也可多寫信，自己的親筆，給你我人的事得說好。青美、阿芳都搬了，他們快有美麗的新窩。

P.S. 不知你有否寄一下錢。　　材 79.7.10

若你要用也留著來可，不過是小錢嘛。　　晚 11:20

家中的天總可以好好，很好，很好。

福成：8月8日父親節，是你們的節日，祝你快樂，去年在外

孩子們比較體會不出爸爸的辛苦，都得由母親的補述，孩子們才

得了解。

家庭主婦的忙，常讓人不知曉，自己這兩天深深體會。早上

忙自己的事，近晚在醫院自己的身體—這兩天做子宮的健康檢

查，明天和醫生約做一個小小手術。星期一晚間到下午2:10去門

至景美女中等孩子放學，再送孩子補習，因為要補習，怕趕到時不準

一直陪到3:00開始4:30，到家也5:00了，一天不又過去一大半了。

自己總是從時間空隙中練琴、看書、做衣服，真是忙碌了。

因而今把一些事情看淡些。你的事情，尚且一直未有消息，

情況如何也不知曉，很掛心，然而又不能天天打電話煩他們

你說對嗎？雖很盼望佳津你回來。還是等待。

8月4日晚上第一次參加一個青少年音樂會，主辦交響

樂演奏（管弦樂），坐擁的盛況很開心，台北的好處，我想

大概這些比較好。其它倒是沒什麼讓人留連的。

我對宮子很讚，因為孩子們學琴了吉他，還得我先他們

了太少。今天總算學會了一些動作（下課前十分鐘）放手（兩手）

扶著沙發一點。做媽媽的跟著高興。一天的

時間給孩子的時間好多不少，雖然說天下父母心。

別忘了常寫信，時間或許好打發些。對了，英文好好唸一下。

每天須花有空就好好練練，我也在持之以恆，但相信有始有終。

彼此共勉。不過我的程度差，離突破的程度還是未知數。

共同等待你的好消息。祝你

萬事如意、工作順利。

（還算不易。）做了補救的爸媽

潘潘

79.8.7 晚 10:06.

P.S. 佳青還未接回，感覺輕鬆很多。她要像小孩在，吱吱喳喳、亂蹦亂跳。

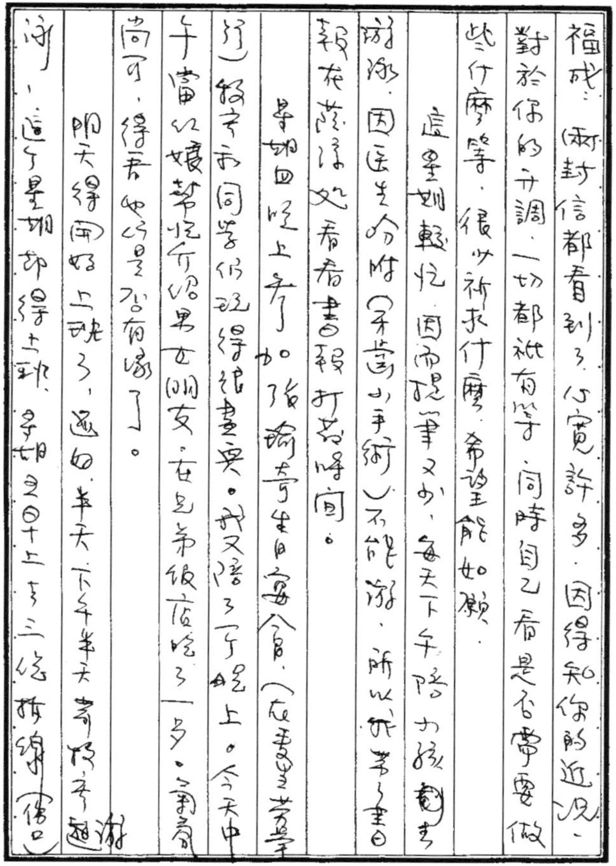

福成：兩封信都看到了，心寬許多，因得知你的近況，
對於你的升調，一切都祇有等，同時自己看是否需要做
些什麼等，很少祈求什麼，希望能如願。
　這星期較忙，因而提筆又少，每天下午陪大妹看
病，因醫生吩咐（不需動手術）不能游泳，所以我第一書
報在落[illegible]處看看書報打發時間。
　星期四晚上參加了張瑜芳生日宴會，（在麥當勞
行）認識了同學們，玩得很盡興。我又陪了一個晚上。今天中
午當紅娘幫忙介紹男女朋友，在皇帝飯店吃了一頓。今晚
尚可，得看他們是否有緣了。
　明天得開始上班了，過的半天，下午半天需接趙淑
河，這個星期即得上班，星期日晚上十二點搭乘偉日

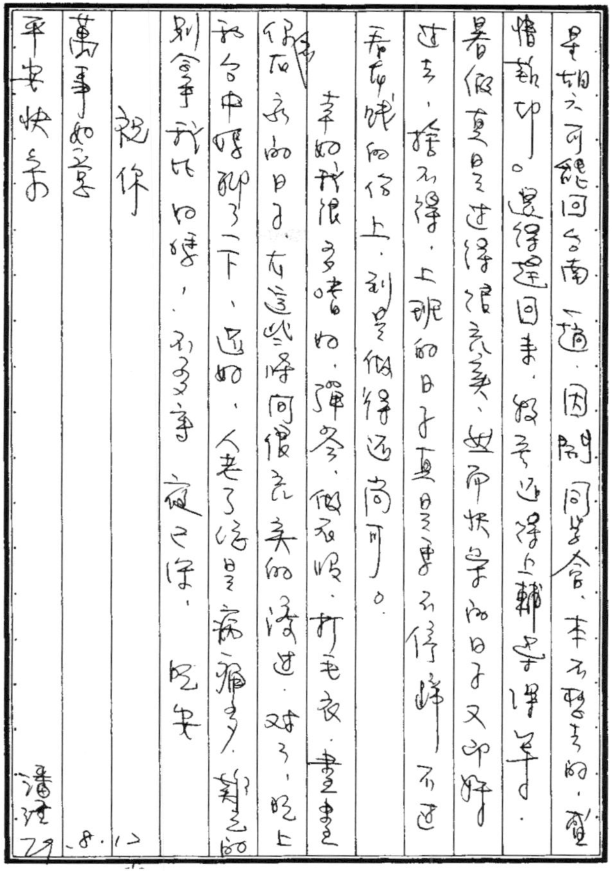

星期六可能回台南一趟，因附同學會，本不想去的，查
情勸印。還得趕回來，然後還得上輔導課等。
暑假真是過得很充實，如此快樂的日子又即將
過去，捨不得，上班的日子真是要不停歸不過
看你們的信上，到是做得還尚可。
　幸好我很多嗜好，彈琴、做衣服、打毛衣、畫畫
你在家的日子，在這些時間很充實的渡過。對了，晚上
和台中呼聊了一下，過的，人老了總是病痛多，難免的
別拿我比的緣，不多寫，夜已深，晚安
祝你
萬事如意
平安快樂
潘淑
[illegible].8.12

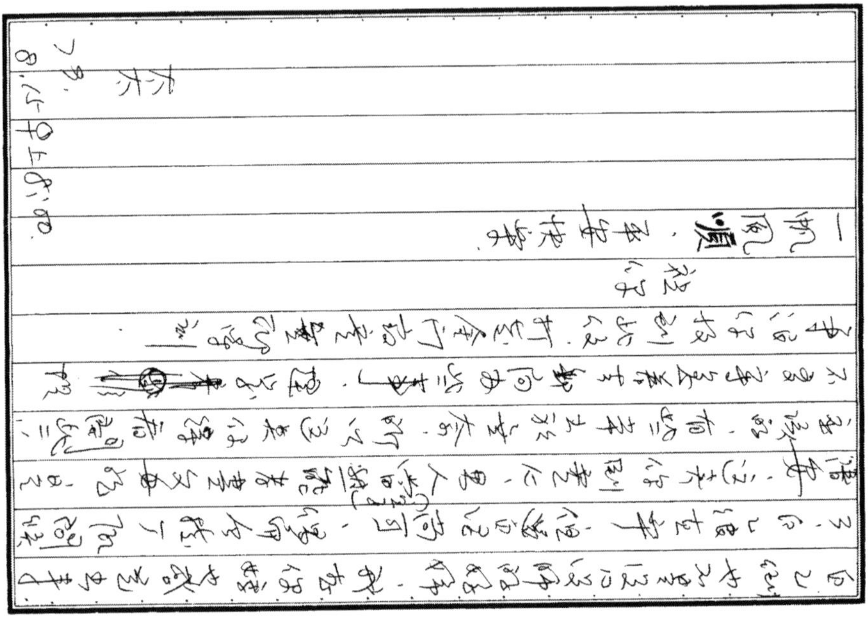

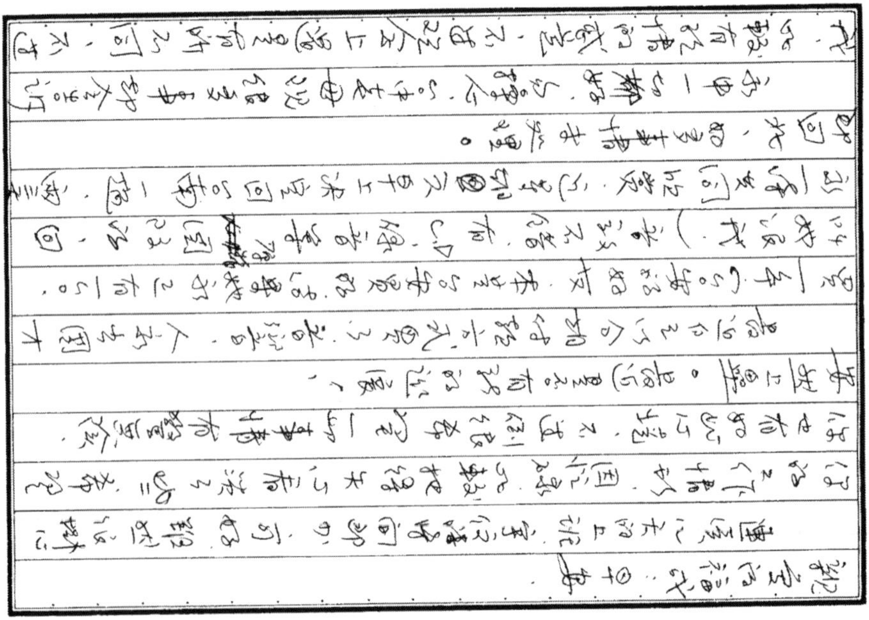

福成：　好辛苦終於已能把手續去掉，有些累了。

颱風天，所以偷個懶下午沒帶她去學游泳，每天的來往

西路，從美容院回來的時候，對個人而言，似乎好了些。今天下午沒事有

逛到好大陸餐廳，真逍遙。

明早10點坐中興號，要帶你的事回台南，晚上開同學會，預訂星

期二即回台北，順便把小孩弟回來，得好好訓練生活作

習慣，有時候真累，晚上11點睡，中午不睡一直睡到早上10點起床，

吃早、中飯。

主旋工作情形，是否可好了些，請一下近行的發展。

接送越越的日常雜事，這些似乎不是很多的工作，但得

找些女性，很容易找到是善帶孩子的人的工作，你和廣見

以書信洽談，你覺得太太的行為有否道理。早上要做好了事

在你最書也說是好過來，非常的開心呢，並告訴我們一些

內情，朱惠姍我們最敬愛的朋友若能幫上忙，他一定幫

一切是即早最好的方法，不是依靠廣兄而是分離一下

目前的狀況，你們的感情可以要好而不淡。

我很好，生活很規律、充實。現又有音樂做我的事呼

一向你欣賞音樂，真是寄托在其中，一點也不覺累，我喜歡

得整齊清潔，也挺有美感的，的確，十年的婚姻生活

定要把愛融入這個家，才會如此的對每天天……的生活

一棵大樹，我愛我的家，更愛自己和你共同建設的家

太美好，很感謝上帝對我們的眷愛。

送冬衣時，替你買了兩件T恤，一件粉紅，一件黃。

平常你都穿這種顏色，要找些好的各色都比它好派上

用場，希望妻子穿一定好看。一天的時間又將過去，越來

越覺時間可貴，晚上給你寫信。

祝　安好

[illegible]

79.8.17. 11:30

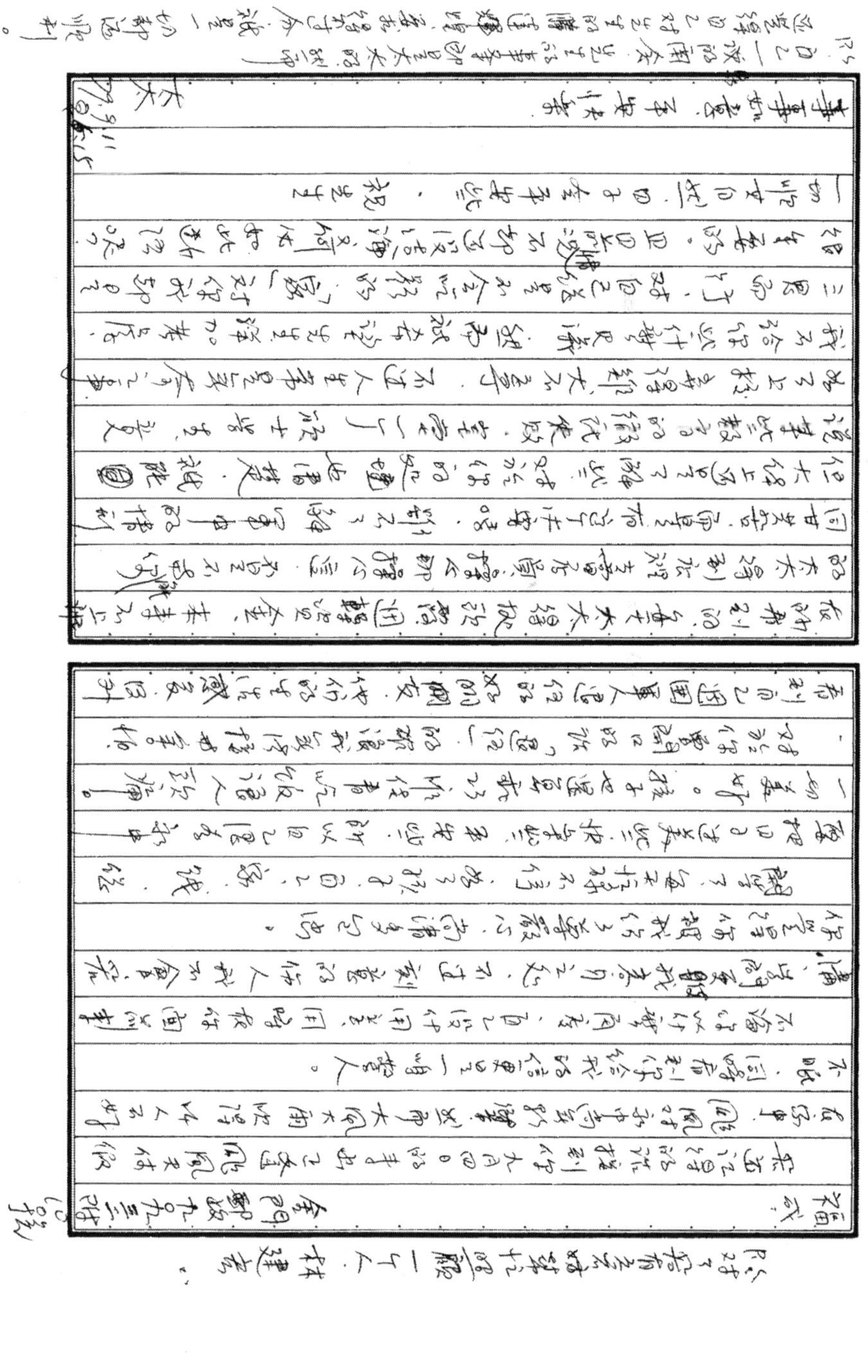

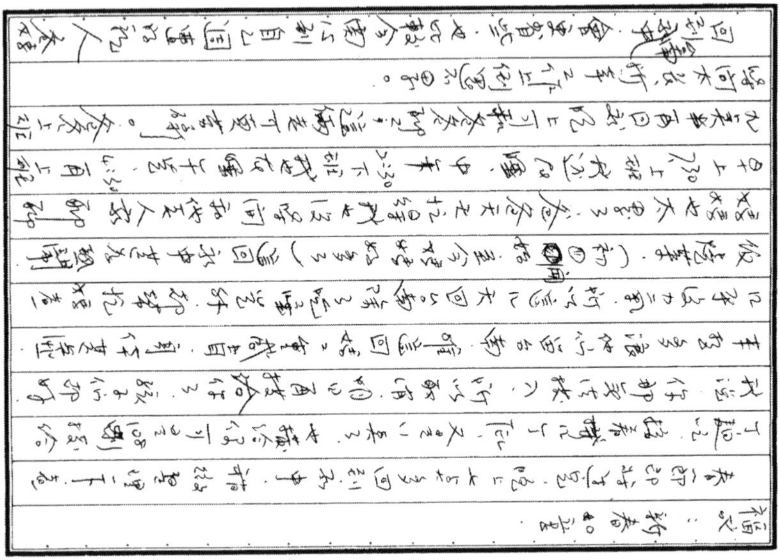

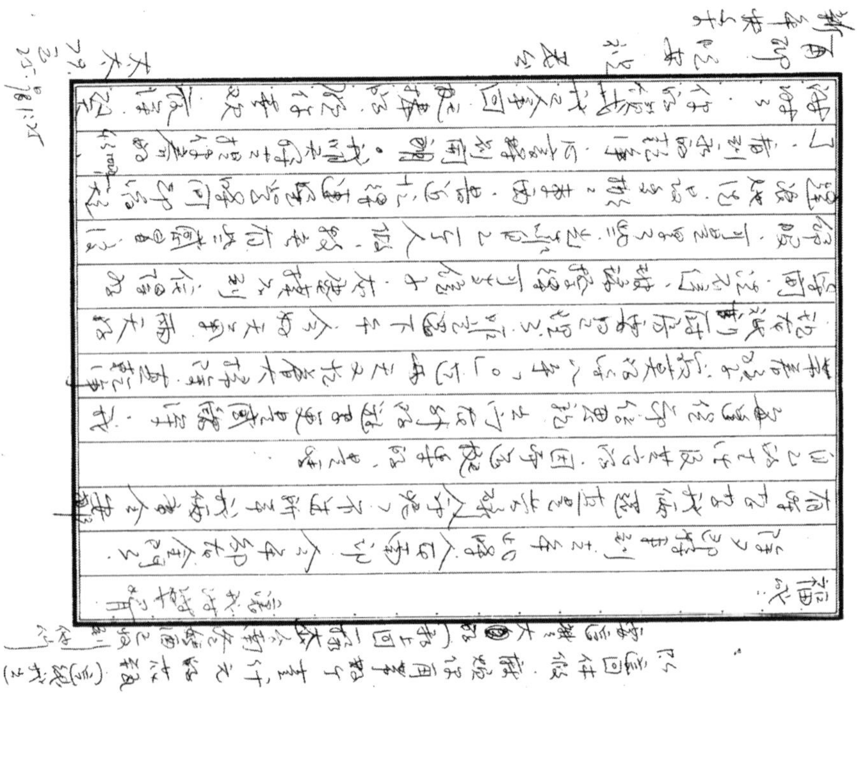

[illegible]・但你還沒回來・[illegible] 1600 元・

[illegible] 2000・可是[illegible]回來[illegible]也不夠・[illegible]

[illegible]・以後・大家[illegible]・[illegible]

[illegible]

[illegible]人・[illegible]的人・[illegible]

[illegible]大・[illegible]。[illegible]一[illegible]・[illegible]

新的一年[illegible]・[illegible]

[illegible]

[illegible]・你說好嗎？・

[illegible]

[illegible]

[illegible]・[illegible]⋯⋯[illegible]

[illegible]・[illegible]⋯⋯

[illegible]・因為[illegible]

[illegible]

[illegible]。

[illegible]

[illegible]

[illegible]。

[illegible]（[illegible]）[illegible]。

回[illegible]。一切都好・你[illegible]吧・

[illegible]・（太太[illegible]）

[illegible]・不多寫・祝你

新年[illegible]　太太 7.24

P.S. [illegible]

夜 11:35

福成：

人有了希望，生活过得充実也快樂，对吧！今晚和義輝談了許久，恰巧他在，所以你放心，有這麼一位好友幫你！真是難能所见的！競爭对象有几個條件不相上下，所以我們只得常常祷告，多做些有意義的事，希望皇天不負苦心人。

今日大选，很好的喜讯，想必你由新聞已得知，希望一切都是好的開始，那些抗议学生，民進党也真是太过分了。家中你放心，出門我都很謹慎。

每天自己練琴，看看孩子的功課及琴，時間總不夠用。又是晚上了。小丫頭最近比較原則性教她。

我會和庚、阿妹保持聯絡，你一切安心，除了工作靜下心看看書，若讀書心境不甚理想，跑跑步，看看TV，或者寫寫稿，日子如此是过得很快的。自己現唯一遺憾是讀書習慣欠缺，我想這是急不得慢慢來的。

至於去金門的事，行得通即一旅，不然春假教天郎在附近走走接觸大自然。

五月份你返台時再回去替你老爸掃墓，稍盡心意。四月份我會抽空和鳳嬌聯絡，不多言了。

謹祝 你

萬事如意，平安快樂

太太

Pan Pan

79.3.21.

晚11:00.

福成：你好，你花每年近[illegible]所花費的費用提[illegible]，還是要運用吧。

「退休」並不是對事情的解決，而只是逃避面對現實，若是我
絕不輕易說出這二字，太太只是婦女子，可是整個家我都挑
起來，從未怨言，生活得也很安樂，對於自己的工作也常常有怨言，
可是一想到孩子、家庭所需，我又吞下了許多，當然對於自己的
工作頗有怨言，可是還得做到盡善盡美，做人做事可更不易，
自己這一生唯感遺憾之事，是媽媽之間處得不好，不過盡己之力
去做，免得遺憾終身。

你的今天，別忘了是誰給你的，不是父母，是國家，人往往犯
的毛病，祇記得自己對別人的好，所以你心煩埋怨，倒是無妨
人還是要飲水思源，以你的家庭狀況，當年國家不善待你，
你有今天嗎？更何況你已是坐三望四的人，實在太衝動了，
外面找事並沒有錯，可是自己要想法子克服對嗎？千萬勿
鑽牛角，情緒不好時勿衝動決定事物。若我是你，我絕不
退休，非得撐撐看。

目前軍官退撐，工作不好找，失業在家者大有人在，可
是夫妻之間感情也大受影響，例劉金追強之先生，半年退休之後
找到一份工作二萬元左右，還是看人臉色、太太目前拋頭露面
去賺錢，我不希望自己輪流到此地步，另外有一位同事先生
做生意，更慘累累，更加勸你別輕率之舉動。若你真的要退
我[illegible]我今過我的生活方式。

今晚和案兄談了不少，朋友即是如此大力，真是謀事在人
成事在天，一切要得順其自然。我已對你這份調差的工作有失
犧牲的[illegible]感受，所以希望你理[illegible]些，已是不惑之年，別再年輕力壯
激動魯莽。[illegible]已學得擬有成[illegible]的，非常感興。
明年暑假可得早些開始學。晚安。

79.8.22
晚11:00

別太意氣用事，三思而行——還是已經自己一手籌劃而了所[illegible]得
今天只若沒寫完而已，你還不是得在部隊裡寫完，好嗎？
[illegible]

福武：

想念你，最近情緒上不甚好，所以沒提筆了。

三萬元收到了。謝謝。

出門在外自己多保重。有些事情往往不是自己所想的那麼美好。自己工作數年，一直比較喜歡在公家單位做事，因為那樣的地方真如字面解釋一樣，「太白話」了。可是因為一半為了孩子的未來，為方便，一半也是自己。時間一天天的過，也熬到今天。但還是如常有很多不滿的現況、許多無奈的狀況。同時也不能做沒把握之事。自己很多煩惱之事也不能和你多談。怕你想多，祇希望在外的生活平安快樂。最近是否有閒情看看書或什麼消遣。夜已深了，改日再聊。祝

您平安快樂事事如意

79.7.4

[illegible]

陳福成 80 著編譯作品彙編總集

編號	書　　名	出版社	出版時間	定價	字數（萬）	內容性質
1	決戰閏八月：後鄧時代中共武力犯台研究	金台灣	1995.7	250	10	軍事、政治
2	防衛大臺灣：臺海安全與三軍戰略大佈局	金台灣	1995.11	350	13	軍事、戰略
3	非常傳銷學：傳銷的陷阱與突圍對策	金台灣	1996.12	250	6	傳銷、直銷
4	國家安全與情治機關的弔詭	幼　獅	1998.7	200	9	國安、情治
5	國家安全與戰略關係	時　英	2000.3	300	10	國安、戰略研究
6	尋找一座山	慧　明	2002.2	260	2	現代詩集
7	解開兩岸 10 大弔詭	黎　明	2001.12	280	10	兩岸關係
8	孫子實戰經驗研究	黎　明	2003.7	290	10	兵學
9	大陸政策與兩岸關係	黎　明	2004.3	290	10	兩岸關係
10	五十不惑：一個軍校生的半生塵影	時　英	2004.5	300	13	前傳
11	中國戰爭歷代新詮	時　英	2006.7	350	16	戰爭研究
12	中國近代黨派發展研究新詮	時　英	2006.9	350	20	中國黨派
13	中國政治思想新詮	時　英	2006.9	400	40	政治思想
14	中國四大兵法家新詮：孫子、吳起、孫臏、孔明	時　英	2006.9	350	25	兵法家
15	春秋記實	時　英	2006.9	250	2	現代詩集
16	新領導與管理實務：新叢林時代領袖群倫的智慧	時　英	2008.3	350	13	領導、管理學
17	性情世界：陳福成的情詩集	時　英	2007.2	300	2	現代詩集
18	國家安全論壇	時　英	2007.2	350	10	國安、民族戰爭
19	頓悟學習	文史哲	2007.12	260	9	人生、頓悟、啓蒙
20	春秋正義	文史哲	2007.12	300	10	春秋論文選
21	公主與王子的夢幻	文史哲	2007.12	300	10	人生、愛情
22	幻夢花開一江山	文史哲	2008.3	200	2	傳統詩集
23	一個軍校生的臺大閒情	文史哲	2008.6	280	3	現代詩、散文
24	愛倫坡恐怖推理小說經典新選	文史哲	2009.2	280	10	翻譯小說
25	春秋詩選	文史哲	2009.2	380	5	現代詩集
26	神劍與屠刀（人類學論文集）	文史哲	2009.10	220	6	人類學
27	赤縣行腳・神州心旅	秀　威	2009.12	260	3	現代詩、傳統詩
28	八方風雨・性情世界	秀　威	2010.6	300	4	詩集、詩論
29	洄游的鮭魚：巴蜀返鄉記	文史哲	2010.1	300	9	詩、遊記、論文
30	古道・秋風・瘦筆	文史哲	2010.4	280	8	春秋散文
31	山西芮城劉焦智（鳳梅人）報研究	文史哲	2010.4	340	10	春秋人物
32	男人和女人的情話真話（一頁一小品）	秀　威	2010.11	250	8	男人女人人生智慧

陳福成80著編譯作品彙編總集

編號	書　　　名	出版社	出版時間	定價	字數（萬）	內容性質
33	三月詩會研究：春秋大業 18 年	文史哲	2010.12	560	12	詩社研究
34	迷情・奇謀・輪迴（合訂本）	文史哲	2011.1	760	35	警世、情色
35	找尋理想國：中國式民主政治研究要綱	文史哲	2011.2	160	3	政治
36	在「鳳梅人」小橋上：中國山西芮城三人行	文史哲	2011.4	480	13	遊記
37	我所知道的孫大公（黃埔 28 期）	文史哲	2011.4	320	10	春秋人物
38	漸陳勇士陳宏傳：他和劉學慧的傳奇故事	文史哲	2011.5	260	10	春秋人物
39	大浩劫後：倭國「天譴說」溯源探解	文史哲	2011.6	160	3	歷史、天命
40	臺北公館地區開發史	唐　山	2011.7	200	5	地方誌
41	從皈依到短期出家：另一種人生體驗	唐　山	2012.4	240	4	學佛體驗
42	第四波戰爭開山鼻祖賓拉登	文史哲	2011.7	180	3	戰爭研究
43	臺大逸仙學會：中國統一的經營	文史哲	2011.8	280	6	統一之戰
44	金秋六人行：鄭州山西之旅	文史哲	2012.3	640	15	遊記、詩
45	中國神譜：中國民間信仰之理論與實務	文史哲	2012.1	680	20	民間信仰
46	中國當代平民詩人王學忠	文史哲	2012.4	380	10	詩人、詩品
47	三月詩會 20 年紀念別集	文史哲	2012.6	420	8	詩社研究
48	臺灣邊陲之美	文史哲	2012.9	300	6	詩歌、散文
49	政治學方法論概說	文史哲	2012.9	350	8	方法研究
50	西洋政治思想史概述	文史哲	2012.9	400	10	思想史
51	與君賞玩天地寬：陳福成作品評論與迴響	文史哲	2013.5	380	9	文學、文化
52	三世因緣書畫集：芳香幾世情	文史哲	2015.1	360		書法、國畫集
53	讀詩稗記：蟾蜍山萬盛草齋文存	文史哲	2013.3	450	10	讀詩、讀史
54	嚴謹與浪漫之間：詩俠范揚松	文史哲	2013.3	540	12	春秋人物
55	臺中開發史：兼臺中龍井陳家移臺略考	文史哲	2012.11	440	12	地方誌
56	最自在的是彩霞：臺大退休人員聯誼會	文史哲	2012.9	300	8	臺大校園
57	古晟的誕生：陳福成 60 詩選	文史哲	2013.4	440	3	現代詩集
58	臺大教官興衰錄：我的軍訓教官經驗回顧	文史哲	2013.10	360	8	臺大、教官
59	爲中華民族的生存發展集百書疏：孫大公的思想主張書函手稿	文史哲	2013.7	480	10	書簡
60	把腳印典藏在雲端：三月詩會詩人手稿詩	文史哲	2014.2	540	3	手稿詩
61	英文單字研究：徹底理解英文單字記憶法	文史哲	2013.10	200	7	英文字研究
62	迷航記：黃埔情暨陸官 44 期一些閒話	文史哲	2013.5	500	10	軍旅記事
63	天帝教的中華文化意涵：掬一瓢《教訊》品天香	文史哲	2013.8	420	10	宗教思想
64	一信詩學研究：徐榮慶的文學生命風華	文史哲	2013.7	480	15	文學研究

陳福成80著編譯作品彙編總集

編號	書　　　　名	出版社	出版時間	定價	字數（萬）	內容性質
65	「日本問題」的終極處理 ｜ 廿一世紀中國人的天命與扶桑省建設要綱	文史哲	2013.7	140	2	民族安全
66	留住末代書寫的身影：三月詩會詩人往來書簡	文史哲	2014.8	600	6	書簡、手稿
67	台北的前世今生：圖文說台北開發的故事	文史哲	2014.1	500	10	台北開發、史前史
68	奴婢妾匪到革命家之路：復興廣播電台謝雪紅訪講錄	文史哲	2014.2	700	25	重新定位謝雪紅
69	台北公館臺大地區考古・導覽：圖文說公館臺大的前世今生	文史哲	2014.5	440	10	考古・導覽
70	那些年我們是這樣寫情書的	文史哲	2015.01	460	15	書信、情書
71	那些年我們是這樣談戀愛的	文史哲				
72	我的革命檔案	文史哲	2014.5	420	4	革命檔案
73	我這一輩子幹了些什麼好事	文史哲	2014.8	500	4	人生記錄
74	最後一代書寫的身影：陳福成的往來殘簡殘存集	文史哲	2014.9	580	10	書簡
75	「外公」和「外婆」的詩	文史哲	2014.7	360	2	現代詩集
76	中國全民民主統一會北京行：兼全統會現況和發展	文史哲	2014.7	400	5	
77	六十後詩雜記現代詩集	文史哲	2014.6	340	2	現代詩集
78	胡爾泰現代詩臆說：發現一個詩人的桃花源	文史哲	2014.5	380	8	現代詩欣賞
79	從魯迅文學醫人魂救國魂說起：兼論中國新詩的精神重建	文史哲	2014.5	260	10	文學
80	洪門、青幫與哥老會研究：兼論中國近代秘密會黨	文史哲	2014.11	500	10	秘密會黨
81	台灣大學退休人員聯誼會第九屆理事長實記	文史哲			10	行誼・記錄
82	梁又平事件後：佛法對治風暴的沈思與學習	文史哲	2014.11	320	7	事件・人生
83						
84						
85						
86						
87						
88						
89						
90						
91						
92						
93						
94						

陳福成國防通識課程著編及其他作品

（各級學校教科書及其他）

編號	書　　　　名	出版社	教育部審定
1	國家安全概論（大學院校用）	幼　獅	民國 86 年
2	國家安全概述（高中職、專科用）	幼　獅	民國 86 年
3	國家安全概論（台灣大學專用書）	台　大	（臺大不送審）
4	軍事研究（大專院校用）	全　華	民國 95 年
5	國防通識（第一冊、高中學生用）	龍　騰	民國 94 年課程要綱
6	國防通識（第二冊、高中學生用）	龍　騰	同
7	國防通識（第三冊、高中學生用）	龍　騰	同
8	國防通識（第四冊、高中學生用）	龍　騰	同
9	國防通識（第一冊、教師專用）	龍　騰	同
10	國防通識（第二冊、教師專用）	龍　騰	同
11	國防通識（第三冊、教師專用）	龍　騰	同
12	國防通識（第四冊、教師專用）	龍　騰	同
13	臺灣大學退休人員聯誼會會務通訊	文史哲	

註：以上除編號 4，餘均非賣品，編號 4 至 12 均合著。

　　編號 13 定價一千元。